ONDE A BIBLIOTECA
SE ESCONDE

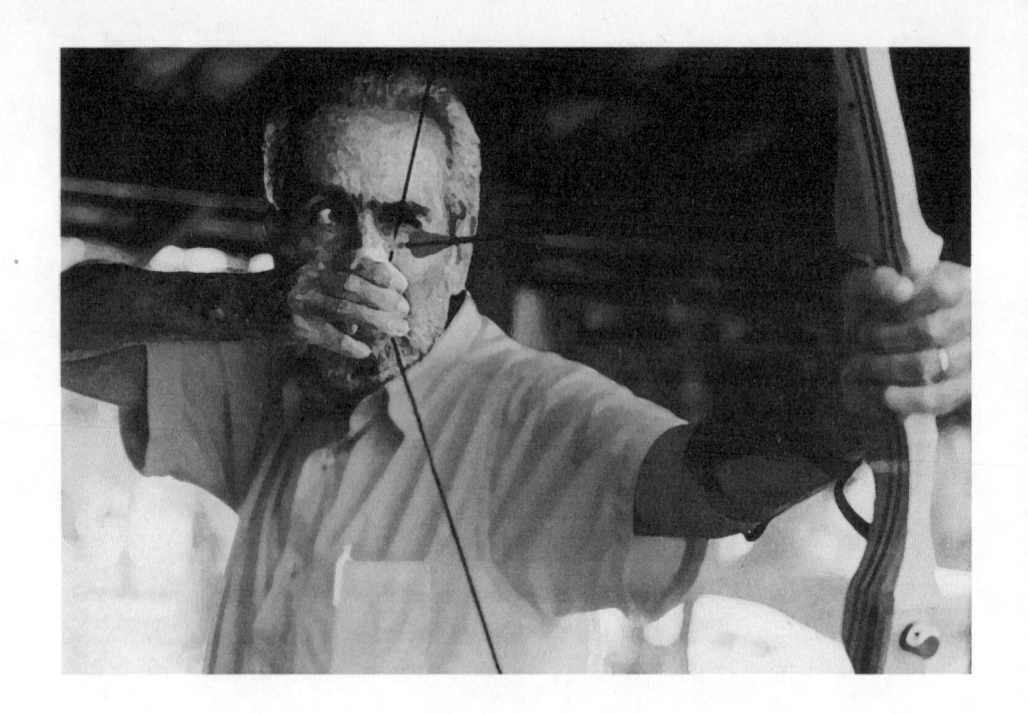

O Arqueiro

GERALDO JORDÃO PEREIRA (1938-2008) começou sua carreira aos 17 anos, quando foi trabalhar com seu pai, o célebre editor José Olympio, publicando obras marcantes como *O menino do dedo verde*, de Maurice Druon, e *Minha vida*, de Charles Chaplin.

Em 1976, fundou a Editora Salamandra com o propósito de formar uma nova geração de leitores e acabou criando um dos catálogos infantis mais premiados do Brasil. Em 1992, fugindo de sua linha editorial, lançou *Muitas vidas, muitos mestres*, de Brian Weiss, livro que deu origem à Editora Sextante.

Fã de histórias de suspense, Geraldo descobriu *O Código Da Vinci* antes mesmo de ele ser lançado nos Estados Unidos. A aposta em ficção, que não era o foco da Sextante, foi certeira: o título se transformou em um dos maiores fenômenos editoriais de todos os tempos.

Mas não foi só aos livros que se dedicou. Com seu desejo de ajudar o próximo, Geraldo desenvolveu diversos projetos sociais que se tornaram sua grande paixão.

Com a missão de publicar histórias empolgantes, tornar os livros cada vez mais acessíveis e despertar o amor pela leitura, a Editora Arqueiro é uma homenagem a esta figura extraordinária, capaz de enxergar mais além, mirar nas coisas verdadeiramente importantes e não perder o idealismo e a esperança diante dos desafios e contratempos da vida.

SEGREDOS DO NILO – LIVRO 2

ONDE A

BIBLIOTECA SE ESCONDE

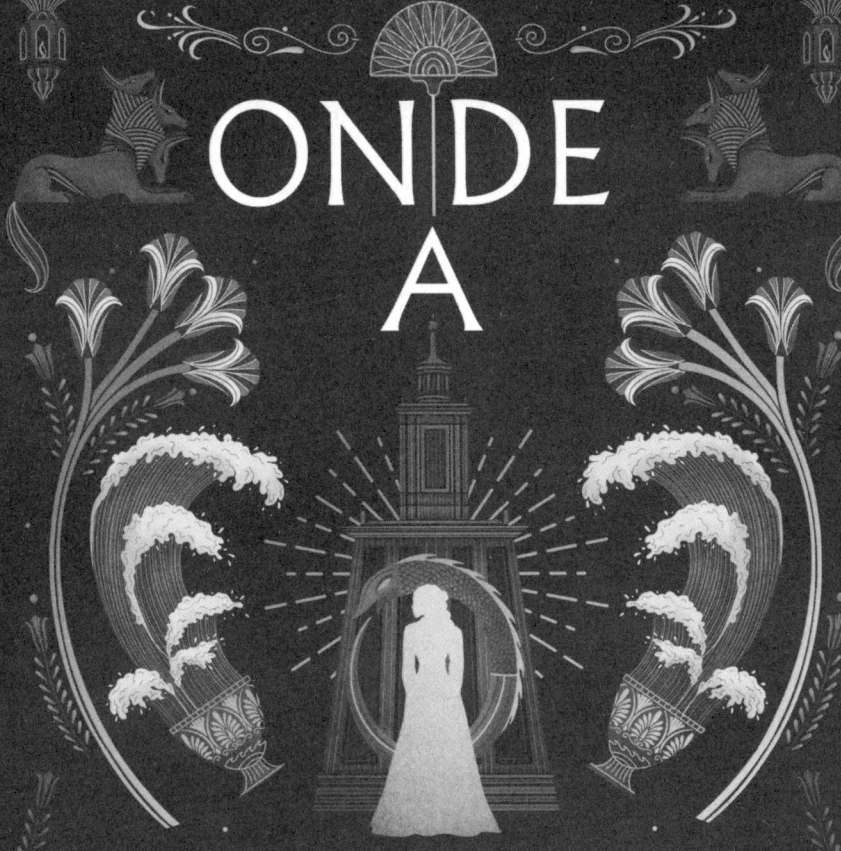

ISABEL IBAÑEZ

Traduzido por Raquel Zampil

ARQUEIRO

Título original: *Where the Library Hides*

Copyright © 2024 por Isabel Ibañez

Copyright da tradução © 2025 por Editora Arqueiro Ltda.

Direitos de tradução obtidos junto à Taryn Fagerness Agency e à Sandra Bruna Agencia Literaria, SL.

coordenação editorial: Gabriel Machado
produção editorial: Guilherme Bernardo
ilustrações de miolo: Isabel Ibañez
preparo de originais: Cláudia Mello Belhassof
revisão: Pedro Staite e Rayana Faria
diagramação: Gustavo Cardozo
capa: Micaela Alcaino
adaptação de capa: Natali Nabekura
ilustrações do verso da capa: Alice Blake
impressão e acabamento: Associação Religiosa Imprensa da Fé

CIP-BRASIL. CATALOGAÇÃO NA PUBLICAÇÃO
SINDICATO NACIONAL DOS EDITORES DE LIVROS, RJ

I21o

Ibañez, Isabel
    Onde a biblioteca se esconde / Isabel Ibañez ; tradução Raquel Zampil. - 1. ed. - São Paulo : Arqueiro, 2025.
    432 p. : il. ; 23 cm.   (Segredos do Nilo ; 2)

    Tradução de: Where the library hides
    Sequência de: O que o rio sabe
    ISBN 978-65-5565-799-9

    1. Ficção americana. I. Zampil, Raquel. II. Título. III. Série.

25-96793.0   CDD: 813
                              CDU: 82-3(73)

Gabriela Faray Ferreira Lopes - Bibliotecária - CRB-7/6643

Todos os direitos reservados, no Brasil, por
Editora Arqueiro Ltda.
Rua Artur de Azevedo, 1.767 – Conj. 177 – Pinheiros
05404-014 – São Paulo – SP
Tel.: (11) 2894-4987
E-mail: atendimento@editoraarqueiro.com.br
www.editoraarqueiro.com.br

*Para os leitores que ficaram acordados a noite toda,
aflitos com o epílogo de* O que o rio sabe:
este livro é dedicado a vocês.

LISTA DE PERSONAGENS | *UM RESUMO*

Inez Emilia Olivera, *nossa heroína*

Elvira Gabriella Montenegro, *prima favorita de Inez*

Amaranta Lucia Montenegro, *prima menos favorita de Inez*

Lorena, *tia de Inez*

Ricardo Marqués, *tio e guardião de Inez; sócio e cunhado de Abdullah; escavador*

Lourdes Patricia Olivera, *mãe de Inez; contrabandista de artefatos e foragida da lei*

Cayo Roberto Olivera, *pai de Inez*

Whitford Simon Hayes, *assistente de Ricardo*

Porter Linton Hayes, *irmão mais velho de Whitford*

Arabella Georgina Hayes, *irmã mais nova de Whitford*

Leo Lopez, *soldado e melhor amigo de Whitford*

Abdullah Salah, *sócio e cunhado de Ricardo; escavador*

Farida Salah, *neta de Abdullah; fotógrafa*

Kareem Ali, *assistente do cozinheiro e ajudante na escavação de Philae*

Sallam Ahmed, *recepcionista do Shepheard's Hotel*

Charles Fincastle, *especialista em armas e segurança contratado na escavação de Philae*

Isadora Fincastle, *filha de Charles*

Basil Digby Sterling, *agente de antiguidades britânico*

Monsieur Gaston Maspero, *egiptólogo francês e diretor-geral de escavações e antiguidades*

Sir Evelyn Baring, *cônsul-geral do Egito*

Alexandria
NA ÉPOCA DE CLEÓPATRA

FAROL de Alexandria

Mar Mediterrâneo

ILHA de FAROS

Porto GRANDE

TEMPLO de Ísis

LINHA COSTEIRA ATUAL

PALÁCIO

Porto REAL

Porto EUNOSTOS

★ BIBLIOTECA?

TEMPLO de Ísis ★

Distrito REAL ★

Portão OCIDENTAL

GINÁSIO

Portão CANÓPICO

SERAPEU ★

MURALHAS ANTIGAS DA CIDADE

ILHA de FAROS

RUÍNAS DO FAROL de Alexandria

Mar Mediterrâneo

Cidade TURCA ★

Porto GRANDE

PLACE des Consuls ★

Alexandria
NA ÉPOCA DE INEZ
1885

CAFÉ de L'EUROPE ★

HOTEL ABBAT ★

★ BANCO de ALEXANDRIA

LINHA DO TEMPO (APROXIMADA)
DO EGITO

2675–2130 a.C.	Antigo Império
1980–1630 a.C.	Médio Império
1539–1075 a.C.	Novo Império
356 a.C.	Nascimento de Alexandre, o Grande
332–305 a.C.	Alexandre, o Grande, conquista o Egito; dinastia macedônica
69 a.C.	Nascimento de Cleópatra VII
31 a.C.	Batalha de Áccio (mortes de Cleópatra e Marco Antônio)
31 a.C.	Início do Egito romano
639	Conquista muçulmana do Egito
969	Estabelecimento do Cairo como capital
1517	Egito absorvido pelo Império Turco-Otomano
1798	Expedição de Napoleão ao Egito, conquistando Alexandria e o Cairo (descoberta da Pedra de Roseta)
1822	Champollion decifra hieróglifos
1869	Inauguração do Canal de Suez
1870	Primeira viagem de Thomas Cook pelo Nilo
1882	Bombardeio da Alexandria e destruição de fortalezas por parte da frota inglesa
1922	Protetorado Britânico abolido; descoberta do túmulo de Tutancâmon
1953	Independência do Egito

PRÓLOGO

– Case comigo, e não com ele.

As palavras ricochetearam pelo quarto, finalmente me atingindo em cheio no peito, cada sílaba mais parecendo um tapa.

Passei a língua pelos lábios e, mesmo atordoada, me forcei a falar:

– Você quer se casar.

Whit me encarou com os olhos azuis penetrantes e avermelhados e respondeu sem nenhuma hesitação:

– Quero.

– Comigo – falei, tentando esclarecer.

Um feixe de luz atravessou a névoa. Eu me afastei, e ele me soltou. Eu o olhava com desconfiança enquanto contornava a cama, precisando ter algo tangível entre nós. Com a distância, eu me afastei do cheiro de uísque que o envolvia, amadeirado e intenso, e minha mente desanuviou.

A resposta foi firme e imediata:

– Sim.

– Casar – repeti, porque a confirmação *ainda* era necessária.

Ele tinha bebido e, pelo que parecia, não havia sido só uma dose.

– Na igreja – completei.

– Se for preciso.

– E seria – falei.

A ideia soava normal e sensata. Ao contrário da nossa conversa. Casar numa igreja era algo que eu teria feito – aparentemente em outra vida. A vida para a qual eu tinha sido preparada em Buenos Aires. Eu me casaria com o belo Ernesto, um jovem *caballero* aprovado pela minha tia, provavelmente seria vizinha dela, e ela poderia ficar de olho em mim pelo resto da vida. Não haveria viagens ao Cairo. Meus dias de desenhista, reproduzindo as paredes dos templos no meu bloco, estariam acabados. Em vez disso, meu tempo seria dedicado a outra pessoa e, por fim, aos meus filhos. Eu visualizava esse futuro como se já fosse minha realidade. Meu coração disparou em protesto, e precisei me lembrar de que estava no Egito.

Exatamente onde queria estar.

Whit arqueou uma sobrancelha.

– Isso é um sim?

Pisquei.

– Você precisa de uma resposta neste instante?

Whit esticou o braço pela luxuosa cama de hotel, coberta de saias com babados e casacos com botões de latão. Fiquei horrorizada quando notei diversos pares de meias espalhados sobre um travesseiro, ao lado da minha combinação favorita, que estava praticamente toda puída. Ele acompanhou meu olhar e, numa admirável demonstração de autocontrole, não fez nenhum comentário sobre minhas roupas íntimas.

– Eu não preciso de uma resposta agora, mas *preferiria* que fosse agora, sim – respondeu Whit, a voz arrastada. – Para ter paz de espírito.

O jeito de Whit estava começando a me enfurecer. Essa era uma das decisões mais importantes que eu poderia tomar e, se ele queria que eu a levasse a sério, ele também deveria levar. Afastei minhas peças de roupa para o lado, me abaixei para puxar o baú de baixo da cama e o joguei aberto no espaço livre no colchão. Sem cerimônia, sem me importar em não amassar as roupas, comecei a atirá-las ali dentro: a calça tipo odalisca, as camisas de algodão e as saias plissadas. Embolei as roupas íntimas e também as joguei no baú.

Ele olhou para a pilha crescente com preocupação.

– O que você está fazendo?

– O que acha?

Joguei minhas sandálias de cetim, as botas que usei em Philae e os sapatos de couro de salto alto. Corri os olhos pelo quarto com as mãos na cintura. O que mais faltava?

– Estamos no meio de uma conversa e você já está com um pé para fora do quarto.

Ele tirou várias peças de roupa do baú, depois removeu o par de botas que eu tinha colocado ali.

– Com licença, mas estou fazendo as malas – falei, enfiando uma camisa de volta no baú.

– Em nenhum lugar deste planeta alguém chamaria isso de fazer as malas – comentou Whit, olhando contrariado para a camisa embolada.

– Agora você está sendo cruel.

– Eu te fiz uma pergunta, Inez.

Olhei feio para ele e estendi a mão para minhas botas.

– Eu preciso delas.

– Neste momento, não precisa.

Whit as deixou cair no chão e, sem tirar os olhos de mim, ergueu meu baú com as duas mãos, virou-o de cabeça para baixo e despejou todo o conteúdo em cima da cama outra vez.

– Por que não me conta o que realmente está te incomodando? – perguntou ele.

Cielos, que pessoa *insuportável*.

– Você bebeu.

– E daí?

Minha voz subiu vários decibéis nada apropriados a uma dama.

– *E daí?* Como é que eu vou saber se você está falando sério?

Whit deu a volta na cama. Passos firmes, mãos estáveis. Não falou arrastado. As palavras saíram claras e afiadas, como se fossem suas últimas diante de um pelotão de fuzilamento.

– *Eu quero me casar com você.*

Apontei para a montanha de roupas em cima da cama e comentei:

– Apesar da bagunça.

Ele encostou lentamente a ponta do indicador no canto da minha boca e disse:

– Com ninguém mais.

– Ah.

– O que me diz?

Pelo canto do olho, notei que uma peça íntima delicada tinha escorregado da cama e caído no sapato dele. Eu me abaixei para pegá-la, mas ele foi mais rápido e a colocou com cuidado em cima de um travesseiro.

Percebi um levíssimo rubor surgindo nas suas bochechas.

Ocorreu-me, então, que eu nunca tinha visto Whit corar.

Até então, eu o vira confuso e sarcástico, com raiva e achando graça, mas nunca constrangido. Foi essa visão que me lembrou de quem era a pessoa com quem eu estava lidando. Whit era meu amigo, talvez até o melhor que já tive. Ele me beijara quando pensamos que morreríamos presos naquela tumba, o ar lentamente se voltando contra nós, silenciosamente perigoso. Ele segurara minha mão no escuro e compartilhara seu maior arrependimento comigo.

Quando ousaram me ferir, Whit acabou com eles.

Esse era o homem que estava pedindo minha mão.

– Eu te daria mais tempo – disse Whit –, mas você está *deixando o país*.

Verdade, meu tio queria que eu fosse embora. Era pela minha segurança, como se ele ainda pudesse me proteger, mesmo depois de eu viver o horror de ver minha prima ser baleada na cabeça, a menos de três metros de mim.

Elvira.

A dor perfurou meu coração, e a confusão tomou conta de mim outra vez. Eu não conseguia acreditar que nunca mais veria aquele sorriso travesso prestes a quebrar uma das muitas regras da mãe dela. Nunca mais ouviria sua voz nem leria mais uma de suas histórias. A vida de Elvira fora interrompida, um livro fechado para sempre, o final escrito como um pesadelo terrível.

Eu precisava ficar no Egito por ela.

A morte dela era culpa da minha mãe traiçoeira. O luto me agarrava como um punho cerrado, e um soluço subiu pela minha garganta. Reprimi implacavelmente a emoção, procurando outra que não me deixasse arrasada.

A raiva fervilhou em meu sangue, logo abaixo da superfície.

Mais do que tudo, eu queria caçar minha mãe. Mandá-la para uma prisão onde iria apodrecer por toda a eternidade. Queria que ela me dissesse o que tinha feito ao meu pai, se ele ainda estava vivo, preso em algum lugar que só ela sabia. As palavras de Papá na última carta que me escrevera ecoavam na minha mente.

Nunca pare de me procurar.

Eu não poderia fazer nada se estivesse em outro continente.

Entendi no mesmo instante o que Whit estava sugerindo. Se eu me casasse com ele, teria controle total do meu destino. Pensar nisso me deixou tonta. Um destino sem amarras. Acesso à minha fortuna, sem depender do meu tio. Sendo uma mulher casada, eu não precisaria mais de um acompanhante aonde quer que fosse. A oferta de Whit era tentadora. E havia a outra coisa. A coisa que eu não tinha como prever quando zarpei para o Egito.

Eu tinha me apaixonado por Whitford Hayes.

Eu o amava do fundo do coração, embora minha cabeça pedisse para eu ter mais juízo. Porém, meu amor era tão grande que poderia ser eterno. Só me dei conta disso naquele momento, enquanto fitava o rosto de Whit, que, de algum modo, parecia vulnerável e distante ao mesmo tempo. O pavor tomou conta de mim. Eu nunca me sentira tão assustada, tão desprotegida, tão exposta.

Mais uma vez, minha cabeça disse: *O que você está sentindo não faz o menor sentido.*

Ela soava severa e convincente.

– Então pense. E me avise.

Ele sorriu levemente, e as palavras que disse a seguir pareciam mais típicas do Whit que eu conhecia:

– De preferência, antes de entrar no trem para Alexandria.

Ele saiu, a porta se fechando com um estalo comedido.

– *Miércoles* – falei para o quarto vazio.

PARTE UM

A CIDADE DE TODAS AS CIDADES

CAPÍTULO UNO

Deixei Whitford Hayes esperando.

Doze horas depois, eu ainda não tinha tomado uma decisão. Me alarmava o quanto eu queria dizer sim. Se aprendi algo com o tempo que passei no Egito, foi que não podia confiar no meu próprio julgamento. Uma percepção ao mesmo tempo decepcionante e aterradora. De agora em diante, eu teria que estar sempre alerta, independentemente da vontade do meu coração. Além disso, o que aconteceria se eu me casasse com ele? Whit tinha feito uma promessa a outra pessoa e, embora não fosse sua escolha pessoal, dera sua palavra. Ele fizera questão de manter distância de mim, e nós tínhamos concordado em manter uma amizade e nada mais. Mas então ele me beijara quando pensamos que íamos morrer, a balança do nosso relacionamento pendeu para o lado e perdemos o equilíbrio.

Tudo mudou quando ficamos presos naquela tumba.

A proposta de Whit significava que ele gostava de mim? Que estava tão envolvido quanto eu?

Eu poderia ter indagado a ele, mas, se fosse esse o caso, por que ele não fez nenhuma declaração quando me pediu em casamento? Um simples *Eu te adoro* teria sido muito bem recebido. Pensando bem, Whit na verdade não me fizera uma pergunta. Ele disse: *Case comigo, e não com ele*, de maneira bem prática. Eu ficara tão abalada que não tivera tempo de organizar meus pensamentos antes que ele deixasse o quarto. Apenas oscilei entre o pavor e a alegria. Todas as coisas boas que eu já amara tinham sido tiradas de mim. A família que eu acreditava ter. Elvira. A descoberta da tumba de Cleópatra. Tudo destruído por uma pessoa.

E se Mamá de alguma forma acabasse com isso também?

Remexi no meu lenço de pescoço. Minha mãe o deixara comigo para que eu encolhesse dezenas de artefatos da tumba de Cleópatra com seu poder mágico. Por algum motivo, guardei o lenço quando, na verdade, deveria tê-lo queimado. Esse pedaço de tecido era a prova da traição dela. Sentia como se fosse uma corrente me ligando a ela. Talvez, se o puxasse com força suficiente, ele pudesse me levar até onde ela estava escondida.

– Pare de mexer nesse lenço. Por que está tão lenta, arrastando os pés? – perguntou tio Ricardo, a voz carregada de impaciência. – Whit deve estar esperando.

Fiz uma careta. Ah, sim, o estado permanente de Whit desde nosso encontro.

– *Él es paciente, tío.*

– Rá! Whit? Paciente? Você não o conhece como eu – zombou meu tio. – Eu só tomei caldo nos últimos dias, *y me muero de hambre*. Preciso de uma refeição decente, Inez, e, se você disser uma palavra em contrário, vou perder a cabeça.

Lancei-lhe um olhar irritado, mas ele nem reparou. Tio Ricardo com certeza não estava morrendo de fome – eu cuidava disso pessoalmente. Não sou uma pessoa violenta, mas cogitei jogar algo na cabeça dele. Meu tio, *mais uma vez*, se recusou a ficar na cama. Um desavisado poderia até pensar que eu estava obrigando ele a morder uma cebola crua ou algo do tipo. Em vez disso, ele estava era me arrastando até o luxuoso salão de jantar do Shepheard's, a mão segurando meu pulso com firmeza. O outro braço estava preso em uma tipoia, para a qual, de tempos em tempos, ele lançava olhares de repulsa, se ressentindo de tudo que pudesse impedi-lo de ir a Philae. Ele também olhava com profunda suspeita para todos que passavam por nós. Quando dois cavalheiros entraram no corredor que levava à escada principal, meu tio me forçou a dobrar em outro corredor e esperou que passassem.

Dessa vez, não tentei esconder minha irritação.

– O que exatamente acha que vai acontecer comigo no terceiro andar do hotel?

Em vez de me encarar, tio Ricardo tinha os olhos fixos nas costas dos dois cavalheiros que se dirigiam, presumivelmente, a seus quartos.

– Você já os viu antes?

Puxei o braço, soltando-o da mão dele.

– O senhor deveria estar descansando, não julgando turistas desavisados.

Finalmente, meu tio virou o rosto barbudo na minha direção. Ele era bem mais alto que eu, cheirava a sabonete cítrico, e suas roupas, pela primeira vez, estavam passadas, e os sapatos, limpos. Tudo porque ficou no hotel nos últimos dias.

– Você não aprendeu nada? *Qualquer um* pode ser um dos contatos de Lourdes.

– Se ela quisesse me matar, já teria feito isso. Teve várias oportunidades. Mas não fez – sussurrei. – Ainda sou filha dela. A única filha.

– Você já viu até onde ela pode chegar para proteger os próprios interesses. Não se apegue a qualquer afeição maternal dela por você.

As rugas profundas nos cantos da boca do meu tio se amenizaram. Ele me encarou com olhos suaves da mesma cor que os meus – avelã, que mudava de tonalidade, dependendo do nosso humor. A piedade me espreitava do fundo deles, era insuportável.

– Os problemas surgem aonde quer que ela vá. Você deveria saber disso melhor do que ninguém.

Meus lábios se abriram quando uma lembrança passou rapidamente pela minha cabeça. Um breve lampejo, como a lâmina de uma faca deslizando na pele.

Elvira gritando meu nome – me chamando no momento em que o gatilho era puxado, a bala disparando na direção dela. E, um instante depois, o rosto destruído. Irreconhecível. O sangue se acumulando sob a cabeça, manchando a areia dourada.

Se eu pudesse, daria vários anos da minha vida para que essa lembrança fosse apagada da minha mente.

– Acho que é seguro descer – disse ele, voltando a me segurar, quase me arrastando pelo corredor com o braço que não estava imobilizado. – Temos muito a discutir.

Normalmente eu teria replicado algo, mas aquelas palavras me fizeram gelar por completo. Eu nunca poderia esquecer quem era minha mãe. Uma mestra da manipulação e uma astuta estrategista. Mentirosa e ladra.

Uma mulher que poderia trair – e de fato traiu – a própria filha, que tinha fome de poder e faria qualquer coisa para ficar rica. Fria e implacável ao sacrificar Elvira sem remorso.

Uma mulher perdida no vento.

Mantenha-se alerta, falei para mim mesma. Prosseguimos até o salão de jantar e, dessa vez, me juntei ao meu tio na cuidadosa observação do ambiente.

Os hóspedes do hotel enchiam o salão no café da manhã, sentados ao redor de mesas redondas cobertas com toalhas alvíssimas, enquanto os garçons, ágeis, carregavam bandejas repletas de bules de prata e xícaras de porcelana. Whit estava sentado à minha frente, usando uma camisa social azul por dentro da calça cáqui de costume. O corpo musculoso preenchia a delicada cadeira, os ombros fortes ocupando toda a largura do encosto. Eu não precisava olhar debaixo da mesa para saber que ele estava usando suas botas de couro favoritas, amarradas até a metade da panturrilha. Ele se serviu da segunda xícara de café, e eu sabia que dispensaria açúcar e creme, preferindo o café puro.

Desviei o olhar, consciente do meu tio sentado a meio metro de mim, e ergui a xícara de chá tentando esconder minhas bochechas ruborizadas. O líquido queimava minha língua, mas eu o engoli mesmo assim, na intenção de ganhar tempo. Eu sentia o peso do olhar do meu tio, avaliando e prestando atenção em silêncio. A última coisa que eu queria era revelar minhas emoções.

Tio Ricardo não ficaria feliz se soubesse da profundidade dos meus sentimentos por Whit.

– Partiremos daqui a alguns dias – disse meu tio a ele.

– Receio que não seja essa a recomendação do médico – replicou Whit com calma. – Ele recomendou que você descanse por mais um dia ou dois e desaconselhou atividades em excesso por alguns dias. Certamente, nada de viagens longas. Muito movimento brusco e coisas do tipo.

Meu tio soltou um grunhido abafado.

– Philae não é exatamente uma longa distância.

– Apenas algumas centenas de quilômetros – disse Whit, ainda imune ao mau humor de tio Ricardo. – Você corre o risco de arrebentar os pontos, ter uma infecção...

– *Whitford.*

Quase contra a minha vontade, meus olhos se voltaram na direção dele. Tampouco pude evitar a risada suave que escapou da minha boca. Meu tio não era irascível apenas comigo; ele também despejava seu azedume em cima do assistente.

Só que Whit lidava com isso melhor do que eu.

– Você pode fazer o que quiser, mas prometi ao médico que transmitiria o aviso – disse Whit, sorrindo levemente. – E, agora, pelo menos em relação a esse assunto, minha consciência está tranquila.

Ninguém diria que, horas antes, ele tinha falado de casamento. Seu comportamento era o mesmo de sempre, uma atitude de divertimento que escondia um profundo cinismo. Ele encarava meu tio com confiança; as palavras saíam sem a menor hesitação. As mãos seguravam com firmeza a alça da xícara de café.

Apenas uma coisa o denunciava.

Desde que me sentei, ele não olhara na minha direção.

Nem uma só vez.

Tio Ricardo estreitou os olhos.

– Em que mais você se envolveu? Ou é melhor eu nem querer saber dos outros assuntos?

– Eu ficaria longe deles – replicou Whit antes de tomar um longo gole de café.

Ele continuava sem olhar para mim. Como se temesse que, ao me olhar nos olhos, todos os seus segredos fossem revelados.

Meu tio afastou o prato – ele tinha comido pão pita, mergulhando-o em homus e tahine, e quatro ovos fritos. Apesar da minha frustração com ele, fiquei satisfeita em ver que seu apetite tinha retornado.

– Humpf – resmungou tio Ricardo, mas deixou o assunto de lado. – Agora, Inez – começou ele, remexendo nos bolsos do casaco –, estou com sua passagem de trem para Alexandria. Você partirá daqui a uma semana, e, com sorte, até lá terei encontrado uma acompanhante para a viagem. É uma pena que a Sra. Acton já tenha partido.

Ele me lançou um olhar irritado.

– A propósito, tive um trabalhão para acalmá-la depois que você a enganou. Ela ficou profundamente ofendida.

Eu quase tinha me esquecido da querida Sra. Acton, uma mulher que meu tio tinha contratado para me acompanhar de volta à Argentina assim que cheguei ao Egito. Eu a enganei e escapei do hotel onde meu tio queria me manter trancada até conseguir me despachar. Mas eu não sentia nenhum remorso. Não consegui sequer formular uma resposta.

Minha mente ficou presa na iminente data em que eu partiria.

Daqui a uma semana.

Meu tio soltou uma exclamação de triunfo ao tirar algo do bolso. Ele ergueu dois bilhetes de papel e os deslizou para mim. Olhei para os papéis, me recusando a tocar neles: uma passagem de trem só de ida para Alexandria e uma de navio para o porto de Buenos Aires.

O ruído na sala diminuiu, o falatório constante foi abafado. Cogitei mergulhar os bilhetes no meu copo d'água. Pensei em rasgá-los em pedacinhos e jogá-los na cara do meu tio. A proposta de casamento de Whit ganhou força, pois era uma saída do meu exílio. Ele me oferecia uma tábua de salvação, uma chance de consertar tudo. Uma porta para a independência, uma forma de deter minha mãe e seu comportamento abominável. A resposta à pergunta de Whit se cristalizou em minha mente. Aos poucos, ergui o rosto e olhei na direção dele.

E, pela primeira vez desde que me sentei, ele me encarou.

Seus olhos azuis ardiam.

Whit arqueou as sobrancelhas, fazendo uma pergunta silenciosa cuja resposta só eu sabia. Ele deve ter lido algo em meu rosto, porque pousou a xícara de café e afastou a cadeira da mesa.

– Estarei no terraço enquanto vocês resolvem os detalhes.

Tio Ricardo murmurou algo distraidamente. Sua atenção estava voltada para um homem de pele escura do outro lado da sala, comendo com a família. Ele usava um tarbuche na cabeça e um terno impecavelmente passado. Whit me lançou um olhar rápido e significativo antes de se afastar. Meu coração disparou. Ele queria que eu achasse um jeito de ir ao seu encontro lá fora, longe do meu tio.

– Com licença por um momento. Avistei um amigo – disse tio Ricardo.

– Espere aqui.

– Mas já terminei o café da manhã – repliquei. – Acho que vou voltar para o quarto...

– Não sem mim – objetou meu tio, se levantando. – Não vou demorar nem dez minutos.

Ele me lançou um olhar severo e esperou até que eu concordasse com sua ordem.

Foi muito fácil. Cerrei a boca de maneira teimosa e concordei, relutante. Ele assentiu, se virando, e, quando tive certeza de que ele não notaria minha cadeira vazia, deixei o salão em direção ao terraço, onde Whit me esperava. O saguão fervilhava com hóspedes de todos os lugares, várias línguas sendo faladas enquanto eu abria caminho pela multidão. As portas da frente foram abertas para mim e eu saí, piscando à luz do sol. No alto, um céu azul sem nuvens se estendia sobre o Cairo – a cidade de todas as cidades, como alguns renomados historiadores a chamavam e eu tinha que concordar. Desde o amanhecer dos tempos, este lugar sempre foi uma maravilha.

Eu odiava a ideia de deixá-lo.

Whit estava sentado a sua mesa de vime favorita, pintada de um verde intenso, de costas para a parede e de frente para a rua. Dali, ele conseguia ver quem entrava e quem saía. Fui direto até ele, não me dando ao trabalho de me sentar. Ele me observou desde o momento em que saí para o terraço e ergueu o rosto para me encarar.

– Por que você me beijou na tumba? – perguntei.

– Porque eu não queria morrer sem ter feito isso uma vez – disse ele na mesma hora. – Pelo menos.

Eu me deixei cair na cadeira em frente à dele.

– Ah.

– Pela primeira vez na vida, estou fazendo as minhas escolhas – disse ele baixinho. – Prefiro me casar com uma amiga a me casar com uma desconhecida.

Uma amiga. Isso era tudo que eu era para ele? Mudei de posição na cadeira, tentando exibir a mesma indiferença fria que ele demonstrava. Naquele momento, odiei sua autoconfiança.

– Sua noiva não vai ficar aborrecida?

– Querida, eu não dou a mínima para ela. – Ele se inclinou para a frente e sustentou meu olhar. Sua voz se tornou um sussurro rouco: – Ainda estou esperando sua resposta, Inez.

Um arrepio de eletricidade me percorreu, e eu me esforcei para não começar a tremer. Era uma grande decisão – a maior da minha vida.

– Você tem certeza?

– Nunca tive tanta certeza de nada em toda a vida.

– Então vamos nos casar – falei, sem fôlego.

Era como se até ali ele fosse um balão cheio de preocupação. Seus ombros relaxaram à medida que a tensão o abandonava. O alívio suavizou suas feições, descontraindo a boca e o maxilar. Eu não tinha percebido que ele estava esperando minha resposta com tanta ansiedade. Uma sensação eletrizante vibrou sob minha pele, fazendo meu coração pulsar. Eu tinha deixado Whitford Hayes nervoso.

Ele se recuperou rapidamente e sorriu para mim.

– Daqui a três dias está bom para você?

– Três dias? Isso é possível?

– Certamente não é impossível. – Ele ajeitou o cabelo desgrenhado. – Mas vai ser bem complicado.

– Me explique.

– Precisamos de um sacerdote, uma habilitação, uma igreja e uma testemunha – disse ele, enumerando esses itens com os dedos. – Depois, precisarei entregar uma notificação ao Consulado Britânico aqui no Cairo, que avisará o Cartório do Registro Geral na Grã-Bretanha.

Arqueei as sobrancelhas.

– Você passou muito tempo pensando nisso. – Um desconforto profundo se instalou em meu estômago. – Você tinha tanta certeza de que eu diria sim?

Whit hesitou.

– Eu tinha esperança de que você dissesse sim. Era mais fácil pensar nos detalhes do que na possibilidade de uma recusa.

– Detalhes que precisam ser resolvidos debaixo do nariz do meu tio – falei. – Não podemos ser pegos.

– Como eu disse, é bem complicado. – O sorriso de Whit não se apagou. – Mas ainda temos três dias.

Segurei a borda da mesa. Eu não conseguia acreditar no rumo que minha vida estava tomando. A empolgação me deixava sem fôlego, mas eu não podia me livrar da sensação de que estava deixando algo escapar. Papá sempre me aconselhou a desacelerar a fim de prestar atenção nos detalhes que eu ignorava o tempo todo. Ouvi sua voz objetiva em minha mente, me repreendendo com delicadeza.

Quando você vai rápido demais, hijita, *é fácil deixar escapar o que está bem na sua frente.*

Mas ele não estava ali. Eu não sabia onde ele estava, nem mesmo se estava vivo. Minha mãe disse que meu tio havia assassinado meu pai, mas ela era uma mentirosa. Ele poderia estar preso em algum lugar, esperando que eu juntasse as peças do quebra-cabeça. Afastei essa preocupação da minha mente. Havia outros detalhes que precisavam da minha atenção. De alguma forma, Whit e eu tínhamos que escapar para nos casarmos sem que ninguém soubesse.

Principalmente meu tio.

– O que você precisa que eu faça?

Ele se recostou na cadeira de vime, entrelaçou as mãos sobre o abdome liso e sorriu.

– Ora, o que você faz de melhor, Inez.

Sua expressão era calorosa, de divertimento e provocação ao mesmo tempo. O sorriso dizia que ele me conhecia muito bem.

– Preciso que você esteja exatamente onde não deveria estar.

WHIT

Essa foi, de longe, uma das piores ideias que já tive.

O Clube Esportivo Quedival se erguia à minha frente, um edifício projetado em estilo europeu, pintado em cores insípidas e rodeado por palmeiras e árvores exuberantes. Um gosto desagradável cobria minha língua, ácido como vinho estragado. Apenas militares britânicos e altos funcionários civis ingleses tinham permissão para frequentar o clube. E, embora meu nome e título atendessem aos requisitos, eu tinha – desonrosamente – perdido meu lugar no Exército. O filho desgraçado da Grã-Bretanha que queria continuar assim.

Ninguém abriria as portas para me dar as boas-vindas.

Mas eu precisava de um sacerdote, uma igreja, uma testemunha e uma habilitação. Para que nosso casamento tivesse alguma credibilidade, eu teria que pedir a alguém ali dentro os dois últimos itens da lista. Alguém com quem eu não falava havia meses. Meu Deus, um ano? O tempo tinha passado como um lento borrão após minha expulsão. Ele fora meu amigo e eu acompanhava seus passos sempre que podia, embora ele não soubesse. Seus pais eram fazendeiros na Bolívia e o enviaram para morar na Inglaterra quando ele tinha apenas 8 anos. Raramente falava sobre a família; nunca ficava parado tempo suficiente para ter esse tipo de conversa. Gostava de cavalgar e de beber. Fugia dos jogos de azar, mas arriscava a vida quase diariamente.

Cavalos velozes, linhas de frente e bebidas fortes.

Leo Lopez nunca tinha me deixado sozinho em brigas, mas isso foi quando do eu ainda tinha uma reputação.

Empurrei as portas de madeira e entrei, um nó de tensão se formando em meu maxilar. Descerrei os dentes, me forçando a exibir uma expressão que não demonstrasse abertamente a repulsa que eu sentia.

O saguão era tão requintado quanto uma típica sala de estar inglesa, com cadeiras aveludadas, cortinas caras e papel de parede decorado. Espirais de fumaça de charuto tomavam o salão em uma névoa quente e brilhante, e o barulho de conversas animadas vinha de todos os lados ao mesmo tempo. Homens vestidos com ternos sob medida e sapatos polidos relaxavam em várias alcovas com assentos confortáveis, mesas de café baixas e vasos de planta. Era o tipo de estabelecimento de que meu pai gostava. Um lugar para se misturar com a nata da sociedade, confraternizar com os ricos e poderosos enquanto se reclamava da esposa carente e de sua queda por pérolas e joias. Eu podia imaginar meu pai ali, totalmente sóbrio, avaliando fraquezas e esperando para desferir o golpe. Mais tarde ele usaria na mesa de jogo tudo que descobrisse.

A porta se fechou atrás de mim com um estrondo audível.

Percebi o momento em que fui reconhecido.

Um silêncio denso se instalou na sala, sufocando todas as conversas. Ninguém falou por vários segundos. Parecia que eu tinha superestimado muito meu charme.

– Que diabos você está fazendo aqui? – perguntou um homem, oscilando ligeiramente ao se levantar.

Pisquei diante do vermelho intenso do uniforme dele. Parecia incrível que eu tivesse usado aquele traje por quase sete anos. Seu nome me veio de repente: Thomas qualquer coisa. Ele tinha uma namorada em Liverpool e pais idosos que gostavam de tomar vinho do Porto após o jantar.

– Estou procurando Leo – respondi com indiferença. – Você o viu?

Vários presentes se levantaram, os rostos ficando vermelhos.

– O clube esportivo é só para *membros*.

– Não para malditos desertores! – gritou outro.

– Por desonra! – berrou um terceiro.

– Eu não vou ficar – falei em meio às exclamações indignadas. – Estou procurando...

– Whit.

Eu me virei na direção de uma porta que levava a um corredor estreito. Leo estava encostado no batente, chocado, como se tivesse visto um fantasma. Parecia o mesmo da última vez que o vira, bonito como sempre, o maldito. Impecável, botas brilhantes, uniforme passado. O cabelo preto cuidadosamente penteado para trás. Eu não sabia como ele me receberia.

– Leo, olá.

Seus olhos percorreram a sala, a expressão neutra, mas percebi que ele compreendia a situação. Senti, mais do que vi, vários homens se aproximando, me cercando. Eles olhavam de mim para Leo, avaliando nosso grau de familiaridade. Leo abriu a boca, depois a fechou abruptamente, um brilho calculista nos olhos. Eu entendi de imediato o que se passava por sua cabeça: valeria a pena ele me fazer um favor só para eu ficar lhe devendo? Eu era um homem sem país, meu nome estava mais sujo do que uma poça de lama. Mas ele sabia que eu tinha talento para descobrir segredos. Dei um sorriso resignado, arqueando levemente uma sobrancelha. Senti um aperto no peito, o ar preso nos pulmões. Tudo que ele tinha que fazer era estender a mão e eu poderia ficar, mesmo que por alguns minutos. Esperei para ver o que meu amigo faria.

Leo desviou o olhar.

Era outra sentença.

Mãos rudes se estenderam, puxando minhas roupas, me arrastando de volta para a entrada. Não ofereci resistência, mesmo quando alguém empurrou meu ombro e outro chutou minhas canelas. A raiva pulsava no meu sangue. Levantei as mãos enquanto lutava para acalmar a fera que rugia dentro de mim. A vontade de me defender quase tomou conta de mim. Eu não podia ceder ao impulso. Eles procurariam qualquer desculpa para me arrastar para a prisão do Cairo. Eu já estivera lá uma vez e ainda me lembrava do fedor horrível, do peso opressor do desespero, dos ocupantes esqueléticos. Se eu entrasse, nunca mais sairia. Eu sabia que era exatamente isso que eles queriam.

Whit impulsivo, perdendo a cabeça. Whit desonroso, atacando um oficial.

Se eu reagisse de alguma forma, qualquer chance de me casar com Inez desapareceria.

E eu precisava me casar.

Os oficiais me arrastaram até as portas da frente e me jogaram para fora. Caí de quatro, a pedra arranhando a palma das minhas mãos. Eu me levantei enquanto os homens festejavam e se trancavam lá dentro, cantando alegremente.

Maldição. E agora?

O clube esportivo ficava a uma curta caminhada do hotel. Enfiei as mãos nos bolsos e comecei a refazer meus passos, a mente nublada com ideias inúteis. Leo não me receberia – lá se fora minha testemunha. O capelão do Exército estava fora de questão, assim como a habilitação. Sem ela, eu não poderia registrar oficialmente o casamento na Grã-Bretanha.

Merda, merda, merda.

Andei uma quadra, a mente em turbilhão. Eu não tinha uma boa relação com nenhum dos meus outros compatriotas no Cairo. Eram todos dignitários e diplomatas, imperialistas convictos que desprezavam homens que não seguiam ordens.

Ouvi passos atrás de mim, alguém correndo pelo caminho.

– Whit!

Parei e me virei, mal contendo o sorriso. Meu velho amigo, finalmente se manifestando. Leo parou, o cabelo já não tão arrumado.

– Que idiotice – disse ele. – O que foi que te deu?

– Vou me casar – respondi. – E preciso que tenha respaldo legal e seja reconhecido pelas pessoas certas.

Suas sobrancelhas se ergueram.

– Meu Deus. Devo parabenizá-lo? Ou oferecer minhas condolências?

Dei um tapinha nas costas dele.

– Decida no casamento... você será nossa testemunha.

Eu me vi em outro bar.

Estávamos lutando por trinta centímetros de espaço do balcão de mogno ocupado por dezenas de clientes no famoso estabelecimento do Shepheard's. Leo insistira que sabia onde encontrar o capelão do Exército, um tal de Henry Poole, que gostava de cerveja clara e abundante. Quando ele me arrastou de volta para o hotel, a imagem da minha futura esposa passou pela minha mente, nítida como se ela estivesse diante de mim. Cachos escuros que não se deixavam domar, olhos alquímicos com seu brilho dourado, iluminados por uma curiosidade insaciável. Ela provavelmente estava planejando fugir do hotel sem que o tio percebesse. Naquele momento, ela poderia estar descobrindo os próximos compromissos de Ricardo ou pedindo ajuda a um empregado.

Quando se tratava de Inez, ninguém tinha certeza.

– Pague outra antes de ele pedir – disse Leo em espanhol pelo canto da boca.

No mesmo instante, lancei um olhar na direção dele. Como é que ele sabia que eu tinha aprendido espanhol? No Exército, eu aprendera algumas frases, mas nada perto de como eu falava ou entendia a língua agora. Parecia que eu não era o único que observara de longe.

Ele tomou um gole de sua bebida e deu de ombros. Em seguida, apontou o queixo na direção do capelão do Exército, que estava ao meu lado, com um sorriso repuxando os lábios enquanto observava a cena tumultuada no espaço luxuoso. Eu já tinha estado ali muitas vezes, frequentemente a serviço de Ricardo. Muitas pessoas passavam pelo famoso bar com a intenção de se divertir e nada mais.

Henry se inclinou para a frente e gritou o pedido dos três para o barman, que assentiu rapidamente enquanto também atendia meia dúzia de outras pessoas. Admirei a competência multitarefa do rapaz. O capelão olhou para nós, sorrindo. Me pareceu que ele não tinha muitos amigos e estava ansioso por camaradagem. Eu havia pensado que ele seria alguém maçante, tenso e mal-humorado.

Mas ele era jovial e falante – realmente esquisito para um britânico – e estava quase bêbado. Ele sorria demais e era o tipo que confiava demais, coitado. O barman empurrou mais três copos na nossa direção, cheios até a borda, e eu hesitei.

Eu já tinha bebido dois.

– A arma é realmente necessária? – O capelão soluçou. – Não estamos em perigo aqui, tenho certeza.

– Não vou a lugar nenhum sem ela – afirmei.

Leo se abaixou e aproximou o nariz da arma presa ao meu quadril.

– Você ainda tem o revólver dele? Depois de todo esse tempo?

– De quem? – perguntou Henry, olhando-a com interesse.

– Do general Gordon – respondeu Leo em voz baixa, então ergueu o copo em uma saudação solene.

– O general Gordon? – perguntou Henry em um sussurro de espanto. – Essa arma é *dele*?

Assenti com firmeza, levando a mão ao copo. Sem hesitar, tomei um longo gole da bebida.

– Mas como foi que você a conseguiu? – indagou o capelão, surpreso. – Ouvi dizer que ele foi decapitado...

– Mais uma rodada? – interrompeu Leo.

– Nós acabamos de pegar estas bebidas – protestou Henry.

– Algo me diz que vamos querer mais uma – disse Leo, lançando um olhar inquieto na minha direção.

Ele sabia toda a história da minha desonrosa passagem pelo Exército, é claro. Eu tinha sido expulso, sem tempo para me defender nem me despedir dos outros. Não que eu me importasse – exceto, às vezes, talvez, com a maneira como eu desaparecera sem me explicar a Leo.

Mesmo assim, eu achava que ele teria entendido, apesar de não poder tomar meu partido publicamente. Porém, isso não tinha mais importância, porque ele estava ali naquele momento.

– A nós! – disse Henry, entre um soluço e outro.

Erguemos os copos. Afinal, quem está na chuva é para se molhar.

Que horas seriam? O rosto de Leo estava borrado na minha frente. A cantoria tinha ficado mais alta. Meu Deus, *alta demais*. Mas eu tinha conquistado mais alguns centímetros no balcão para nós. Vitória.

– Você não tinha que perguntar algo ao Henry? – gritou Leo no meu ouvido.

– Meu Deus – falei, me encolhendo.

Ele riu, o rosto vermelho, já sem a classe de antes.

Henry foi até a outra ponta do bar e voltou com mais cerveja. Ele sempre tinha mais cerveja. Devia ser feito de cerveja.

– Eu preciso me casar! – gritei.

– O quê? – berrou Henry.

– EU PRECISO ME CASAR! – berrei de novo. – VOCÊ PODE FAZER A CERIMÔNIA?

O capelão piscou, a cerveja transbordando do copo quando ele colocou a mão no meu ombro.

– Claro! Eu *odeio* funerais.

– Isso pede um uísque – disse Leo, soltando uma risada suave e resignada. – *Mais* uísque – corrigiu ele.

O alívio atravessou a névoa que cobria minha mente. Eu tinha um capelão. Tinha um sacerdote.

E teria Inez.

Obrigado, meu Deus.

Levantei o copo e me entreguei ao esquecimento.

O saguão estava quieto quando saímos, trôpegos, do bar. Leo conseguiu andar alguns metros antes que precisasse se apoiar em uma das enormes colunas de granito. Minhas pernas e braços pareciam soltos e a mente estava imersa em uma densa neblina; era até difícil captar meus pensamentos.

– Ele disse que ia celebrar? – perguntei, tentando me lembrar das palavras exatas do capelão.

Ele havia saído uma hora antes. Talvez mais. Eu tinha parado de olhar para o relógio de madeira lá dentro.

Leo assentiu e depois fez uma careta.

– Você não se lembra de gritar que ia se casar?

– O quê? Não.

Isso teria sido extremamente idiota... Ninguém deveria saber dos nossos planos. Qualquer um poderia ir até o conhecido Ricardo Marqués para dar a notícia.

– Quase todo mundo lá dentro te parabenizou – comentou Leo.

Eu estava a poucos passos dele, mas, ainda assim, sentia o cheiro forte de álcool em seu hálito.

Tudo girava e um sentimento de desconforto surgiu. Engoli o gosto ácido que cobria minha língua. Observamos em silêncio o desfile de clientes saindo do bar, alguns eretos, outros cambaleando e alguns que precisavam ser carregados por amigos. Eu estava razoavelmente orgulhoso de não ter dificuldade em permanecer de pé.

– Vire de costas – disse Leo de repente, com os olhos fixos em um grande grupo que passava a pouco mais de três metros de nós.

Por instinto, eu me escondi atrás da coluna, sem visão da entrada do bar. Espiei o grupo.

– Pare – sibilou Leo.

Mas era tarde demais – eu já tinha visto meu ex-capitão. Pelo jeito como ele fuzilava meu amigo com os olhos, estava bem claro que tinha nos visto bebendo – talvez até tivesse visto seu capelão conosco.

Leo assobiou alto, e ouvi várias pessoas se aproximarem, rindo, falando alto. Dei a volta na coluna, surpreso ao ver meu amigo cercado por soldados. Vários deles tinham me comprado rodadas de uísque. Eu sabia que Leo esperava que eles bloqueassem a visão do capitão, mas não deu certo.

Ele se aproximou, e os soldados se empertigaram, alguns fugindo para a entrada do hotel. O uniforme decorado exibia fileiras de fitas e insígnias de bronze que brilhavam intensamente à luz das velas que tremeluziam pelo saguão. Os olhos claros do capitão me percorreram de alto a baixo, me avaliando, os lábios pressionados em desaprovação. Ele observou minhas botas empoeiradas e a camisa amassada. Meu cabelo longo demais e o álcool no meu hálito.

– Whitford – disse ele. – Ouvi dizer que você foi ao clube.

Parecia melhor manter a boca fechada.

– Você ainda trabalha para o Ricardo – afirmou ele. – Por acaso ele sabe que você planeja se casar com a sobrinha dele?

O sangue se esvaiu do meu rosto.

– Foi o que pensei – observou ele com um sorriso frio. – Você continua o mesmo, Whitford. – Ele balançou a cabeça, o desprezo estampado nas feições severas. – Seu pai merecia coisa melhor. – Sua atenção se voltou para Leo, que ainda estava usando a coluna para se manter de pé. – Vejo você de manhã.

O capitão se afastou com os ombros retos e as costas rígidas.

Um trovão rugia em meus ouvidos.

– Como é que ele sabia que a pessoa com quem vou me casar era a sobrinha de Ricardo?

Leo soltou uma gargalhada.

– Você disse isso no bar, idiota.

Que merda. Agora não tinha mais jeito: Inez e eu teríamos que nos casar mais cedo. Se havia alguém que queria bagunçar minha vida, era o homem que me denunciara ao juiz militar.

Só depois de me despedir de Leo é que senti alguém me observando do alto da escada. Inclinei a cabeça para trás, a boca seca, os olhos turvos. Subi o primeiro degrau cambaleando, mal conseguindo me manter de pé. A figura parecia familiar.

Demorou um minuto para que a forma se cristalizasse, as linhas se tornando mais nítidas. Era uma jovem com uma expressão difícil de decifrar. Talvez fosse de horror e incredulidade. Ela se virou, se afastando rapidamente, apertando o cinto do roupão em torno da cintura fina. Cachos escuros balançando em torno dos ombros. Eu finalmente a reconheci.

Inez.

CAPÍTULO DOS

Ao ver Whit bêbado, senti como se uma lança tivesse me atingido. Eu andava de um lado para outro no quarto do hotel, agitando as mãos, tentando entender o que eu tinha visto e o que aquilo significava. Eu fora procurar outras saídas, na esperança de encontrar um jeito de deixar o Shepheard's que não fosse a entrada principal que todos usavam, e o vira no meio de um grupo de *soldados*. Algo que nunca pensei ser possível, tendo em vista seus sentimentos sobre o serviço no Exército. Sem mencionar o que *eu* achava deles. Mas lá estava ele, sorrindo à vontade, cambaleando um pouco e claramente se divertindo. Então ele falou com um oficial que usava um uniforme com condecorações, e aquela visão me revirou o estômago.

Eu não conseguia entender.

Whit não desejava nenhuma ligação com o Exército. Era nisso que ele tinha me levado a acreditar. Ele não queria nenhum lembrete do que tinha acontecido, por isso eu não conseguia imaginá-lo em uma conversa agradável com um militar. E por que um soldado ou capitão britânico entabularia uma conversa com um dos seus que fora expulso com desonra?

Eu tinha deixado as portas da sacada abertas, precisando de ar fresco. A lua mostrava seu rosto, e a noite estava calma e silenciosa. Eu deveria ter ido para a cama, mas meu coração batia forte contra as costelas. Houve um tempo em que eu não confiava em Whitford Hayes. Quando eu pensava o pior sobre ele. Mas ele me mostrara um lado oculto, e eu tive que ajustar minhas suposições iniciais.

Ele me dava segurança.

Só que, quando o vi como estava naquela noite, bêbado e alegre em meio aos militares, uma persistente sensação de pavor se instalou em meu coração.

E se eu estivesse certa sobre ele antes?

– Acorde, Inez.

Eu me remexi sob os lençóis, piscando, o rosto enfiado no travesseiro. Parecia a voz de Whit. Eu me virei, estreitando os olhos através do pesado véu do mosquiteiro. *Era* a voz de Whit.

– Veja só quem está agindo de forma inapropriada agora – falei quando consegui recuperar a voz.

Normalmente, isso poderia ter me rendido um sorriso de divertimento ou até uma risada. Mas a silhueta embaçada de Whit permaneceu em silêncio e imóvel.

– Que horas são? – perguntei.

– Cedo – foi a resposta curta dele. – Você vai sair daí?

– Algo me diz que não vou gostar do que você vai dizer.

– Provavelmente não.

Suspirei enquanto meu estômago se contorcia em nós descontrolados. Whit puxou o mosquiteiro para o lado e murmurei um agradecimento enquanto saía da cama. Minha camisola era solta e longa, e eu a arrumei, constrangida e tímida. Whit permanecia contido, com uma expressão distante e cautelosa. Usava as mesmas roupas da noite anterior. Cheirava a uísque, cravo e turfa. Eu me perguntei se ele tinha dormido ou se ficara acordado com os amigos soldados pelo resto da noite.

– Vi você no saguão.

Um músculo em sua mandíbula se contraiu.

– Eu sei.

– Quem eram aqueles homens?

Whit deu de ombros.

– Ninguém importante.

Inclinei a cabeça para o lado, refletindo. Obviamente, eram militares, e Whit claramente os conhecia. O que eu deveria ter perguntado era por que ele tinha saído para beber com eles, quando em teoria estava ocupado com os preparativos para nosso casamento. Eu mal o tinha visto desde que ele explicara exatamente o que queria que eu fizesse. A lista de tarefas sob sua responsabilidade era extensa. Segundo ele, seria necessário um milagre para organizar um casamento em tão pouco tempo, tudo escondido do meu tio.

– Você dormiu?

Whit ignorou minha pergunta. Eu me aproximei um passo e notei as veias vermelhas e finas nos olhos injetados e a linha de tensão no maxilar cerrado. O rosto geralmente bem barbeado não vira uma navalha nas últimas 24 horas. Mais uma vez, senti uma pontada de preocupação. Ele parecia tenso e ansioso.

Ele ia cancelar o casamento. Eu tinha certeza disso.

Ele cometera um erro ao me pedir em casamento – era imprudente demais, uma ideia que jamais deveria ter sido dita em voz alta. Ele ia me dizer que concordava com meu tio, que seria melhor eu ir embora do Egito, e assim eu teria que encontrar outro marido. As pessoas se casavam por conveniência o tempo todo, claro. Tinha que haver...

– Temos que nos casar hoje.

Eu pestanejei.

– *¿Qué?*

Ele cruzou os braços.

– Tem que ser hoje. Gente demais pode interferir, procurar seu tio e contar nossos planos.

Minha mente girava.

– Mas...

– Eu tenho a testemunha e alguém para nos casar. Mas preciso obter a habilitação. – Ele prosseguiu como se eu não estivesse me debatendo em águas profundas, tentando me manter na superfície. – Você conseguiu encontrar um jeito de sair do Shepheard's?

– Consegui. Mas não tenho vestido. Tem que ser hoje?

– Se eu conseguir a habilitação, sim. Me encontre na Igreja Suspensa ao pôr do sol.

Whit se virou para sair, e eu tentei segurá-lo, mas ele já tinha atravessado o quarto e estava à porta.

– Como você entrou no meu quarto? – perguntei. – A chave está comigo.

– Eu surrupiei a cópia na recepção – disse ele por cima do ombro. – A segurança do hotel é terrível.

– Whit...

– Eu tenho que ir – declarou ele, apressado, e saiu.

E foi embora antes que eu pudesse dizer mais uma palavra, antes que eu pudesse perguntar por que ele não estava agindo como de costume, antes que eu pudesse exigir que ele *olhasse* para mim. Uma única vez.

Fiquei ali imóvel, arrasada e apavorada. Era como se eu já pudesse sentir o balanço do navio sob os pés, me arrastando de volta para casa.

Vesti preto no meu casamento e, se tivesse me deixado levar pelo sentimentalismo, permitiria que minha mente vagasse para o momento em que vi Whit pela primeira vez, quando estava usando o mesmo vestido. Mas aquele terrível sentimento do mais absoluto pavor me envolvia como um manto, e eu não conseguia pensar em nada além do comportamento distante de Whit mais cedo. Mexi no único adorno que escolhi usar, o lenço mágico de Mamá, com sua estampa colorida, capaz de encolher objetos. Pensei em não usá-lo, mas ele servia como um lembrete da razão do casamento.

Eu não permitiria que minha mãe vencesse.

Um grito agudo me arrancou dos meus pensamentos. Um cocheiro por um triz não atropelou um cachorro vira-lata que latia feliz para várias crianças que brincavam em frente a uma pequena barraca de mercado. Barris de especiarias perfumavam o ar: páprica, cominho e açafrão. Ao lado, estava a Harraz, uma loja especializada em ervas e fragrâncias, onde muitos egípcios e turistas passeavam entre os variados produtos ofertados. Todos saíam cheirando a óleos essenciais, e eu estava morrendo de vontade de experimentar alguns, mas não tinha tempo. Eu estava à espera de Whit na esquina em frente à igreja, entretida com a observação da vida cotidiana do Cairo. Ninguém prestava atenção à viúva parada sozinha na esquina. Eu tinha saído pela entrada principal do Shepheard's disfarçada, com uma confiança que eu não sentia nem um pouco à medida que os minutos se arrastavam.

Whit estava atrasado. Muito atrasado.

O sol ia se pondo, o ar fresco baixando sobre a cidade à medida que o céu escurecia aos poucos. O som da oração da noite se elevava no ar noturno. Normalmente, eu o achava reconfortante, mas, naquele momento, só me lembrava de que a pessoa com quem eu ia me casar não tinha chegado.

Parte de mim duvidava que ele fosse aparecer.

Talvez ele não tivesse conseguido a habilitação; talvez meu tio tivesse descoberto nossos planos e estivesse confrontando Whit. Mil razões e explicações passavam pela minha mente, todas viáveis. Mas havia uma que pesava muito em meu estômago, um nó indigesto, que dividia o espaço com meus piores medos.

Whit era só mais uma pessoa na minha vida que poderia se afastar de mim com facilidade.

Eu mudava o peso de um pé para o outro e tentava não pensar no pior. Mas essa ideia continuava a brotar na minha mente como vapor, deixando a nuca úmida de suor. Talvez Whit tivesse mudado de ideia. Pela primeira vez na vida, desejei ter um relógio de bolso. Eu daria mais alguns minutos a ele antes de voltar para o hotel. Comecei a contar os segundos na minha cabeça. Quando ultrapassei quinhentos, finalmente encarei a verdade.

Ele não ia aparecer.

Meus pés pareciam se mover por conta própria quando comecei a caminhada de volta para o hotel. O que eu faria? Pensei em usar o lenço da minha mãe para me encolher até desaparecer, mas a magia provavelmente não funcionaria em humanos. Estava prestes a atravessar a rua quando ouvi um grito e percebi, com um sobressalto, que alguém estava chamando meu nome.

– Olivera!

Uma silhueta familiar surgiu no fim da rua, com as mãos enfiadas nos bolsos. O alívio tomou conta de mim à medida que ele se aproximava, como um bálsamo sobre uma ferida dolorida. Soltei um suspiro trêmulo ao ver seus traços. De alguma forma, Whit parecia mais leve, menos sobrecarregado. A esperança aprofundou as raízes em meu coração, como uma erva daninha determinada.

Ele parou na minha frente.

– Olá – falei com cautela.

Whit sorriu e puxou uma única folha de papel.

– Consegui.

– A habilitação? – perguntei. – Alguém realmente nos deu permissão para casar?

Ele assentiu e estendeu os braços, me puxando para si.

– Achei que não conseguiríamos, Inez.

Um de seus braços se apoiou na parte inferior das minhas costas, e senti um calor agradável se espalhar até os dedos dos meus pés. O linho macio de sua camisa roçou em minha têmpora, e eu ouvi seu batimento cardíaco constante sob minha bochecha.

– Por que você está tremendo? – sussurrou ele no meu cabelo.

– Achei que você não viria – sussurrei de volta.

Whit me afastou o suficiente para ver o meu rosto.

– Por que você pensou isso?

– Você estava distante hoje de manhã. Não parecia que estávamos juntos nisso. E, quando te vi ontem à noite no saguão, fiquei preocupada com o que aquilo poderia significar.

– Tive que pedir um favor a um amigo – disse ele, fazendo uma careta. – E acabei me empolgando ao interpretar o papel.

Ele usou o indicador para levantar meu queixo.

– Eu não mudaria de ideia sobre me casar com você, Inez.

– Essa provavelmente é uma péssima ideia. Não é?

– Sim – concordou ele de um jeito suave. – Mas é a melhor opção que temos, certo?

Ele tinha razão, mas eu odiava como essas palavras faziam parecer que aquele era nosso último recurso. Olhei para nossas roupas. Nenhum dos dois estava vestido para uma celebração. Eu não estava usando um vestido novo, com fitas e babados, nem joias suficientes para me fazer brilhar como uma constelação distante. O tecido do meu traje parecia pesado e sufocante. Eu estava vestida para o luto. E talvez uma parte de mim estivesse mesmo de luto. Sempre imaginei que o dia do meu casamento seria sob um céu azul, dentro da igreja que eu conhecia como a palma da minha mão, a cerimônia seguida de um suntuoso café da manhã. Cercada pelos meus pais e o restante da minha família, com minha prima favorita, Elvira, ao meu lado.

Mas minha prima estava morta, meu pai ainda estava desaparecido e minha mãe era uma ladra.

Aproximamo-nos da antiga igreja erguida acima da guarita de uma fortaleza babilônica construída pelos romanos. Whit ia na frente, vestindo outra camisa azul-marinho amassada, enfiada para dentro da calça cáqui. Ele não tinha trocado o calçado. Suas botas com cadarço subiam até a panturrilha e estavam empoeiradas e gastas. O rosto mostrava as marcas do tempo que tínhamos passado na tumba: um hematoma tinha se formado em sua bochecha; um corte raso seguia a linha do maxilar mal barbeado. E seus olhos ainda estavam injetados.

Eu já tinha feito coisas imprudentes na vida, mas me casar em uma cerimônia secreta superava todas elas. Tentei não pensar no que tio Ricardo e tia Lorena diriam se me vissem agora. Mas ouvi suas repreensões de qualquer maneira.

Inconsequente. Tola. Impulsiva.

Pelo menos eu estava assumindo o controle da minha vida. Tomando uma decisão que me permitia fazer o que eu queria, mesmo que viesse a ser um erro. Se fosse, eu encontraria uma maneira de consertá-lo. Eu sempre encontrava. Eu podia confiar em mim mesma para saber o que eu queria.

E eu desejava permanecer no Egito – da maneira que fosse possível.

– Você sabe por que a chamam de Igreja Suspensa? – perguntou Whit, me arrancando dos meus pensamentos.

Através dos portões de ferro situados sob um telhado arqueado encimado por uma ponta, ele indicou os 29 degraus que levavam até a porta de madeira esculpida.

– A nave fica suspensa sobre um passadiço.

– É linda – comentei, minha atenção capturada pelas torres gêmeas do campanário que ladeavam a entrada arabesca. Teria ficado linda adornada com flores e fitas de cetim.

Whit seguiu em frente, e eu o acompanhei, meu coração batendo forte nas costelas a cada passo que dávamos em uníssono. Subimos juntos, ele abriu a porta pesada e lançou um olhar por cima do ombro, encontrando o meu por um breve instante. Sua expressão estava indecifrável à luz do fim do dia. Uma faixa de luz roxa ia se espalhando pelo céu enquanto a oração noturna se elevava na noite que estava se formando.

– Está pronta? – perguntou ele, em voz baixa.

– Se estou pronta? – repeti. – Não. Não acredito que estamos prestes a fazer isso. Dez minutos atrás, você ia se casar com outra pessoa. Há cinco minutos, achei que você não viria. Mas agora você vai se casar *comigo*, e estamos aqui. Quando passarmos por essa porta, essa ideia maluca se tornará real. Minha mente de repente parece confusa. A sua também está confusa?

Whit deixou a porta se fechar. Seu queixo baixou, sua atenção seguindo até a ponta das próprias botas. Quando ele tornou a erguer o rosto, tinha uma expressão cautelosamente neutra. Ele me observou à luz crepuscular e parecia ter tomado uma decisão.

– Não precisamos fazer isso, Inez. Podemos voltar para o Shepheard's e fingir...

– Mas e depois? – perguntei com a voz estridente. – Tio Ricardo ainda tem o controle da minha herança. Eu não tenho nada, nem mesmo um lugar para dormir. Preciso desocupar o quarto no dia 10 de janeiro. A propósito, hoje é dia 9 de janeiro, caso você não tenha percebido.

– Você vai pensar em algo – replicou Whit, sorrindo. Mas o sorriso não chegou aos olhos. – Você sempre pensa.

– Estou cansada de tentar planejar seis passos à frente. Fingir ser viúva e mentir para minha tia para vir para o Egito, escapar às escondidas do hotel duas vezes e depois embarcar clandestinamente no *Elephantine*...

– Olivera, eu sei.

A voz dele era gentil, a mão ainda fechada em torno da maçaneta da porta.

– Eu não tenho outra opção – continuei. – E preciso ficar no Egito. Minha mãe...

Whit soltou a maçaneta e deu um passo em minha direção, pousando as mãos nos meus ombros e dobrando os joelhos para me olhar nos olhos. Sua respiração roçou em minha boca.

– Querida, eu *sei*.

O termo afetuoso pareceu um carinho, aliviando o nó de tensão que pressionava minhas têmporas. Ele raramente o usava, apenas quando eu estava inconsolável ou em perigo mortal. Sua proximidade inundava meus sentidos. Esse homem alto seria meu marido – se eu quisesse. Parecia incrível, impossível. A empolgação pulsava em meu sangue. Eu queria Whit, mas também queria ter controle sobre a minha vida. Dizer sim a Whit significava que meu tio não poderia mais ditar meus planos, meu futuro. Significava poder ficar no Egito.

Basta de esquemas. Basta de estratagemas. Esse tipo de comportamento me lembrava minha mãe. E eu não queria ser como ela; não queria herdar algo que pudesse ferir tantas pessoas. De repente, me lembrei que eu já tinha herdado.

Todas as minhas maquinações tinham levado à morte de Elvira.

Outra pessoa puxara o gatilho, mas fora a *mim* que ela seguira.

Mais do que qualquer coisa, eu queria expiar esse meu comportamento. Queria impedir minha mãe de vender artefatos que tinham pertencido a Cleópatra. Queria descobrir o que havia acontecido com meu pai. Eu tinha muitos anseios palpáveis, e cada um deles era como um peso sobre meus ombros, me empurrando para a terra. Todo esse *desejo* ameaçava me enterrar viva.

A menos que eu fizesse algo a respeito.

– Fale comigo – sussurrou Whit. – O que você está pensando?

Balancei a cabeça, tentando me concentrar no aqui e agora. No homem que estava à minha frente. Às vezes, eu conseguia interpretá-lo facilmente. Quando nossos corações se conectavam e, por um instante, víamos o mundo da mesma maneira. Porém, na maioria das vezes, eu mal o compreendia. Eu ainda não sabia por que *ele* queria se casar *comigo*.

Um termo afetuoso era só uma palavra, não uma promessa.

– Tenho meus motivos para fazer isso – sussurrei. – Quais são os seus?

Ele deu um passo atrás, assentindo, como se já esperasse a pergunta. Suas palavras do dia anterior ainda ressoavam em meus ouvidos. O peso delas, ditas em sua voz profunda de barítono, com seu sotaque suave e aristocrático. A largura dos ombros, tensos e alertas, as mãos trêmulas. Ele estava nervoso quando as pronunciou.

Case comigo, e não com ele.

Isso fora naquele momento. Agora que eu estava diante da igreja, não tinha certeza se havia compreendido a qualidade permanente da minha decisão. Casamento significava para sempre – ou, pelo menos, eu queria que significasse. Observei Whit, que tinha ficado imóvel, visivelmente ponderando a resposta.

Ele enfiou as mãos fundo nos bolsos.

– Pedir você em casamento foi minha escolha e de mais ninguém – disse ele. – No caos absoluto da minha vida, você é a única coisa que faz sentido. Você me perguntou quais são os meus motivos, e eu ainda não sei todos eles, mas sei uma coisa importante. – Ele respirou fundo, trêmulo, com os olhos fixos no meu rosto, e a emoção bruta que espreitava em suas profundezas quase me tirou o chão. – É você que eu quero, Inez.

Meus lábios se entreabriram.

Sua voz se tornou um sussurro rouco:

– Por favor, faça de mim o homem mais feliz do mundo.

E o planeta saiu do eixo outra vez, sem nenhum aviso. O chão pareceu se mover sob meus pés, e meus joelhos vacilaram. Whitford Hayes era um prisma multifacetado, e eu supunha já ter visto todos os seus lados. O sedutor ousado com suas piscadelas igualmente ousadas, o soldado leal ao seu general, o bêbado com olhos injetados e um frasco escondido no bolso, o aventureiro que sabia lidar com dinamite, o homem que amava o Egito e que adorava sua única irmã.

Mas eu nunca tinha visto sua vulnerabilidade bruta.

Esse lado me deixou sem fôlego.

– Isso é suficiente para você? – perguntou ele.

– É – murmurei.

Whit assentiu, solene e resoluto. O suor brotava em sua testa, e me ocorreu que ele talvez ainda estivesse nervoso. Podia estar tentando parecer calmo para me tranquilizar, mas, por dentro, talvez seu coração estivesse batendo tão rápido quanto o meu.

Ele abriu a porta e estendeu a mão. Não hesitei, aceitando-a com um pequeno sorriso, com a sensação de que seria capaz de enfrentar meu tio, minha mãe, minha tia e qualquer outra pessoa que se pusesse no meu caminho.

Entramos.

CAPÍTULO TRES

A igreja era ainda mais bonita por dentro. Aos pés da grande nave erguia-se um altar, e além dele, painéis de madeira incrustada em forma de lótus decoravam as paredes. Três corredores dividiam o espaço com fileiras e mais fileiras de bancos de madeira. E, à direita, havia três santuários escondidos quase fora de vista. Automaticamente, comecei a seguir naquela direção, curiosa para ver de perto as elaboradas telas adornadas em ébano e marfim.

Whit enlaçou o braço no meu cotovelo, me puxando para si.

– A arte chamou minha atenção – expliquei. – Só quero dar uma olhada mais de perto no desenho. Talvez eu traga meu bloco de desenho da próxima ve...

Uma expressão de divertimento enrugou o canto dos olhos dele.

– Você esqueceu por que estamos aqui?

– *Claro* que não. Eu só estava curiosa...

– Inez.

– Whit.

– Temos que nos apressar – disse ele, exasperado. – Antes que alguém se dê conta do nosso sumiço. Porque estamos *nos casando secretamente.*

Sorri, e ele também. Parecia até que estávamos de volta a Philae, examinando os relevos antigos nas paredes, bebendo um café horrível e enfiando as mãos na poeira.

– O capelão está esperando – acrescentou Whit. – E onde está... Ah. – Ele soltou um suspiro vigoroso. – Vou até ali para acordá-lo.

Ele se afastou a passos largos, e observei espantada enquanto ele se aproximava de um banco vazio. Não, não estava vazio. Havia um par de botas pendendo da beirada. Whit se inclinou para a frente e bateu nelas com o joelho.

– Leo – chamou ele. – Acorde.

Cheguei ao lado dele e olhei para o homem adormecido. O cabelo escuro ondulado caía sobre a testa, fazendo-o parecer bem jovem. Eu o teria julgado alguns anos mais novo que Whit, exceto por uma coisa: a boca, mesmo enquanto ele dormia, era rígida e sardônica. Ele usava um casaco vermelho reluzente – com um susto, percebi que o tinha visto antes. Era um dos soldados que estavam com Whit na noite anterior.

– Leo – chamou Whit novamente, dessa vez elevando um pouco a voz.

O tal Leo soltou um ronco sinfônico.

– Típico. Eu sempre posso contar com ele para todas as atividades perigosas, mas, quando é algo tranquilo, ele não se dá ao trabalho de ficar de pé. Nem acordado – acrescentou Whit com desgosto. – Certo. Vamos deixá-lo.

– Quem é ele exatamente?

– Nossa testemunha.

– Ah. E ele não deveria estar acordado para a cerimônia?

– Acho que o importante é ele estar aqui. Vamos; quanto mais rápido voltarmos ao hotel, melhor.

Assenti.

– Você primeiro.

Whit segurou meu braço enquanto seguia, como se tivesse medo de que eu sumisse de vista. Ele saudou um homem que esperava na frente da igreja. Ele era jovem, com uma cabeleira castanha e um sorriso amigável. Tinha olhos gentis, e em suas mãos carregava uma Bíblia antiga encadernada em couro, aberta perto do final. Mas, em vez de olhar para as Escrituras Sagradas, ele me fitava. Vestia uma longa túnica clara que roçava o chão de pedra.

– Boa noite, senhorita – disse ele quando o alcançamos. – Antes de começarmos, suponho que devo perguntar se a senhorita está com problemas. – A voz era suave como um sussurro.

Belas janelas ladeavam os robustos bancos de madeira, e uma luz suave criava desenhos em nosso rosto, nos envolvendo em um brilho prateado. Havia velas acesas no altar, e espirais de fumaça se elevavam em círculos convidativos.

Balancei a cabeça.

– Nenhum problema. Por quê?

O capelão lançou um sorriso de divertimento para Whit.

– Bem... estas são circunstâncias altamente incomuns. Para começar, onde está a família de vocês? Os convidados? Uma acompanhante? – Ele semicerrou os olhos. – A senhorita está de luto? E a noiva não deveria carregar flores?

Eu estava prestes a dizer que nada disso importava – a ausência da família, meu vestido preto. Mas a última pergunta me deixou sem ar, e eu não estava preparada para a onda de tristeza que me atingiu.

– Eu adoraria estar carregando flores – sussurrei.

Whit olhou para mim, a testa franzida.

Mas o capelão voltou a falar, me distraindo com as palavras que vieram a seguir:

– Além disso, o noivo trouxe uma arma para o casamento.

Meu futuro marido estava armado? Eu me virei para ele.

– Whitford Hayes, você *não* se casará com uma arma presa à cintura.

Ele riu, tirando o revólver do coldre. As iniciais conhecidas brilharam à luz suave. Ele o ergueu, como se estivesse se rendendo, e o colocou em um dos bancos.

– Um terrível descuido – disse Whit, soando tanto como seu eu habitual que não pude deixar de sorrir. – Ele ainda está esperando sua resposta para a pergunta.

– Que pergunta? Ah! Certo, sim. – Passei a língua pelos lábios. – Essa é a minha decisão.

O capelão assentiu.

– Então podemos começar. Vocês prepararam seus votos?

Pisquei. Eu não tinha pensado muito no casamento em si, só em conseguir chegar à igreja em segredo. Foi difícil escapar do olhar de tio Ricardo. Só consegui escapulir do Shepheard's depois de fingir uma dor de cabeça terrível.

– Sim – disse Whit.

– Votos? – perguntei, enquanto o santuário ficava mais quente a cada segundo.

– Bem, eu não vou escrevê-los para a senhorita – disse o capelão com uma risada.

Ele fez o sinal da cruz e deu início a um longo sermão sobre as responsabilidades do casamento. Eu estava concentrada demais elaborando meus votos para prestar atenção. A preocupação percorria minha pele. Era o dia do meu casamento, o único que eu teria na vida. Não era o que eu esperava nem o que eu tinha imaginado um dia. Eu queria que pelo menos minha promessa a Whit fosse perfeita. Porque um dia poderíamos esquecer como era a igreja, o que vestíamos ou talvez até o próprio sacerdote.

Mas eu queria me lembrar do que diria em seguida.

Por alguma razão, eu sabia que aquelas palavras ficariam comigo pelo resto da vida.

Retorci as mãos e comecei a andar de um lado para outro, subindo e descendo o espaço diante do altar, dando a volta pelo padre e por Whit, e depois andando por um dos três corredores. Ouvi a voz baixa do capelão diminuir até virar uma longa pausa antes de perguntar a Whit se ele deveria continuar.

– Ela está processando as informações, mas por favor continue até a hora dos votos – disse Whit, achando graça. – Ela voltará em algum momento.

– Hã... certo, então. – O capelão pigarreou e continuou o sermão monótono.

Eu falava em voz alta, às vezes sussurrando, às vezes resmungando, enquanto me angustiava com cada palavra. O capelão tentou acompanhar meus devaneios, mas acabou desistindo. Ele se sentou em um dos bancos e ficou lendo a Bíblia em silêncio enquanto eu elaborava meus votos. Leo continuava roncando, o som ecoando nas paredes de pedra. Whit observava meu progresso de um lado para outro do corredor com um leve sorriso no rosto, e, quando voltei para o lado dele, eu sabia o que ia dizer.

– Terminou? – perguntou o capelão, se levantando.

Ele retomou a posição anterior diante do altar, com a Bíblia aberta.

Encarei Whit e segurei suas mãos. Ergui o queixo e mantive o olhar firme no dele.

– Estou pronta.

Leo acordou com um gemido alto e se sentou, a cabeça e os ombros sendo as únicas coisas visíveis de onde eu estava. Whit se virou parcialmente para ele.

– Que gentileza da sua parte se juntar a nós, idiota.

Leo piscou, olhando a igreja ao redor, e os olhos sonolentos se fixaram em mim.

– Eu perdi, então?

– Não tudo – respondeu Whit de um jeito seco.

– Vocês podem dizer seus votos – incentivou o capelão.

Leo ficou de pé, cambaleando um pouco, e se postou atrás de nós. Sua presença me deixou curiosa. Ele era alguém da vida passada de Whit, e mil perguntas queimavam no fundo da minha garganta. Eu queria fazer cada uma dessas perguntas, descobrir todos os detalhes sobre o Whit que não conheci. O soldado e filho distante. O irmão devoto e amigo leal.

– Pare de pensar em tudo que você quer perguntar a ele – disse Whit. – Terá tempo para fazer suas perguntas depois da cerimônia.

– Como você sabia o que eu estava pensando?

– Porque eu te conheço. – Ele ergueu as sobrancelhas. – Seus votos?

– Certo. – Pigarreei. – Whitford Hayes, prometo honrá-lo e protegê-lo, mas só vou obedecer se você estiver sendo razoável. Na verdade, é provável que eu não obedeça em nada. Isso vai contra a minha natureza, e prefiro começar o casamento sendo sincera.

Os lábios dele se repuxaram em resposta. Fortalecida, continuei:

– Prometo ser fiel e vou respeitá-lo... a menos que você faça algo indigno e, nesse caso... que Deus te ajude. – Achei que Whit fosse rir, mas ele ficou em silêncio. – Na doença e na saúde, serei sua por todos os dias da minha vida.

Whit passou a língua pelos lábios, seu rosto pálido à luz das velas.

– Inez, prometo honrá-la e protegê-la e dar a vida por você. Na doença e na saúde, estarei ao seu lado. – Ele me deu um leve sorriso. – E prometo que nunca vou esperar que você me obedeça.

– Vocês têm alianças para trocar?

Olhei para o capelão, confusa.

– Alianças?

– É o costume – explicou o capelão, prestativo, como se eu não soubesse o básico.

Mas eu tinha ido à igreja sem saber se Whit apareceria. A questão das alianças nem passara pela minha cabeça.

– Não temos – disse Whit.

– Não? Bem, acho que isso teria dado um ar de pompa e cerimônia à situação...

Whit revirou os olhos, e o capelão acrescentou rapidamente:

– Eu os declaro marido e mulher. – O homem sorriu. – Pode beijar a noiva.

Eu me sobressaltei, pois tinha me esquecido do que acontecia no final da cerimônia. Na última vez que nos beijamos, achávamos que íamos morrer dentro de uma tumba abandonada. Whit se inclinou e roçou a boca na minha. Tentei gravar aquele momento, capturar o calor de seus lábios, o olhar quase terno nos olhos azuis. Mas ele se afastou depois de apenas um segundo e agradeceu ao capelão enquanto eu ficava ali, atordoada pelo que tínhamos acabado de fazer.

– Parabéns – me disse o amigo de Whit. – Eu sou Leo.

– Eu ouvi – repliquei, observando-o.

Ele era alto e magro, com cabelos negros desgrenhados e olhos escuros astutos sob sobrancelhas grossas e severas. Sua aparência dava a impressão de um corvo mal-humorado, impaciente para alçar voo.

– E obrigada – agradeci.

– Você tem família na Bolívia – comentou ele.

– Tenho – disse, surpresa. – Como é que você... – Parei, lembrando onde o tinha visto pela primeira vez. E com quem. – Whit te contou.

Leo assentiu.

– Meus pais são de Santa Cruz.

Mas ele falava com um sotaque inglês claro, e também lutava por eles. Abri a boca para perguntar, mas ele me interrompeu:

– É uma longa história, e o que é pior: uma história entediante. – Ele me olhava com curiosidade, e eu me senti desconfortável ali, sob seu escrutínio. – Você não é o que eu esperava.

– O que você esperava?

Leo sorriu.

– Imaginava uma dama inglesa recatada, com muito dinheiro, coberta de joias e pérolas. Usando um vestido de cor pastel.

– Ah – falei. – Que estranho.

– Nem tanto – retrucou ele, franzindo um pouco a testa. – Acabei de descrever a ex-noiva dele. – Sua expressão se suavizou. – Não me leve a mal... estou feliz que ele tenha se casado com você. É que eu nunca pensei que ele realmente romperia com eles.

– Com eles quem?

– Os pais dele – explicou Leo.

Em seguida, ele pegou minha mão e a beijou, então puxou Whit de lado. Eles conversaram aos sussurros, e Leo gesticulava vigorosamente. Whit se mantinha de braços cruzados, a atenção fixa nos sapatos. O que quer que o amigo estivesse falando, Whit não estava gostando nem um pouco. Minha curiosidade quase me venceu, mas me forcei a não interferir. As últimas palavras de Leo ecoavam na minha mente.

Eu sabia que Whit não queria se casar com a mulher que seus pais tinham escolhido para ele e sabia que eles ficariam contrariados por se casar comigo. Mas eu não tinha me dado conta de que Whit afastaria os pais da própria vida. Fui criada para valorizar os laços familiares que eram regidos pela lealdade e, ainda assim, minha estada no Egito me ensinara que o coração humano muda rapidamente. Eu não podia confiar nem depender da minha mãe, apesar de ela ser quem era.

Por fim, Leo se virou para ir embora; o capelão o esperava ao lado de um dos bancos. Leo gritou por cima do ombro:

– Você me deve essa, Somerset!

Whit assentiu e o observou partir, com a expressão cuidadosamente neutra. Depois, me fitou, e as linhas em torno de seus olhos se suavizaram. Ele veio em minha direção, estendendo a mão. Eu a peguei, sentindo os calos familiares e a palma áspera. Seguimos Leo e o capelão, o nervosismo me fazendo prender a respiração. Havia tantas coisas sobre ele que eu ainda não sabia, que eu não entendia. Eu esperava não ter cometido o maior erro da minha vida. Whit ajeitou uma mecha do meu cabelo encaracolado atrás da minha orelha, e a tensão que havia em mim se esvaiu. Lembrei-me de tudo que amava nele. Ele me fazia rir e era leal. Ele honraria sua promessa a mim. Eu tinha certeza disso. Tinha tomado a decisão certa.

Estávamos casados.

Casados.

CAPÍTULO CUATRO

Uma multidão lotava o terraço do Shepheard's, jantando ao ar livre, e as conversas chegavam até onde estávamos, no pé da escadaria do hotel. A noite tinha caído sobre o Cairo, as estrelas brilhavam como as que eu vira pintadas no teto das tumbas que encontramos em Philae. A temperatura tinha esfriado enquanto *nos casávamos* – estremeci ao pensar nisso –, e a brisa vinda do rio Nilo varria a rua. Era uma noite de inverno perfeita no Egito, a temperatura fria o suficiente para o meu pesado vestido preto. O olhar de Whit correu pelos abastados viajantes, já muito embriagados, e ele comprimiu os lábios.

– O que foi? – perguntei.

– Vamos ter que entrar sem esbarrar em Ricardo. Ele não vai gostar de nos ver juntos, e já estamos fora há horas.

– Ele deveria estar se recuperando na cama.

Whit me lançou um olhar irreverente.

– Você é mais parecida com seu tio do que imagina.

Coloquei a mão na cintura.

– Como assim?

– Você permitiria que uma lesão a detivesse?

– Depende da lesão. Afinal, ele levou um tiro. – Mordi o lábio inferior. – Mas provavelmente não – admiti.

– Deve estar no sangue – disse ele com uma risada. – Ele me disse que ia tentar descer para o jantar. Aposto dez contra um como ele está na recepção agora, as pernas bambas, tentando puxar assunto com alguém. Com curativo e tudo.

Whit e eu entramos lado a lado pelas portas da frente, aproveitando a multidão crescente no saguão. Não cheguei a dar dois passos antes de avistar meu tio. Ele olhava carrancudo para alguns cavalheiros, agitando uma das mãos no ar, claramente frustrado. Devia estar com uma dor tremenda, mas de alguma forma ainda conseguia parecer intimidador. Cutuquei as costelas de Whit e pigarreei alto.

Ele soltou um grunhido.

– Um sussurro teria sido suficiente.

– *Olhe.*

– Eu o vi antes de você. Só fui menos dramático.

– Ele parece aborrecido.

– Bem, ele está manchando todo o tapete turco de sangue.

Arquejei. De fato, o sangue tingia a camisa de algodão do meu tio, a mancha se espalhando numa visão horrível. Ele deveria estar na cama, e alguém deveria ter levado uma tigela de sopa até ele ou, no mínimo, ter trocado a gaze suja. Mas não, sua voz ecoava, repercutindo ruidosamente, e ele parecia não ter se dado conta de que o ferimento tinha reaberto. Meu tio era ótimo em iniciar discussões. Por instinto, dei um passo à frente, mas Whit me puxou para trás de uma das imensas colunas de granito, desenhadas no estilo das famosas colunas do Templo de Karnak.

– Ele não parece estar no melhor humor agora – sussurrou Whit. – E pediu especificamente que você ficasse no quarto e arrumasse a mala com todas as suas merdas.

– *Whit* – repreendi.

– Todos os seus pertences – corrigiu Whit, os lábios se contraindo. – Você tem muitos pertences.

Ele me puxou mais para perto, até que me vi colada ao seu corpo e protestei. Ele me olhou de cima, com uma curva sarcástica no canto dos lábios.

– Não vou te violar imprensada nesta coluna, Olivera. Só não quero que você seja vista.

Minhas bochechas ficaram quentes.

– Eu sei disso.

Ele piscou.

– Claro que sim, minha pequena inocente.

– Acho que não é hora para provocações.

Ele pegou minha mão.

– Vamos tentar avançar.

– Se tio Ricardo nos vir, vai fazer uma cena – avisei. – Sua audição nunca mais será a mesma.

Ele espiou a multidão. Meu tio estava bem no centro, como se, por algum instinto, soubesse que precisava se posicionar no acesso direto da grande escadaria. Mas pelo menos ele estava de costas para onde precisávamos ir.

– É só imitar e não fazer nada estúpido como tropeçar ou desmaiar.

– Eu nunca desmaiei na vida – repliquei na minha voz mais arrogante.

Ele me conduziu por trás da coluna, e começamos a atravessar a multidão lentamente. Whit mantinha um olho atento no meu tio, e eu seguia cuidadosamente meu marido.

Marido.

Eu podia jurar que nunca ia me acostumar com isso.

Whit parou de repente, sinalizando para que eu permanecesse atrás dele. Ficamos ao lado de um grupo de quatro empresários egípcios, seus grandes tarbuches escondendo a altura imponente de Whit. Eles fumavam charuto, discutindo os preços do algodão. Através das brechas, vi o olhar febril do meu tio percorrendo o saguão. Ele estava com uma aparência tão horrível com as bochechas encovadas e os olhos avermelhados que tive vontade de levá-lo eu mesma para cima. Mas então me lembrei de sua exigência para que eu deixasse o país imediatamente.

E minha empatia azedou.

Whit apertou minha mão, e avançamos, disparando e nos esquivando pelo espaço como se fôssemos peças de um enorme tabuleiro de xadrez. Um passo à frente ali, dois para o lado aqui. Depois de nos escondermos atrás de uma enorme planta em um vaso, com folhas que se projetavam no ar feito uma vassoura, finalmente chegamos ao pé da escada. Whit olhou pelo corredor que levava ao salão de jantar.

– Volto já – disse, antes de sair em disparada pelo corredor.

Fiquei olhando para ele boquiaberta e me escondi atrás de uma cortina volumosa que cobria uma janela em arco. Espiei por trás do grosso tecido bordado a tempo de ver meu tio desabar em uma poltrona de couro. Ele se inclinou para a frente, pegou um jornal que estava por ali e começou a folhear as páginas distraidamente.

Eu me enrolei depressa na cortina, respirando com dificuldade. Para onde Whit tinha ido? E ele precisava mesmo cumprir uma tarefa naquele exato momento? Não poderia ter espera...

– Estou vendo a ponta das suas botas – soou uma voz risonha.

Whit puxou a cortina. Na mão esquerda, segurava uma garrafa de um verde profundo, uma tonalidade que me lembrava os olhos de Elvira quando estava furiosa. Olhei mais de perto e me corrigi: ele segurava uma garrafa *muito cara* de champanhe Veuve Clicquot de 1841. Sorrindo, escapamos para o andar superior, mas tudo em que eu conseguia pensar era que estava caminhando ao lado do meu *marido*.

Agora pertencíamos um ao outro.

Olhei de soslaio na direção dele, certa de que tinha imaginado todos os acontecimentos daquela noite. Seu cabelo ruivo, que não conseguia decidir se era vermelho ou castanho, os ombros fortes e os olhos azuis, que às vezes eram sérios, às vezes travessos, às vezes injetados.

Whit me lançou um olhar de lado.

– Somos uma boa equipe, Olivera.

– Nada disso parece real – murmurei quando chegamos ao terceiro andar.

– E, no entanto, aqui estamos. – Whit pegou minha mão, a palma quente roçando a minha, e eu estremeci. – Já está se arrependendo?

– Pergunte de novo amanhã.

Chegamos à porta do meu quarto, e fiquei olhando para ela, muda, só então pensando no que vinha *depois* de um casamento. Whit se encostou no batente, com o olhar descendo do meu rosto até a ponta dos meus pés. Ele nunca tinha me olhado de um jeito tão minucioso. Eu me senti nua sob seu olhar. Ainda estávamos de mãos dadas, mas nenhum de nós fez qualquer movimento para levar a mão à maçaneta.

– Nós nos casamos correndo – disse ele suavemente. – Mas não precisamos correr para consumá-lo.

Minhas bochechas coraram, e eu mudei de posição, os pensamentos em uma avalanche. Havia razões práticas a considerar. Não poderia haver margem para desfazer o que tínhamos feito. Se aparecesse uma falha em nosso plano, meu tio a descobriria.

– Quando contarmos ao meu tio o que fizemos – falei devagar –, a primeira coisa que ele vai fazer é tentar forçar uma anulação.

A expressão de Whit ficou sombria.

– O diabo que ele vai conseguir!

– A segunda – continuei – será chamar um médico para verificar se minha virgindade ainda está intacta.

– Seria uma atitude extrema.

– Ele faria isso para provar que estou blefando. – Pigarreei. – Quer dizer, se nós fingirmos o casamento. – Senti o rosto esquentar. – Estou falando sobre a consumação.

Eu nunca tinha me sentido tão constrangida em toda a vida. Ele poderia ter zombado de mim, mas sua expressão era paciente e gentil, e seus olhos azuis me fitavam com suavidade. Devagar, minha vergonha foi se dissipando, e em seu lugar me veio uma profunda justificativa moral. A noite com Whit era uma escolha minha. Ele soltou minha mão e ajeitou uma mecha de cabelo atrás da minha orelha, seus dedos roçando minha bochecha.

– Eu sempre amei seu cabelo.

– Sério? – repliquei, erguendo as sobrancelhas. – Mas ele é muito cheio, vive embaraçando e está sempre soltando dos grampos...

Ele esperou pacientemente enquanto eu falava sem parar. *Dios*, eu estava nervosa demais. Se eu fosse uma chaleira, estaria apitando alto. Se fosse uma garrafa de champanhe, a rolha já teria estourado. Perdi a noção das palavras que saíam da minha boca, e minha voz foi diminuindo de volume. Dei de ombros, impotente, e de alguma forma ele entendeu o que eu precisava ouvir.

– Eu não dou a mínima para seu tio – disse Whit. – O que importa aqui somos você e eu, mais ninguém. Não quero te apressar a fazer algo para o qual não esteja pronta.

– E você? *Você* está pronto?

Aos poucos, ele abriu um sorriso terno e melancólico.

– Desde Philae, Inez.

Um calor se concentrou em meu ventre enquanto dezenas de lembranças com Whit inundavam minha mente. O momento em que encontramos o túmulo de Cleópatra, quando rimos tanto que as lágrimas escorreram pelo nosso rosto. Quando ele mergulhou no Nilo para me salvar, me insuflando ar no instante em que meu último fôlego se esvaía. Ainda me lembro do rosto dele na água turva do rio, bolhas flutuando entre nós antes de ele encostar a boca na minha. E ainda consigo ouvir sua resposta sussurrada depois de, em um momento de coragem, eu ter confessado meus sentimentos. Suas palavras abafadas tinham provocado um delicioso arrepio que percorreu minha espinha.

É recíproco.

A máscara que ele sempre usava na presença de outras pessoas tinha desaparecido, e em seu lugar se via uma vulnerabilidade que me roubou o fôlego, como o rio ameaçara fazer.

Ele exibia a mesma expressão naquele momento, e isso me deu coragem. Fui me apaixonando por Whit aos poucos, sob a superfície do rio, em uma câmara mortuária perdida, em uma tenda improvisada, em um barco.

Quando ele me abraçou no escuro da tumba, já era irreversível.

– Estou pronta – sussurrei. – Estou pronta há muito tempo. É isso que eu quero. Você e eu.

Um sorriso surgiu no canto de sua boca. Whit se aproximou, inclinou a cabeça e me beijou. Seus lábios eram macios em contato com os meus, se movendo devagar, mas com firmeza. Ele deslizou a mão no interior da bolsa pendurada no meu pulso e sorriu junto à minha boca. Ouvi vagamente a chave destrancando a porta. Whit me puxou para dentro do quarto e, com o pé, fechou a porta atrás de nós. Eu mal ouvi o som. A única coisa que eu percebia era a forma como sua boca se movia na minha, doce e profunda. Então ele me puxou para mais perto, a mão esquerda segurando a parte de trás da minha cabeça e o braço direito envolvendo minha cintura, a garrafa colada ao meu quadril.

Whit encostou a testa na minha, e compartilhamos o mesmo ar durante um milésimo de segundo. Dois milésimos. E então mais um. Ele se afastou e se curvou para a frente, pegando a faca escondida dentro da bota. Com um movimento forte do pulso, ele cravou a lâmina e puxou a rolha com precisão. O champanhe borbulhante derramou, e rimos. Ele levou a garrafa à boca e tomou um gole, e eu observei a linha esguia de seu pescoço bronzeado.

Sem dizer nem uma palavra, ele me ofereceu o champanhe.

Tomei um grande gole, sentindo o sabor ácido e seco na língua. O líquido espumante alcançou todos os cantos do meu corpo, e eu me senti vibrante, exuberante e impaciente pelo que mais a noite ainda poderia trazer. Whit me levou até o sofá verde e me virou parcialmente para que, quando nos sentássemos, ele estivesse me segurando em seus braços, minhas pernas estendidas sobre seu colo. Tomei outro gole e ofereci mais. Ele balançou a cabeça e pôs a garrafa de lado, pousando-a suavemente no chão.

– Vamos *conversar* primeiro – disse ele. – De alguma forma, você sempre descobre demais sobre mim, enquanto eu não sei nem o seu segundo nome.

– É porque eu faço perguntas.

– Demais.

Sorri.

– Também não sei o seu segundo nome.

– Você primeiro.

– Emilia. É um nome de família. – Cutuquei seu ombro. – Sua vez.

– Lorde Whitford Simon Hayes.

– Eu nunca vou te chamar de lorde Somerset.

Whit estremeceu.

– Se um dia você fizer isso, eu vou embora.

Pensei em Whit como soldado, lutando contra todas as adversidades para salvar um amigo, contrariando uma ordem direta. Mesmo com tio Ricardo, ele exibia uma lealdade inata, às vezes em um nível que chegava a ser frustrante, mas isso era só quando ele não respondia a nenhuma das minhas perguntas. Eu me inclinei para a frente e mordisquei sua orelha.

– Você nunca me abandonaria.

Todo ar de brincadeira desapareceu de seu rosto, como se ele tivesse apagado uma vela e tudo que restasse fosse uma nuvem de fumaça.

– Você me conhece bem o suficiente para falar com tanta certeza?

– Proteste o quanto quiser, e com a insistência que lhe for conveniente, Sr. Hayes, mas o senhor não consegue esconder sua honradez de mim.

– Já fiz muitas coisas desonrosas, Inez – disse ele em voz baixa.

– Alguém já disse o quanto você é duro consigo mesmo?

– Alguém já disse a você que é perigoso acreditar no melhor das pessoas? – retrucou ele.

– Bem, acho que por baixo de todo esse cinismo, você ama profundamente. E é leal. E gentil – acrescentei porque não consegui me conter.

Whit soltou uma risada.

– Eu não sou gentil, Inez.

– Você pode ser – retruquei, teimosa. – Você é.

Whit franziu o cenho em falsa consternação e beliscou minha perna. Tentei me esquivar, mas ele me segurou com firmeza, um braço em torno da minha cintura, o outro apoiado sobre minhas pernas. Meu vestido estava embolado ao redor dos meus tornozelos. Eu nunca sonhara me ver nessa posição. Tínhamos voltado ao nosso ritmo familiar de conversa, uma valsa rápida com dezenas de giros. Isso me deixava sem fôlego e estranhamente confiante. Whit fazia com que fosse fácil ser eu mesma.

– Eu só fui verdadeiramente gentil com uma única pessoa. – Ele me puxou para mais perto.

– Só uma? – Balancei a cabeça lentamente. – Permita-me discordar.

Whit deu um sorriso leve.

– Vou admitir que posso ter sido gentil com você uma ou duas vezes.

Mais de uma ou duas vezes.

– Que concessão. – Fiz uma pausa. – De quem você estava falando?

Em resposta, ele me puxou ainda mais para si e deslizou os lábios nos meus. Seu cheiro espiralava entre nós, uma combinação de grandes espaços ao ar livre e ar fresco com o toque ácido de uma fatia de laranja.

– Então, já terminamos a conversa? – perguntei, ofegante.

Ele se afastou o suficiente para me olhar nos olhos.

– Quero saber sobre *você*. Sua família.

Então, contei a ele. Os longos anos esperando meus pais voltarem do Egito, minha tia e seus hábitos irritantes, minha prima Amaranta, que sabia se comportar como uma dama, e depois Elvira. Ela era minha favorita. Minha pessoa preferida. Toda vez que eu olhava por cima do ombro, ela estava lá. Elvira via o melhor de mim, e eu pensava que moraríamos uma ao lado da outra, recolhendo gatinhos que fariam uma bagunça em casa.

Eu nunca me esqueceria do momento em que a perdi. Aquele momento exato em que ela ainda estava respirando e, um segundo depois, seu rosto estava destruído. Irreconhecível. O erro dela foi seguir meus passos, fugindo para o Egito como eu tinha feito. Eu tinha ido à procura de respostas, mas Elvira tinha ido à minha procura. Como sempre fazia. Agora, quando eu olhasse por cima do ombro, ela não estaria mais lá.

Whit enxugou delicadamente as lágrimas no meu rosto. Eu não tinha percebido que estava chorando. Eu a perdera havia menos de uma semana, mas já parecia uma eternidade. Odiava o fato de que haveria mais dias desde a última vez que eu estivera com ela. Dias que se transformariam em meses. Meses em anos. Anos em décadas. E o tempo seria cruel, porque tomaria minhas lembranças e as obscureceria até que eu esquecesse os detalhes que faziam com que ela fosse *ela*.

– Se eu perdesse Arabella, ficaria inconsolável – sussurrou ele.

– Arabella?

– Era dela que eu estava falando.

– Sua irmã – falei, me lembrando.

Uma garota quase adulta, que adorava pintar aquarelas, que era naturalmente curiosa. Parecia alguém de quem eu gostaria de ser amiga. Eu a imaginava com a mesma cor de cabelo de Whit, os mesmos olhos azuis.

– Minha irmã – confirmou ele. – A melhor parte da nossa família, e a mais gentil. Ela é como um beija-flor, voejando pela casa, fazendo os criados rirem, encantando os animais, pintando aquarelas que parecem pertencer às páginas dos contos de fadas dos irmãos Grimm. Nós não a merecemos. – Seu rosto ficou sombrio. – Não há nada que eu não faria por ela.

– Gentil *e* leal – observei.

Whit revirou os olhos.

– Quando põe uma coisa na cabeça, não há como fazer você mudar de ideia, não é?

Eu não conseguia entender por que ele tentava a todo custo desmerecer as qualidades que eu admirava nele.

– Engraçado, eu ia dizer a mesma coisa sobre você.

– Eu não sou herói – murmurou ele, o queixo voltado para baixo. – Bastaria uma conversa com meus pais para você saber a verdade.

– Parece que eles foram duros com todos os filhos.

Ele assentiu.

– Meu irmão e eu sabemos lidar com isso, mas Arabella não.

– Por isso você a protegeu.

Deslizei a mão para a parte posterior do pescoço dele e brinquei com as pontas do cabelo. Ele inclinou a cabeça para trás no sofá, fechando os olhos.

– Você não fala muito sobre seu irmão – comentei.

– Porter – disse ele. – É porque ele é terrivelmente enfadonho, sensato e prático.

– Você também é prático – observei.

Ele pareceu contrariado.

– Não quero ouvir essas tolices.

– Não conheço ninguém mais preparado para tudo o que pode acontecer.

Ele abriu os olhos.

– Porter é muito pior. Ele carrega tudo: um baú para roupas, um baú de remédios, um baú para os sapatos e as armas, um baú cheio de mapas do nosso destino, um baú de brinquedos para o *cachorro*...

– Mas ele é seu irmão, e você morreria por ele.

– Que drama! – Whit revirou os olhos. – Mas, sim, eu morreria.

Essa lista de quem ele amava o suficiente para sacrificar a própria vida devia ser muito curta. Ele distribuía sorrisos e beijos livremente, mas mantinha o coração seguro na mão fechada. Se alguém se aproximasse demais, ele se afastava. E, ainda assim, havia pelo menos duas pessoas neste mundo que tinham conquistado seu coração.

Eu esperava me tornar uma delas.

– O que você está pensando? – perguntou ele.

– Me beije, Whit.

Ele me abraçou ainda mais forte, os lábios roçando os meus, e aprofundou o beijo, gemendo de encontro à minha boca. Meus dedos se enroscaram atrás do seu pescoço enquanto ele me fazia abrir os lábios e sugava levemente minha língua. Eu nunca tinha sido beijada com tanta profundidade. Um ano poderia ter se passado, e eu nem notaria. Puxando lentamente, ele tirou o lenço do meu pescoço, o tecido sussurrando com suavidade sobre minha pele.

– Por que você ainda está com isso? – perguntou ele.

– A magia dele é forte – falei. – Pode ser útil.

Whit estreitou o olhar, e eu me remexi em seu colo.

– Você o guardou por causa da magia?

Eu peguei o lenço, passando os dedos levemente pela estampa de cores vivas.

– Era da minha mãe.

– Eu sei – disse ele, com voz suave.

– Não consigo me livrar dele – sussurrei. – Mas deveria, não é?

– Quando você estiver pronta para descartá-lo, vai fazer isso – afirmou ele. – E, se esse dia nunca chegar, não há nenhuma vergonha em guardá-lo.

Dobrei o tecido com cuidado, sentindo a magia vibrar em cada fio. Não era a primeira vez que eu me perguntava sobre o feitiço original e o feiticeiro que teria usado esse acessório específico. Será que essa pessoa sabia que parte da magia se prenderia a algo tão comum? Será que ela...

– Inez – sussurrou Whit. – Pare de pensar na magia do lenço.

Sorri com um toque de tristeza.

– Volte para mim.

Ele espalmou a mão na base das minhas costas, enquanto a outra se movia para a frente do meu vestido, abrindo lentamente cada botão. Minha combinação branca apareceu, a gola presa por um laço de seda. Whit o puxou e o nó se desfez, revelando os contornos dos meus seios. Eu nunca tinha feito algo assim, e um pavor inocente se apoderou da minha garganta. Ele se inclinou para a frente e me beijou mais uma vez. Eu sabia o que esperar, graças ao material científico espalhado pela biblioteca de Papá, mas ninguém nunca tinha me preparado para as sensações daquele momento.

Descer uma ladeira numa carruagem em disparada.

Rodar loucamente em círculos, com os braços estendidos para manter o equilíbrio.

Ter uma febre que sobe e beira o delírio.

Minha cabeça girava de desejo e tontura. Eu me agarrei à camisa de linho dele, juntando o tecido nas mãos, desesperada para me segurar em algo.

– Seu coração está acelerado – murmurou Whit de encontro à minha boca.

Apoiei a palma da mão no peito dele.

– O seu também.

Whit ajeitou uma mecha do meu cabelo cacheado atrás da orelha. Tinha escapado da trança. Eu nem pensei em me olhar no espelho. Só Deus sabia como devia estar minha aparência.

– Você é tão bonita – disse ele.

Em seguida, ele se levantou e me carregou em direção à cama. Com cuidado, ele me deitou na cama e, em seguida, subiu em cima de mim, tomando cuidado para não apoiar todo o seu peso no meu corpo. Ele inclinou a cabeça e deu beijos quentes pelo meu pescoço. A frente do vestido estava aberta, e ele traçou um dedo ao longo da minha clavícula.

Arrepios subiam e desciam pelos meus braços.

– Você tem certeza, Inez? – sussurrou ele.

– Você não tem?

Alguma coisa passou pelo rosto dele, uma expressão que não consegui decifrar. Ele mordiscou levemente o meu lábio inferior enquanto cobria meu seio com a mão, o polegar deslizando sobre minha pele através do algodão fino. Um calor se acumulava no fundo da minha barriga, e eu arquejei. Ele tornou a me beijar, suavemente a princípio, mas logo o beijo se tornou mais profundo, mais desesperado. Cada movimento da língua dele fazia meu coração disparar, minha cabeça girar.

Muito mais tarde, depois que Whit puxou as cobertas sobre nossa pele afogueada e que ele adormeceu e fiquei escutando sua respiração suave, lembrei que ele não tinha respondido à minha pergunta.

CAPÍTULO CINCO

Algo macio roçou minha nuca. Um levíssimo toque deslizando na pele sensível. Mantive os olhos fechados, certa de que estava sonhando e de que, no minuto em que acordasse, a sensação cessaria. Mas um braço forte envolvia minha cintura, me segurando de encontro a um peito largo. Eu tinha deixado a sacada aberta, e o ar fresco passava pela trama estreita do mosquiteiro que envolvia a cama como um casulo. Abri um dos olhos, espiando através do tecido diáfano, distinguindo os traços suaves do amanhecer.

– *Buenos días* – murmurou Whit junto ao meu cabelo.

Estremeci, me aconchegando mais no calor dele. As lembranças da noite anterior desfilavam na minha mente, uma cena após a outra. O calor das mãos de Whit enquanto ele explorava cada centímetro do meu corpo. Seus beijos que me impossibilitavam de pensar, que faziam minha cabeça girar e girar. A dor aguda quando ele me penetrou, que logo se transformou em algo que tomou conta do meu corpo. Indescritível. Ele fora delicado, mas possessivo. Paciente, e ainda assim eu sentira sua urgência nos sons que ele emitia, em seus arquejos junto à minha boca. Parecia incrível demais para ser real.

– Estou sonhando? – perguntei em um tom maravilhado. – Ontem aconteceu de verdade?

– Espero que sim, ou eu não deveria estar aqui na sua cama.

Sorri com o rosto junto ao travesseiro.

– Você conseguiu dormir?

– Claro que não. – Ele se espreguiçou e me abraçou mais forte, espirrando quando meu cabelo fez cócegas em seu nariz. – Acordei a noite toda te desejando.

Corei.

– Ah.

Whit riu, seu polegar desenhando círculos leves em minhas costelas, antes de ir subindo lentamente.

– Nem acredito que tenho uma esposa. – Ele deu um beijo suave em minha orelha.

A enormidade do que tínhamos feito se estendia diante de mim, como se nosso futuro fosse uma fita desenrolada.

– O que você quer fazer?

Whit fez uma pausa, descansando o polegar na curva do meu ombro.

– Neste minuto? – Ele soava bem-humorado. – No resto do dia? Ou em termos mais gerais?

Eu me virei em seus braços, curiosa e mal acreditando que não tínhamos discutido o que viria após o casamento. Depois que eu lidasse com minha mãe, teríamos a vida inteira pela frente. O mundo era nossa ostra, como diz o ditado. Sorri, e Whit me olhou, a testa franzida.

– O que está se passando nessa sua cabeça?

– O mundo é nossa ostra – expliquei.

– Ah – sussurrou ele. – Shakespeare outra vez.

Deslizei o dedo ao longo do maxilar dele, seguindo a linha firme e teimosa que eu tinha desenhado meses antes.

– Você foi soldado e espião para meu tio. Temos recursos agora e podemos fazer o que quisermos. – Passei a língua nos lábios. – O que você quer fazer com a sua vida?

– Acho que a pergunta correta é o que *você* quer fazer. A fortuna é sua.

– É nossa – falei, pois não queria começar o casamento como se estivéssemos em lados diferentes.

Eu vivera afastada dos meus pais por muito tempo, sem laços e insegura em relação a onde me encontrava ou a que lugar pertencia. Tudo que eu queria era fazer parte de algo que ele e eu criássemos juntos. Uma família. Minha mãe tinha destruído a nossa. O rosto da minha prima passou pela minha mente, e a dor veio à tona, potente como uma bebida forte. Dessa vez, eu não queria que algo que eu tocasse se partisse em um milhão de pedaços.

– Inez, o que *você* quer?

– Quero saber o que aconteceu com meu pai – sussurrei. – Quero saber se ele está vivo ou onde está enterrado. Elvira... – Minha respiração ficou presa no peito, e engoli em seco. – Elvira morreu por causa da minha mãe – afirmei. – Quero que ela vá para a prisão. Quero justiça.

– Nada disso custa dinheiro.

– Vamos precisar de dinheiro para encontrá-la.

Whit deu de ombros.

– Você só precisa encontrar as pessoas certas. – Ele acariciou meu lábio inferior com o polegar. – E depois?

Havia algo que eu ainda não tinha expressado em palavras. Uma sensação que permanecia comigo sempre que eu andava pelas ruas do Egito. Era como se estivesse dizendo para eu prestar atenção ao fascínio que eu sentia aqui, ao desafio estimulante de aprender um novo idioma aos poucos, à cordialidade e à hospitalidade das pessoas. O Egito tinha se entranhado profundamente em meus ossos, e eu sabia que sentiria falta desse lugar para sempre. Mas, e se... eu tornasse o Egito meu lar? E se *nós* o tornássemos nosso lar? Trabalhar ao lado do meu tio e de Abdullah me dera prazer. Trabalhar em equipe e apoiar o que eles estavam fazendo me dera um propósito. Uma sensação de estar no lugar certo. Expus meus pensamentos pela primeira vez.

– Quero ficar no Egito e financiar as escavações de Abdullah. Talvez comprar uma casa no Cairo.

– Você gostaria de morar aqui? – perguntou Whit, cada palavra pronunciada devagar, como se ele quisesse ter certeza de que tinha me entendido perfeitamente.

Um sorriso hesitante começou a despontar em seu rosto.

– Não consigo imaginar chamar nenhum outro lugar de lar – admiti. – E você?

– Vivi aqui sabendo que teria que retornar para a Inglaterra, então não me permiti esperar nem pensar nada diferente. Assim como também não tinha esperado estar casado com você.

– Casados – sussurrei. – *Tengo un esposo.*

– Tem, sim.

Eu tinha esquecido que ele entendia quando eu falava meu idioma nativo. Um arrepio agradável percorreu minha pele. Assim seria entre nós. Manhãs calmas e conversas sussurradas. Ele me fazia rir e era leal. Eu confiava nele.

– Qual é o nível do seu espanhol?

Whit se debruçou sobre mim, me guiando até que eu estivesse deitada de costas. Meu pulso acelerou, meu sangue se agitou. Seu cabelo emaranhado caía em ondas suaves sobre a testa. A largura de seus ombros bloqueava todo o resto. Os olhos azuis, ainda sonolentos, me fitavam, despertos, mas não alertas. Um sorriso preguiçoso levantava os cantos de sua boca. Ele se inclinou, os lábios suaves separando os meus com delicadeza, mergulhando no beijo com uma ferocidade tranquila, mordiscando e saboreando.

Ainda estava escuro no quarto, e a sensação era de que estávamos em um sonho, até que senti o corpo dele despertar lentamente, a respiração acelerando, a mão deslizando pelo meu pescoço e descendo ainda mais.

– *Debería practicar más* – disse ele, movendo a boca na minha clavícula.

– O quê?

Eu não tinha ideia do que ele estava falando. Uma névoa deliciosa tomara conta da minha mente, e eu não queria sair dela nunca mais. Eu não teria o menor problema de ficar perdida para sempre. Sem necessidade de mapa.

Whit levantou a cabeça, sorrindo, e detectei um leve ar presunçoso. Ele se moveu junto a mim, a longa forma do corpo acomodada entre minhas coxas, me fazendo prender a respiração. Seu sorriso se alargou, sem mais disfarces.

Estreitei os olhos.

– Você está me parecendo muito convencido.

– Eu disse... – sussurrou ele, pausando para mordiscar meu queixo, e repetiu em espanhol: – ... que *debería praticar más*.

As palavras estavam certas, mas o sotaque precisava melhorar.

– Você devia falar espanhol com tio Ricardo.

À menção do nome do meu tio, nós dois congelamos. Whit se abaixou, quase me esmagando, e gemeu no meu pescoço. Em seguida, se sentou e se deixou cair para trás, no travesseiro.

A voz dele soava desanimada.

– Ricardo.

– Temos que contar a ele hoje.

Whit ergueu os olhos para o teto e assentiu.

– Esta manhã.

– Ele vai ficar furioso – falei. – Pode querer chamar um médico; pode querer forçar o divórcio.

Whit virou a cabeça lentamente em minha direção e me fitou nos olhos. Sua voz era um sussurro mortal.

– Ninguém vai mandar na minha vida, Inez.

Ele me puxou para perto, e eu pousei meu ouvido no coração dele, que batia em um ritmo regular.

– Ninguém.

Eu acreditava nele.

Descemos as escadas até o segundo andar sem nos tocarmos, sem dar uma palavra. A cada passo, Whit mudava a postura de formas sutis, vestindo a máscara que usava na frente de todos. O malandro inconsequente que sempre tinha um frasco de bebida à mão, o conquistador charmoso que sabia arrancar sorrisos. Essa versão de Whit era familiar, mas eu sentia falta daquele que eu tinha descoberto no escuro. Aquele Whit que me apertava junto ao peito e cujas palavras perdiam o tom afiado e cínico.

Chegamos a uma porta verde-escura, adornada com espirais e arabescos, mas, antes que eu pudesse bater, Whit estendeu o dedo mindinho e o entrelaçou no meu por um breve momento. E, embora ele me tocasse apenas com um dedo, eu me senti conectada a ele. Estávamos juntos nessa.

Ele me soltou e abriu a porta, entrando primeiro. Fomos recebidos por uma sala de estar toda bagunçada. Jornais antigos estavam empilhados de forma desordenada na mesinha de centro e havia várias bandejas de comida intocada: pão pita e homus, tigelas de favas cozidas em caldo de tomate. Canecas vazias de café se espalhavam por quase todas as superfícies.

O cômodo cheirava a mofo e suor.

Franzi o nariz. Eu tinha tentado manter a bagunça sob controle, mas tio Ricardo berrava diante de qualquer interferência. Ele permitia que eu me sentasse ao lado dele por alguns minutos, mas logo me mandava ir embora arrumar minhas malas.

Whit bateu na porta do quarto, e o grunhido do meu tio abalou meus nervos. Minha respiração estremeceu, e Whit deve ter percebido, porque me afastou da porta fechada.

– Eu posso falar com ele sozinho – sussurrou. – Você não precisa estar presente.

– Somos uma equipe – comentei.

– Posso lidar com isso sozinho.

– Eu sei que pode – respondi, ficando na ponta dos pés e dando um beijo suave na bochecha dele. – Mas não é necessário.

Ele pegou minha mão.

– Juntos, então.

Whit abriu a porta do quarto e entrou. Se a sala estava bagunçada, o quarto do meu tio era uma catástrofe. Havia roupas espalhadas por todos os cantos, as botas tinham sido jogadas perto da janela, e montes de livros estavam espalhados pela cama. Várias canecas vazias ocupavam o parapeito da janela e havia um prato de torrada intocada na mesinha de cabeceira. Fiz uma careta e assumi mentalmente o compromisso de arrumar o quarto depois.

– Ah, que bom. Você deixou as passagens na mesa. Estão ali em um envelope. Já fez as malas? – perguntou meu tio, concentrado em uma pilha de papéis no colo.

Ele não fazia a barba havia dias, o que lhe dava a aparência de um urso--pardo mal-humorado. Usava um pijama listrado desbotado cujos punhos estavam puídos. Parecia algo que minha mãe teria dado a ele. Ela gostava de cuidar dele, porque ele não cuidava de si mesmo. Ao pensar nela, a fúria subiu como uma nuvem de areia se formando. Eu não conseguia pensar nela sem me lembrar de Elvira.

Afastei Lourdes da minha mente.

Whit abriu a boca, mas eu fui mais rápida.

– Como eu já te disse, vou ficar no Egito.

– E como eu já disse a *você* várias vezes... – começou meu tio, levantando os olhos para me encarar.

Ele jogou a pilha de papéis de lado, e as folhas se espalharam em todas as direções, algumas caindo da cama.

– ... eu sou seu tutor, e você fará o que eu mandar. Prefiro não enviar outro caixão de volta para a Argentina.

Ele abriu a boca para continuar, mas congelou. Sua atenção se voltara para nossas mãos entrelaçadas. O sangue se esvaiu completamente do rosto dele, deixando-o pálido. Sua expressão se transformou em raiva e perplexidade.

– *Whitford.*

– Temos novidades – disse Whit, e dessa vez não estava sorrindo nem piscando.

Sua postura tinha a seriedade de um homem que andava por um cemitério: grave e respeitosa.

– Afaste-se dela.

Whit apertou ainda mais minha mão. Meu tio registrou o movimento e jogou a coberta de lado, fincando os pés com força no tapete. Ele se levantou, oscilando ligeiramente, e deu a volta, cambaleando, em torno da cama.

– Não, não... – falei.

Whit se posicionou na minha frente enquanto tio Ricardo erguia o punho. Whit não tentou impedir o golpe – ouvi o ruído quando meu tio acertou o rosto do meu marido. Whit cambaleou, e precisei usar ambas as mãos para ajudá-lo a se equilibrar.

– O que foi que você fez? – rugiu Ricardo. – Você me prometeu que não...

– Ele também me fez uma promessa – falei.

– Inez – avisou Whit, limpando o sangue do lábio. – Ainda não...

Os olhos cor de avelã de Ricardo se arregalaram.

– *¡Carajo!* – praguejou ele ao mesmo tempo que eu gritava:

– Estamos casados!

As palavras soaram como um tiro de canhão, explodindo por toda parte ao nosso redor. Fiquei surpresa de as paredes não tremerem, de o chão não rachar.

– Não – disse Ricardo, desabando na cama. – *Não.*

A raiva irradiava dele em ondas fortes. Ele se lançou para a frente, com uma das mãos erguida, mas Whit se esquivou e usou o impulso do meu tio para girá-lo, afastando-o de nós.

– Já está feito – disse Whit.

– Não está – cuspiu tio Ricardo. – Vou mandar anular esse casamento.

– Tarde demais – rebati alegremente. – Não sou mais pura.

– Inez. – Whit soltou um gemido. – Maldição.

Tio Ricardo se virou, com os olhos cheios de fúria.

– Você está mentindo... É mais um dos seus truques!

Ele avançou na minha direção com as mãos estendidas, como se quisesse me estrangular.

Mas Whit se colocou entre nós.

– Você pode gritar comigo – disse ele com calma. – Pode ficar decepcionado, se sentir traído. Mas não levante a voz para minha esposa. Se quiser brigar com alguém, brigue comigo, Ricardo.

– Vou mandar chamar um médico – replicou ele, apontando o dedo indicador para mim. – Pode ter certeza! Você está blefando.

– Pode chamar – falei, erguendo o queixo. – Mas o senhor não vai gostar do resultado.

Meu tio parecia atônito. Aos poucos, a perplexidade e a raiva foram desaparecendo de sua expressão, sendo substituídas por um completo desespero. Instintivamente, percebi que ele estava relembrando todas as vezes que eu lhe causara problemas desde que chegara ao Egito.

Foram várias ocasiões.

– Ai, meu Deus – disse tio Ricardo. – *Dios.*

Ele se deixou cair de volta na cama, os ombros tremendo. Quando voltou a falar, a voz soou monótona e desprovida de emoção.

– Vou desfazer isso.

– Eu posso estar grávida – falei, dessa vez com menos alegria.

O sangue sumiu do rosto de Whit.

– Santo Deus, Inez.

Meu tio apertou a ponte do nariz, claramente fazendo um esforço para manter a compostura. Eu não tinha esperado que a notícia realmente o magoasse. Esperava a fúria, mas não a preocupação profunda. Em minha raiva, presumi que ele apenas quisesse me controlar. Mas eu estava enganada. Meu tio se importava com meu bem-estar e genuinamente não queria que eu sofresse. Fosse pelas maquinações de minha mãe, fosse por Whit.

Whit me lançou um olhar exasperado.

– Você pode tentar ter um pouco de tato?

– Ele não entende o que é tato – repliquei, me forçando a lembrar do autoritarismo do meu tio.

Se ele não tivesse me pressionado, eu não teria me casado com Whit às escondidas. Foi seu comportamento tirânico que me deixou sem recursos. Eu só tive duas opções de fato.

Deixar o Egito ou me casar.

– Talvez, se você tentasse não aterrorizar todo mundo neste quarto, *eu inclusive*, a conversa pudesse seguir em uma direção mais produtiva – replicou Whit.

Encarei meu tio.

– O senhor vai ter que aceitar.

– Ele não te merece. Whit não tem um centavo de patrimônio e, quando o encontrei, não passava de um bêbado. Ele não sabia nem em que ano estávamos.

– Ele me contou – repliquei, mas não era exatamente a verdade.

Eu não sabia que meu marido estava sem um tostão, não que isso tivesse importância. Eu precisava do nome dele. De um marido.

– Whitford compartilha o suficiente de si mesmo para te fazer pensar que está sendo vulnerável – disse meu tio, cansado. – Mas ele só te deixa ver o que quer que seja visto.

Eu me sentia como se estivesse no topo de uma torre e, a cada frase, meu tio removesse um tijolo. Se ele continuasse, toda a estrutura desmoronaria. E eu ficaria enterrada sob os escombros.

– Eu sei o suficiente – afirmei, minha voz tremendo no fim.

Whit tinha me falado sobre a família, o passado, o amigo que perdeu e a desilusão com os anos que servira no Exército. Dei uma olhada furtiva para ele, surpresa ao vê-lo completamente impassível e distante.

– Você não o *conhece*. – Tio Ricardo apontou um dedo na direção do meu marido. – Diga a ela que tenho razão.

Estremeci, suas palavras arranhando minha pele. Eu não sabia como me proteger delas porque uma pequena parte de mim tinha exatamente a mesma preocupação. Nosso casamento era como areia escorrendo da minha mão. Nossa tênue conexão poderia escapar por entre meus dedos.

Com visível esforço, Whit recebeu a crítica com um sorriso que me lembrava de um raio de luz se refletindo na superfície de seu revólver. Ele usava o cinismo como arma.

– Eu não sabia que você pensava tão mal de mim.

Talvez meu tio nunca percebesse o quanto tinha magoado Whit com aquelas palavras descuidadas, mas eu percebi. Agora que eu sabia onde olhar, conseguia ver a sutil demonstração de dor no maxilar tenso, nos ombros rígidos. Um músculo saltou em sua bochecha. Mas ele não se defenderia. Ele aceitaria cada acusação, cada golpe em seu caráter e em sua honra com uma indiferença que era dolorosa de assistir.

Era assim que Whit sobrevivia.

Ele se fechava e enterrava as próprias feridas. Escondia-se atrás de uma garrafa de uísque, de um sorriso rápido e de um humor cáustico, de uma parede de cinismo que o protegia do mundo antes que o machucasse mais uma vez.

– Vocês se casaram em uma igreja? – perguntou tio Ricardo de repente.

– Foi – respondi. – Com um capelão.

Meu tio sorriu.

– Ainda não tem validade legal, Inez.

– Enviei um telegrama ao meu irmão – disse Whit. – Ele vai cuidar de tudo, e os proclamas serão publicados. A esta altura, a notícia já se espalhou por toda a Inglaterra. Lorde Somerset quebrou o acordo de noivado e está oficialmente fora do mercado de casamentos.

Lancei a ele um olhar inquisitivo. Eu não o tinha visto enviar nada desse tipo. Mas não tínhamos estado juntos o tempo todo. Ele poderia ter enviado pela manhã, depois de ter me acordado. Whit não me olhou nos olhos, então me ocorreu que talvez ele estivesse mentindo... Sim, devia ser um ardil para enganar meu tio.

Tio Ricardo pareceu ficar sem palavras com essa informação, e admirei o pensamento rápido de Whit. Meu tio oscilou para a frente, e eu automaticamente segurei seu cotovelo, estabilizando-o. Ele ainda parecia muito pálido, e as roupas estavam largas no corpo mais magro. Ele perdera peso desde que levara aquele tiro. Eu sabia que ele tinha recebido um excelente tratamento, junto com um pouco de xarope de bordo que continha uma pitada de um antigo feitiço de cura. O próprio médico tinha me mostrado o frasco.

– Eu nunca vou te perdoar – disse ele.

Eu estava prestes a perguntar se ele estava falando comigo ou com Whit, mas contive a língua. Na verdade, não importava.

– Eu sei que foi um choque, mas tomei minha decisão. A herança é minha, e o senhor está liberado de todas as responsabilidades de tutor. Estou livre para ficar no Egito e não quero mais ouvir nem uma palavra sobre isso nem sobre meu casamento com Whit. Já está feito.

Alguém bateu na porta principal da suíte, e o barulho me desorientou por um instante. Tive a sensação de que estávamos à deriva no mar, isolados da terra, nós três tentando nos manter à tona quando havia uma cratera aberta em nosso barco.

Whit saiu do quarto e voltou um instante depois, trazendo algo que entregou a tio Ricardo.

– É um telegrama para você.

Meu tio rasgou o envelope e tirou a folha, lendo as linhas curtas rapidamente e soltando um sonoro palavrão. Depois, ele soltou o papel, que caiu na cama.

A mensagem dizia:

PRECISO DE VOCÊ EM PHILAE PT DESASTRE
VENHA RÁPIDO PT TRAGA UM MÉDICO PT
ABDULLAH

– Não entendi! – gritei. – Ele está doente? O que pode ter acontecido?

– Ele nunca enviaria uma mensagem dessas se não fosse algo sério.

Tio Ricardo foi pisando duro até seu baú e começou a jogar as camisas ali dentro. Ele se abaixou para pegar as botas, mas soltou um gemido agudo, tocando imediatamente no braço ferido. Corri para ajudá-lo, dobrando as camisas para evitar que amassassem ainda mais. O braço de Whit apareceu na minha visão enquanto eu arrumava o baú, e me assustei, erguendo os olhos. Whit estava me entregando o casaco do meu tio, uma calça e vários pares de meias.

– Posso cuidar das minhas próprias coisas – resmungou tio Ricardo. – Eu *não estou* inválido.

Whit e eu o ignoramos, trabalhando juntos para terminar a tarefa. Ele jogou no baú dois canivetes, fósforos, várias cédulas egípcias, os óculos de leitura do meu tio. Incluí a escova de dentes e o pó dental, junto com rolos de atadura limpos.

– Acho que o senhor deveria reconsiderar sua ida – falei. – O senhor ainda está se recuperando. Por que Whit e eu não vamos? Tenho certeza de que nós...

– Não – interrompeu meu tio. – Vamos Whit e eu, e você vai ficar aqui.

A capacidade do meu tio de me irritar não tinha limites. Suas repetidas tentativas de me excluir ou me mandar embora me davam nos nervos, como se ele estivesse tentando cortar minha pele com uma faca cega.

– Aonde Whit for, eu vou.

Meu marido assentiu de maneira imperceptível.

– Não se esqueça do remédio dele, do relógio de bolso e daquele frasco de xarope de bordo. E é bom empacotar um cobertor extra para as noites frias. Ele está mais fraco por causa do ferimento.

– Prático – falei.

– Preparado – retrucou ele.

– Mesma coisa.

Meu tio levantou a voz, claramente cansado de ser excluído da conversa.

– Não será uma viagem de lazer pelo Nilo em um *dahabeeyah*, Inez.

– Nós vamos juntos – falei, teimosa.

Tio Ricardo fez uma careta e se dirigiu ao meu marido.

– Precisamos chegar lá rápido, então vamos fazer parte do caminho de trem e o restante de camelo. – Ele cerrou o punho. – Lembre-se do que você me deve.

Whit soltou um suspiro irritado e fez um gesto para que eu o seguisse, saindo do quarto do meu tio. Fui atrás dele, com uma sensação de apreensão pesando no estômago.

Fechei a porta ao passar para termos privacidade.

Whit ficou de frente para mim, com as mãos enfiadas no fundo nos bolsos.

– Ele está certo. Você vai nos atrasar, e a coisa mais importante é chegarmos até Abdullah a tempo.

As palavras não fizeram sentido de imediato. Ele não me diria tamanho absurdo, não era possível. Eu o encarei, incrédula.

– Eu vou *atrasar* vocês? Eu praticamente vivo correndo.

– Você sabe o que eu quis dizer.

Fiquei rígida.

– Receio que não. Eu tenho duas pernas, assim como vocês, não tenho?

A frustração fazia meus olhos arderem com as lágrimas.

Ele não percebeu ou fingiu não ver. De qualquer forma, continuou falando, mas as palavras começaram a se embaralhar:

– Você nunca montou em um camelo – disse ele. – A viagem de trem é terrível e muito quente, e isso só no caminho até Assuã. Depois, temos que atravessar o deserto, dormindo em tendas. Não, espere... em uma tenda. Singular. Não podemos levar muita coisa.

Meus lábios se entreabriram. Whit ia me deixar para trás, sozinha.

– Você não está falando sério.

Ele me encarou com ar solene e ergueu as sobrancelhas de um jeito sugestivo.

– Estou.

– Você realmente quer que eu fique para trás.

Whit assentiu.

– Correto.

Meu tio estava certo. Eu não conhecia mesmo meu marido.

– Você vai fazer o que quer, não importa o que eu diga, não é? – falei, com um movimento da mão no ar. – Como se eu não tivesse provado minha capacidade nem trabalhado o suficiente...

– Inez. – Whit lançou um olhar significativo para a porta do meu tio, as sobrancelhas mais uma vez se arqueando sugestivamente. – Não é nada disso. Ricardo precisa de um tempo, e acho que a distância vai ajudar. Vou tentar convencê-lo, conversar com ele e, quando eu voltar, acho que ele já vai ter se acostumado com a ideia do nosso casamento.

Que raciocínio lógico. Tudo que ele disse fazia sentido, mas mesmo assim eu odiei cada palavra.

– Mas...

– Eu não vou mudar de ideia – interrompeu Whit. – Acho que não estou sendo irracional.

– Quando nos casamos, eu esperava que ficássemos do mesmo lado.

– E estamos.

Eu o encarei com firmeza.

– Não, você acabou de tomar uma decisão sem mim. Não é isso o que um companheiro de equipe faz.

Engoli em seco, dando um tempo para ele responder. Como ele não respondeu, fui até a saída da suíte do meu tio, com as costas eretas.

– Faça boa viagem, Whit – murmurei, deixando o quarto antes que ele pudesse ver a dimensão da minha mágoa.

Caminhei com passos pesados pelo corredor, cruzando os braços sobre o peito, absolutamente furiosa. Se ele não sabia o quanto eu odiava ser excluída, receber ordens o tempo todo – como se eu não tivesse opinião nem voz ou...

Passos rápidos atrás de mim.

– *Inez.*

Ah, não – eu não estava pronta para receber mais ordens dele. Continuei andando, agora mais rápido, mas Whit segurou meu cotovelo e me virou para encará-lo.

– Precisamos melhorar nossa comunicação – disse ele, exasperado.

– Ah, eu ouvi muito bem o que você disse – retruquei, irritada. – *Eu não vou mudar de ideia.* Foi muito claro, Sr. Hayes. Fique sabendo que não aprecio esse comportamento...

– Você costuma perceber as coisas rápido – dizia Whit. – Quantas vezes eu precisava olhar para a porta do seu tio...

– ... pomposo sem se importar com o que eu sinto...

– ... onde ele obviamente estava ouvindo...

Nós dois paramos ao mesmo tempo.

– O quê? – perguntou Whit. – Comportamento pomposo?

Eu pisquei.

– Perceber as coisas rápido? Meu tio estava ouvindo atrás da porta?

Ficamos nos encarando, confusos.

– De que diabos você está falando? – perguntou Whit.

– E você?

Ele começou a rir, arquejando, sacudindo os ombros. Ele se dobrou para a frente, respirando fundo para se recompor. Só que eu ainda estava com a testa franzida, e, quando ele olhou novamente para o meu rosto, se dobrou de novo, rindo. Whit soltou meu braço e enxugou os olhos, precisando se apoiar na parede do corredor para continuar de pé.

– Você me chamou de pomposo? – perguntou entre risadas.

– Você estava agindo assim – respondi.

– Eu só estava dizendo o que seu tio queria ouvir – replicou Whit, ainda rindo – porque eu estava ouvindo ele se mexer perto da porta. Meu Deus, você não é melhor do que ele.

– Ah – falei, enfim compreendendo, e meu humor melhorando consideravelmente. Whit não queria se separar de mim tão cedo. – Você quer, sim, que eu vá junto.

Ele balançou a cabeça lentamente, e minha súbita euforia desapareceu. Mas ele deu um passo à frente e colocou as mãos nos meus ombros, e suas próximas palavras tornaram tudo melhor.

– Na verdade, o que você acha de vasculhar o quarto dele enquanto estivermos fora?

 ## WHIT

Tomamos o trem até Assuã, e Ricardo só falou comigo quando era absolutamente necessário. Para ser justo, ele pareceu doente a viagem inteira; cada sacolejo do vagão o deixava enjoado e suando. Mas, por pior que se sentisse, de alguma forma conseguia me lançar olhares furiosos em intervalos regulares. Se tivesse um revólver, com certeza teria atirado em mim. Eu via tanto de Inez nele que não conseguia nem encarar seus olhos acusadores.

Eu sabia que um dia ela olharia para mim do mesmo jeito se meu plano falhasse.

Ricardo se dobrava, prostrado, na lateral do barco que nos levava a Philae. O rio marulhava em ondas suaves, mas, mesmo assim, ele vomitava na água de tempos em tempos. O sol ardia implacável, e o suor escorria pelas minhas costas. Era mais quente durante o dia em Assuã do que no Cairo, apesar de ser inverno.

– Talvez eu devesse ter vindo sozinho – falei enquanto remava.

Ricardo limpou a boca com a manga.

– *Estoy bien.*

Fiquei em silêncio, percebendo o tom desdenhoso. Mas eu tinha prometido a Inez que falaria com ele, então parei de remar e puxei os remos para o meu colo.

– Você não pode fingir que não aconteceu.

Ele suspirou e esfregou os olhos como se quisesse se livrar da minha imagem. Nunca pensei que ele receberia bem a ideia de nós dois juntos, mas também não acreditara que ele pensava tão mal de mim.

Bêbado, mulherengo e mentiroso. Que só queria saber de diversão e nada mais. Astuto e dissimulado. Era algo que meu pai costumava dizer. Provavelmente ainda diria, se algum dia voltássemos a ficar no mesmo ambiente.

– Estou decepcionado com você, Whit – disse Ricardo. – Você se aproveitou dela.

Não havia como negar isso, então fiquei em silêncio. Tive a impressão de que ele sabia a verdade e forcei meu rosto a assumir uma expressão despreocupada. Talvez ele pensasse que eu estava tentando evitar uma discussão. Parte de mim estava, mas a outra parte se revoltava com sua opinião negativa. Sua decepção me dava vontade de gritar, me dava vontade de beber.

– Estou vendo que você não vai negar.

– Tudo vai se resolver – falei entre os dentes.

Ricardo me olhou com frieza.

– Agora que você tem acesso à fortuna dela, é o que você quer dizer.

Que merda! Eu me remexi no assento de madeira. Philae apareceu, com o templo se avultando acima da água. Ele sempre me impressionava. Ricardo lançou um olhar por cima do ombro, mas depois voltou a me encarar. Ele não me deixaria ignorá-lo.

– Sei o que estou fazendo – falei finalmente. – Tenho um plano.

– Qual é?

– Não é da sua conta.

– Ela é *minha* sobrinha.

– Eu sei – falei. – E é *minha* esposa.

Um músculo pulsou no maxilar de Ricardo.

– Se você a fizer sofrer...

Ele não precisava terminar a frase. Entendi perfeitamente. Ricardo me faria lamentar o dia em que pus os olhos em Inez Emilia Olivera.

Como se eu já não lamentasse.

Mergulhei os dois remos na água e nos conduzi até a margem da ilha. Ricardo desceu aos tropeços e começou a arrastar o barco pela margem. Eu nunca tinha conhecido alguém tão teimoso na vida, exceto, é claro, minha esposa. Mas mantive a boca fechada e o ajudei com a tarefa. Feito isso, subi a encosta suave, tomando cuidado para evitar as rochas que se projetavam da terra compacta, com Ricardo atrás de mim, respirando pesadamente. Passamos pelo local onde falei a Inez que ia partir para a Inglaterra. A expressão no rosto dela, a resignação absoluta.

Maldição.

Em que confusão eu me metera.

– Abdullah! – gritou Ricardo ao chegar ao acampamento aparentemente abandonado.

A areia quase cobria o buraco da fogueira, e, mesmo de onde eu estava, avistei a sede pilhada; caixotes virados, garrafas vazias meio enterradas, a caixa de objetos tocados por magia saqueada.

– Que diabos está acontecendo aqui?

Estreitei os olhos, usando a mão para protegê-los do brilho feroz do sol. A areia quente queimava o couro das minhas botas, mas eu mal percebia. Onde deveria haver dezenas de trabalhadores cavando ou desfrutando da refeição do meio-dia, não havia ninguém. As tendas tinham sido todas rasgadas e havia manchas de sangue na areia.

– Merda – praguejei.

– Não fique aí parado; me ajude a procurá-los – disse Ricardo, cambaleando na direção do templo.

Procurei no Quiosque de Trajano, um templo erguido na época do imperador Trajano, talvez até do imperador Augusto, mas não havia ninguém no subsolo, ninguém cavando nem abrindo caminho pelo túnel. Subi as escadas ocultas e voltei ao acampamento. Talvez alguém tivesse deixado uma mensagem. Mas não havia nada. Apenas sinais de luta: equipamentos roubados, sangue na areia. Inesperadamente, lembranças inundaram meus sentidos. Gritos angustiados, o som de cavalos urrando de dor, o clangor de aço contra aço. O ar esfriou em meu peito, e eu esfreguei os braços.

Mantenha a calma.

Um gemido suave veio da estrutura de pedra que tínhamos usado como quartos improvisados. Eu me virei, seguindo para lá no momento em que uma figura surgiu cambaleando de um deles. Seus olhos estavam avermelhados, as bochechas encovadas.

– Graças a Deus – disse Abdullah em árabe. – Eu estava esperando vocês chegarem há dias.

– Viemos assim que recebemos o telegrama.

Eu o olhei de cima a baixo, ansioso. Suas roupas tinham visto dias melhores – a camisa e a manga direita do casaco estavam rasgadas. Um hematoma na bochecha se alastrava em um tom roxo-escuro bem feio.

– Você está péssimo – observei.

– Estou bem.

– Você claramente *não está bem* – comentei. – Está dormindo aqui? Sozinho?

– Eu sei, eu sei. – Abdullah enxugou a testa suada. – Se Farida soubesse, ela ficaria furiosa comigo.

– Abdullah!

Passos pesados trovejavam enquanto Ricardo se aproximava de nós. A camisa de algodão estava colada ao corpo como uma segunda pele, encharcada de suor.

– O túmulo dela! Está tudo... está tudo... – Ele se interrompeu com um grito rouco, seu olhar se fixando no estado debilitado do cunhado.

– *Dios mío, ¿qué te pasó?*

Abdullah franziu a testa.

– Por que você está sangrando?

– Levei um tiro – esclareceu Ricardo, pálido e suando, segurando o braço.

Estava claro que eu precisava assumir o controle da situação. Fui imediatamente até ele e inspecionei sua camisa. A atadura estava suja de novo. Esfreguei os olhos, praguejando comigo mesmo. Ricardo não percebeu, pois sua atenção ainda estava fixa em Abdullah.

– Onde estão todos?

– Eles foram embora depois do ataque ao acampamento – respondeu Abdullah, mexendo na barba grisalha. – Muitos ficaram feridos.

– Deixe-me ajudá-lo – disse Ricardo, ofegante. – Você precisa de cuidados médicos.

– Sente-se antes que você caia – falei com rispidez. – Você também precisa cuidar de si mesmo. Vamos para o barco. Eu trouxe suprimentos e seu remédio, que vai ajudar a ambos. Depois, Abdullah nos contará que diabos aconteceu aqui.

– Por que você não foi ao médico, Abdullah? – perguntou Ricardo.

O roto falando do esfarrapado. Mal consegui me conter e não revirar os olhos.

– Eu não podia deixar o acampamento até vocês chegarem – respondeu Abdullah.

Ele teve o bom senso de parecer envergonhado antes de ficar sério.

– Mesmo que tudo tenha sido levado.

– *O quê?* – perguntei, tentando conduzir os dois na direção do rio. Eles eram piores do que gatos. – O que foi que você disse?

– O túmulo de Cleópatra foi saqueado. Tudo foi roubado – confirmou Ricardo, com um tom abatido. – O sarcófago, todas as estátuas, as joias. Levaram tudo.

– Meu Deus. – Meu olhar se voltou para Abdullah. – Quem atacou o acampamento?

Abdullah passou a língua pelos lábios secos.

– O Sr. Fincastle.

Ele revirou os olhos e desabou. Ricardo o acudiu enquanto eu me virava e corria para o barco, o salto das minhas botas lançando areia no ar. Lá atrás, Ricardo gritava com o cunhado, ordenando que ele acordasse e não o assustasse.

Eu jurava que aqueles dois me mandariam para o túmulo antes da hora.

Quando finalmente consegui acomodá-los, medicá-los e refazer o curativo de Ricardo com ataduras novas, ambos estavam estáveis o suficiente para se movimentar. Abdullah tinha acordado algumas vezes e agora dormia agitado enquanto eu remava, nos levando para longe de Philae.

O rosto de Ricardo, que costumava ser bronzeado, estava pálido e abatido, parcialmente virado enquanto deixávamos a ilha. O desespero abrira caminho em sua testa enrugada, aprofundando os sulcos.

– Ele vai ficar bem – disse Ricardo.

Eu teria respondido, mas não achei que estivesse falando comigo. Sua voz era um murmúrio, mal audível em meio ao som do rio que pulsava ao nosso redor. De repente, Ricardo deu as costas para o templo, esfregando os olhos.

– Ele levou tudo – afirmou. – Centenas de artefatos e todos os rolos de pergaminho. Não tive chance de ler nenhum deles. – Seus ombros se curvaram. – Ele está com a Crisopeia de Cleópatra... tenho certeza disso.

Sem pensar, balancei a cabeça e disse:

– Não está.

Ricardo se endireitou lentamente e me trespassou com um olhar intenso.

– *¿Cómo sabes?*

Maldição. Se eu não estivesse tão cansado, tão preocupado com eles, teria ficado calado. Mas não havia como despistar Ricardo agora.

– Porque eu a procurei primeiro.

– Para quê? – Sua voz estava gélida. Nem o sol do meio-dia seria capaz de derreter aquele tom gelado.

Comecei a remar com mais força, odiando sua decepção, sua censura.

– Além do óbvio?

Ricardo me olhou com astúcia.

– Foi por isso que você não quis ir para casa quando recebeu a primeira carta de seus pais?

Hesitei.

– Uma das razões.

– Se o manuscrito alquímico não está aqui, onde estaria? – murmurou Ricardo.

Essa era a pergunta que me atormentava a cada segundo que eu passava acordado.

E eu faria *qualquer coisa* para saber a resposta.

CAPÍTULO SEIS

Joguei por cima do ombro as meias mais fedorentas do meu tio e avancei embaixo da cama. Minha saia longa e volumosa fazia com que o movimento não fosse nem um pouco elegante, e puxei o tecido com força. Encontrei gravatas abandonadas e botas cobertas de areia, mas nada significativo. Respirei fundo, deslizei desajeitadamente para fora e fiquei em pé, limpando as mangas do casaco com as mãos para tirar a maior parte da poeira. Eu já tinha examinado todos os livros dele e vasculhado a escrivaninha da suíte. Não tinha encontrado nada que me desse mais informações sobre minha mãe.

Com as mãos na cintura, corri os olhos atentos pelo quarto do meu tio. Certamente havia algo ali que ele não queria que eu soubesse. Quando Whit explicou que não acreditava que meu tio compartilhasse tudo que sabia ou se lembrava sobre a vida dupla da minha mãe, compreendi o que ele não quis dizer na minha cara. Ele tinha se mostrado desinteressado, mas eu conseguia entendê-lo melhor agora.

Por *minha* causa, tio Ricardo agora não confiava *nele*.

Nosso casamento foi uma traição que meu tio não perdoaria com facilidade, se é que um dia o faria. Ele não confiaria mais segredos, planos nem esquemas a Whit. Meu tio perdera um aliado, alguém que faria o que lhe fosse pedido sem questionar. A relação deles se rompera, e Whit pagaria por isso com o comportamento frio e distante do meu tio.

O que eu não sabia era como Whit se sentia em relação a isso.

Se eu perguntasse, ele provavelmente me responderia com uma variação da verdade, mas meus instintos me diziam que ele ia querer poupar meus sentimentos. Eu gostaria que ele não fizesse isso, mas essa era uma conversa para depois.

Eu me sentei na cama, juntando os lençóis com os dedos até esbarrar num canto afiado. Franzindo a testa, olhei para baixo e percebi que minha mão tinha encontrado uma fronha.

Uma fronha cheia de alguma coisa que não eram penas.

– Olá, segredinho – sussurrei, despejando o conteúdo sobre a cama.

Mas só havia uma coisa escondida ali dentro: um diário com a capa decorada com peônias pintadas. Pertencia à minha mãe, e eu já o tinha lido, quando o *Elephantine* fora atingido por uma tempestade de areia. Agora eu sabia que Mamá enchera cada uma das páginas com mentiras sobre meu tio. Que ele era violento e abusivo, que estava envolvido em atividades criminosas até a raiz dos cabelos e decidido a roubar artefatos preciosos.

Nada disso era verdade. Por que, então, tio Ricardo insistia em esconder o diário da minha mãe?

E o mais curioso: por que ele o guardaria, afinal?

Depois que levei todos os meus pertences da suíte dos meus pais – *gracias a Dios* eu já tinha embalado a maior parte – para o quarto de Whit, muito menor, passei ao item seguinte da minha lista.

Embalar mais coisas.

Eu tinha adiado por muito tempo a tarefa de examinar todos os pertences dos meus pais e, agora que eu não estava no quarto deles, não podia mais deixar para depois. Todas as roupas deles retornaram aos baús, com uma miríade de outras coisas, e chamei um dos empregados do hotel para levá-los para o quarto de Whit, que estava ficando entulhado com pilhas de livros e diversos objetos que meus pais tinham adquirido. Eles haviam comprado tapetes e luminárias, estátuas de alabastro das pirâmides e de gatos e diversos potes de óleos essenciais. Mal havia espaço para andar entre a cama estreita, a mesinha de cabeceira e a cômoda antiga de madeira. O quarto de Whit, antes organizado, agora parecia um sótão para onde as coisas eram levadas a fim de serem esquecidas. Ele ia *odiar* aquela desordem.

O que precisávamos era de um quarto maior, e eu teria ido direto ao banco sacar dinheiro para tomar essa providência, mas sem Whit eu não podia – meu marido agora tinha total controle da minha herança, como dizia a lei.

Fiz uma careta enquanto examinava a bagunça, separando tudo em duas pilhas: uma destinada à Argentina e outra para doação. Não seria surpresa para ninguém que uma pilha fosse maior que a outra. Eu simplesmente não conseguia me desfazer dos livros de Papá, de sua coleção de peças de Shakespeare nem de seus ternos. Talvez Whit pudesse usá-los... Não, seria impossível. Whit era quinze centímetros mais alto que meu pai.

Eu teria que doar tudo.

No terceiro dia, eu estava tão esgotada emocionalmente pela tarefa que me tornei mais implacável em relação ao destino que todas as coisas teriam. Eu doaria até o último objeto da minha mãe e não sentia nenhuma tristeza com isso. Elvira aplaudiria minha decisão com um comentário espirituoso sobre o mau gosto de Mamá. Ela estaria me fazendo rir ou me perturbando ao experimentar os vestidos de minha mãe. Ela nunca se achou especialmente engraçada, mas me fazia rir com facilidade. Era o ponto de vista dela, um modo de ver os caprichos do mundo. A tristeza tomou conta de mim, cobrindo tudo que eu via e tocava com uma sensação de melancolia que eu não conseguia atenuar. Elvira devia estar naquele quarto comigo.

Eu me sentei na cama macia com o diário de minha mãe no colo, fitando-o chateada. Eu não encontrara nada de útil desde que Whit tinha ido embora e odiava não ter nenhuma noção do paradeiro de minha mãe. A única coisa da qual eu tinha certeza era que ela não tinha deixado o Egito – não com os artefatos que roubara. Era arriscado demais ela movimentar tanta coisa sem chamar a atenção.

Apesar de que... Mamá claramente tinha muitas conexões no Cairo. Alguém a poderia estar ajudando – ela *e* os baús cheios de pertences de Cleópatra.

Com um suspiro, folheei as páginas do diário de minha mãe, lendo pequenos trechos de cada vez. Havia muitas anotações sobre a vida cotidiana, coisas que ela tinha feito ou visto, lugares que tinha visitado e pessoas que conhecera. Percebi um padrão surgindo a cada página. No início, minha mãe escrevia quase todo dia, mas depois as anotações foram ficando espaçadas, com intervalos de meses e, mais adiante, curiosamente, por anos.

As páginas mais recentes voltavam aos registros diários, repletos de preocupações com meu tio. Que eu sabia que eram mentiras. Em algum momento, o diário tinha se transformado em uma maneira deliberada e premeditada de amaldiçoar meu tio. Um trunfo que ela poderia usar contra ele.

Era uma estratégia inteligente e tão calculista que fez meu estômago revirar. Como ela poderia ter planejado arruinar a vida do próprio irmão?

Franzi a testa enquanto voltava para as anotações mais antigas, datadas de dezessete anos antes, e escolhi uma página aleatória para ler.

Mais uma vez de volta ao Egito, pouco após nossa última visita, por insistência de Cayo. E agora ele me diz que quer ficar ainda mais tempo. Possivelmente mais de um ano. Cayo insiste que Inez não vai sentir nossa ausência enquanto for bebê, mas não tenho tanta certeza. Aqui está tudo tão caótico como sempre, o hotel cheio de pessoas de todos os cantos do mundo. Pelo menos encontrei velhos amigos, o que mantém meus dias cheios de conversas que não giram em torno de escavações, graças a Deus.

Cayo está exigindo que partamos para o sítio de escavações mais cedo que o planejado, e isso está me deixando apavorada. Depois que ele enfia uma ideia na cabeça, não há como tirá-la. Mas eu preferia aproveitar os confortos do hotel e os pequenos rituais que tornam suportável o tempo passado aqui.

Eu me pergunto se seria tão terrível se Cayo seguisse sem mim.

Assim, eu não o atrasaria nem o incomodaria com meu tédio e minhas queixas. Até Abdullah percebe o quanto me sinto infeliz no deserto.

Talvez eu peça a ele. Seria melhor para todos se eu ficasse. Eu poderia desenhar e pintar, visitar as várias senhoras e senhores com quem fiz amizade. Ler o quanto quisesse. O hotel tem muitos livros e materiais de que eu poderia gostar.

As palavras de Mamá e a profundidade dos sentimentos que ela escondera nas entrelinhas me atingiram em cheio. Ela estava infeliz por voltar para o Egito. Tinha procurado maneiras de preencher o tempo, qualquer coisa para tornar seus dias suportáveis. Enquanto isso, o entusiasmo de Papá era abundantemente claro, e talvez ele estivesse alheio à aparente infelicidade dela.

Eu não fazia ideia de que eles tinham me abandonado por longos períodos quando eu era bebê. Por que não faziam questão de ficar comigo? Respirei fundo, trêmula, e lutei para manter sob controle a crescente emoção que sentia. Doía demais, e era impossível pensar desse jeito.

Virei a página e encontrei o primeiro dos muitos desenhos que ela fez. Estava datado da manhã seguinte à anotação que eu tinha acabado de ler, e um arrepio percorreu minha espinha quando reconheci o lenço tocado pela magia. Ela o tinha encontrado bem aqui, no Shepheard's.

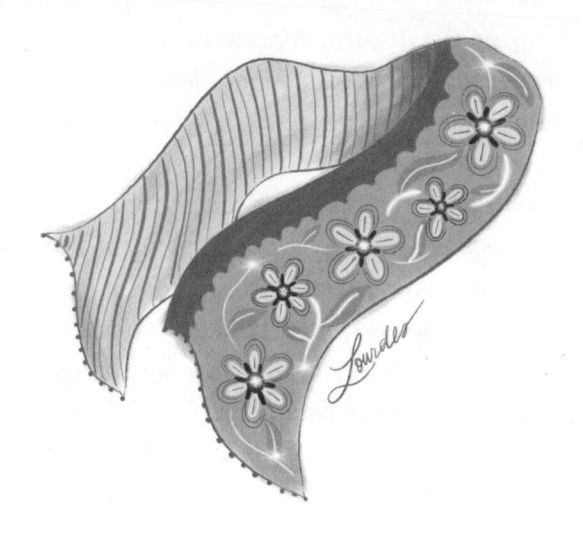

Uma batida na porta interrompeu meus pensamentos. Eu me levantei, os joelhos estalando – não tinha me dado conta de quanto tempo se passara –, e fui mancando até a porta. Devo ter pedido chá e esquecido por completo. Mas, quando abri, não havia nenhuma bandeja de chá do outro lado.

Uma jovem me olhava, seu cabelo cor de mel preso no alto da cabeça, cachos grossos emoldurando um rosto encovado. Ela estava ali parada no corredor iluminado por velas, e sua pele era pálida, fantasmagórica, e o vestido azul a princípio pareceu respeitável para um ambiente social, mas, olhando melhor, percebi a bainha suja.

Eu quase não a reconheci.

– Isadora!

Tínhamos nos conhecido semanas antes, quando eu embarcara clandestinamente no *dahabeeyah* do meu tio. No começo, eu não sabia o que pensar dela. Recebera uma boa criação e tinha boas maneiras, mas eu sentia que havia muitas coisas que ela mantinha ocultas. Mas então, poucos dias depois de conhecê-la, ela ajudou a salvar minha vida, manuseando habilmente uma elegante pistola ao atirar num crocodilo.

Minha admiração e respeito por ela tinham aumentado muito.

Isadora ergueu o queixo e, apesar das profundas cavernas sob os olhos, mantinha uma postura majestosa, as costas retas, as mãos segurando recatadamente uma bolsa de viagem de algodão. Esta também estava bem gasta, coberta de poeira, a alça de couro deformada.

– Você está bem? – perguntei. – Parece que... você passou por alguma provação.

– Você ainda me considera sua amiga? – perguntou Isadora, sem preâmbulos.

– Claro – respondi prontamente. – Por que não consideraria?

Sua expressão rígida relaxou em um sorriso hesitante e aliviado.

– Então pode me deixar entrar?

Dei um passo rápido para o lado e repeti:

– Claro.

Isadora passou e parou abruptamente, quase colidindo com a torre de caixotes de madeira, mas se equilibrou a tempo. Ela olhou por cima do ombro, erguendo uma sobrancelha delicada, antes de contornar as caixas e examinar o restante do quarto de Whit... do *nosso* quarto.

– Mas que diabos é isso?

– Estou tentando organizar tudo há três dias – respondi. – Mas parece que só está piorando.

Ela soltou um assobio baixo.

– Ainda tem mais no banheiro! De onde vieram todas essas coisas?

Suspirei, fechei a porta e segui o som da voz dela, enquanto ela examinava cada um dos tapetes altos enrolados e encostados na parede.

– Tudo pertence aos meus pais. Bem, quase tudo. Meus baús também estão aqui, em algum lugar.

Isadora perscrutou ao redor, os olhos azuis piscando a cada movimento de cabeça.

– Imaginei que seu quarto fosse maior.

– Como você sabia qual era o meu quarto?

– A recepção – respondeu ela, distraidamente. – Meu Deus, isto aqui é pequeno mesmo.

– Vai servir, por enquanto.

Isadora assentiu, o rosto parcialmente virado para o outro lado, e eu por fim entendi o que ela estava tentando desesperadamente esconder. Suas mãos tremiam, e sua respiração saía em sopros suaves e superficiais. Ela oscilou, e o alarme disparou em meu peito. Fiz um gesto para ela se sentar na cama.

– Você está bem? – perguntei outra vez.

Ela se sentou, ainda tranquila.

– Estou bem. Só um pouco tonta.

Mais uma vez, observei o estado de suas roupas, as linhas de cansaço na testa. A postura era perfeita, mas ela parecia estar lutando para manter os olhos abertos.

– Quando foi a última vez que você bebeu alguma coisa? – perguntei. – Você comeu? Onde está seu pai?

Isadora piscou.

– Consegui tomar uma xícara de chá hoje de manhã. Não como há alguns dias. E, quanto ao meu pai... – A voz sumiu e a compostura desabou. – Não faço ideia.

Eu me sentei ao lado dela.

– Não estou entendendo.

– Os últimos dias foram difíceis – admitiu ela em voz baixa. – Vim aqui porque... bem, porque preciso da sua ajuda.

– Você precisa da minha ajuda? – perguntei, erguendo as sobrancelhas.

Ela estremeceu, desviando o olhar, tentando se recompor.

– Desculpe, é difícil falar sobre isso.

A atitude educada seria não pressioná-la para obter mais informações. Eu sabia disso, mas aquela familiar chama de curiosidade queimava em minha garganta. As perguntas borbulhavam, vindo à tona. Isadora nunca tinha reclamado durante os dias que passamos no subsolo trabalhando juntas para registrar os impressionantes artefatos que encontramos na tumba de Cleópatra. Ela suportou o calor, o trabalho e a supervisão constante do pai, com mão firme e precisão. Se ela estava me dizendo que teve dias difíceis, isso realmente significava que ela tinha ido ao inferno e voltado.

Eu teria que ser direta.

– Você parece doente e exausta. O que aconteceu?

Ela mudou de posição, me olhando diretamente nos olhos.

– Posso confiar em você?

Pisquei, surpresa.

– Em que sentido? Com um segredo? Pode. Se estiver me pedindo para ajudá-la a encobrir um assassinato, não. Eu não a conheço o suficiente para isso e espero que você concorde.

Empalideci.

– Não que eu ajudaria a encobrir um assassinato, mas espero que você entenda o que eu quis dizer, certo?

Ela riu, e a tensão que carregava nos ombros relaxou muito.

– Acho que me sinto um pouco melhor. Uma hora atrás, eu acharia que seria impossível.

– Ótimo – falei. – Enquanto isso, estou enlouquecendo aos poucos de curiosidade.

Minha intenção tinha sido fazê-la rir de novo, mas toda a alegria desapareceu do rosto dela.

– Depois que eu disser em voz alta, estará feito. Vai ser real. Não vou poder desdizer. Não haverá como voltar atrás.

O lábio inferior dela tremeu, e eu quase me levantei de um salto com o choque de vê-la tão perturbada. Mas me obriguei a ficar imóvel, a permanecer calma mesmo enquanto meu corpo travava uma guerra. Eu queria sacudi-la até ela sair daquele estado.

– Vai ficar tudo bem – falei. – Me conte. Você está com algum problema?

Isadora respirou fundo, claramente tentando se acalmar.

– Você vai mudar a visão que tem de mim.

Nossa amizade era recente. Eu não conseguia imaginar que importância teria para ela o que eu pensava a seu respeito. Isadora me observava com ar perspicaz.

– Eu me importo com o que você pensa de mim – sussurrou ela. – É por isso que não quero lhe dizer que meu pai é um ladrão da pior espécie. Ele não é o homem que pensei que fosse.

– Ladrão – repeti.

Eu mal ouvi a resposta abafada.

– Isso.

Uma inquietação surgiu dentro de mim, como ervas daninhas brotando num jardim bem cuidado. O temor se retorceu no fundo do meu estômago. Eu estava com medo de perguntar, de alguma forma já prevendo a resposta. A última vez que vi o Sr. Fincastle, o pai dela, nós o deixamos em Philae – onde tínhamos encontrado o túmulo de Cleópatra. Certamente ela não estava falando de... de...

Mas ela confirmou o medo que crescia dentro de mim.

– Sim – disse ela baixinho, estendendo a mão para mim. – Você me entendeu perfeitamente, estou vendo. – Ela respirou fundo, em um movimento trêmulo e prolongado. – Ele e um grupo de seis homens, talvez sete, atacaram o acampamento e levaram tudo que estava em Philae.

O quarto girou. Eu me soltei da mão dela e abracei meu corpo, tentando desesperadamente não desmoronar. Cobri o rosto com as mãos e soltei um grito abafado. Era por isso que Abdullah tinha enviado o telegrama urgente para tio Ricardo. Àquela altura, eles já teriam chegado a Philae e descoberto a traição do Sr. Fincastle. As palavras de Isadora aprofundaram meu pânico e a sensação de desespero que rastejava em minha pele. O pai dela tinha *atacado o acampamento*. Usado suas armas para dominar a equipe. *Dios mío*.

Rezei para que ninguém tivesse sido ferido.

Eu deveria estar lá, e senti raiva dos quilômetros entre Cairo e Philae. Eu nunca me sentira tão inútil.

– Tudo que era valioso, tudo que era feito de ouro foi levado. Até... até... – Isadora não conseguiu concluir.

Eu queria que ela parasse de falar, mesmo enquanto as palavras pareciam vir de muito longe. Como se tivessem sido enterradas na areia. Tive que cavar fundo para finalmente entender o que ela queria dizer.

– Até *o quê*?

– A múmia dela. Meu pai também a levou.

O pavor tomou conta de mim.

– Você quer dizer...

Isadora assentiu, uma tristeza aguda distorcendo seu rosto.

O Sr. Fincastle tinha levado Cleópatra.

– Essa viagem era para ser sobre o nosso relacionamento – disse ela, a voz mais alta, mais como antes. – Era para nos unir de novo depois do que aconteceu.

– O que aconteceu? – perguntei, meus lábios dormentes.

– Pronto – sussurrou Isadora. – É essa a razão pela qual eu me importo tanto com o que você pensa de mim. – Ela pegou minha mão e a segurou com desespero, como se sua vida dependesse daquilo. – Meus pais mentiram para mim a maior parte da minha vida, até eu descobrir a verdade. Meu pai teve um caso com uma mulher casada. – Ela respirou fundo, lutando visivelmente contra as lágrimas. – Isso explicou muita coisa: por que minha mãe ficava fora metade do ano, todo ano, por causa de um trabalho misterioso na América do Sul.

– América do Sul? – repeti, pateticamente.

– Argentina.

Fechei os olhos com força; a escuridão era um poço aberto, e eu queria me atirar em suas profundezas. Mais uma vez, eu sabia o que ela ia dizer antes que dissesse. Eu me dobrei para a frente, pondo a cabeça entre os joelhos.

Ela pegou minha mão e segurou firme. Eu mal sentia seu toque. Em vez disso, me preparei para o que viria a seguir. Mas não havia preparação para a proporção do embuste da minha mãe nem para o quanto ela tinha traído Papá e a mim. E quando Isadora voltou a falar, as palavras me atingiram como um chute na boca.

– Eu sou sua irmã.

CAPÍTULO SIETE

Joguei água fria no rosto e evitei olhar no espelho. O rastro de destruição deixado por minha mãe me subjugava. Todo esse tempo, eu achava que ela tivesse tido um caso com o Sr. Burton – um homem que ela traiu depois. Mas não. Ela tinha traído meu pai com o Sr. Fincastle.

O Sr. Fincastle, cujo primeiro nome eu nunca soube.

O inglês corpulento, rude e autoritário com uma queda por armas, que controlava cada minuto do dia de Isadora. Aquele que falava com desdém com o restante da equipe de escavação, que olhava para tudo e todos com suspeita e reprovação.

Eu não podia *acreditar* que minha mãe tivesse ficado com um homem daqueles.

Decerto que Lourdes tinha mais bom senso. Certamente tinha um gosto melhor. Meu pai era duas décadas mais velho que ela, mas era gentil, atencioso e claramente a apoiava; ele não se opusera ao estilo de vida dela no Egito, tão diferente do dele. Ela ficava longe dele durante meses, quando eu acreditava que estavam juntos. Uma dor aguda cresceu em meu coração, e eu sabia que ela nunca passaria, não importava a distância nem quanto tempo transcorresse.

Minha mãe tinha nos destruído.

E ela sabia a verdade sobre meu pai. Eu sabia que Whit e tio Ricardo acreditavam que ele estava morto e, quanto mais tempo Papá ficava desaparecido, mais eu também acreditava nisso. Eu me apoiei na pia do pequeno banheiro adjacente ao quarto de Whit. Meu rosto ainda estava quente, apesar das várias vezes que eu tinha levado o pano úmido às bochechas. Eu não sabia por quanto tempo tinha ficado ali, com Isadora ainda esperando na cama onde eu a deixara.

Minha irmã.

Hermana.

Minhas emoções estavam descontroladas: incredulidade, confusão e dor. E uma surpreendente felicidade que permeava tudo isso. Quando Elvira morrera, eu tinha perdido alguém fundamental, e desde então me sentia deslocada e irrequieta.

Mas agora eu tinha uma irmã.

Então, algo me ocorreu. Isadora compartilhava muitas das mesmas características de Mamá. Em Philae, eu tinha testemunhado seus momentos de manipulação e astúcia, sua tendência a colocar as próprias necessidades acima das dos outros e sua inclinação para se meter em encrenca.

Ela e eu tínhamos todos esses atributos em comum.

Segurei a borda do balcão de madeira, sem conseguir olhar no espelho. Estávamos ambas condenadas a ficar iguais a nossa mãe? Repetir os mesmos erros? Magoar sem nenhuma consideração as pessoas? Essa ideia me aterrorizava. Porque eu sabia que, se olhasse no espelho, não seria o meu rosto que eu veria refletido.

Seria o de Elvira.

A porta se abriu, e eu ergui o olhar do lavatório de porcelana, finalmente fitando o maldito espelho. Meus olhos se chocaram com os de Whit, sua presença se avultando atrás de mim. Dei meia-volta e me atirei em seus braços. Ele deixou escapar um som de surpresa e fechou a porta com o pé enquanto seus braços cingiram minha cintura. Seu aroma me envolveu: ar fresco e um toque cítrico ao sol. O cheiro de um longo dia de viagem.

– Você voltou – murmurei no linho macio de sua camisa. Outro tom de azul que complementava seus olhos.

– Voltei – confirmou ele. – Havia alguma dúvida quanto a isso?

– Você não escreveu.

– Não deu tempo – murmurou.

Whit se afastou o suficiente para fitar meu rosto, com uma expressão enevoada. Ele me observou com intensidade.

– Você estava chorando – comentou.

– Um pouco.

A tensão se acumulou em sua testa.

– Certo. Eu posso cuidar disso.

Pisquei, confusa, mas ele se afastou e abriu a porta bruscamente. Como ele tinha acabado de voltar de Philae, eu sabia o que devia ter descoberto e como isso o impactara, bem como a Abdullah e meu tio. Ainda assim, quando Whit ergueu a voz, soltei um arquejo de surpresa.

– Que *diabos* você está fazendo aqui?

Saí do banheiro correndo, boquiaberta, me esquivando com cuidado da alta pilha de baús. Eu nunca tinha ouvido Whit falar naquele tom. Não era raiva; não era frieza – era um desprezo mordaz em sua qualidade mais profunda. Eu não achava que ele fosse capaz daquilo.

– Whitford Simon Hayes.

Meu marido virou a cabeça para me olhar. Pareceu surpreso ao ouvir seu nome completo sair da minha boca. Mas, quando Isadora pigarreou ruidosamente, ele fixou nela um olhar penetrante.

– Eu fiz uma pergunta. Que *diabos* você está fazendo aqui?

– O que você está fazendo? – retrucou Isadora, mantendo intactas a calma e a compostura.

No entanto, as palavras soaram frágeis. Como se ela tivesse chorado enquanto eu me escondia no banheiro. Meu coração deu um salto, como se ela o tivesse puxado para si. Meu instinto protetor aflorou.

– Este é o *meu* quarto – disse Whit.

– Não, Inez dorme aqui.

Houve um longo silêncio. Eu conseguia imaginar os pensamentos de Whit. O sorriso triste que retorceu seus lábios os denunciou. Nenhum de nós tinha anunciado publicamente nosso casamento para as pessoas que conhecíamos ali, e eu não tinha me preparado para responder às complicadas perguntas que surgiriam com a revelação. Mas a verdade estava prestes a vir à tona; alguns dos funcionários do hotel já deviam ter desconfiado. Muitos deles tinham me ajudado a transferir meus pertences para aquele quarto.

– Ela é minha esposa.

Isadora arquejou.

– Desde quando?

– Nós nos casamos há alguns dias – falei. – Surpresa.

– Não que seja da sua conta – observou Whit, se encostando em uma das pilhas de caixotes. – No entanto, ainda estou esperando sua resposta.

Isadora aprumou os ombros.

– Vim procurar Inez em busca de ajuda.

– Procure em outro lugar – replicou Whit entre dentes. – Talvez você possa se juntar ao seu pai, onde quer que ele esteja. Sem dúvida, separando todos os artefatos roubados de Philae, o desgraçado.

– Ela não teve nada a ver com isso – falei com aspereza.

– Claro que teve – retrucou Whit.

– Não – falei com a voz calma e me virei para ele.

Isadora estava rígida, como se não acreditasse que eu ficaria do lado dela.

– Eu pensei na situação... você pode ficar com a gente – eu a tranquilizei.

Em seguida, apontei para o pequeno espaço.

– Vai ficar apertado, mas podemos dar um jeito. Talvez possamos conseguir...

– Inez – grunhiu Whit.

– ... uma cama extra – concluí em voz alta.

Olhei para ele.

– Você parece cansado.

– Estou mesmo – respondeu Whit.

Depois, ele apontou o dedo indicador para Isadora.

– Ela não pode ficar aqui. Na verdade, vou levá-la para o consulado, onde poderá ser jogada na masmorra.

– Masmorra? – perguntei, ofegante.

– Que é o lugar dela.

Isadora inspirou fundo.

– Como se atreve a me condenar? Você foi soldado do Exército britânico. Suas mãos não estão limpas.

Whit fechou os punhos, o sangue se esvaindo do rosto. Seus anos como tenente tinham deixado cicatrizes. Ele parecia ocupar todo o espaço do quarto. Parecia desgastado, ombros curvados, olhos retraídos e sombrios. Tentei imaginar como deve ter sido chegar a Philae e ver a destruição total, ver o local do descanso final de Cleópatra saqueado e roubado. Um pavor que eu não tinha vivido, mas que senti à distância. Foi o suficiente para me fazer cair de joelhos.

Anos da vida de Abdullah e de tio Ricardo lhes foram roubados.

– E onde você estava? – perguntou ele com frieza. – Enquanto seu pai atacava o acampamento?

– Ele me manteve trancada em uma das câmaras do templo quando ficou claro que eu não apoiaria a decisão dele – disse ela. – Eu enganei um dos homens e fugi.

– De uma ilha no Nilo? – Whit não escondia a incredulidade. – Você saiu voando? Montou nas costas de um crocodilo?

Isadora se empertigou, o rubor inundando suas bochechas.

– Só porque sou uma garota não quer dizer que sou indefesa. Eu estava com minha bolsa e consigo me virar com o idioma.

– Ser uma garota não tem nada a ver com isso – replicou Whit entre dentes. – Olhe para minha esposa... se ela quisesse, poderia chegar a Paris nas costas de uma tartaruga. – Ele cerrou o maxilar. – Admita... você fazia parte dos esquemas de seu pai.

– Eu acredito nela – falei.

Se eu estivesse no lugar dela, odiaria que alguém me julgasse baseado nas atividades da minha mãe ladra.

Whit ficou em silêncio, tenso como um arco prestes a disparar.

– Ela está tentando te manipular.

– Talvez seja o que parece a você agora. – Fui até ela e parei ao seu lado, nossos ombros se tocando. – É *você* que não tem todas as informações.

Whit me olhou com frieza.

– Minha mãe teve um caso com o Sr. Fincastle. Aparentemente, já dura quase duas décadas.

Respirei fundo, a energia nervosa fazendo meus dedos formigarem. O fato de que Whit claramente não gostava de Isadora e desconfiava dela me deixava inquieta. Não porque ele não tivesse motivos, mas porque ele era casado comigo. Em questão de segundos, ele saberia que éramos todos da mesma família.

– Ela é minha irmã, Whit.

Se eu tivesse dito a ele que planejava entrar para o circo, ele não teria ficado tão surpreso.

– Mentira.

– Não é – retrucou Isadora, em tom calmo e controlado. – E eu posso provar.

Ela se virou para me encarar.

– Eu a tratava como Mamá, mas os amigos próximos a chamavam de Lulis. Ela gostava de ficar acordada até tarde e dormir a manhã toda. Mamá odiava café, mas inexplicavelmente gostava de chocolate amargo. Preferia gatos a cães, doce a salgado, e tomava chá com leite, não com limão.

Whit fez um gesto de desdém.

– Você poderia ter descoberto essas informações perguntando por aí. Talvez à antiga criada dela.

Isadora o ignorou, se concentrando apenas em mim.

– Mamá tinha uma marca de nascença na barriga, perto do umbigo.

– De novo, uma criada poderia ter dito isso.

– Ela tingia o cabelo porque odiava os fios grisalhos nascendo nas têmporas. Mas eu sempre achei que ela era bonita.

Whit abriu a boca, mas as palavras de Isadora saíram às pressas, sua atenção agora voltada para meu marido.

– Quando tinha dezesseis anos, ela se apaixonou pelo rapaz que entregava o jornal. O nome dele era Feliciano.

Whit ficou calado.

Não havia como Isadora saber disso, a menos que Mamá tivesse contado a ela. Eu só soube por acidente, ouvindo uma das raras brigas entre meus pais a portas fechadas, quando pensavam que eu estava dormindo. Meu pai a acusou de manter contato com Feliciano, mas ela negou categoricamente. E Mamá guardava um frasco de tintura de cabelo na mesa de cabeceira em nossa casa na Argentina. Por anos, eu a vi esconder as evidências de que estava envelhecendo.

– Ela adorava perfume italiano. – Isadora apertava as mãos com força na frente do corpo. Uma garota esperando ser julgada e condenada. – Ela achava que o cheiro era român...

– Romântico – completei baixinho.

Os olhos dela encontraram os meus. Suas costas estavam eretas, as mãos ainda cerradas, o orgulho exigindo que ela não baixasse o queixo nem um centímetro. Ela esperava minha decisão, mas não havia nenhuma dúvida. Eu não a expulsaria. Estendi a mão e segurei a dela, puxando-a delicadamente. Tínhamos a mesma altura, o mesmo porte. Tínhamos idades próximas. A emoção me deixou com um nó na garganta enquanto eu a abraçava. Olhei para Whit por cima do ombro dela, sabendo que encontraria decepção.

Whit estava com os lábios apertados em uma linha fina, os braços cruzados. Mas permaneceu em silêncio.

– Ela fica – falei para ele.

Ele desviou o olhar. Bem, ao menos não disse não. Um pequeno passo na direção certa.

Isadora se afastou de mim, seu queixo tremendo levemente.

– Obrigada. Eu não sei o que faria se você não tivesse acreditado em mim.

– Por alguma razão, acho que você teria dado um jeito – falei.

Também tínhamos isso em comum. Arrumei o cabelo dela, afastando-o do rosto.

– Você pode descer e pedir uma bandeja de chá para nós? Acho que vamos precisar. E talvez uma cama extra?

Ela assentiu e saiu do quarto, tomando cuidado para passar longe de Whit, cuja frustração irradiava de forma palpável. Pela primeira vez em três dias, eu estava sozinha com meu marido.

– Não confio nela – disse Whit, se afastando de mim.

– Você já deixou isso bem claro.

Ele se dirigiu até o outro lado da cama, ainda sem olhar para mim. Nossa primeira discordância de verdade como casal. Eu me perguntei como superaríamos aquilo. Meus pais raramente brigavam ou sequer discordavam entre si. Eu não sabia como navegar por esse território. Mas sabia que gostava dele o suficiente para encerrar aquela discussão.

– Venha aqui, Whit.

Ele levantou a cabeça bruscamente. Em seguida, se aproximou, cauteloso, como se achasse que eu fugiria se tivesse a chance. Quando estava diante de mim, pressionei a palma das mãos em seu peito.

– Eu não tenho muitos parentes – falei suavemente. – E acredito em Isadora, Whit.

Ele cobriu uma das minhas mãos com a dele, e sua expressão se tornou contemplativa. Aparentemente, ele não concordava comigo, e isso me incomodou. Tentei me afastar, mas ele me segurou firme.

– Sei que não tenho sido feliz em meus julgamentos – falei. – Mas significaria muito para mim se você desse uma chance a ela.

– Você está falando da sua mãe? – perguntou Whit, apertando minha mão. – Ainda se sente culpada pelo que aconteceu em Philae?

– Não importa como eu examine a situação, ainda parece culpa minha. Foi a minha ingenuidade que garantiu o sucesso da minha mãe.

– Ela estava te manipulando – disse Whit. – Se aproveitando de suas emoções e de seu amor por ela. De maneira alguma você deve se culpar por querer acreditar que sua mãe tinha em mente o seu bem.

Assenti devagar.

– Certo, mas não podemos ter dois pesos e duas medidas. – Dei um passo à frente, levantando o queixo para fitar seus olhos. – Isadora foi pega de surpresa, assim como eu. As ações do pai dela não a tornam automaticamente cúmplice.

– Eu *sabia* que você ia dizer isso – murmurou Whit. – Eu aqui achando que estava consolando minha esposa, enquanto você preparava um argumento contra mim.

– Não estou contra você – falei. – Só estou pedindo que dê uma chance a ela.

Whit ficou tenso, os ombros se retesando. Em seguida, soltou um suspiro longo e irritado.

Estendi a mão e, com a ponta dos dedos, acariciei seu maxilar.

– Ela está sozinha e precisa de ajuda...

– Eu não quero falar sobre Isadora – interrompeu ele. – Não quero falar sobre nada.

Em seguida, colocou a mão em minha cintura e me puxou mais para perto. Passei os braços ao redor de seu pescoço, me ergui na ponta dos pés e o beijei. Ele gemeu de encontro à minha boca. Sua língua deslizou sobre a minha, e eu estremeci, meus dedos brincando com o cabelo na nuca dele. Whit me ergueu do chão e inclinou a cabeça, aprofundando o beijo. Quando nos separamos, nossas respirações saíam em arfadas irregulares.

Whit encostou a testa na minha.

– Você pensou em mim enquanto estive fora?

Inspirei seu cheiro e assenti.

– E você?

– Você passou pela minha mente.

Puxei seu cabelo com força, e ele riu antes de me soltar. Depois, me conduziu até a cama, o único lugar que havia para sentar, e nos acomodamos nela, lado a lado. Meus pés mal tocavam o chão, enquanto suas longas pernas estavam esticadas. Suas coxas eram musculosas, e eu engoli em seco, me lembrando de sua expressão quando ficara em cima de mim, sombras suaves brincando em seu rosto.

– Por que está corada? – perguntou ele, me olhando com um sorriso suave.

– Por nada – respondi rapidamente.

– Me conte – instigou ele, se inclinando para a frente, com um brilho cálido nos olhos azuis.

– Não acredito que você ainda não perguntou o que encontrei no quarto de meu tio.

Whit arqueou uma sobrancelha.

– O que você encontrou?

Eu me levantei com um salto, e sua risadinha fez meu rosto corar ainda mais. Mas o sorriso desapareceu quando entreguei a ele o diário de minha mãe.

– Eu já vi isso – murmurou ele. – Pertencia a Lourdes. Eu a peguei escrevendo nele pouco antes de eles desaparecerem.

Ele folheou algumas páginas.

– É quase tudo mentira – falei. – Mas, curiosamente, meu tio o mantinha escondido na fronha.

Whit deu de ombros.

– Este diário poderia incriminá-lo se caísse nas mãos erradas.

– Então, por que guardá-lo? – insisti. – Por que não o queimar? Jogar no Nilo?

– Porque ele não é adepto de jogar lixo na natureza?

– Não tem graça, Whitford.

Seus lábios se contraíram.

– Bem, o que *você* acha?

Peguei o diário e folheei as páginas, desesperada para encontrar qualquer coisa que pudesse nos ajudar a localizá-la.

A mão de Whit avançou rapidamente.

– Espere. O que é isto?

Olhei para onde ele apontava. Minha mãe tinha preenchido uma página com desenhos e rabiscos.

templos

os templos de deuses ou deusas locais ou universais eram chamados de casas.

Ex.: Casa de Hórus

templos egípcios serviam como bibliotecas e câmaras municipais modernas, abrigando registros de nascimentos, mortes, etc.

Trajes de sacerdote e sacerdotisa

chanti ("saiote"), gola larga, peruca e pingente de amuleto

vestido transpassado

sandálias de couro e palha

Parecia indecifrável. Esboços aleatórios ao lado de desenhos e anotações sobre os antigos egípcios. Imaginei minha mãe lendo na biblioteca do Shepheard's, tentando entender a fascinação de meu pai. Aprendendo o que podia, tentando acompanhar as conversas com ele. Virei a página e outra anotação chamou minha atenção.

Recebi uma carta de Cayo: outro atraso no retorno do local de escavação. A maioria dos meus amigos partiu para ver os pontos turísticos. Talvez eu devesse ter ido com eles, mas estava esperando Cayo chegar a qualquer momento. Foi um erro. Ainda assim, a biblioteca do hotel tem muita coisa interessante para ler. Encontrei alguns livros sobre a última faraó do Egito, Cleópatra VII. Uma mulher fascinante, pelo que se diz, com antepassados ainda mais interessantes.

Whit pegou o diário, voltou a página e examinou os rabiscos. Eu o observava, intrigada.

– O que foi?

– Talvez não seja nada – admitiu ele.

– *O que* talvez não seja nada?

Ele ergueu o diário aberto na página.

– Isso parece uma cobra?

– Um pouco, talvez. Tem um traço estranho e ondulante.

– Feito por uma cobra. – Whit assentiu. – Essa curvinha pode ser um olho.

Estreitei os olhos, tentando ver. Talvez fosse uma cobra, mas também podia ser apenas um rabisco aleatório.

– Parece um ouroboros.

– E...?

Whit batia distraidamente com o dedo no lábio inferior.

– Lembra que sua mãe estava procurando algo específico em Philae?

Assenti.

– Continue – pedi.

– No mundo antigo, havia quatro mulheres que supostamente eram capazes de produzir a pedra filosofal.

Inclinei a cabeça, franzindo levemente a testa.

– Já ouvi falar disso... um dos antigos feitiços que se perderam.

A pedra filosofal... onde eu tinha lido sobre isso? Parecia incrivelmente familiar para mim. Eu sabia que era um objeto de grande significado.

– Certo. Essas mulheres eram alquimistas e feiticeiras. E uma delas se chamava Cleópatra... Lembra que falei sobre ela?

Quando assenti, ele continuou:

– Uma antepassada da *nossa* Cleópatra, enterrada secretamente em Philae. – Ele bateu o dedo na anotação da minha mãe. – Olhe aqui... ela até menciona que leu sobre a antepassada dela.

A emoção pulsava em minha garganta.

– Dizem que Cleópatra, a alquimista, escreveu em um único papiro como produzir a pedra filosofal. Esse registro lendário é chamado de Crisopeia de Cleópatra e, nele, ela teria desenhado um ouroboros.

Olhei para o desenho de minha mãe.

– E parecia com algo assim?

Whit assentiu, embora com uma leve careta.

– Sei que é apenas suposição, mas, se sua mãe não encontrou o que esperava em Philae, ela ainda pode estar procurando.

– Olhe a data na outra página – comentei. – Isso é de anos atrás. Parece incrível que ela tenha encontrado um livro, visto um desenho e o reproduzido aleatoriamente no próprio diário. Então, mais de uma década depois, ela decide procurar a Crisopeia de Cleópatra?

– Dizem que esse documento foi enterrado com sua descendente – observou Whit. – Você compreende o que é a pedra filosofal, Inez?

Balancei a cabeça.

– Já ouvi falar, mas não consigo me lembrar...

– A Crisopeia de Cleópatra tem as instruções para transformar *chumbo em ouro*.

Quando meu pai contava histórias sobre magia para minha mãe, ela sempre perdia o fôlego. Com o desaparecimento gradual de objetos tocados pela magia em Buenos Aires, era fácil esquecer que isso já tinha sido algo comum. Que feitiços e o uso deles estavam entrelaçados no tecido do cotidiano. Sempre que eu me deparava com algo que ainda continha a pulsação de um feitiço antigo, eu me perguntava de novo como permitimos que algo tão extraordinário estivesse prestes a se extinguir.

E, um dia, num futuro próximo, a magia deixaria de existir por completo, perdendo sua importância e se tornando uma nota de rodapé na história.

No fim das contas, eu conseguia entender por que alguém caçaria e mataria pela Crisopeia.

– Quem encontrar esse documento poderá vendê-lo por uma quantia exorbitante – falei.

Whit balançou a cabeça.

– Pense mais alto. Imagine se a pessoa conhecesse alquimia e conseguisse criar a pedra. Há séculos pessoas procuram esse documento. Como o Santo Graal – disse ele. – A Arca de Noé. O local do descanso final de Alexandre, o Grande.

– Ou a tumba de Cleópatra.

Whit assentiu.

– Exatamente.

Uma lembrança martelava em minha mente. Tentei agarrar essa sensação e, um segundo depois, me lembrei de um momento com minha mãe. Estávamos dentro de minha tenda improvisada em Philae, e ela me perguntou se eu tinha encontrado um papiro específico.

– Você está certo – falei. – Minha mãe me perguntou sobre um papiro... ela *está* procurando a Crisopeia. – Bati o dedo na página do diário. – Temos a prova escrita de que ela sabia da existência disso há mais de uma década.

– Bem, ela não foi bem-sucedida na procura. – Ele retorceu os lábios. – Gostaria que isso me fizesse sentir um pouco melhor.

– Minha mãe não vai desistir – afirmei. – Ela ultrapassou muitos limites. Agora todos nós sabemos quem ela realmente é e o que fez. Não há como voltar atrás. Então, onde ela procuraria esse papiro agora?

– Tenho vários lugares em mente – respondeu ele. – Ela pode estar em qualquer parte do Egito que tenha tido importância para Cleópatra, a alquimista... ou para sua descendente, que, segundo dizem, também era adepta da magia.

– Era mesmo – comentei, lembrando-me das visões potentes que tive... A última faraó do Egito, curvada sobre uma longa mesa, com ervas e elixires à mão, misturando e medindo. – Uma fabricante de poções, talvez até uma Feiticeira.

Whit baixou o queixo.

– Como é que você sabe?

– A magia do anel de ouro – respondi. – Ele me ligou a algumas das lembranças de Cleópatra. Eu a vi trabalhando, misturando ingredientes, recalibrando ferramentas.

– Bem, isso reduz os lugares onde sua mãe pode estar a mais ou menos uma dúzia de templos.

Soltei um gemido, enterrando o rosto nas mãos. Minha voz saiu abafada:

– Ainda é muito.

Uma ideia me ocorreu, e olhei para ele.

– Espere... Você não estava procurando a mesma coisa?

Whit mudou de posição, o canto dos lábios se curvando para baixo.

– Sim, e cometi o erro de contar para sua mãe. Nossa conversa pode ter reacendido o interesse dela. Talvez ela tenha se lembrado do livro que menciona no diário.

– E como foi que você descobriu sobre isso?

Ele hesitou.

– Aprendi sobre Cleópatra, a alquimista, em um dos meus livros de química.

– Alquimia e química são assuntos relacionados? Um não é predominantemente mágico e o outro, científico?

– Para algumas escolas de pensamento, os dois são um só. A alquimia foi a precursora da química. Inventada bem aqui, no Egito.

– Eu não fazia ideia. – Meus ombros se curvaram. – Tenho a sensação de que estou sempre tentando alcançá-la, sempre ficando para trás em relação ao que minha mãe sabe. Como posso encontrá-la se há tantas lacunas em minha educação?

Whit afastou uma mecha de cabelo do meu rosto.

– Não fique assim, Inez. Fizemos progresso, mesmo que seja um passo minúsculo.

Sorri levemente.

– Já está pronto para falar sobre Isadora?

Whit gemeu.

– De jeito nenhum.

– Ela pediu minha ajuda, e eu não posso virar as costas para ela.

– Há algo que não se encaixa na história que ela conta – afirmou ele, brincando com os babados da minha saia. – Isadora e o pai eram inseparáveis em Philae. Você esqueceu?

– Ela explicou isso. Os dois estavam em processo de reconciliação.

Pelo que ela me contou, os pais brigavam o tempo todo e odiavam viajar juntos. Pelo visto, ela não teve uma infância feliz, e a viagem para Philae foi uma tentativa de reconciliação por parte do pai.

Whit cutucou uma pilha de livros com a ponta da bota e começou a andar pelo quarto, rodeando caixas, baús e objetos aleatórios espalhados no chão.

– Que conveniente.

– Está bem – falei, seguindo os passos dele com o olhar. – Vamos supor que ela tenha um plano nefasto. Qual seria? Talvez ela esteja tentando derrubar a monarquia britânica.

Ele me fuzilou com o olhar.

– Tente levar isso a sério.

– Não estou acostumada a ver *você* tão sério.

– Nem eu, e é bem cansativo. – Whit suspirou, desviando o olhar, as sobrancelhas se erguendo. – O que você fez com meu quarto?

– Acho que você quis dizer *nosso* quarto.

Whit abriu a boca, mas a fechou de repente quando Isadora voltou com a bandeja. Então nos ocupamos servindo o chá. Eu não estava com fome, e aparentemente ninguém mais estava, mas havia conforto em realizar um ritual, mesmo um tão simples quanto servir chá.

Quando a cama extra chegou, Whit fez o máximo possível para organizar a bagunça e abrir espaço para ela. Ele arrumou os caixotes em pilhas ainda mais altas até formarem uma espécie de meia parede ao redor da nossa cama. Escondi um sorriso diante de sua tentativa de criar privacidade em um espaço tão pequeno. Isadora foi automaticamente para a cama principal, que já era estreita, em vez de ir para a extra, e se acomodou ali.

– Acho que só há espaço para nós duas, Inez.

Whit, que estava jogando um cobertor na cama extra, ficou paralisado. Ele me lançou um olhar exasperado e pigarreou deliberadamente. Mas Isadora estava vulnerável, e, se era disso que ela precisava, eu faria por ela.

– É só por uma noite ou duas – sussurrei. – Até conseguirmos uma acomodação maior.

Whit resmungou e lançou a Isadora um olhar de reprovação enquanto se acomodava na cama pequena que ele tinha colocado no canto do quarto. Como eu tinha imaginado, ele mal cabia ali, mas não havia muito a fazer. Ainda não tínhamos ido ao banco no Cairo para retirar fundos da minha conta. Não tínhamos tido tempo e, além disso, eu não sabia ao certo se meu tio ainda mantinha o controle de minha herança, apesar de eu ter me casado com Whit. Mas estava claro que precisávamos desses fundos, nem que fosse apenas para pedir a transferência para um quarto maior.

Eu me deitei na cama estreita ao lado da minha irmã – quando é que eu me acostumaria com essa revelação? – e ela automaticamente se enroscou em mim, o cabelo cobrindo parte de seu rosto. Parecia muito jovem e vulnerável. Um instinto protetor surgiu em mim, tão semelhante ao que eu sentia por Elvira que lágrimas não derramadas queimaram no fundo de meus olhos. Eu faria o que pudesse para ajudá-la. Faria o que fosse preciso para deter minha mãe e seu deplorável amante, o Sr. Fincastle.

Primeiro, porém, o mais importante.

Amanhã, eu pediria a Whit que me levasse ao banco.

 ## WHIT

Acordei cedo, o quarto escuro e silencioso, exceto pelas duas mulheres dormindo, a suave respiração de ambas se misturando. A cama extra era deplorável, e soltei um palavrão baixinho enquanto me espreguiçava, tentando desatar os nós de minhas costas doloridas.

Deus, pode me levar agora. Não foi assim que imaginei meu reencontro com Inez. Mas essa seria a última noite que eu passaria nessa cama desgraçada, mesmo que tivesse que arrastar Isadora para fora do quarto aos chutes e gritos. Eu me sentei e olhei em sua direção. Ela estava agarrada à minha esposa como um mexilhão. Eu queria soltar seus braços, sacudi-la e exigir a verdade.

Porque a garota estava *mentindo*.

Eu não tinha provas – apenas instinto. Foi isso que me manteve vivo na guerra; foi o que me fez voltar para ajudar o general Gordon, mesmo quando me proibiram. Eu não ignoraria meu instinto agora, independentemente daquilo em que Inez acreditasse. Ela gostava de Isadora – isso estava claro –, enquanto tudo dentro de mim gritava que a irmã dela era uma víbora.

A suspeita se enrodilhava em meu peito.

O pai de Isadora a vigiava de perto durante o tempo que passamos em Philae. Eu me lembrava de ambos sempre juntos, isolados, conversando em particular. Ele era afetuoso com ela quando achava que ninguém estava olhando. Mas eu observava o tempo todo. Parecia inconcebível que ele tivesse trancado a única filha no templo, que a tivesse colocado em perigo. Abdullah tinha narrado toda a violência que ocorrera – alguns membros de nossa equipe haviam sido baleados quando tentaram resistir; outros foram amarrados e deixados para morrer no deserto. Das duas, uma: ou o Sr. Fincastle enviara a filha para longe antes de agir *ou* Isadora fazia parte do plano.

Não me ocorrera perguntar a Abdullah qual das duas opções era a verdadeira. Mas agora ele estava no hospital a centenas de quilômetros de distância, convalescendo. Eu teria que enviar uma carta ou telegrama e esperar que ele se sentisse bem o suficiente para responder.

Deslizei para fora da cama diminuta e fui até o pequeno banheiro, fazendo minhas abluções de forma eficiente e silenciosa. Um talento que o Exército me dera de cortesia. Eu tinha consciência do espelho pendurado acima da pia, mas tomei o cuidado de evitá-lo. Desde que me casara com Inez, eu não conseguia encarar a mim mesmo no espelho. Agarrei a borda da pia de porcelana, os nós dos dedos ficando brancos. Levei vários minutos para me recompor.

Eu tinha tempo. Tempo suficiente.

No entanto, mesmo com esse lembrete, eu ainda não conseguia me olhar no espelho.

A luz da manhã finalmente surgiu no pequeno quarto, iluminando minha esposa, encolhida de lado, seu cabelo rebelde se espalhando em torno dela como tinta derramada. Saí sem olhar para ela novamente. O corredor estava vazio, o que eu preferia. As manhãs eram minha parte favorita do dia. Por muito tempo, não me permiti aproveitá-las. O excesso de bebida garantia isso.

O amanhecer tinha sido maculado pela minha passagem pela vida militar.

O terraço tinha muitas mesas vazias, e escolhi a mais próxima da sacada, com vista para os jardins, sentando de costas para a parede. Era uma manhã fresca, e, quando o garçom apareceu para anotar meu pedido, optei pelo habitual bule de café. Enquanto esperava, fiquei pensando no problema que era Isadora e que diabos eu faria em relação a isso. Abdullah teria que responder a algumas perguntas. Ricardo também não confiaria em Isadora, mas eu me perguntava se era sensato envolvê-lo. Inez poderia se sentir encurralada e menos inclinada a confiar em meus instintos se eu estivesse alinhado com seu tio. O relacionamento deles já era complicado o suficiente.

Sem falar no que ele pensava de mim.

O café chegou, e tomei o primeiro gole divino. Forte, com aroma de nozes, sem creme.

Mas, nesse momento, alguém se sentou na cadeira de vime em frente à minha, me surpreendendo, e eu nunca era surpreendido. Ele parecia pouco à vontade em seus trajes, como se preferisse algo diferente de algodão engomado e calça passada. Sorriu para mim como cumprimento, e, embora fizesse anos desde que o vira pela última vez, minhas palavras saíram raivosas e acusadoras.

– Que diabos você está fazendo aqui?

Porter ergueu a mão, fazendo sinal para o garçom.

– Você está com fome?

Cruzei os braços, o pânico começando a tomar conta de mim. Mas eu me recusava a deixar que ele percebesse. Balancei a cabeça em negativa. O garçom veio, e Porter pediu seu café da manhã: ovos cozidos e duas torradas. Simples, sem manteiga. Ele nunca se permitia luxos. Como nosso pai.

Exceto quando se tratava de jogos de cartas. Nesse caso, papai não era tão frugal.

– Eu vim aqui recolher – disse Porter com a maldita calma na voz quando voltamos a ficar sozinhos.

– Recolher... – repeti.

Por Deus. Quando enviei o telegrama, não pensei que meu irmão agiria tão rápido, nem que viria pessoalmente ao Cairo.

– Você explicou sua nova situação no penúltimo telegrama.

– Sim – repliquei, a voz dura. – Mas não foi um convite para uma visita. Ainda estou trabalhando nisso. A questão é bem delicada, e, se eu estragar tudo, estaremos em uma situação ainda pior. Eu acabei de...

– Tem que ser hoje.

Suas palavras voaram ao meu redor, como um enxame de abelhas furiosas.

– Não pode ser hoje. Não pode ser amanhã. Não pode ser este mês, Porter. – Cerrei o maxilar. – Eles estão morando naquela casa decadente há anos. Mais um ano não vai matá-los.

– Mais *um ano* – repetiu Porter debilmente.

– Diga a eles que vendam meu piano, se precisarem de dinheiro.

– Já foi vendido.

Anos de treinamento me impediram de estremecer.

– Ótimo.

– Junto com o restante das pinturas e talheres de cobre e castiçais de bronze – informou Porter. – Antes que você pergunte, não tenho mais dinheiro para dar a eles.

Eu estava *prestes* a perguntar. Porter tinha se casado anos antes com uma herdeira, quando ele mal tinha 18 anos. Ele e a esposa estavam separados, com vidas completamente distintas. Até onde eu sabia, Sophia nem morava na Inglaterra.

Eu sabia que Porter preferia assim, mesmo que nosso pai tivesse tentado cortá-lo da vida deles após o escândalo resultante da separação.

– Preciso te lembrar quem mais vive naquela casa decadente?

Comprimi os lábios.

– Ela vai sobreviver mais um ano. Vai ter que sobreviver.

– O telhado está com goteiras – prosseguiu Porter. – Eles demitiram os empregados. Só resta a cozinheira.

Eu tinha um plano e pretendia segui-lo. Tentei bloquear as palavras dele, mas elas conseguiram me alcançar.

– Todas as joias se foram – disse Porter. – Tudo de valor. Eles chegaram ao fim da linha. *Todos* eles. É por isso que estou aqui.

– Pode ser um choque para você, mas eu tenho uma estratégia.

Passei a mão pelo rosto. Em seguida, joguei algumas cédulas sobre a mesa e me levantei, meu irmão tropeçando atrás de mim, empurrando a cadeira desajeitadamente para trás. Eu já estava em movimento antes de saber para onde queria ir. Eu só sabia que precisava entrar.

– Bem, e qual é? – perguntou ele atrás de mim.

– Todos vão conseguir o que querem. – Balancei a cabeça, o sangue pulsando em meus ouvidos. – Porter, preciso de mais tempo.

Ele me alcançou e me olhou com a cabeça inclinada de lado. Éramos muito parecidos, e eu tinha a impressão de estar me olhando no espelho. Mesma cor de cabelo, mesmos olhos claros. Mas, de alguma forma, eu puxei à nossa mãe, e ele ao nosso pai. Porter tinha traços mais acentuados do que eu e era mais magro.

– O que você está tramando? – perguntou Porter.

Vi todas as peças que eu tinha alinhado serem movidas. Minha frustração aumentava enquanto eu reorganizava o quebra-cabeça e tentava encontrar algo que funcionasse. Mas, com meu irmão me encarando com desaprovação, a resposta parecia difícil de alcançar. Passamos pela recepção, e subi a escada dois degraus de cada vez, o desespero me fazendo mover as pernas cada vez mais rápido.

– Me fale sobre sua esposa – disse ele, ofegante. – Estou curioso.

– Ela gosta de mim – falei, a voz vazia.

– Que azar.

Quando cheguei ao nosso andar, minha respiração estava mais tranquila. As palavras dele ricocheteavam em minha mente, provocando uma dor de cabeça. Eu estava parado em frente ao nosso quarto antes mesmo de perceber o que estava fazendo. Não sabia por que tinha subido, mas, ainda assim, tirei a chave do bolso e destranquei a porta, empurrando-a para abrir.

– Espere aqui – falei secamente.

– Whitford, o que você está fazendo?

Eu mal o ouvi. O quarto estava vazio. Achei que ela ainda estaria dormindo.

Porter enfiou a cabeça pela porta.

– Isto é um quarto ou um depósito?

Aonde ela poderia ter ido tão cedo? Ela e a maldita irmã. Meu irmão entrou no quarto, e eu senti, mais do que vi, que ele avaliava cada centímetro.

– Santo Deus! Você dorme nesta cama minúscula? – perguntou Porter. – Parece desconfortável.

– Vamos – falei, pensando desesperadamente.

Inez poderia ter ido dar uma volta no terraço. Mas será que eu não a teria visto? Era difícil não notá-la, com aquele cabelo esvoaçante e os passos rápidos.

– Você se importa com essa garota – disse meu irmão com um tom de espanto. – Sua esposa.

– Se me importasse – falei –, eu não teria me casado com ela.

Ele me observou pelo canto do olho. Senti seu julgamento, seu desespero. Eu entendia por que ele tinha vindo até mim. Mas eu não cederia.

– Whitford.

– Vou cumprir minha promessa – falei, ríspido. – Vou cumprir meu dever como herdeiro deles. Mas sei que não é demais pedir um pouco mais de tempo...

A fachada estoica de Porter rachou, e eu dei um passo à frente, preocupado.

– Arabella não tem tempo. Eles vão assinar o contrato de casamento no final da semana. Ela vai se casar daqui a *duas semanas*... com lorde Fartherington.

Fiquei paralisado enquanto o pleno significado de suas palavras ultrapassava minhas defesas. Eu tinha erguido um escudo para contrapor sua tentativa de me fazer agir motivado pela culpa, uma de suas táticas favoritas – essa e dizer que eu tinha que me conformar às regras porque era o filho mais novo. Mas eu não tinha nenhuma armadura contra Arabella. Eu sabia que meus pais estavam no limite. Sabia que os credores de meu pai logo estariam batendo à porta. Também sabia, havia anos, que meu pai era péssimo no pôquer. Mas tinha me esquecido que o desespero transformava homens em monstros.

– *Fartherington?* Ele é um ancião. É pelo menos duas décadas mais velho que nosso pai.

– Agora que entende a gravidade da situação, você tem uma escolha a fazer.

Os olhos de Porter encontraram os meus. Em vez do equilíbrio habitual, ele me deixou ver seu medo bruto por nossa irmã.

Havia muitas coisas com as quais eu aprendera a lidar.

A decepção de meus pais.

Um casamento arranjado.

Uma carreira comprada e paga.

Uma arma.

Mas, quando meu irmão mais velho, por mais irritante que fosse, permitia que eu visse além de sua fachada impenetrável, eu prestava atenção. Isso sempre significava que ele estava com medo. E *nunca* por si mesmo.

Foi essa expressão em seu rosto que me fez pensar: chegou a hora de um novo plano. Passei a mão no cabelo, o coração martelando nas costelas. Eu queria uma bebida. Queria esquecer. Não queria que nada disso estivesse acontecendo.

– Eu te odeio.

Porter fez uma pausa, com uma sobrancelha arqueada.

– Faça a sua escolha, irmão.

CAPÍTULO OCHO

Dava para perceber que Isadora tinha gostado do salão de jantar. Sua atenção ia dos talheres brilhantes até os tapetes macios, as taças cintilantes e a toalha de mesa acetinada. Ela estava sentada à minha frente, com a postura ereta, sem tocar no encosto da cadeira. Durante anos, minha mãe tentara garantir que eu fizesse o mesmo. Havia outros pequenos detalhes que mostravam que tínhamos sido criadas pela mesma mulher. Isadora usava o cabelo no estilo que minha mãe gostava, trançado e enrolado no alto da cabeça, com alguns fios soltos caindo delicadamente sobre as maçãs do rosto. Ela mantinha os cotovelos fora da mesa e os pés plantados no chão. Minha mãe e Isadora sabiam se manter imóveis; já para mim, isso era impossível: eu estava sempre me mexendo, brincando com a taça de vinho, tamborilando os dedos dos pés no chão.

Isadora conhecia todas as regras da etiqueta perfeita – mas tivera permissão para explorar, atirar e fazer escavações. Tivera permissão para ser ela mesma. Enquanto isso, tive que recorrer a truques, segredos e mentiras. Percebi que minha mãe também precisou fazer o mesmo para ter a vida que queria.

Com uma família completamente nova.

O prato à frente de Isadora estava intacto. O pão pita aquecido já estava frio, assim como o *ful medames*, um saboroso ensopado de favas temperado com cominho, ervas frescas e molho de alho e limão, cozido lentamente de um dia para o outro. Eu tinha visto Kareem preparar o prato a bordo do *Elephantine*, e era um dos meus favoritos.

– Já experimentou a salada de tomate e pepino? – perguntei. – É deliciosa quando mergulhada no...

– Não estou com fome – interrompeu Isadora.

Frustração e preocupação me levaram a me inclinar para a frente na cadeira, e empurrei o bule de chá na direção dela. Estávamos no salão de jantar, rodeadas por turistas e garçons, o ambiente agitado e barulhento.

– Coma alguma coisa.

Os lábios de Isadora se repuxaram.

– Você é tão... *fraternal*.

– Sou?

– Preciso te lembrar que sei cuidar de mim mesma?

– E preciso te lembrar que você mal comeu nos últimos dias? Que está sob um enorme estresse?

Ela sorriu.

– Por que está sorrindo?

– Me diverte muito que você esteja preocupada com minha ingestão nutricional.

– Estou apenas sendo prática – murmurei, me recostando na cadeira, quebrando uma das regras de Mamá. – O que aconteceria se você desmaiasse no meio da rua?

– Isso nunca me aconteceu.

– Papá sempre dizia que se sentia melhor quando comia algo depois de um dia difícil.

Ele costumava deixar alfajores para mim antes de viajar para o Egito. Os sanduíches de biscoito recheados de *dulce de leche* e cobertos com açúcar de confeiteiro tinham sido responsáveis por me viciar em doces.

– Como ele era?

Eu a encarei com dureza.

– Minha mãe falou dele para você?

Isadora afastou o prato.

– Não. Acho que ela queria manter essa parte da vida separada.

– Você sabia que nossa mãe tinha outra filha?

Isadora me encarou sem hesitar.

– Não. Eu só soube quando você, Ricardo e Whit partiram de Philae. Foi quando meu pai me contou quem você era. – Ela baixou os olhos rapidamente. – De certa forma, não fiquei surpresa. Gostei de você no momento em que a tiraram do rio.

– Mas minha mãe me manteve em segredo – falei, a amargura tomando conta de mim.

– Acho que ela é uma pessoa infeliz que tentou começar uma vida nova.

Uma vida nova que destruiu nossa família. Uma vida nova que a transformou em criminosa. Eu não conseguia acreditar que Isadora a estivesse defendendo. Parecia incrível que ela não soubesse quem Mamá realmente era.

– Você sabe – comecei lentamente – que nossa mãe é tão culpada quanto seu pai.

O queixo de Isadora caiu. Eu me assustei, percebendo que era a primeira expressão real que eu via em seu rosto. Ela se inclinou para a frente, com a respiração entrecortada.

– O quê? Do que você está falando?

– Onde você acha que ela está agora?

Isadora franziu a testa.

– Em casa, claro.

– Onde é *em casa*?

– Londres – disse ela. – Nós dividíamos nosso tempo entre a Inglaterra e Alexandria. Temos um apartamento lá e uma casa em Grosvenor Square.

Era difícil acreditar até que ponto minha mãe chegara para assegurar uma nova existência. Ela devia odiar meu pai. Será que planejava nos deixar, a mim e a Papá, para sempre?

– Isadora, nossa mãe negocia no mercado clandestino aqui no Cairo.

Ela se levantou, empurrando a cadeira cuidadosamente para baixo da mesa.

– Você está mentindo.

– Por favor, sente-se.

– Por que você está fazendo isso? – perguntou ela.

Não havia nenhuma emoção na voz, e ela manteve a postura ereta, o queixo erguido. Estava assustadoramente composta, enquanto eu queria saber como evitar desmoronar. Falar sobre minha mãe sempre me abalava – eu ficava com raiva, magoada ou apavorada.

– É a verdade – falei. – Por favor, sente-se.

Ela olhou em direção à porta e eu esperei, com a respiração presa no peito. Eu não sabia o que faria se ela saísse do cômodo e da minha vida.

– Aonde você vai? – perguntei.

Isadora virou a cabeça lentamente. O rosto continuava impassível, mas as mãos tremiam.

– Tenho amigos na cidade.

Assenti, com o coração apertado. Pelo menos ela não estaria sozinha.

– Que bom. Por favor, mantenha contato.

Ela continuou de pé, mas não fez nenhum movimento em direção à saída do salão de jantar. Ela devia estar esperando que eu argumentasse com ela, mas eu tinha muita experiência em implorar para que as pessoas ficassem. Isso nunca terminava bem. Meus pais sempre partiam, mesmo sabendo que eu daria qualquer coisa para que me levassem ou ficassem em casa comigo.

– Você tem provas do envolvimento da nossa mãe?

– Tenho – sussurrei.

Isadora puxou a cadeira e se sentou lentamente, me observando com cautela. Em seguida, puxou o prato para si e deu uma mordida delicada no pão pita frio.

– Nós duas passamos por um choque... – comecei.

– Como descobrir que o próprio pai é criminoso?

Brinquei com o garfo no prato vazio.

– É, isso certamente seria classificado como um momento difícil. Você realmente não fazia ideia?

Isadora mordeu o lábio, ficando em silêncio por tanto tempo que pensei que ela não responderia. Quando finalmente falou, as palavras saíram hesitantes.

– Já pensei nisso inúmeras vezes... e a verdade é que sempre houve... alguma dúvida na minha cabeça.

– Continue – incentivei.

Isadora tomou um gole de chá.

– Creio que parte de mim *achava* estranho eles saírem de casa a qualquer hora da noite várias vezes por semana. E nunca os questionei quando recebiam um monte de gente no salão, mesmo que essas pessoas parecessem... suspeitas.

– Suspeitas como?

Seus lábios se retorceram em uma careta, como se ela tivesse acabado de chupar um limão.

– Elas não faziam parte da sociedade refinada. Minha mãe nunca servia comida nem bebida para eles. Alguns pareciam bem rudes e ficavam até tarde da noite.

Eu não sabia quanto da verdade deveria contar a ela. Meu instinto era protegê-la. Era provável que as pessoas que Mamá e o Sr. Fincastle recebiam também estivessem envolvidas no comércio ilegal de artefatos. Mas, se eu estivesse na posição dela, não gostaria de ser tratada com condescendência.

– O que foi?

Fiz uma careta. Isadora era perspicaz, e esconder algo dela exigiria um esforço considerável. Refleti, e, por algum motivo, o rosto de Elvira surgiu em minha mente. Também tentei protegê-la, muitas vezes contando meias-verdades. E sabia bem aonde isso a tinha levado.

– Já ouviu falar do Pórtico do Mercador?

– Não – disse Isadora. – Parece algo que Wilkie Collins teria escrito.

Franzi a testa.

– Ele escreve romances de mistério – explicou.

– Ah – falei. – Bem, infelizmente essa organização é real, e eles roubam artefatos de valor inestimável e os vendem para compradores em vários mercados, predominantemente na Europa. Museus, colecionadores particulares e afins. Nossa mãe é um desses ladrões e vem usando o mercado para fazer fortuna. Parece que o Sr. Fincastle não só está envolvido, mas também que os dois são parceiros. Está claro que eles planejaram juntos o que aconteceu em Philae.

Isadora soltou um grunhido nada refinado, o que soou tão igual a mim que fez os pelos do meu braço se arrepiarem. Agora que eu estava prestando atenção, seus gestos me lembravam o tempo todo de minha mãe. A maneira como ela ajeitava o cabelo atrás da orelha, como mexia na gola do vestido para que ficasse perfeitamente lisa. A linha reta dos ombros, a postura impecável. Isadora realmente era a jovem dama que minha mãe sempre quis criar.

Mas então me lembrei de como Isadora sacara seu elegante revólver, atirando no crocodilo. Foi um movimento corajoso e confiante. Ela sabia como se comportar, mas isso não significava que fosse pomposa e puritana.

Significava que ela sabia jogar a favor de si mesma.

– Faz sentido – disse Isadora. – Só lamento ter feito parte disso, ainda que indiretamente. Não sei como agir agora. Como seguir em frente com tudo isso.

– Há muitos detalhes que precisamos discutir – reconheci. – Mas, por enquanto, saiba que você sempre terá um lugar com Whit e comigo. É perfeitamente aceitável que more conosco, e eu tenho os meios para cuidar de você.

– Falando nisso, onde está seu marido?

– Não sei – respondi, curvando os cantos da boca para baixo. – Deve estar resolvendo alguma coisa.

O fato de ele ter saído sem ao menos se despedir me irritava. Se eu tivesse feito algo assim, ele não teria gostado. Na verdade, era exatamente o que eu estava prestes a fazer. Sabia que provavelmente precisaria de Whit ao meu lado para o que queria fazer, mas precisava agir e talvez descobrisse exatamente como proceder para ter acesso a minha fortuna. Talvez eu só precisasse de uma carta de Whit ou do meu tio, ou mostrar uma prova do nosso casamento, como a certidão, por exemplo. De todo modo, eu poderia ir e perguntar pessoalmente.

Eu estava cansada de não fazer nada.

Isadora me olhou com astúcia.

– No que você estava pensando agora?

– Que tal você me acompanhar ao banco?

– Não sei – disse ela em um tom seco. – Ando muito ocupada esses dias.

Eu ri e terminei meu café.

Deixei Isadora esperando no saguão do Banco Anglo-Egípcio, confortavelmente instalada em um banco de madeira coberto por almofadas coloridas. A decoração do edifício era um misto de estilo europeu e árabe, e, embora fosse projetado para parecer fazer parte de uma rua parisiense, as janelas tinham as belas treliças populares no Egito. Lá fora, dava para ver os Jardins Ezbekieh com sua vegetação exuberante e, além das altas palmeiras, a imponente Ópera Quedival, ladeada por dois quiosques de bilheteria.

Talvez eu fosse até lá depois e comprasse ingressos para o musical da temporada, qualquer que fosse. Talvez uma noite de diversão fosse o que nós três necessitávamos. Isadora e Whit precisavam de um tempo juntos para se conhecerem melhor. Eu não tinha mentido quando disse a Isadora que ela podia ficar conosco, se quisesse.

– Por aqui, Sra. Hayes – disse um funcionário do banco chamado Ahmed, gesticulando para que eu entrasse em seu escritório.

Pisquei, surpresa – ainda não estava acostumada ao meu novo nome, e um arrepio agradável percorreu minha espinha. Pelo resto da vida agora, eu seria Inez Emilia Hayes. Poderíamos ser uma família de verdade. Legalmente, eu supunha que já éramos. Era um novo começo, uma chance de fazermos as coisas do nosso jeito. Uma sensação boa se acumulou em minha barriga, e eu dirigi um sorriso radiante ao funcionário do banco. Ele pareceu surpreso com minha expressão, mas eu não podia dizer que ele era a primeira pessoa a me chamar de *Sra. Hayes*.

Eu me acomodei na cadeira que Ahmed ofereceu à sua frente, do outro lado da mesa, enquanto ele se instalava em uma cadeira de encosto alto. Ele usava um terno escuro de bom caimento.

– Não tenho dúvida de que é altamente incomum o senhor atender uma mulher – comecei. – Mas me casei recentemente e gostaria de iniciar o processo de transferência dos meus fundos do meu tutor para meu marido.

Ahmed abriu a boca, mas continuei antes que ele pudesse protestar.

– Posso garantir que meu marido aprovaria – falei. – Na verdade, pode me dizer o que seria necessário para...

– Mas ele já esteve aqui – interrompeu Ahmed. – Ele apresentou a documentação adequada, e o nome de seu tio não está mais na conta. A honra agora pertence a seu marido.

Minha boca se abriu. Então era isso que Whit tinha ido resolver. Provavelmente ele queria me fazer uma surpresa. Bem, isso facilitava muito as coisas.

– Ótimo – falei, sorrindo. – Eu gostaria de fazer um saque...

Ahmed franziu a testa.

– Saque?

– Sim. Por favor.

– Mas a senhora não pode.

Uma chama de irritação aflorou, e eu a suprimi com um sorriso determinado.

– Meu marido não se oporia. Na verdade, tenho certeza de que ele deu permissão para que eu tivesse acesso ao dinheiro...

Ahmed se mexeu na cadeira e uniu a ponta dos dedos. Ele parecia desconfortável, e minha irritação se transformou em impaciência.

– Tenho certeza de que ele teria dado – disse Ahmed lentamente –, se não tivesse sacado até o último xelim da sua conta.

– Ele sacou o dinheiro?

Ahmed assentiu.

Um zumbido soou em meus ouvidos e eu balancei a cabeça, tentando me livrar daquele ruído. Ele persistiu, ficando cada vez mais alto. A tensão foi se acumulando em minhas têmporas. Desejei um copo de água – minha boca de repente estava seca. Comecei a ponderar comigo mesma. Havia uma explicação plausível, eu tinha certeza.

– Ele abriu uma nova conta?

– Conosco, não.

– Não entendo. Eu gostaria de ter acesso ao meu dinheiro.

– Não há mais nada na conta que seu tio gerenciava.

Senti o sangue ser drenado de meu rosto. Eu me inclinei para a frente, certa de que tinha ouvido errado. Parecia que ele tinha dito que Whit sacara todo o meu dinheiro. Sem falar comigo primeiro. Sem me comunicar seus planos. Isso não podia estar certo.

Oscilei na cadeira.

– Mas...

– A senhora está bem? Ficou pálida. Devo chamar sua acompanhante?

– Houve um engano – falei, mal reconhecendo o som áspero e seco da minha própria voz.

Ahmed balançou a cabeça.

– Nenhum engano. Ele saiu menos de cinco minutos antes da sua chegada, senhora. Ele me mostrou o registro e a certidão do casamento e pediu que eu ligasse para um banco em Londres, onde seu tio mantinha a conta.

– Então ele transferiu...

– Ele fez uma transferência para outro banco em Londres.

– Posso acessá-lo?

– Não através do nosso estabelecimento – disse Ahmed gentilmente. – A senhora precisaria contatar esse banco específico na Inglaterra. – Ele hesitou. – Ou pedir a seu marido.

– Deve haver uma explicação perfeitamente razoável para meu marido ter transferido meu dinheiro antes que eu pudesse ter acesso a ele.

O funcionário do banco me olhou em silêncio com uma expressão levemente piedosa no rosto. Ele não precisava falar para que eu compreendesse seus pensamentos. Meu marido tinha o controle do meu dinheiro e, na primeira oportunidade, o transferira para uma conta à qual eu não tinha acesso.

Sem falar comigo antes.

– Não – falei debilmente. – *Não*.

– Foi tudo muito simples – disse Ahmed.

A angústia subiu pela minha garganta com um gosto ácido. Isso não podia estar acontecendo. Whit não me trairia; ele não roubaria...

– A senhora precisa de mais alguma coisa? – perguntou Ahmed.

Teria sido melhor se alguém tivesse me esfaqueado. Teria doído muito menos. Eu me levantei com as pernas bambas e a cabeça girando. Eu me sentia estranhamente tonta e enjoada, como se estivesse muito doente.

Ahmed veio até mim, os olhos escuros preocupados.

– Sra. Hayes, está tudo bem?

Passei a língua pelos lábios ressecados.

– Não me chame assim.

De alguma forma, consegui chegar ao saguão, onde Isadora imediatamente se aproximou de mim. Ela parecia saber que algo terrível, desastroso, tinha acontecido. Mais tarde, eu chamaria isso de intuição fraterna. Mas, naquele momento, eu não saberia nem meu nome se alguém me perguntasse.

– Não entendo o que aconteceu – falei, desnorteada.

Minhas mãos estavam tremendo, meu coração batia tão forte que era o único som que eu ouvia, a única coisa a que eu podia me agarrar para não me sentir à deriva.

– Inez, o que foi? – perguntou ela, fitando meu rosto. – Você parece ter visto um fantasma.

Era isso mesmo. Eu seria assombrada por aquele momento pelo resto da vida.

– Por favor – falei. – Vamos sair logo daqui.

Saímos para o sol escaldante, e aquilo não parecia certo. Deveria estar caindo uma chuva torrencial com nuvens raivosas no céu. Tudo deveria estar de cabeça para baixo ou ao contrário para combinar com a tempestade de emoções que inundava meu corpo. Fiquei de lado enquanto Isadora assobiava para chamar uma carruagem. Era um som longo e penetrante, e, por um instante, pensei em pedir que ela me ensinasse a fazer aquilo.

Uma onda de riso histérico escapou de meus lábios.

Isadora olhou para mim, preocupada.

– Acho que fui roubada.

– Venha – disse ela, olhando para a rua e franzindo a testa. – Vamos andar um quarteirão. Não consigo encontrar nenhum cocheiro disponível.

Eu a segui em transe, o balanço da minha saia mal roçando o chão. Mais uma vez, ela soltou o assobio agudo, e, dessa vez, uma dupla de cavalos veio em nossa direção, o cocheiro agitando as rédeas com preguiça. Minha conversa com Ahmed se repetia em minha mente, e aos poucos comecei a entender que, em um instante, minha vida tinha mudado.

E que eu tinha sido uma tola.

– *Inez?*

O pavor me envolveu. Aquela voz. Eu a reconheceria em qualquer lugar. Eu a tinha ouvido quase todos os dias desde que chegara ao Egito. Aos poucos, me virei e me deparei com Whit caminhando em minha direção, vestindo um terno inglês: calça escura, camisa engomada abotoada até o queixo. Seu paletó era de bom caimento e corte perfeito. Um homem alto o seguia. Era extraordinariamente parecido com meu marido ladrão. O mesmo cabelo castanho-avermelhado. O mesmo tom claro nos olhos azuis. Eu sabia quem ele devia ser.

– *Hola*, Porter – falei.

Fiquei surpresa com a calma em minha voz quando tudo que eu queria era gritar até ficar muda.

O irmão de Whit não me cumprimentou nem sorriu, apenas lançou um olhar desconfortável para meu marido.

Meu marido mentiroso. Meu marido manipulador.

– Inez – disse Whit, sua expressão revelando um leve desconforto. – O que está fazendo aqui? Achei que ainda estivesse no Shepheard's.

Eu não conseguia formar as palavras, mesmo à medida que a verdade se assentava profundamente em meu coração, estilhaçando-o em cacos pontiagudos. Eu tinha a sensação de estar diante de uma locomotiva em movimento, mas incapaz de fazer qualquer coisa para me salvar de ser atropelada.

– Olhe para mim – disse ele suavemente. – Você está bem?

Eu precisava de um instante para me recompor, então desviei o olhar, fitando vagamente uma longa fila de carruagens que seguiam para seus destinos. Após alguns instantes respirando fundo, lutando para permanecer calma, tentando aquietar o tumulto em meu coração, desviei o olhar da rua e encarei seus olhos azuis.

Meu estômago deu uma cambalhota, e eu recuei.

Eu tinha sido enganada em todos os níveis por Whitford Hayes, começando com qualquer calor e ternura que eu tinha imaginado em seu olhar. Revivi cada momento que passei com ele. Cada gentileza, cada palavra suave, cada promessa.

Só *mentiras*.

– O que está fazendo aqui, tão longe do hotel? – repetiu Whit. – Você deveria ter...

– Em que você vai gastar meu dinheiro, Whit?

Ele congelou, e toda emoção se esvaiu de seu rosto. Ele era como uma porta que se fechava, a tranca deslizando no encaixe com um clique quase audível; tudo que restava era seu terno inglês. Sua reação impassível só me deixou mais furiosa. Quanto mais distante e em silêncio ele ficava, pior eu me sentia. Como se por um acordo mútuo, Isadora e Porter se afastaram, nos dando um pouco de privacidade na rua movimentada. Tudo seguia normalmente, mas eu tinha a sensação de estar em outro mundo, perdida em terras desconhecidas.

E isso me assustava.

– Acabei de falar com Ahmed – informei diante de seu silêncio persistente e irritante. – E ele me disse que você roubou todo o meu dinheiro. A menos, é claro, que ele esteja enganado...

Whit balançou a cabeça.

Meu coração se partiu. Uma parte de mim ainda tinha esperança de que não fosse verdade.

– Você roubou tudo, então? – perguntei mais uma vez, mesmo enquanto amaldiçoava a frágil esperança que ainda se agarrava a mim.

– Correto.

– Bem, obrigada por ser sincero – respondi com sarcasmo.

Seu maxilar se contraiu, mas ele assentiu. Talvez ele nunca mais falasse comigo. Talvez aquele fosse o fim de tudo entre nós. A fúria cresceu, ofuscante e destruidora.

– Você tem alguma coisa a dizer? – exigi.

Ainda assim, ele não disse nada – mas eu sabia que sua mente estava trabalhando. Ele estava se escondendo atrás daquela máscara aristocrática inglesa que eu tanto odiava, levemente educada e entediada. Mas seu coração pulsava visivelmente na lateral do pescoço, em um ritmo rápido que revelava que ele não estava tão indiferente a mim quanto gostaria.

E aquilo me *enfureceu* ainda mais.

Eu agi sem pensar, por instinto, minha mão se erguendo como se por conta própria. O tapa virou o rosto dele, o som ecoando em meus ouvidos. A pele ficou vermelha com a marca da minha mão.

Whit fechou os olhos, e eu esperei que ele demonstrasse frieza e raiva, mas ele se virou para mim, abrindo os olhos e erguendo o queixo. A expressão vazia me roubou o fôlego. O rosto dele tinha perdido toda a cor, todo o calor. Ele tinha se afastado tanto de mim que poderia até estar em outro continente.

– Você se casou comigo pelo meu dinheiro.

Se eu tivesse que falar aquelas palavras debaixo d'água, teria sido mais fácil. Nunca na vida eu tinha imaginado estar nessa situação.

– Você *me usou*.

Eu o empurrei com as mãos espalmadas em seu peito imóvel.

Ele suportou o golpe sem o menor vestígio de emoção, apenas me encarando, impassível.

– Você é um mentiroso – falei com raiva, meu tom de voz subindo a cada palavra. – Tudo entre nós foi uma mentira. Cada palavra, cada voto.

Um músculo saltou em seu maxilar. A única indicação de que ele tinha me escutado.

– Diga *alguma coisa*.

A cor voltou às bochechas dele, duas manchas vermelhas aflorando.

– Nem tudo – disse ele entre os dentes. – Nossa amizade era... *é*... real para mim.

– Nunca foi uma amizade – falei com nojo, arrependida de tê-lo forçado a falar comigo. – E você *sabia* disso.

Ele se encolheu. Abriu a boca como se fosse começar a falar...

– Você quer me dizer mais alguma coisa, Whit? – perguntei, incrédula. – Sério?

Whit fechou a boca.

Eu não conseguia suportar ver essa versão dele, distante, trancada. Eu estava me desfazendo, me estilhaçando em milhões de pedaços, enquanto ele ia ficando mais fechado, mais rígido, mais isolado.

– Suas palavras são vazias. Não significam nada.

Ele nem pestanejou. Aquele deveria ter sido o fim, mas meus pés permaneciam enraizados no chão. A curiosidade queimava em meu peito, provocando uma dor aguda. Eu queria saber por que ele tinha me traído. Queria saber o que valia mais do que nosso casamento. Nosso relacionamento e o que quer que pudesse ter sido.

Meu maldito coração.

Eu estava dividida, querendo correr para o mais longe possível dele, criar distância suficiente para que ele levasse anos para me encontrar. Mas eu também queria respostas.

– Tenho o direito de saber para onde foi o dinheiro – falei.

Ele cerrou e descerrou o maxilar.

– Eu o mandei para minha família – disse ele, após uma longa e torturante pausa. – Eles estão endividados e estavam prestes a casar Arabella com um homem quarenta anos mais velho que ela. Eu quis proteger minha irmã desse destino.

Meu coração tolo deu um salto. Ele tinha pegado o dinheiro por amor à irmã. Mas estava sendo cruel: ele tinha feito uma escolha, e essa escolha não me priorizava. Ele se casou comigo e depois me roubou. Esperava que eu demonstrasse alguma empatia? Eu deveria me comover? Tudo que ele estava dizendo poderia ser pura manipulação.

Mais palavras que não custavam nada.

Eu não sabia se conseguiria suportar ouvir mais alguma coisa dele, mas a pergunta saiu mesmo assim:

– Por que não me pediu?

Whit me encarou inabalável, a expressão dura.

– Está me dizendo sinceramente que, se eu tivesse dito que precisava de todo o seu dinheiro, você teria me dado?

Todos tinham me alertado sobre caçadores de fortunas. Por isso todos os meus pretendentes vinham de famílias com recursos. Homens que não precisavam do meu dinheiro. Que poderiam vir a gostar de mim sem o atrativo de pilhas de ouro na conta bancária.

Se Whit tivesse me pedido o dinheiro, eu certamente não teria dado tudo, mas teria dado uma parte. Olhei para um ponto fixo, além do ombro dele, pensando. Mas eu sempre me perguntaria se ele tinha se casado *comigo* ou com minha herança. Só que ele claramente tinha planejado tudo desde o início. Ele sabia do dinheiro de meus pais antes mesmo de me conhecer, devia ter visto para onde o dinheiro deles ia, financiando as temporadas de escavações de Abdullah e Ricardo.

A expressão de Whit se tornou sagaz.

– Você teria me visto como um caçador de fortunas? – Ele soltou uma risada triste. – A resposta é sim, Inez. E eu não podia correr esse risco. A vida da minha irmã estava em jogo.

Bem, eu tinha ouvido a explicação dele. Ele se casara comigo para salvar outra pessoa. Eu fui a enganada, a que não foi priorizada. A rejeitada. Mais uma vez. Lágrimas nublaram minha visão. Com um susto, percebi que eu não me importava com o dinheiro. A fortuna pertencia aos meus pais. Depois ao meu tio. Sempre esteve fora do meu alcance. Não, o que me importava mais era o fato de eu ter me casado com o homem que eu amava, na esperança de constituir uma família.

Mas ele nunca tinha planejado ter uma vida comigo.

Soltei um suspiro trêmulo. A raiva queimava, gélida e quente ao mesmo tempo em minhas veias. Minha voz tremia com ela.

– Esse tempo todo, eu fui apenas um peão para você. Você é um vigarista e sabe fazer o jogo. Não é basicamente essa a descrição do trabalho que você faz para meu tio?

Whit inclinou o corpo para trás, me encarando como se eu fosse uma desconhecida. Isso partiu meu coração, porque estávamos nos afastando um do outro, e, mesmo que uma pequena parte de mim quisesse se agarrar a ele com todas as forças, eu tinha que soltar.

Algo se partiu entre nós. Ou talvez sempre estivesse partido.

– Eu confiava em você – sussurrei, hesitante.

Isadora veio para meu lado e me puxou suavemente para trás.

– Vamos voltar para o hotel, Inez.

Assenti, ainda abalada, entrando na carruagem como em um sonho nebuloso, mal percebendo enquanto minha irmã arrumava minha saia. Quando olhei de volta para Whit, a realidade de nossa situação me atingiu. O tempo pareceu congelar, estranhamente suspenso enquanto nossos olhares se encontravam. O meu fervilhando em desespero, o dele reservado e distante. Uma tensão intensa e esmagadora passou entre nós.

O irmão se aproximou e sussurrou algo no ouvido dele. Whit desviou o olhar facilmente, como se eu fosse uma mera desconhecida, e fixou o olhar sem expressão em algum ponto à distância.

Chegamos ao fim. Tínhamos que ter chegado.

A carruagem deu um solavanco para a frente, e deixamos Whit e o irmão nos observando em meio à poeira enquanto nos afastávamos. Meu coração se trancou, apertado no peito, e eu jurei que nunca mais seria tão tola a ponto de voltar a mostrar alguma parte dele para o Sr. Hayes.

PARTE DOIS

O PÓRTICO QUE SE MOVE

Porter pousou a mão em meu ombro e me puxou para seu lado. O gesto durou apenas um segundo, mas eu sabia o que significava. Assim como meu pai, meu irmão não era afetuoso. Exceto quando estritamente necessário.

Evidentemente, roubar da própria esposa era algo que merecia um abraço.

– Você salvou Arabella – disse Porter.

– Pelo menos isso – murmurei.

Meu irmão arqueou uma sobrancelha. Ele sempre fazia isso melhor do que eu. Eu parecia atrevido; ele parecia impenetrável.

– Está arrependido, Whitford?

Eu sentia como se uma banana de dinamite tivesse explodido dentro de mim, e agora eu estivesse carbonizado e vazio.

Eu o fulminei com o olhar. Porter era mais alto do que eu e mais magro, mas eu nunca conseguia intimidá-lo.

– Papai não pode voltar aos salões de jogos, Porter.

Meu pai e sua obsessão por cartas. Durante anos, ele chegava em casa bêbado, cheirando a cigarro e perfume barato, o nó do lenço no pescoço desfeito e sem chapéu. Ele sempre perdia o chapéu e tinha que comprar outro. Quando eu era pequeno, costumava me perguntar se todos os chapéus dele estariam juntos em algum lugar, esperando para serem resgatados. Na maior parte das lembranças que tinha dele, eu estava sentado no topo da escada esperando sua chegada, os olhos fixos na porta da frente, no feixe de luz que apareceria quando o mordomo – na época em que ainda tínhamos um – abrisse a porta para meu pai entrar. Eu não me importava com a hora em que ele voltava; temia que ele não voltasse.

Mas ele acabava voltando, e, no dia seguinte, era o clássico cavalheiro, rígido e insensível, o lábio superior firme sem nunca tremer. Desaprovando o que eu dizia ou como me comportava. E a única maneira que eu conhecia para suportar suas recriminações era me afastar o suficiente para não sentir nada. Mas, nas noites em que ele ganhava, no dia seguinte estava feliz, absolutamente radiante. Levava os filhos para um passeio, a filha para uma caminhada no Hyde Park, nossa mãe ao teatro.

Mas a sorte não durava. Aprendi a manter uma parte de mim escondida durante a tempestade, mas especialmente quando o sol brilhava.

– Vou cuidar disso – afirmou Porter. – Não vou dar o dinheiro a eles, a menos que eu tenha uma promessa escrita de que ele não vai mais jogar. Vou rasgar o contrato de casamento e estabelecer para Arabella um dote em que nenhum dos dois poderá tocar. Vou providenciar os reparos na casa para que o teto não caia na cabeça de nossa irmã.

Estremeci. Na minha família, meus irmãos eram as únicas pessoas em quem eu podia confiar. Se Porter dizia que cuidaria de algo, era isso que ele faria. Ele deveria ser o herdeiro do meu pai. Era ridículo que não fosse, tudo por causa de um casamento que o forçaram a aceitar.

– Estou indo embora hoje – disse Porter. – Venha comigo.

Minha expressão mudou, e meu irmão ficou tenso. A raiva se esvaiu de mim. Eu tinha assumido um compromisso com Inez; tinha dado minha palavra. Eu não a abandonaria, não depois de me casar com ela. Eu tinha dito de coração cada palavra dos meus votos até que ela decidisse em contrário.

– Não há nada para você aqui.

– Que tal *minha esposa*?

– Você ainda tem uma?

A expressão arrasada dela estava gravada em meu cérebro. Eu empurrei implacavelmente a imagem para o lado e considerei a pergunta de meu irmão. Se eu fosse ela, fugiria de mim o mais rápido possível. Mas, infelizmente para Inez, eu podia ajudá-la de um jeito que mais ninguém poderia. Eu usaria todas as minhas habilidades para beneficiá-la. Naquele momento, nossos interesses estavam alinhados.

Ambos estávamos procurando a mesma pessoa.

Minha atenção se voltou para a rua. Uma sensação de urgência cresceu em meu peito. Soltei um assobio estridente.

– Inez vai atrás da mãe, e eu estarei lá quando ela a encontrar.

E, se eu permanecesse ali com Olivera, minhas chances de achar o manuscrito alquímico aumentariam muito. A determinação se consolidou dentro de mim. Eu não sairia do Egito sem encontrá-lo.

Porter pareceu perplexo, mas me afastei dele quando uma carruagem se aproximou. O cocheiro estalou a língua, puxando as rédeas. O cavalo mexeu as orelhas, irritado. Em silêncio, subi na carruagem, minha mente zumbindo.

Eu me virei para fitar os olhos de Porter, idênticos aos meus.

– Adeus, irmão. Não deixe que tudo isso tenha sido em vão.

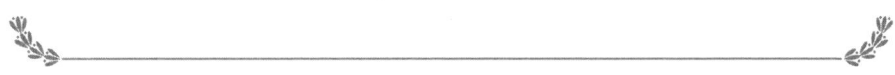

CAPÍTULO NUEVE

O fato de o único lugar para onde eu podia voltar pertencer a Whit me deixava furiosa. Era o quarto de hotel dele, porque eu não tinha recursos para me mudar para outro. Eu estava totalmente sem dinheiro, graças ao meu marido canalha. O rosto de meu tio emergiu, e evitei pensar nisso. Ele teria uma atitude intolerável quando descobrisse o que tinha acontecido. Não porque ele seria cruel, mas justamente porque *não seria*. Ele me amava – no fundo, eu sabia disso – e me ver de coração partido o destroçaria. E sua gentileza me deixaria arrasada, porque eu não teria ninguém para culpar além de mim mesma. Não só eu me enganara em relação a Whit, como também fora incrivelmente burra.

Quantas vezes meu tio tinha me avisado para não confiar nele?

Eu odiava o fato de uma pequena parte de mim entender seus motivos. Teria sido mais fácil odiá-lo totalmente se ele tivesse pegado o dinheiro para si, como um vilão de verdade. Meu coração teria fechado a porta, desistido por completo. Em vez disso, eu tinha a sensação de que ele se partira ao meio.

Em duas partes que guerreavam entre si.

Whit tinha salvado alguém que ele ama, dizia uma metade.

Essa pessoa não sou eu, dizia a outra.

– Que tal uma anulação? – perguntou Isadora, rompendo aquele silêncio de tensão pura.

A carruagem deu um solavanco, e minha mão imediatamente se ergueu para me proteger contra o movimento repentino.

– Tarde demais para isso.

Se eu pensasse naquela noite, desmoronaria. Ela significara algo para mim, mas para ele fora apenas uma encenação. O próximo passo do plano. Um jeito de garantir meu dinheiro para uso próprio.

– Ah – disse Isadora sem qualquer traço de constrangimento. – E o divórcio?

A frustração envenenava meu sangue.

– Eu ficaria em uma situação ainda pior. Sem marido, sem dinheiro, e meu tio teria motivos para voltar a ser meu tutor. Ainda mais por eu ter sido roubada poucos dias após o casamento.

– Tecnicamente falando, seu dinheiro se tornou de Whit assim que o contrato de casamento foi assinado. Ele tinha o direito de fazer o que quisesse com o dinheiro *dele*.

Eu a fulminei com o olhar.

– Não estou dizendo que concordo com a lei – retrucou Isadora, apressada.

– Não quero falar sobre a lei e como ela é tendenciosa contra as mulheres – rebati.

Isadora assentiu.

– Muito bem. Não há outro parente a quem você possa pedir ajuda?

Minha boca se contorceu.

– Tenho uma tia que também não me ajudaria com isso. Ela me forçaria a embarcar naquele navio para a Argentina.

O pavor tomou conta de mim.

– Na verdade, eu não me surpreenderia se neste momento ela estivesse a caminho daqui.

Minha irmã suspirou.

– O Sr. Hayes talvez volte para a Inglaterra.

Quem me dera. Eu nunca mais queria ver o rosto dele. Era doloroso demais, muito duro. Ele me fazia sentir uma tola. Uma garotinha brincando de ser adulta.

– Agora que ele tem dinheiro, é bem possível.

– Então você está sem nenhum dinheiro – ponderou Isadora.

– Parece que sim.

– E seu tio não vai ajudar?

Balancei a cabeça.

– Meu tio quer me ver em segurança. E, para ele, isso significa estar bem longe da vida que ele leva aqui no Egito.

– E o que *você* quer?

Isadora se ajeitou no assento, ajustando a saia volumosa à volta com recato. Sua capacidade de parecer imperturbável me impressionava, posto que bastava uma mínima rajada de vento para arrasar minha aparência. Apesar do balanço constante da carruagem ao atravessar a rua, desviando de inúmeros burros, cavalos e coches que enchiam o caminho, Isadora não tinha um fio de cabelo fora do lugar. Havia magia envolvida – só podia ser. Eu ficava maravilhada. Com quase 18 anos, ela era notável; como uma jovem mulher, seria formidável. Se eu conseguisse mantê-la a salvo de seus pais horríveis, claro. A ideia de falhar com ela me deixou imediatamente centrada.

– Elvira morreu por causa de Mamá – falei. – Quero ela na prisão. Ela sabe o que aconteceu com meu pai. Pode ser que ele ainda esteja *vivo*. Quero que ela me diga a verdade.

Isadora me estudou por um longo instante.

– Tenho outra ideia. E se você voltasse para casa?

Abri a boca para protestar, mas ela colocou a mão em meu braço.

– Escute o que tenho a dizer antes de descartar a ideia. Afastar-se da situação talvez ajude. Seu tio pode se acalmar, e a distância de Whit pode te dar perspectiva. Sem recursos, o que você poderá fazer contra nossa mãe?

Eu me lembrei de minha conversa com Whit. Sussurrada, em um momento de vulnerabilidade. Nunca mais eu me colocaria naquela posição com ele. Mas me apeguei ao que ele tinha dito: eu não precisava de dinheiro para agir contra minha mãe. Para rastreá-la e forçá-la a me enfrentar.

Eu só precisava conhecer as pessoas certas.

– Tenho passagens de primeira classe – falei devagar.

Diante da expressão confusa de Isadora, expliquei:

– Uma passagem de trem e uma passagem para a Argentina em um navio de luxo.

– Não estou entendendo – disse Isadora.

– Posso devolver as passagens. Assim fico com algum dinheiro. O suficiente para a comida e talvez mais algumas noites de hospedagem.

O cocheiro parou na entrada do Shepheard's, o terraço lotado de mesas e cadeiras ocupadas pelos hóspedes, cercado por vasos de plantas e grandes árvores.

– Se bem que talvez não *aqui*.

– Certo – disse ela com a voz calma. – E depois?

– Não faço ideia – admiti, minha mente girando enquanto revirava uma ideia após a outra. – Mas deve haver alguma pista dela. Alguém deve saber onde ela morava, com quem falava, que lugares frequentava. Mamá não é um fantasma. Ela tinha contatos, amigos. Negociava artefatos. Tem que haver... – De súbito, uma ideia me ocorreu. – Isadora! *Os artefatos*. Precisamos pensar nos itens que ela roubou.

Isadora me olhou surpresa, os lábios se abrindo ligeiramente.

– Como é?

– Mamá não pode ficar com esses artefatos por muito tempo... Não é seguro, e logo se espalhará a notícia de que Cleópatra e seu tesouro foram localizados. As pessoas vão ficar sabendo. É a descoberta do século.

– Isso é pura idiotice – protestou Isadora. – Se não sabemos onde mamãe está, é óbvio que não sabemos onde os artefatos estão, nem onde procurar por eles.

Um cartão quadrado com a imagem de um pórtico surgiu em minha mente. Aquele cartão era um convite para o Pórtico do Mercador.

– Ela vai negociar os itens. – Assenti, vibrando de animação enquanto um plano se formava em minha mente. Afinal, um caminho a seguir. – E vai fazer isso participando do próximo leilão.

– E você sabe quando será?

– Não – murmurei, frustrada. – Mas alguém deve saber. Talvez possamos entrar escondidas em um dos clubes aqui no Cairo?

Isadora me encarou, estreitando os olhos.

– Você gosta de se jogar de cabeça nas situações sem pensar direito, não é?

– Dizem que é uma das minhas características mais irritantes – admiti.

– E também tem o hábito de fazer as coisas sozinha. – Isadora me estudou abertamente, seus olhos parecendo não deixar nada passar. Eles não combinavam com a suavidade de seu rosto. Eram velhos demais para alguém tão jovem. – Eu também sou filha deles.

Uma parte de mim sabia que ela se ofereceria para me ajudar, e estremeci ao pensar nisso. Era Isadora quem me olhava com expectativa, mas tudo que eu via era o rosto destruído de Elvira.

Foi tanto sangue.

– Devemos trabalhar juntas – insistiu Isadora.

– Você mandaria seu pai para a prisão?

Ela mordeu o lábio e, por um breve instante, os olhos se encheram de um pesar verdadeiro.

– Não acredito que ele tenha feito uma coisa dessas. – Ela balançou a cabeça, como se tentasse afastar qualquer dúvida. – Se ele continuar por esse caminho, acabará morto... Tenho certeza. Prefiro visitá-lo na prisão a visitá-lo no túmulo.

Abri a boca para dizer que eu cuidaria da situação sozinha. Era perigoso demais, e eu havia acabado de encontrá-la. Eu tinha todos os motivos para proibi-la de fazer isso comigo – mas as palavras ficaram presas. Conversas antigas com tio Ricardo invadiram minha mente. Ele também tinha tentado me dizer o que fazer, me afastar, me impedir de participar. Ocorreu-me que eu estaria agindo como meu tio, Whit ou como todos os outros que queriam que eu deixasse o Egito, se dissesse a ela para ficar longe.

Eu não podia fazer isso com Isadora.

Em um único ato, o pai dela tinha virado sua vida de cabeça para baixo, tornando-a cúmplice de suas atividades criminosas. Pelo menos, era o que todos pensariam. Eu só precisava me lembrar da reação de Whit – essa também tinha sido sua primeira conclusão. Será que a reputação de Isadora sobreviveria aos boatos? Às acusações implícitas?

Eu não acreditava nisso.

– No que está pensando?

– Estou reconsiderando como proceder – respondi lentamente. – Não é do meu feitio me sentir tão indecisa. Em geral, tomo decisões rapidamente... mas há muitas incertezas. Eu não sou soldado; mal sei atirar. Dei um tapa em alguém uma única vez. Mesmo que eu consiga descobrir o local do próximo leilão, o que posso fazer para me defender dessas pessoas?

– Eu sei atirar – disse ela.

Um sentimento protetor cresceu dentro de mim. Elvira era insubstituível, uma pessoa que eu tinha amado com todo o meu coração. E agora aqui estava Isadora, a irmã que eu sempre quis ter. A família que poderia me acompanhar pelo resto da vida.

Se algo acontecesse a ela...

– Há muito tempo tomo conta de mim mesma – disse ela, me observando com sagacidade, lendo meus pensamentos com precisão. – Parece que você tem duas opções. Ficar no Egito com poucos recursos e enfrentar a difícil tarefa de localizar nossa mãe e trabalhar com as autoridades para acusá-la de seus crimes com o objetivo final de mandá-la para a prisão. Ou voltar para casa e repensar a situação. Talvez haja maneiras de conseguir mais recursos. Estou presumindo que você tem algumas propriedades, certo? Bem, então. Ainda há esperança.

– Se eu for, o que acontece com você?

– Bem – disse ela devagar –, eu sempre quis visitar a América do Sul.

Arqueei as sobrancelhas, surpresa com a ideia. Eu tinha lutado por muito tempo para ficar no Egito – até tinha me casado para garantir isso –, e me causava sofrimento considerar outra opção. Mas eu não voltaria para casa sozinha. Teria uma irmã que poderia me ajudar a reavaliar e elaborar um plano melhor.

– Pense nisso – disse ela. – Eu te apoiarei em qualquer decisão. Por enquanto, devolva as passagens e dê a si mesma tempo para pensar no que *você* quer fazer.

– Ficar significa arriscar a vida de *nós duas*.

Ela estendeu a mão e apertou a minha. Sua voz era calorosa, densa como mel e igualmente reconfortante.

– Eu sei. Mas essa decisão é minha.

Nossos olhos se encontraram. Avelã e azul.

– É, sim.

Eu esperava que ela não se arrependesse depois.

– Aqui está seu troco, señorita Olivera – disse Sallam, o recepcionista do hotel, me entregando um envelope quase explodindo de tão cheio. – O concierge conseguiu devolver sua passagem de trem, e sua passagem no navio para a Argentina foi reembolsada integralmente. – Ele sorriu. – Estou feliz que tenha decidido prolongar sua estada no Egito.

Assenti, incapaz de corresponder a seu tom agradável.

– *Shokran*.

Quando me virei, uma figura alta encostada em uma coluna de granito chamou minha atenção. Os braços estavam cruzados com força, como se ele tivesse que se segurar fisicamente para não se aproximar. Virei e marchei em direção às escadas, mas, instantes depois, seus passos ecoaram atrás de mim. Olhei por cima do ombro quando ele segurou meu braço e me conduziu para um dos nichos adjacentes ao saguão principal.

– Sente-se, por favor – disse ele.

Continuei de pé.

– Achei que eu tivesse dito que não quero falar com você. Não quero estar perto de você. Não quero...

– Você foi bem clara – interrompeu ele em um tom calmo.

– Pelo visto, não – murmurei.

– Eu posso te perseguir – disse ele em uma voz assustadoramente suave – ou você pode me dar um minuto, ouvir o que tenho a dizer e depois decidir nunca mais falar comigo.

– Diga o que tem a dizer, então – repliquei, me libertando da mão dele.

Eu me sentei na cadeira de encosto baixo e puxei as pernas para o mais longe possível da cadeira oposta.

Whit se acomodou à minha frente.

– Você quer encontrar sua mãe.

Não era uma pergunta, então permaneci em silêncio.

– Tenho algumas ideias de onde ela pode estar.

Meus lábios se entreabriram.

– Onde?

– Ela tem um acervo de artefatos – começou ele. – É arriscado mantê-los em sua posse por muito tempo, então ela terá que...

– Vendê-los no Pórtico do Mercador – interrompi com arrogância. – Disso eu já sei.

Whit franziu os lábios, o único sinal de que eu o tinha irritado. Mas eu não me importava. Ele não estava me contando nada que eu mesma já não tivesse deduzido.

– Se é só isso... – falei, me levantando.

Antes, eu teria conversado com ele sobre a escolha que precisava fazer. Teria acreditado que ele me daria uma opinião e um conselho sinceros. Mas ele tinha destruído isso. Não havia como eu dizer a ele que estava considerando ir embora. Eu não suportaria ver o alívio em seu rosto.

– *Sente-se.*

Caí de volta na cadeira, surpresa.

Whit se inclinou para a frente, com os cotovelos apoiados nos joelhos.

– O pórtico sempre muda de lugar. Posso descobrir qual será sua próxima localização.

Meus olhos se estreitaram.

– Como é que você vai conseguir essa informação?

Ele se limitou a me olhar, sem expressão.

– Lembre-se de como eu ganho a vida.

– Você ainda trabalha para meu tio? – perguntei, surpresa. – Achei que ele estivesse furioso demais com nosso... – Minha voz falhou, e não consegui continuar.

Nós tínhamos enganado tio Ricardo, e depois Whit tinha me enganado. Tudo que eu fiz desde que cheguei ao Egito foi tramar e manipular até conseguir o que queria. Eu me disfarcei, me escondi no *dahabeeyah* de meu tio, menti para todos – inclusive para Whit – quando passei os artefatos da tumba de Cleópatra para as mãos de minha mãe. Eu tinha permitido que Elvira dançasse em um baile, mesmo sabendo que era perigoso.

O que eu não fizera para conseguir o que queria?

Um vazio nauseante se abriu em meu estômago. Whit e eu éramos iguais. Pessoas que moviam peças de xadrez em um tabuleiro, com o objetivo de vencer. Whit me encarava, pensativo, parecendo entender cada nuance da minha expressão. Ele parecia pronto para agir, os ombros tensos, preparado para ir atrás de mim se eu me movesse. Sua presença ali me confundia. Ele já tinha levado meu dinheiro. O que mais ele queria?

– Por que você ainda está aqui?

– Eu sei que é difícil de acreditar – respondeu ele suavemente –, mas eu fui sincero em cada palavra dos meus votos.

– Foi mesmo? – repliquei, tentando soar mordaz.

Aos meus ouvidos, minha voz soava ofegante. Fiz um esforço para me afastar dele.

– Fui, sim.

Pensei na promessa que ele me fizera, dita com aquela voz confiante e cativante – a mesma que fazia as pessoas ouvirem com atenção ou saírem de seu caminho. Naquela noite, ele tinha feito votos de me *proteger*. Essa fora a ideia principal. A decepção nublou minha visão, e virei o rosto para que ele não visse meus olhos marejados. Em nenhum momento ele tinha prometido me amar. Ele estava me avisando ali mesmo.

Eu era uma tola apaixonada demais para ouvir as palavras que ele não tinha dito.

Papá costumava dizer que, quando eu me sentia perdida, era porque não estava sendo sincera comigo mesma. Ele explicava, com a voz suave, adequada a bibliotecas e igrejas, que as pessoas tinham medo de dizer a verdade para si mesmas. Elas preferiam mentir, negar ou ignorar o que estava bem diante delas.

Prometi a mim mesma que sempre lidaria com a verdade. Não importava o quanto isso me custasse, me enfraquecesse ou até mesmo me matasse.

Primeiro, eu não poderia contar nossa noite de núpcias como uma espécie de declaração da parte dele. Fora minha escolha. Ele teria esperado, mas fui eu quem o convenceu de que aquilo precisava ser feito.

Total impossibilidade de anulação. Esse tinha sido meu objetivo.

Segundo, ele precisava de dinheiro, e eu estava ali à disposição. Além disso, ele sabia o quanto eu queria ficar no Egito. Ao propor casamento, ele ofereceu uma solução – uma que o beneficiava, mas, ainda assim, uma solução.

Terceiro, ele me disse que nunca acreditasse em nenhuma palavra dele.

Uma voz baixinha sussurrou em minha pele, uma *mentira* me puxando de volta para aquele momento na tumba, quando ele tinha me beijado no escuro. Eu pensei que finalmente estávamos expondo nossos sentimentos, nossa alma. Estávamos morrendo – de forma lenta, mas inequívoca – e eu, tola, pensei que o momento da sinceridade finalmente tinha chegado.

Havia a verdade número quatro: Whitford Hayes teria beijado qualquer uma.

E a última verdade, a mais devastadora: Whit ainda permanecia no Egito não porque estava honrando seus votos, não porque queria me ajudar, mas porque queria encontrar a Crisopeia de Cleópatra. Ele *talvez* pensasse que tinha alguma obrigação em relação a mim, alguma responsabilidade que pesava sobre seus ombros. Talvez até sentisse *pena* de mim. De qualquer forma, era isso que o motivava agora.

Estremeci.

Eu não suportava a ideia de ele se sentir assim em relação a mim, quando eu estivera disposta a lhe entregar minha vida. Ele estava ali porque nossos objetivos corriam em paralelo, e isso lhe dava a oportunidade de se redimir pelo que tinha feito. Não – se redimir de algo significava que havia arrependimento, remorso.

Whit não sentia nada disso.

– Você sabe que nunca pediu desculpas? – sussurrei.

– Estou ciente – respondeu Whit, sem emoção na voz. – E nunca vou pedir.

Eu só conseguia olhar, boquiaberta, para sua grosseria. Eu não podia acreditar no quanto tinha me enganado em relação a ele.

– Sinto muito pela maneira como aconteceu – corrigiu ele. – Não foi isso que planejei. Mas não posso pedir desculpas por ter salvado minha irmã, porque eu faria a mesma escolha de novo – disse ele baixinho. – Arabella significa muito para mim.

E eu, não.

Aquela constatação doía, mas me recusei a deixar transparecer.

Seria profundamente tolo não aceitar a... experiência dele. Mas tínhamos nos desviado do assunto, e, quanto mais rápido discutíssemos os parâmetros dessa parceria, mais rápido eu poderia me afastar dele. Eu só conseguiria lidar com aquilo por um tempo limitado. Era meu coração que estava partido. Não o dele.

– Não vou aceitar sua ajuda sem condições.

Ele assentiu com resignação.

– Imaginei.

– Chega de mentiras – falei. – Chega de esquemas, chega de meias-verdades e omissões.

Ele deixou escapar um som vindo do fundo da garganta.

– Não vou oferecer informações voluntariamente se você não perguntar... *Você vai me deixar terminar, Inez?*

Fechei a boca e o fulminei com o olhar.

– Mas, caso diga respeito a você, vou compartilhar o que eu souber.

– Ótimo – falei com frieza. – Agora me diga a verdadeira razão de você ainda estar aqui. É para encontrar a Crisopeia de Cleópatra?

O maxilar de Whit se contraiu.

– Essa é parte da razão.

– E a outra?

– Quais são suas outras condições? – rebateu ele. – Sei que você tem mais.

– Nada de me deixar para trás novamente. Aonde você for, eu vou.

Seu rosto ficou sombrio.

– Eu não vou arriscar sua vida. Próxima.

Quis me levantar, e ele fez um movimento com o braço, rosnando.

– *Está bem.* O que mais?

– Está tudo acabado entre nós – falei, lutando para conter as lágrimas. – Você não pode me beijar.

Whit me encarou com a expressão impenetrável e baixou o queixo, aquiescendo.

Eu me levantei, e dessa vez ele não me impediu. Dei três passos, quando outra condição me apertou o peito com força, roubando meu fôlego. Isadora a tinha sugerido, mas eu descartara a ideia no mesmo instante. Só que ela estava certa: era o melhor caminho a tomar. Para *minha* paz de espírito. Para meu coração. Depois que eu anunciasse em voz alta, não haveria volta. Mas precisava ser feito – eu viveria o luto depois, quando estivesse longe daquele lugar. Eu me virei aos poucos, o coração acelerado.

– E... Whit?

Ele me olhou com cautela.

– O que mais?

Meus lábios tremiam, mas me senti razoavelmente orgulhosa por minha voz não falhar.

– Quando tudo isso acabar, você vai me dar o divórcio sem criar empecilhos.

Seus olhos se cravaram nos meus. Um músculo em seu maxilar saltou.

– Entendido.

Horas depois, eu já estava mentindo para ela.

As ruas estavam quietas àquela hora da noite, mas, ainda assim, eu não ia levar Inez a um antro de ópio. Dava para imaginar a expressão dela no momento em que cruzasse a porta, com redemoinhos de fumaça cobrindo cada centímetro dela, o rosto virado para mim, os olhos alquímicos ardendo dourados em desaprovação.

Não, obrigado.

Mantive os passos leves na rua de chão batido, já tendo saído da via principal, me afastando dos prédios elegantes com arcos parisienses e portas refinadas. O caminho se estreitava, e, acima, as venezianas estavam fechadas. Apenas os sons suaves de outras pessoas vagando por becos escuros perturbavam o silêncio cortante. Meu revólver era um peso seguro ao lado do quadril enquanto eu olhava para trás uma, duas, três vezes.

Alguém estava me seguindo.

Eu não conseguia ouvir, mas minha intuição queimava sob a pele, arrepiando os pelos de minha nuca. Quem quer que fosse, sabia ser silencioso, e as ruas não lhe eram estranhas. A pessoa sabia onde pisar, que sombras abraçar. Dava para adivinhar quem era – eu tinha matado um contato depois que cheguei ao Cairo, e a notícia devia ter se espalhado.

Os parceiros de Peter não deviam estar nada satisfeitos comigo.

Por fim, a entrada discreta do antro de ópio que eu procurava apareceu à frente, uma porta estreita flanqueada por homens parados nos degraus da frente. Passei por eles sem dizer nada, sabendo que reconheceriam meu rosto sob o luar claro. Lá dentro, sofás baixos estavam cheios de oficiais, diplomatas, efêndis e beis, todos desfrutando das dançarinas, da bebida e da poderosa sedução da semente de papoula triturada. Encontrei um trecho da parede desocupado e me encostei ali, oculto nas sombras e atrás de uma cortina meio puxada que separava uma salinha da outra. A conversa baixa era um murmúrio constante enquanto eu aguardava para ver quem entraria depois de mim.

Eu esperava que fosse meu perseguidor, mas um grupo entrou – três, não, quatro pessoas, vestidas de preto, rindo baixinho, já no segundo ou terceiro estabelecimento da noite. A frustração me ferroou – eu não tinha a noite toda para descobrir qual dos amigos de Peter estava atrás de mim. Eu queria saber para onde o pórtico se moveria a seguir. Minha atenção se voltou para a sala ao lado, e deslizei para seu interior, avistando imediatamente o homem com quem eu precisava falar. Ele era oficial de antiguidades de dia e curador do Pórtico do Mercador à noite. Ele saberia onde o próximo leilão aconteceria. E, felizmente para mim, ele sabia quem eu era.

Eu me sentei ao lado do homem, que me olhou com olhos injetados.

– *Bonne soirée, mon ami* – disse ele com forte sotaque francês. – Isto é, se ainda formos amigos.

– *À vous aussi* – respondi, aceitando uma bebida de uma das mulheres que carregavam uma bandeja. – E somos. Por que não seríamos, Yves?

Ele arqueou uma sobrancelha loura.

– Eu sei de pelo menos um *amigo* que você matou.

Ergui as mãos, sorrindo.

– Fui provocado.

– Humm.

Yves colocou um cigarro entre os lábios e riscou um fósforo. Ele tragou uma vez e, em seguida, estendeu o cigarro aceso para mim, que aceitei.

– Faz tempo que não te vejo por aqui – observou ele.

– Sabe como é – repliquei após uma longa tragada. – Trabalhos diferentes, cidades diferentes.

– O que te traz aqui esta noite?

Baixei a voz, ciente das pessoas ao redor, sentadas nos sofás baixos próximos, encostadas nas paredes, caminhando pela salinha. As conversas se misturavam, como vários ingredientes em um béquer, tornando impossível distinguir quem falava o quê e onde.

– Estou representando um comprador.

Soltei o ar pelo nariz, observando a fumaça subir e espiralar no rosto dele.

– Ele ouviu falar de um lote do Alto Egito que será leiloado em breve.

Yves pediu outra bebida, pois a atual já tinha quase terminado.

– *Dis m'en plus.*

Hesitei e depois dei de ombros. Lourdes devia ter agido rápido, e Yves provavelmente já sabia.

– Cleópatra.

Ele ficou parado, a mão segurando o copo a meio caminho da boca. Seus olhos percorreram rapidamente a sala.

– Eu não sabia que muitas pessoas estavam cientes da descoberta. *Très intéressant.*

– Bastante – murmurei. – Onde será? O comprador está ansioso para comparecer.

– Por que ele não recebeu um convite? – Yves estreitou os olhos. – Você não está limpo, está, *mon ami*?

– Acabei de matar um amigo. – Bati o cigarro numa bandeja de prata na mesa baixa de café. – Isso parece limpo para você?

Yves me observou.

– Responda à minha pergunta.

– Ele é novo. – Terminei o cigarro e ansiei por outro. – Americano rico.

Meu companheiro revirou os olhos, mas seus ombros relaxaram.

– Ele precisa ser aprovado.

– Isso está em andamento – respondi. – Mas ele não quer perder o próximo até receber aprovação.

– Hummm – murmurou Yves. – Acho que não posso te negar isso, posso? Senão você poderia me seguir por um beco e me forçar a falar.

Ele olhou para mim em busca de confirmação, mas não revelei nada. Em seguida, deu de ombros.

– Prefiro ter uma noite agradável. Será no antigo prédio do governo desta vez. *Le savez-vous?*

Assenti.

– Conheço. Dia e hora, *s'il vous plaît*?

– Ouvi um boato curioso sobre você.

Fiquei tenso.

– Dia e hora, Yves. Não me interesso por fofocas, muito menos sobre mim.

– Acho que você se interessaria por essa – afirmou Yves. – Ouvi dizer que você se casou.

Nada mudou em minha expressão, mas o gelo rastejou pela minha pele, provocando arrepios.

– Em segredo – prosseguiu ele. – Uma boa história, não acha?

– Lamento pela pobre coitada, quem quer que ela seja – repliquei com uma risada. – Pensei que você quisesse ter uma noite agradável... Não vou pedir os detalhes de novo.

– Já te dei a localização de graça – disse ele. – Se quiser mais, vai ter um preço.

– Quanto?

Os olhos de Yves pousaram no revólver, quase oculto pelo meu casaco.

– Sempre gostei dele.

O revólver não saía de vista desde a morte do general Gordon. Era a única coisa que eu possuía que pertencera ao general. O único elo físico que eu tinha. Eu o procurava todos os dias, inconscientemente, como se fosse uma extensão de mim mesmo. Hesitei, sabendo que não haveria como recuperá-lo. Mas eu não tinha mais nada a oferecer em troca e, embora pudesse forçá-lo a me contar o que sabia, não o mataria por essa informação. Infelizmente, ele era um contato útil. Deixei escapar um sibilo e entreguei a arma, tomando cuidado para não olhar para as iniciais gravadas no cabo.

– Desgraçado.

– Nada é de graça – disse ele com suavidade. – Como você já me disse muitas vezes.

Esperei, praticamente tendo que me sentar em cima das mãos para conter o impulso de pegar a arma de volta. Yves a guardou, e eu sabia que nunca mais a veria.

– Depois de amanhã, às quatro da madrugada.

Ele sorveu o uísque até a última gota e colocou o copo na mesa.

– Espero que seu comprador consiga o que deseja.

Com um pequeno aceno, ele se levantou e deixou a sala.

Um garçom apareceu no mesmo instante, um homem vestido com uma túnica que ia até o chão, e me informou o que eu devia – pela minha bebida e pela incrível quantidade que Yves tinha consumido.

– Canalha – murmurei enquanto vasculhava os bolsos, procurando as últimas cédulas que me restavam.

Talvez eu *realmente* o seguisse por um beco. Pelo canto do olho, pressenti uma figura passar, deixando cair moedas enquanto andava. O dinheiro tilintou na madeira da mesinha baixa, e eu ergui os olhos a tempo de ver a sombra de alguém se esgueirando para sair da sala, quase invisível em meio à fumaça e aos clientes que lotavam a entrada.

Eu me levantei com um pulo, contando o dinheiro e percebendo, um instante depois, que era exatamente o que eu devia. Sem olhar de novo para o garçom, corri, saindo daquela sala e depois da próxima, me lançando na noite. Levei a mão ao revólver e me lembrei que o havia trocado por informação.

– *Merda* – sibilei.

Ambas as extremidades da rua estavam estranhamente vazias. Nada nem ninguém se movia. Dei alguns passos para trás, o coração batendo descontroladamente, até meus ombros se chocarem contra uma parede de pedra. Esperei, certo de que meu perseguidor apareceria a qualquer momento, saltando de seu esconderijo. Quem quer que fosse, estivera perto o suficiente para ouvir minha conversa com Yves – cada palavra. Por que mais deixariam sobre a mesa a quantia exata que eu devia?

Na maldita mesinha de centro.

Bem na minha frente.

Dez minutos se passaram, depois quinze. Minha respiração estava normal e controlada, e pensei em pegar a faca escondida na bota. Eu sentia que ele estava aguardando qualquer movimento, à espera do ruído de tecido roçando em tecido. Outros dez minutos se passaram, e eu permaneci em alerta, pronto para entrar em ação ao menor sinal.

Mas ninguém se materializou na escuridão.

O quarto estava silencioso quando retornei. As duas mulheres dormiam tranquilamente na cama, protegidas pelo mosquiteiro. Eu mal consegui evitar esbarrar em uma das caixas empilhadas ao redor da estreita cama extra. Em silêncio, me sentei no colchão, tirando o casaco e desamarrando as botas, antes de me deixar cair para trás, esquecendo que a cama improvisada não incluía um travesseiro. Bati com a nuca em uma mola.

– Ai – gemi.

Tentei dormir, mas o vislumbre de meu perseguidor não me deixava. Eu mais sentira do que o vira passar pela mesa. Quando levantara a cabeça, ele já estava deixando a sala – casaco preto, chapéu. Repassei o momento várias vezes na memória, mas nada novo surgiu.

A falta de detalhes me manteve acordado pelo resto da noite.

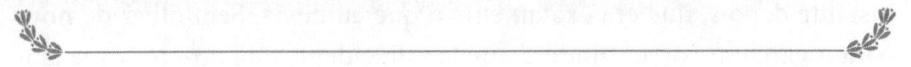

CAPÍTULO DIEZ

Existem apenas alguns sons no mundo que me fazem tremer de medo. O baque áspero de uma rocha fechando a entrada de uma tumba. O sibilar da pólvora antes da explosão inevitável. Um tiro disparado, seguido pelo característico assobio da morte iminente.

E mais um.

A voz de tia Lorena.

Eu a ouvi claramente e me endireitei na cadeira de vime no terraço do Shepheard's, onde minha irmã e eu tomávamos o chá da manhã. Isadora me olhou, a testa franzida, intrigada. Passos ruidosos se aproximaram por trás, o eco das exclamações de minha tia rugindo em meus ouvidos. Eu me virei na cadeira com temor e me deparei com o rosto familiar me encarando.

Minha tia.

E, atrás dela, o rosto frio de minha prima Amaranta.

Eu me levantei com um salto, oscilando bruscamente, as lágrimas embaçando minha visão. Eu sabia que esse dia chegaria – o inevitável confronto com a mãe e a irmã de Elvira, consumidas pela dor –, só não esperava que fosse tão cedo. Mas é claro que elas viriam.

As duas tinham ido buscar o corpo de Elvira.

– Inez – murmurou tia Lorena. Ela me olhou, confusa, estendendo as mãos trêmulas em minha direção. – Você está tão diferente.

As palavras me faltaram, roubadas pela sensação de desespero que crescia dentro de mim. Eu só conseguia ficar parada diante delas, esperando o julgamento – eu não merecia nada menos que a condenação total.

– Eu sinto muito – falei, ofegando. – *Lo siento*...

Minha tia avançou com um passo trôpego e me abraçou, apertando com firmeza minha cintura, a bochecha úmida encostada na minha. Ela soluçava em silêncio, o corpo tremendo. Não consegui conter minhas lágrimas, e juntas nos agarramos uma à outra, como se nossa vida dependesse disso, bem ali, no meio do terraço, com dezenas de pessoas assistindo à cena, confusas e surpresas.

Eu não me importava, mas, quando minha visão clareou o suficiente para enxergar Amaranta, finalmente tentei frear minhas emoções descontroladas. Ela não apreciaria minhas lágrimas. Não tinha ido até lá para isso.

Se eu conhecia minha prima, Amaranta tinha feito essa viagem em busca de vingança.

Foi Isadora quem nos conduziu para longe dos olhares curiosos dos outros hóspedes. De alguma forma, ela descobriu o número do quarto de minha tia e nos conduziu ao segundo andar. Amaranta assumiu o controle, usando uma chave de bronze para destrancar a porta da suíte. Tia Lorena estava inconsolável e cambaleava enquanto todas nós a ajudávamos a entrar. Eu mal prestei atenção no ambiente, registrando vagamente que a suíte era semelhante à que eu acabara de desocupar. Ali também havia uma área de estar confortável que levava a dois quartos.

– Por favor, conte o que aconteceu – pediu tia Lorena com a voz chorosa, enxugando os olhos lacrimejantes. – Não consigo dormir nem comer desde que eu soube.

Lancei um olhar a Amaranta, que permanecera em um silêncio frio, os braços cruzados firmemente. Eu a conhecia bem o suficiente para saber que a raiva a deixava calada. Pelo rosto pálido e os lábios cerrados, os olhos fundos e o traje preto da cabeça aos pés, eu sabia que ela estava furiosa por dentro.

Isadora segurou minha mão e a apertou, murmurando:

– Esperarei ali fora.

Sem mais uma palavra, ela saiu, fechando a porta.

Umedeci os lábios, insegura. Eu não podia contar a elas o sonho que tinha toda noite: o rosto destruído de Elvira, o sangue manchando a areia dourada sob sua cabeça.

– Ela foi assassinada – sussurrei por fim. – Por um dos parceiros de minha mãe.

Minha tia – que odiava roupas amassadas e cabelo desarrumado e que sempre carregava um lenço – desabou no chão acarpetado, formando um amontoado de algodão preto. Eu não sabia como ajudá-la, o que dizer para amenizar sua dor, e, quando dei um passo à frente, Amaranta segurou meu braço com firmeza, suas unhas se cravando nas mangas de minha blusa.

– Não – sibilou ela. – Nunca mais toque nela.

Ela me soltou, recuando bruscamente, depois se abaixou para ajudar a mãe a se levantar. Sussurrando, conduziu a mãe para um dos quartos. Minha prima reapareceu instantes depois e se sentou em uma das cadeiras de encosto alto, com as mãos entrelaçadas no colo.

– Sente-se, Inez – disse ela entre dentes. – E me conte tudo.

Então eu contei, aos trancos e barrancos. Amaranta não me interrompeu nem uma vez, ouvindo atentamente, a testa franzida unindo as sobrancelhas escuras em uma linha reta que cruzava a testa. Sua expressão só mudou quando cheguei à parte sobre o sequestro de Elvira. O sangue se esvaiu de seu rosto.

– Sua mãe sacrificou minha irmã? – perguntou ela, com a voz desprovida de emoção. – Para salvar sua vida?

Assenti em silêncio.

A voz dela permaneceu sem emoção.

– Continue.

Consegui terminar, com um nó no fundo da garganta. Mais uma vez, senti que ela não apreciaria nenhuma demonstração de emoção. Quando terminei, Amaranta ficou em silêncio por um longo tempo. Em seguida, cravou em mim os olhos escuros em nítido contraste com o rosto pálido e abatido.

– Sua mãe tem que morrer.

Meus lábios se entreabriram de surpresa.

– Ela precisa pagar pelo que fez.

Amaranta se inclinou para a frente, a linha rígida da coluna finalmente cedendo.

– Você me ouviu, Inez? O que você vai fazer para consertar isso?

Eu me encolhi, a culpa criando um abismo profundo em meu estômago.

– Vou encontrá-la.

– E depois?

– Você e eu queremos a mesma coisa – sussurrei. – Eu quero que minha mãe desapareça.

Amaranta me estudou, analisando cada linha e curva de meu rosto com um olhar crítico.

– Isso é culpa sua, e eu nunca vou te perdoar. Mas, se você fizer isso, talvez um dia minha mãe consiga tolerar ver você. – Ela se levantou. – Quero que você saia agora.

Tremendo, eu me levantei e saí sem olhar em sua direção. Percebi, então, que nunca poderia voltar para a Argentina até consertar as coisas. Minha tia não ia querer me ver, e Amaranta deixaria bem claro que eu não era bem-vinda em minha própria casa.

Eu não podia culpá-la.

Isadora esperava por mim no corredor com uma postura rígida. Sua aparência tinha melhorado sob meus cuidados, mas agora parecia a figura retraída de alguns dias atrás. Eu *odiava* isso.

– Elas não estão felizes comigo – falei. – Com razão. Amaranta quer...

– Que a nossa mãe morra – completou ela. – Eu sei.

Seu rosto tremeu com uma emoção que não consegui identificar. Nós nos encaramos em silêncio, e eu desejei conhecê-la o suficiente para perguntar como ela se sentia. As palavras que Isadora tinha dito em nossa conversa anterior passaram pela minha mente – e percebi que ela preferiria ver nossa mãe na prisão a enterrada.

O sentimento era mútuo.

Eu odiava minha mãe, mas não queria que ela morresse. Ela me amava, de sua maneira distorcida, e eu não suportava o fato de que isso significava algo para mim, quando não deveria importar nem um pouco. Mas importava, e por isso eu não mataria minha mãe.

Eu não era uma assassina como ela.

– O que você vai fazer agora? – perguntou Isadora.

– Finalizar nossos planos.

Tio Ricardo empurrou a xícara fumegante cheia de chá preto.

– Chega. Preciso de algo mais forte.

Suspirei, me sentando na cadeira ao lado de sua cama desarrumada.

– Suponho que não adianta dizer para o senhor descansar, não é?

– Você deveria estar se humilhando. Implorando pelo meu perdão, isso sim – retrucou meu tio, se acomodando nos travesseiros. – Onde está o desgraçado do seu marido, afinal? Ele não veio me ver desde que voltamos de Philae.

– Ele está resolvendo uns assuntos – menti.

Eu também não o tinha visto. Naquela manhã, acordei e ele já tinha partido. Duvido que ele soubesse que minha tia e minha prima também estavam hospedadas no hotel. Não que eu me importasse com o que ele fazia. Mas, já que supostamente ele queria me ajudar, imaginei que estaria mais disponível.

– Whit ainda trabalha para mim – disse tio Ricardo – Ele sabe que não pode desaparecer sem me avisar.

Franzi o cenho.

– O senhor está preocupado com ele?

Meu tio fez uma cara feia.

– Aonde quer que Whit vá, os problemas parecem encontrá-lo.

Isso era verdade, embora o mesmo pudesse ser dito de mim.

– O que o senhor precisa que ele faça? Talvez eu possa fazer no lugar dele.

– Creio que sim – respondeu meu tio, pensativo. – Abdullah está hospedado no hotel, e um médico está cuidando dele. Você pode visitá-lo? Acho que ele está no mesmo andar.

– Certamente – respondi.

Eu não conseguia imaginar o que ele estava passando. O homem tinha feito a descoberta do século e ela lhe fora tirada.

– Como ele está?

– *No lo sé* – disse tio Ricardo, irritado. – Por isso eu gostaria que você fosse visitá-lo.

– O senhor está rabugento esta manhã – observei.

– Minha sobrinha, sob minha responsabilidade, se casou em segredo com um homem de ética e moral duvidosas – disse ele. – O trabalho que fiz em

Philae, junto com meu cunhado, foi destruído. A múmia de Cleópatra será pulverizada e usada por aristocratas ricos para curar, sei lá, uma dorzinha de cabeça qualquer. Os pertences dela serão vendidos pelo lance mais alto em um mercado ilegal, que tem minha irmã entre seus integrantes. Sua tia, uma mulher que não suporto, perdeu uma das filhas graças a mim e agora está histérica dois quartos ao lado... Quer que eu continue? Tenho motivos para estar rabugento.

Em silêncio, acrescentei: *Isadora é minha irmã e filha do homem que saqueou Philae. Ah, e Whit roubou minha herança.*

Mas talvez eu devesse guardar essas novidades para outro momento.

– Me dê notícias do meu amigo – disse tio Ricardo. – Talvez você devesse fazê-lo beber este chá horrível.

– Farei isso assim que o senhor terminar seu café d...

Uma batida alta e insistente na porta interrompeu a conversa. Meu tio se sentou ereto, com a intenção de sair da cama, mas levantei a mão e falei bruscamente:

– Eu atendo.

Tio Ricardo me fulminou com o olhar, mas eu já estava de pé e abrindo a porta do quarto, esperando encontrar meu marido errante do outro lado. Em vez disso, um homem baixo e careca estava diante de mim, ladeado por homens de aparência sombria, vestidos com roupas escuras e exibindo expressões igualmente severas.

– *Mademoiselle* – disse monsieur Maspero, surpreso. – Eu não esperava encontrá-la aqui.

– É o Maspero? – chamou meu tio. – Espere um minuto, vou me vestir.

– *Por favor,* não saia da cama! – gritei em resposta. – Sinto muito, *monsieur*, mas temo que seu assunto terá que esperar. Meu tio está doente e se recuperando de um ferimento à bala. Ele se esforçou demais recentemente...

Um palavrão abafado reverberou pela saleta. Meu tio apareceu, com o cabelo despenteado e a barba cobrindo mais da metade de seu rosto. Ele enfiou a camisa para dentro da calça e olhou à volta, procurando os sapatos.

– O senhor vai se cansar – protestei.

– Acho que dei algo para você fazer, não foi, *sobrina*?

Ele se jogou na cadeira e começou a amarrar as botas de trabalho.

Soltei um longo suspiro e me virei para monsieur Maspero.

– Não tenho nada para oferecer, mas, se quiser, posso mandar trazer chá.

– Não, obrigado – respondeu monsieur Maspero, dando um passo para o lado para permitir que os outros dois sujeitos entrassem no quarto de meu tio. – Esses homens vieram prender seu tio e o sócio dele, Abdullah.

– *O quê?!* – exclamei, ofegante.

Meu tio se levantou de um pulo, seu rosto ficando coberto de manchas vermelhas.

– Com que justificativa?

– Pela descoberta de Cleópatra, que vocês não reportaram, e cuja múmia e artefatos agora estão desaparecidos. – Ele aspirou o ar bruscamente, estreitando os olhos com aversão. – Estamos acusando você e seu sócio de perderem um tesouro nacional do Egito.

– Ora, espere um minuto.

Meu tio deu um passo para longe dos dois homens, que já se preparavam para segurá-lo.

– Posso explicar nossa intenção.

– O que está claro para mim é que vocês não tinham a *intenção* de registrar a descoberta! – exclamou monsieur Maspero. – E agora eu preciso lidar com a caça de Cleópatra no mercado ilegal. Fui complacente demais com você no passado, Ricardo, e isso acaba agora. Você e Abdullah terão que responder por muita coisa.

– Vocês não podem levá-los – gritei, me jogando na frente de tio Ricardo. – Por favor, senhor, vocês não têm todas as informações.

– *Inez.*

– Acalme-se, *mademoiselle* – disse monsieur Maspero.

Ele fez um sinal com o queixo em minha direção, e um de seus companheiros segurou meu braço e me empurrou em direção ao sofá. Ele pressionou meus ombros, me forçando a me sentar sobre a almofada.

– A senhorita está ficando histérica.

– Não toque nela – rosnou tio Ricardo.

Monsieur Maspero estalou os dedos.

– Prendam-no.

– Não foi culpa deles! – gritei em meio ao rugido de indignação de meu tio, me levantando num salto. – Foi minha mãe quem roubou tudo. Ela e o Sr. Fincastle!

A sala ficou em silêncio quando todos os olhares se voltaram para mim. A expressão imperturbável de monsieur Maspero suavizou, assumindo um ar de profunda piedade. Como se eu estivesse falando bobagens, como se eu tivesse acabado de declarar que vivia em um castelo na lua.

– *Mademoiselle* – disse monsieur Maspero gentilmente. – Sua mãe está morta. Ela não está mais entre nós.

– Não, ela está *viva*. Ela está...

– Agora chega – disse monsieur Maspero em um tom mais firme. – Não quero mais ouvir esse tipo de conversa. Seu tio e o sócio dele devem pagar pelas ações deles.

– Mas...

Um dos homens tentou segurar o pulso de meu tio, mas ele se afastou bruscamente, rosnando. O outro homem, baixo e com longas costeletas, conseguiu segurar o ombro de tio Ricardo.

Meu tio desferiu um soco e depois gemeu, segurando o braço. Sangue vazava pela camisa dele.

– Os pontos! – exclamei.

– Não piore as coisas para si mesmo – disse monsieur Maspero ao meu tio com frieza.

– Você faz vista grossa para outros arqueólogos e suas descobertas – esbravejou tio Ricardo. – Não finja que conduz um negócio limpo. Suas mãos estão tão sujas quanto as deles. Pense, Maspero! Não há sistemas nem práticas para proteger nenhuma descoberta de colecionadores e negociantes gananciosos. Sem falar dos agentes subversivos que correm soltos no Serviço de Antiguidades. Não me olhe assim... Você sabe que é verdade! Abdullah queria registrar nossas descobertas para que, quando alguém encontrasse Cleópatra... e inevitavelmente destruísse o local do túmulo dela... ainda houvesse algum registro de como era originalmente!

– Como se atreve? – sibilou monsieur Maspero. – Você será mantido na prisão do Cairo durante o interrogatório. E acredite quando digo que serei minucioso. – Ele olhou na minha direção. – Tenha um bom dia, *mademoiselle*.

Fiquei olhando para ele boquiaberta enquanto os dois homens arrastavam meu tio para fora da suíte. Corri atrás deles, desejando ter o poder de impedi-los de prender tio Ricardo. Mas que poder eu tinha naquela situação? Eu não exercia influência alguma nem cultivava conexões úteis. Minha voz era um sussurro diante da deles. A frustração abriu caminho queimando até minhas mãos, e eu as fechei em punhos, com a mente em disparada. O que eu poderia fazer? Quem eu poderia...

– *Inez!* Encontre Whitford e conte a ele o que aconteceu! – gritou tio Ricardo enquanto o arrastavam pelo corredor. – Ele saberá o que fazer!

Outra porta se abriu, e dois homens surgiram, conduzindo um Abdullah de aparência cansada e pele cinzenta. Ele ainda estava muito doente, e a fúria explodiu em meu peito. Meu tio soltou uma sequência de imprecações ao ver o amigo, cujos ombros estavam caídos, os pés sendo arrastados.

Eu os segui, com o coração martelando nas costelas. Outros hóspedes do hotel abriram as portas, boquiabertos, enquanto olhavam a procissão de pessoas passando. Meu tio não parava de gritar furiosamente, enquanto Abdullah permanecia em silêncio.

Chegamos à escada, e os homens arrastaram os dois pelo saguão, na frente de dezenas de pessoas que circulavam, aproveitando as instalações do hotel, reservando quartos. Foi então que vi Whit perto da entrada do Shepheard's, parado ao lado de uma figura conhecida. Seus braços estavam cruzados, como se estivesse se contendo fisicamente para não atacar os homens de Maspero. A figura ao seu lado ergueu as mãos, e eu estreitei os olhos ao me aproximar, ainda em um torpor furioso.

– Você não pode fazer nada? – gritou a jovem. – Qualquer coisa?

Finalmente reconheci Farida, a neta de Abdullah. Seus lábios se retorceram em uma careta enquanto os homens de monsieur Maspero forçavam Abdullah e meu tio a entrarem em uma carruagem de aluguel que os aguardava.

Whit observava a cena com os olhos semicerrados. A raiva irradiava dele, um fogo crepitante, cuspindo brasas.

– Não podemos fazer uma cena aqui – disse ele em tom sombrio. – É exatamente o que eles querem.

– Mas o que pode ser feito? – insistiu Farida, com desespero na voz.

Whit virou a cabeça e encontrou meu olhar. Li sua expressão com clareza e ouvi sua voz como se ele tivesse falado em voz alta.

A única coisa que os salvaria era encontrar minha mãe.

CAPÍTULO ONCE

– Vou atrás deles – disse Whit com gravidade. – Talvez eu consiga colocar um pouco de bom senso na cabeça de Maspero. Era só questão de tempo até que o departamento soubesse da descoberta, e agora ele está com cara de trouxa. Tudo que ele fizer a seguir será para retomar o controle da situação. Talvez eu consiga convencê-lo... – Ele se interrompeu, balançando um pouco a cabeça, como se percebesse a improbabilidade do feito. Ele olhou para mim. – Voltarei assim que puder.

Desviei os olhos. Era difícil olhá-lo sem sentir uma faísca de raiva atear fogo em meu sangue, sem lembrar da noite em que ele me teve nos braços e mentiu para mim.

– Com respostas – disse Farida. – Por favor.

Pelo canto do olho, eu o vi assentindo, mas não para Farida, para mim. Eu sentia o peso do seu olhar. Então ele saiu porta afora, e eu finalmente levantei os olhos em sua direção. Whit se pôs a correr assim que desceu os degraus da frente. Da última vez que correu tão rápido, era atrás da minha carruagem que ele ia, como se sua vida dependesse disso. Farida e eu ficamos olhando para a rua muito depois de Whit ter desaparecido, onde outros hóspedes estavam bebendo limonada e xícaras de café.

– E se eu nunca mais o vir? – sussurrou Farida, angustiada.

Antes que eu pudesse responder, uma voz familiar soou às nossas costas, vindo do saguão cheio de gente.

– Que diabos aconteceu? – perguntou Isadora, a saia azul-bebê rodopiando ao redor dos tornozelos. – Todos estão em alvoroço, falando sobre as autoridades que vieram ao hotel.

– Eles estiveram aqui para efetuar prisões – respondi.

– *O quê?*

Apontei para a neta de Abdullah.

– Isadora, eu gostaria de te apresentar Farida, neta de Abdullah. Acho que vocês não tiveram a chance de se conhecer em Assuã. Farida, esta é minha... minha irmã, Isadora.

Farida pareceu surpresa e me lançou um olhar inquisitivo.

– Eu não sabia que você tinha uma irmã. Seus pais nunca mencionaram outra filha.

Um leve tremor percorreu Isadora tão rapidamente que poderia ter sido imaginação minha. Quando ela falou, a voz estava com aquele modo assertivo que eu tinha aprendido a admirar.

– Prazer em conhecê-la. Imagino que os acontecimentos desta manhã tiveram algo a ver com vocês duas...

– Infelizmente, sim – sibilei. – Vamos conversar no meu quarto.

Formávamos um grupo sombrio, espremidas na cama estreita, com as pilhas altas de caixas ao redor como as torres de uma fortaleza. Eu realmente precisava descobrir o que fazer com os pertences de meus pais. Farida se acomodou encostada na cabeceira de madeira, os dedos torcendo a roupa de cama. Seu cabelo escuro estava preso em um coque elaborado, e a longa extensão da saia se espalhava à sua volta como o chapéu de um cogumelo.

Isadora estava sentada no pé da cama, nos observando, inquieta.

– Quando foi que você chegou? – perguntei a Farida.

– Ontem à noite – respondeu ela, esfregando os olhos. – Eu vim assim que soube o que aconteceu. Meu pobre avô... Ele está se sentindo tão derrotado... e agora isso! Eu queria cuidar dele, e agora não poderei.

– Não quero interromper – disse Isadora. – Mas alguém pode, por favor, me dizer *o que aconteceu?*

– Monsieur Maspero mandou prender meu tio e Abdullah – respondi. –

Por não terem reportado a descoberta e pelo subsequente roubo do tesouro de Cleópatra, e, claro, a múmia dela também está desaparecida.

Isadora ergueu as sobrancelhas.

– O que vai acontecer com eles?

– Ricardo provavelmente enfrentará um julgamento nos tribunais mistos – respondeu Farida. – Quanto ao meu avô... duvido que ele seja tratado de forma justa em qualquer tribunal. – Seu lábio inferior tremeu, e as mãos se fecharam em um aperto mortal. – Quando ele me escreveu, só mencionou os ferimentos, mas foi vago sobre o roubo.

Olhei para minha irmã.

– Ela merece saber a verdade.

Isadora franziu os lábios, como se esperasse minha resposta.

– Foi meu pai – disse ela em voz baixa. – Ele foi contratado por Ricardo como segurança, mas usou sua posição para ter acesso ao local da escavação.

– E eu acredito que nossa mãe tenha participação no plano – acrescentei. – Não foi por acaso que o amante dela acabou nesse papel em Philae. Mamá deve ter sabido que Ricardo estava procurando alguém para vigiar a ilha.

Os olhos de Farida estavam arregalados, piscando, indo de mim para Isadora.

– Sinto muito, parece que perdi informações cruciais. Lourdes e... – Farida fez um gesto na direção de Isadora. – E seu pai?

Isadora e eu acenamos ao mesmo tempo.

– E Lourdes esteve envolvida no roubo?

Fiz uma careta.

– Eu a ajudei sem saber.

– Ela te manipulou – disse Isadora, e eu lhe dirigi um sorriso de gratidão.

Era difícil não me sentir responsável, e, por mais que eu dissesse a mim mesma que qualquer outra pessoa teria feito o mesmo pela própria mãe – que até então eu acreditava estar morta –, não adiantava. Minha culpa ignorava qualquer argumento.

– Não consigo acreditar que Lourdes tenha feito isso – murmurou Farida. – Ela parecia tão agradável, tão atenciosa.

Ela se empertigou, soltando as mãos.

– Acabo de me lembrar... Eu trouxe uma coisa para você.

– Para mim? – perguntei, surpresa.

Farida assentiu, se levantando da cama.

– Volto já.

Quando a porta se fechou, Isadora se virou parcialmente na minha direção. Apenas seu semblante revelava um mero indício de sua agitação. Suas sobrancelhas se uniram quando ela franziu a testa e disse:

– Então, se não encontrarmos meus pais, duas pessoas serão acusadas de um crime que não cometeram, embora ambas devessem ter reportado a descoberta, como é exigido pelo Serviço de Antiguidades.

– É complicado – falei, defendendo, irritada, tio Ricardo e Abdullah.

Ela não conhecia a missão de vida deles, como eles registravam meticulosamente as próprias descobertas e faziam o possível para deixá-las o mais intactas possível.

– Se você soubesse da visão geral, poderia pensar de forma diferente.

– Qual é a visão geral, então? – exigiu Isadora.

– Não posso dizer.

Ela revirou os olhos.

– Bem, então meu julgamento permanece.

– Eles tinham suas razões – insisti. – E acredito que estejam fazendo o melhor que podem em uma situação difícil.

– Mas, se tivessem sido francos, se tivessem trabalhado com o departamento – retrucou Isadora, elevando um pouco a voz –, Maspero poderia se concentrar em encontrar os verdadeiros culpados. Mas todas as energias dele serão voltadas para interrogar as pessoas erradas enquanto tenta localizar os artefatos roubados. Sem falar da própria Cleópatra.

– E se *nós* encontrássemos os verdadeiros culpados? – perguntou Farida.

Ela estava no vão da porta, segurando um pequeno pacote de fotografias em uma das mãos, sua câmera portátil na outra. Isadora e eu demos um pulo; não tínhamos percebido que ela retornara. Farida fechou a porta atrás de si e retomou seu lugar na cama, espalhando tudo sobre o cobertor verde-escuro.

– Venho praticando fotografia, e tenho várias de seus pais, Inez, do tempo que passei em Philae.

Ela levantou o pacote.

Olhei para baixo, sem conseguir falar.

Farida estendeu a mão e a pousou levemente em meu braço.

– Eu as trouxe porque, bem, pensei que você poderia gostar de ter uma lembrança de seus pais. Mas agora estou me perguntando se não deveria examinar todas as fotos que tirei em Philae. Talvez haja algo que possa nos ajudar a provar a participação de sua mãe? – Ela espalhou as fotografias na cama. – Tirei centenas delas e ainda estou esperando que a Kodak revele o restante. Devem chegar a qualquer dia da fábrica deles.

– Isso é muito inteligente, Farida – disse Isadora, em tom de aprovação.

Meus olhos queimavam, e eu desviei o olhar, respirando fundo para impedir as lágrimas que ameaçavam cair. Quando me senti no controle das emoções, olhei para as fotos. Havia pelo menos uma dúzia de imagens do acampamento e do templo, e, em cada uma, estavam Mamá e Papá. Às vezes os dois, às vezes um deles sozinho. Nenhuma das fotos era posada – todas pareciam ter sido tiradas quando meus pais estavam em um turbilhão de atividade. Os contornos deles eram imprecisos e borrados, os rostos pareciam esfumaçados, como se alguém tivesse passado um grande pincel sobre suas feições.

Mas era fácil identificá-los. O cabelo escuro e alinhado de Mamá, blusas de gola alta e saia longa; Papá em sua camisa de botões e calça cinza, o corpo magro curvado nos ombros, como se estivesse se preparando para ler um livro. Seus óculos capturavam a luz do sol, e um clarão intenso cobria seu rosto em quase todas as fotos.

Uma fotografia específica chamou minha atenção. Parecia ser de um quarto, mas a iluminação tornava a imagem difícil de compreender. A foto não estava borrada, mas algo nela era estranho. Tratava-se claramente do quarto de alguém em Philae, um quarto que parecia incrivelmente familiar aos meus olhos. Eu me inclinei para mais perto. Na verdade, eu já tinha visto aquele quarto.

– É a acomodação de seus pais enquanto estavam no acampamento – disse Farida em voz baixa.

Isadora virou a foto de cabeça para baixo e depois novamente para cima.

– Não entendo. Onde está a parede? Parece estar rompida, mas, quando estive lá, os quartos pareciam todos intactos.

Farida inspirou fundo e tirou a Kodak de uma bolsa de couro.

– Depois que comprei minha câmera, fiz uma descoberta incrível.

Eu já tinha visto a câmera quando conheci Farida em Assuã. Parecia comum, uma caixa de madeira com uma chave de metal no topo, à qual se podia dar corda, um buraco redondo para visualização e um pequeno botão na lateral.

– Esta câmera é tocada pela magia.

Isadora inclinou a cabeça para examiná-la mais de perto.

– Alguma coisa usada na fabricação desta câmera permite tirar fotos que revelam o que está do outro lado de uma parede. Um feitiço incomum, mas útil. Meu palpite é que é a chave de metal no topo, usada para avançar o filme para o próximo quadro. A magia não funciona em roupas, metal nem nada assim. Apenas em certos tipos de parede. Pedra, rocha, argila, granito, calcário. – Ela franziu os lábios, pensativa. – Qualquer coisa que possa ter sido usada na antiguidade, suponho.

– Interessante – disse Isadora. – Então, estamos essencialmente vendo o quarto de nossa mãe e todas as coisas dela. – Ela levantou a foto. – Parece tudo bem normal. Muitos livros e lençóis, o baú e velas, fósforos. Um espelho.

– Mamá costumava levar um diário consigo – falei, avaliando outra fotografia.

Eu me lembrei dos desenhos curiosos que Whit tinha destacado. Seu rosto apareceu em minha mente, e eu estremeci, afastando-o dos meus pensamentos. Eu *odiava* o fato de ele surgir em minha cabeça com tanta frequência. Sobretudo nos momentos quietos, quando eu estava parada, com os pensamentos desprotegidos.

Dei uma sacudida mental em mim mesma e peguei meu diário e lápis de carvão na bolsa de lona. Folheei até uma página em branco e procurei algo para desenhar. Desenhar sempre me trazia de volta ao foco, aliviava minhas preocupações. E me ajudava a reorientar meus pensamentos na direção certa.

Meu olhar caiu sobre a câmera de Farida e, como se por iniciativa própria, meus dedos seguraram o lápis com mais firmeza e começaram a se mover.

– Ela também foi encarregada de registrar todas as descobertas – disse Farida. – Há uma foto em que está escrevendo em um grosso livro de couro.

Ela vasculhou as fotos.

– Aqui está... olhem. Até me lembro do momento em que tirei esta foto. Lourdes tinha uma pequena mesa de madeira que costumava carregar para toda parte a fim de poder escrever. Nesta foto, ela tinha posicionado a mesa com vista para o rio. Era em uma área mais isolada, e achei que ela estava bonita, bem, pitoresca.

Estreitei os olhos, examinando a foto. Isadora se inclinou para olhar por cima do meu ombro. Mamá estava sentada em uma cadeira de madeira, as costas eretas, o pescoço fino inclinado enquanto escrevia. Na outra mão, havia um pequeno cartão quadrado. Arquejei.

– O que foi? – perguntou Isadora.

Pisquei, meus olhos lacrimejando pelo esforço de tentar ver o que minha mãe segurava.

– Posso estar errada, mas acho que esse cartão pode ser um convite para o mercado ileg...

– Espere um instante, Inez – disse Isadora, em tom cortante.

Olhei surpresa para ela. Isadora se levantou com a agilidade e a graciosidade de um gato.

– O que foi?

– Posso falar com você rapidamente? Lá fora, no corredor?

A mágoa cruzou o rosto de Farida.

– Isadora, é mesmo necessário...

– Sim – disse ela e foi até a porta, mantendo-a aberta até que eu a seguisse.

Farida virou o rosto de maneira resoluta para o outro lado, e um lampejo de irritação com minha irmã borbulhou até a superfície. Passei pela porta, e ela a fechou suavemente.

– O que *foi*? – perguntei, impaciente, com a mão na cintura.

Isadora esfregou as têmporas, com os olhos bem fechados.

– Você confia demais nas pessoas.

Baixei o queixo, entreabrindo os lábios de indignação.

– Talvez sim, mas é a *Farida*.

Ela revirou os olhos e me afastou alguns passos pelo corredor.

– Até que ponto você a conhece de fato? Não estou dizendo que ela não seja uma pessoa adorável, mas acabei de conhecê-la e acho que devemos ser cautelosas.

– Bem, eu discordo. Ela está tão envolvida quanto nós e profundamente motivada a ajudar o avô. Nossos interesses estão alinhados, e eu gosto dela. Acho que ela será muito útil... você mesma disse isso. Você a chamou de inteligente, lembra?

Isadora fez um gesto com a mão, desconsiderando o comentário.

– Uma coisa é ela colecionar fotografias, outra bem diferente é a incluirmos em nossos planos para comparecer a um *leilão ilegal*. Pense no risco para ela! Devemos agir com discrição, e, quanto mais pessoas se envolverem, mais atenção chamaremos para nós.

– Uma pessoa a mais não vai arruinar nossos planos – rebati.

– Tem certeza? – disse Isadora, arqueando uma sobrancelha dourada. – Três mulheres, sem uma acompanhante, se esgueirando em uma das atividades mais ilícitas que o Cairo tem a oferecer? Na calada da noite?

– Sou uma mulher casada – retruquei, cruzando os braços. – Obviamente, eu seria a acompanhante, mas você está mesmo preocupada com as convenções a esta altura? Porque eu não estou nem um pouco.

Ela mordeu o lábio, refletindo.

– Acho que você tem razão. Mas, se algo acontecer com ela, será sua responsabilidade.

Suas palavras me atingiram. Eu não queria ser responsável por outra pessoa. Não queria falhar com mais ninguém de quem eu gostava.

– Seria escolha dela, claro – respondi, tensa, mas até para mim mesma minha voz soava insegura.

Isadora assentiu e voltamos para Farida. Ela tinha se levantado, reunindo todas as fotos e pegando a câmera.

– Ah, por favor, não vá ainda – me apressei em dizer. – Isadora e eu estamos trabalhando em um plano... mas ele envolve um grau de risco que tivemos que discutir.

Farida ficou parada, olhando de uma para a outra com cautela.

– Seu plano é perigoso.

– Ele pode ser – disse Isadora. – Tenho algo para compartilhar com vocês duas, mas, uma vez que eu fizer isso, precisamos considerar com cuidado todos os possíveis resultados. Pode não valer a pena.

– Eu conheço uma história sobre monsieur Maspero – disse Farida em voz baixa. – Diz respeito à prisão de três irmãos de uma pequena aldeia. Essa família fez uma descoberta monumental e, durante anos, vendeu e trocou ilicitamente inúmeros artefatos. Foi uma questão de tempo até monsieur Maspero descobrir as atividades de seus integrantes. Enquanto estavam sob sua custódia, os três irmãos foram torturados até revelarem a localização do tesouro.

– Torturados – comentei, sufocando.

– Já ouvi falar nisso – observou Isadora em um sussurro horrorizado. – Um irmão morreu, e o outro virou traidor.

Lágrimas nadavam nos olhos escuros de Farida.

– Não há nada que eu não arriscaria fazer para ajudar meu avô. Por favor, me falem qual é o plano.

– Quando saí de Philae, enviei uma carta a alguns amigos de meu pai, informando o que aconteceu e pedindo ajuda para localizá-lo. – Os lábios de Isadora se retorceram de desgosto. – Até escrevi para um pilantra que meu pai às vezes contratava quando fazia trabalhos grandes. Bem, esse homem me respondeu e ofereceu informações sobre um lugar onde meu pai poderia aparecer.

– Fale – pedi, sussurrando. – É...?

Isadora assentiu lentamente.

– Eu sei quando e para onde o pórtico se moverá.

– E...? – instei-a.

– Hoje à noite – disse ela. – Às quatro da manhã.

Farida franziu a testa.

– O que é um pórtico que se move?

– É o mercado ilegal do Egito, chamado Pórtico do Mercador – respondi.

Uma ideia repentina me ocorreu, e eu sorri timidamente para Farida.

– O que você acha de levar sua câmera?

– Para o mercado ilegal? – perguntou ela. – Isso não vai chamar atenção?

Meu sorriso se ampliou enquanto eu puxava o lenço do pescoço. A seda acariciou minha pele enquanto eu girava as extremidades ao redor do dedo, afrouxando o nó.

– Tenho algo que vai ajudar.

Em um movimento fluido, coloquei o lenço sobre a câmera portátil. O tecido ondulou enquanto caía suavemente sobre a cama.

Farida ofegou.

– Onde ela foi parar?

Ergui o lenço e encontrei a câmera encolhida e a segurei na palma da mão.

– Um pouco menos suspeita, não acha?

– O lenço de sua mãe – disse Isadora suavemente. – Sempre gostei dele.

– Eu nunca o devolvi.

Olhei para minha irmã, para a súbita desolação que se acumulava em seus olhos azuis. Eu sabia que ela estava pensando em como esse pedaço de seda aparentemente inofensivo causara tantos problemas.

– E hoje à noite o usaremos para tirar o máximo de fotos que pudermos. Dos artefatos, do local e de todas as pessoas presentes no leilão ilegal.

WHIT

Sir Evelyn me fez esperar horas até me receber. Passei a maior parte do tempo me contendo para não arrombar a porta dele. A parte racional de meu cérebro ficava me lembrando de que isso não ajudaria em nada.

No fim das contas, controlar meu temperamento não serviu de muita coisa.

O hipócrita idiota me proibiu de falar tanto com Ricardo quanto com Abdullah. Ele era o homem mais poderoso do Egito, a pessoa que poderia ter se oposto à ordem de Maspero de mantê-los na prisão, mas ele usou seu poder e influência para o *bem?* Claro que não. Sua antipatia pelos dois sobrepujou a decência e o bom senso. Do escritório de sir Evelyn, corri para o Serviço de Antiguidades para falar com Maspero, o que virou uma troca de gritos. Ele se recusou a ouvir meus argumentos, não importava o quanto eu os gritasse, e ignorou minhas exigências de que os dois homens fossem soltos.

Um dia absolutamente caótico.

Eu ansiava pelo meu frasco.

Mas ele estava na companhia dos crocodilos no fundo do Nilo. Passei a mão no rosto, piscando, cansado. O extravagante saguão do Shepheard's não era exatamente o melhor lugar para dormir, mas pelo menos os nichos tinham várias cadeiras. Juntei duas delas e tentei me acomodar.

Foi em vão. Minhas pernas eram compridas demais.

Com um suspiro, inclinei a cabeça para trás e olhei para o teto, desejando estar em qualquer outro lugar. Eu daria a mim mesmo três minutos. Três minutos para sentir o peso da exaustão, para deixar o escuro reconfortante do nicho acalmar meus pensamentos acelerados. Era o lugar mais escuro que eu poderia encontrar com fácil acesso à entrada do hotel. Fechei os olhos.

Mais um minuto.

No entanto, minha mente não descansava. Eu tinha a sensação de que não descansaria até que aquilo tudo acabasse. Por um segundo, considerei subir para o quarto e me deitar naquele colchão miserável, mas não queria arriscar acordar minha esposa, que me odiava, e sua irmã, em quem eu não confiava. Não fazia o menor sentido, de qualquer forma, já que eu estaria partindo para o leilão em breve.

Lentamente, de má vontade, abri os olhos e fixei a atenção no imponente relógio de madeira na extremidade do salão, que dominava o espaço como um sentinela de plantão, os minutos se arrastando até as quatro da manhã.

Nada se mexia no saguão, e até o atendente do hotel atrás do balcão tinha apoiado o banco na parede para cochilar. Eu poderia ter mais alguns minutos. Ainda havia tempo. Inclinei a cabeça novamente, descansando-a na curva do encosto da cadeira, e estendi as pernas à frente. Meus olhos se fecharam por conta própria.

E, ainda assim, o sono me escapava.

Símbolos alquímicos nadavam por minha mente, dourados e cintilantes contra um fundo escuro. Meus dedos comichavam para folhear meus livros teóricos onde eu talvez encontrasse outra pista. Mais do que nunca, eu precisava encontrar aquele papiro. Eu não permitiria que Lourdes chegasse antes de mim.

Precisava dele com um desespero que me queimava por dentro.

O som de pessoas descendo a escada me despertou. Olhei na penumbra do saguão, perguntando quem, em seu juízo perfeito, estaria acordado àquela hora. Três figuras pequenas desceram, cobertas com longos casacos, tentando a todo custo passar em silêncio. Elas atravessaram o saguão na ponta dos pés, lançando olhares furtivos por cima do ombro para o funcionário do hotel, indiferente e alheio ao fato de que alguns hóspedes do Shepheard's estavam saindo a uma hora inapropriada.

Mas não importava o quanto elas achassem que estavam sendo sorrateiras ou silenciosas.

Eu tinha reconhecido uma delas.

Minha esposa astuta.

Eu me levantei enquanto colocava o casaco. Por hábito, verifiquei se minha faca estava segura na bota e fui atrás delas, a raiva subindo como vapor.

Inez, querida, aonde você vai?

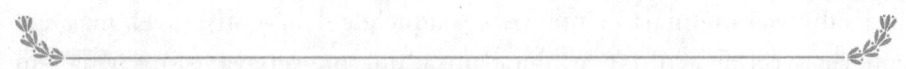

CAPÍTULO DOCE

Olhei à volta, aflita. Estávamos em uma viela, a vários quarteirões do hotel, a lua bloqueada por altos muros de pedra que cercavam o caminho estreito. Não me ocorrera levar uma vela e, de qualquer forma, algo me dizia que Isadora teria protestado.

Afinal, estávamos tentando passar despercebidas.

– Tem *certeza* de que sabe onde estamos? – perguntou Farida, dando outra olhada rápida por cima do ombro.

Ela usava uma saia escura emprestada por Isadora e o lenço de minha mãe enrolado duas vezes no pescoço.

Isadora não diminuiu o passo, contornando as poças de lama com facilidade, seu vestido de alguma forma repelindo todo tipo de poeira e sujeira. *Magia*, pensei novamente.

– Sim, pela décima vez – respondeu ela. – Depressa, não queremos nos atrasar.

Meu espartilho era uma gaiola de ferro em torno das costelas, e me arrependi profundamente de não ter tirado aquela horrível engenhoca antes de sairmos. Achei que ainda tínhamos tempo suficiente antes do início do leilão, mas Isadora nos mantinha andando em ritmo acelerado. Uma pontada de dor abriu caminho na lateral de meu corpo, e bufei, exasperada.

– O mercado não vai mudar de ideia de repente e ir para outro lugar – falei, entre arfadas.

– Não, mas não quero que nossa chegada atrapalhe os procedimentos – explicou Isadora. – Aqui... acho que é por aqui.

– Você *acha*? – perguntou Farida, horrorizada.

– Acredito fortemente – corrigiu Isadora.

Ela fez uma curva fechada e a rua se alargou, oferecendo espaço suficiente para que Farida e eu alcançássemos Isadora, as três passando a andar lado a lado. À distância, o som de música e o latido esporádico de um cachorro de rua se juntaram ao ruído de nossos passos na terra batida. Aquele trecho específico da rua estava escuro, nem sinal de lâmpadas para onde se olhasse, e uma luz crepuscular pesada parecia cobrir todas as superfícies. Estávamos em uma parte da cidade onde não era permitido ser negligente.

– Que lugar é este? – perguntou Farida, apertando a lateral do corpo. – Um armazém?

– Não, é um...

Isadora se calou de repente. Ela estreitou os olhos ao perceber o repentino movimento no fim da rua.

Acompanhei a direção de seu olhar quando três figuras envoltas em sombras se materializaram. Uma sensação desconfortável arranhou minha pele. O cheiro de suor e álcool alcançou meu nariz quando eles se aproximaram. O luar era fraco, mas suficiente para distinguir suas feições. Tinham pele clara e bigode; o rosto de um deles era cheio de marcas de varíola, outro era calvo e o último era baixo e com a constituição de um barril.

Isadora parou, estendendo as mãos.

– Fiquem atrás de mim.

Nem Farida nem eu nos mexemos. Eu estava chocada demais, minha mente apenas começando a entender a dimensão do perigo que estávamos correndo. Só ofeguei quando avistei o brilho da lâmina de uma faca. O homem com forma de barril sorriu para mim, brandindo a arma, como se quisesse demonstrar que sabia usá-la.

– Nem um passo a mais – advertiu Isadora.

Em um piscar de olhos, a pistola pequena e elegante estava na mão dela, apontada para o aparente líder do grupo. Ele estava parado uns trinta centímetros à frente dos demais, a cabeça inclinada, as sobrancelhas espessas arqueadas, como se estivesse se divertindo, enquanto avançava aos poucos.

– O que vai fazer com isso? – perguntou ele, com sotaque americano.

– Dê mais um passo e vai descobrir – respondeu Isadora com doçura.

O homem baixo riu.

– Aposto que nem está carregada – disse ele, avançando com um passo exagerado.

Sem um tremor sequer, minha irmã atirou.

O barulho sobressaltou os homens. O alvo de Isadora se jogou no chão para escapar do tiro, enquanto Farida apanhava uma pedra e a atirava em um dos agressores que vinham em nossa direção. Ela acertou o careca bem no peito, e ele cambaleou.

– Vaca! – xingou o homem com o rosto marcado pela varíola.

Outro americano. Devem ter ido para o Egito aos montes. Ele só falou uma vez, mas aquela única palavra bastou para eu saber que tinha bebido bastante. Meu coração acelerou quando ele desviou e veio na minha direção. Soltei um grito sufocado e recuei alguns passos, tropeçando. Com o canto do olho, vi Isadora se esquivar de um dos agressores mais altos, cujos cachos louros brilhavam ao luar.

– Atire nele! – gritou Farida.

Ela achara outra pedra, que apertava em uma das mãos, enquanto a outra estava enfiada no bolso da saia. Eu sabia que ela estava verificando se a câmera encolhida não se perdera na confusão.

Isadora mirou quando meu agressor tentou me pegar pelo pescoço.

O som de alguém correndo ressoou pelo beco, passos trovejando como um aríete. Minha irmã se virou, arregalando os olhos ao ver um jovem correndo a toda velocidade em nossa direção. Meu olhar seguiu o flash de movimento que passou voando por nós. Uma bala de canhão decidida a destruir.

Whit.

Mas não o Whit malandro, que conseguia enfeitiçar e arrancar um sorriso até mesmo da mais séria das personalidades, mas o Whit violento, rude e furioso. Ele se curvou e atingiu o homem na barriga e, de alguma forma, conseguiu erguê-lo e virá-lo de cabeça para baixo, até o homem de cara marcada bater no chão com um estalo reverberante. Isadora disparou a arma novamente, e dessa vez por pouco não acertou Whit, que parou um segundo para lançar um olhar de desprezo na direção dela antes de se esquivar do punho do homem de bigode.

Minha irmã carregou a arma e mirou...

– Pelo amor de Deus! – gritou Whit. – *Pare de atirar!*

Farida foi se aproximando aos poucos de mim, com os olhos arregalados. Meus batimentos cardíacos erráticos tinham se acalmado, e percebi que o medo que sentira antes tinha quase desaparecido.

– Isadora, venha assistir à negociação diplomática daqui – chamei, em uma voz agradável.

Whit *me* lançou um olhar virulento, depois desviou por pouco de uma facada na barriga. O homem em forma de barril estendeu o braço e Whit se agarrou a ele, usando o impulso do adversário para puxá-lo para a frente, desequilibrando-o. Com o cotovelo, Whit golpeou as costas do sujeito, que desabou no chão.

Farida assentiu em aprovação.

– Muito bem.

Whit girou o corpo, os olhos azuis flamejando.

– Tínhamos um acordo, Olivera.

Ergui uma sobrancelha.

– Eu não o descumpri.

Ele fez um gesto na direção dos três homens gemendo no chão.

– Hein? Quer me explicar isto?

Farida apontou para um deles.

– Aquele ali está tentando se levantar, Whit.

Meu detestável marido se virou e deu um chute num dos homens, que gemeu e se calou. Whit se agachou, com um antebraço musculoso apoiado no joelho, e disse animado:

– Se alguém *pensar* em se mexer, vou servir todos vocês como jantar para um crocodilo, pedaço por pedaço.

Os três agressores ficaram imóveis.

Whit se levantou, com as mãos na cintura, e esperou com ar de impaciência. Como permaneci calada, ele murmurou um palavrão e disse:

– O que é que eu ganho salvando sua vida?

– Como é?

– Acho que tenho direito a uma resposta para três das minhas perguntas.

Estreitei os olhos.

– Uma.

– Duas.

– Tudo bem.

Whit fez um sinal com o dedo para que eu me aproximasse, e eu revirei os olhos enquanto ia até ele. Eu teria ignorado o gesto, mas minhas companheiras observavam nossa interação abertamente, com fascínio e perplexidade. Como eu não queria responder a nenhuma das perguntas *delas*, deixei que Whit me conduzisse para um canto.

– Nós realmente precisamos continuar! – gritou Isadora, em tom de advertência.

– Só preciso de um minuto – falei.

Whit fechou a cara.

– Eu só ganho um minuto?

Fingi consultar um relógio de bolso.

– Menos, agora.

– Você é a mais... – A voz de Whit se esvaiu. – Esqueça.

– Era para isso que você queria falar comigo? – perguntei friamente. – Para me insultar?

– Eu não estava pensando em insulto – disse Whit suavemente.

Ignorei o arrepio que sua voz provocou em minha espinha. Pela centésima vez, lembrei a mim mesma de que ele tinha me traído. Que eu não me importava com a irmã dele, uma pessoa que eu não conhecia, que ele deveria ter sido honesto comigo desde o início. Repeti isso várias vezes até conseguir retribuir seu olhar sem vacilar, sem enrubescer, sem sentir absolutamente nada.

– Quais são suas perguntas?

– Aonde vocês três estão indo?

– Você poderia ter perguntado a elas.

Whit baixou o queixo, e o luar lançou sombras prateadas em seu rosto. Ele estava a menos de trinta centímetros de mim, alto e de ombros largos. Não estava sequer ofegante após ter feito o esforço de derrotar três homens com os punhos.

– Estou perguntando a *minha esposa*.

O único motivo para eu ter me dado ao trabalho de responder foi ele ter salvado minha vida. Pelo menos era o que eu dizia a mim mesma na discussão contínua que acontecia na minha mente para permanecer firme, para não ceder a nenhuma admiração pelo modo como ele tinha nos salvado.

– Isadora conseguiu descobrir a localização do pórtico.

– Por que não me contou?

– Essa é sua segunda pergunta?

Ele assentiu.

– Se eu puder fazer algo sem você – falei simplesmente –, vou fazer.

O rosto dele pareceu endurecer como pedra, com a expressão inescrutável, e desisti de tentar entender alguém que não teve escrúpulos ao me roubar.

– Tudo bem. E o que vocês iam fazer quando chegassem lá?

– A câmera de Farida é mágica – respondi, depois expliquei rapidamente o restante de nosso plano.

– As fotos reveladas vão mostrar o que existe por trás das paredes? – perguntou ele. – Isso é impressionante. E útil.

– Eu sei – falei secamente. – Por isso o plano.

Whit me observou com atenção.

– Bem, eu também descobri a localização do pórtico – disse ele, a voz irritadiça. – E fica em outra parte da cidade. Vocês estavam pensando em chegar lá amanhã?

– Ah – falei. – Estávamos *perdidas*?

– Que droga, Inez.

Fiquei tensa.

– Isadora deve ter se confundido. Ela é bem teimosa quando enfia uma ideia na cabeça.

– É mesmo? – Seu olhar implacável retornou. – Bem, estou indo para lá. Querem ir comigo?

Por muito pouco, consegui esconder minha surpresa.

– Mostre o caminho, Sr. Hayes.

Naquele momento, um dos homens se levantou cambaleando – o careca – e avançou em nossa direção. Um tiro soou, e seu corpo caiu em um arco descendente, o sangue espirrando em meus pés. Ele estava completamente imóvel, uma poça escura crescendo sob o peito. Um dos braços estava estendido em minha direção, o dedo indicador roçando a ponta de minha bota esquerda.

Whit se abaixou, olhando para o rosto do homem, cujos olhos ainda estavam abertos. De alguma forma, ele ainda parecia estar com raiva.

– Morto.

Isadora abaixou a arma fumegante.

– Um a menos para o crocodilo.

Whit nos guiou até um prédio destruído que ele explicou ser bem perto do hotel. Nem seiscentos metros da entrada do Shepheard's. Isadora enrubesceu e se desculpou profusamente pelo erro. Tive a sensação de que ela odiava estar enganada – sobre qualquer coisa.

– Está tudo bem – falei pela quinta vez. – Eu também teria me perdido.

Ela caminhava a meu lado, enquanto Farida acompanhava Whit mais à frente. De vez em quando, ele olhava por cima do ombro para ter certeza de que eu ainda estava em seu encalço como um cão bem-comportado. Ignorei os olhares, me concentrando em aprender aonde *não* ir no Cairo.

Isadora se encolheu e balançou a cabeça. O cabelo cor de mel dourado brilhava sob o luar suave.

– Eu só queria ser útil – explicou ela. – Pensei que conhecia a maioria das ruas do Cairo e não queria que você precisasse de Whit nem passasse mais tempo com ele além do absolutamente necessário.

– Irmã – falei. – Posso te chamar de irmã?

Ela sorriu, agradecida.

– Claro, mas só se eu puder chamar você de *hermana*.

Um calor se irradiou de meu coração.

– Você atirou em um homem e salvou minha vida. Acho que você mais do que compensou o engano.

– Não deveria ter chegado a esse ponto – disse ela. – Eu deveria saber que estávamos perdidas.

Eu a estudei.

– Você está sendo terrivelmente dura consigo mesma.

Ela lançou um olhar de sobrancelha erguida na minha direção.

– Deve ser de família.

Dei de ombros, desviando o olhar. Era instintivo eu me repreender pensando que poderia ter feito mais, ter sido melhor, agido mais rápido. Às vezes, nada do que eu fazia parecia ser suficiente. E, outras vezes, as coisas que eu fazia estavam erradas. Talvez realmente fosse de família, e eu fosse parecida demais com Mamá. Já tínhamos alcançado Whit e Farida àquela altura, e eu escolhi não responder à observação de Isadora, mas as palavras ficaram comigo, me incomodando.

Aquele era o maior período ininterrupto que eu passava com ela, e era irritante descobrir que ela conseguia me interpretar com facilidade, ainda mais quando eu ainda estava tentando entender a mim mesma, considerando o que minha mãe tinha feito comigo.

Com meu pai. Com Isadora também.

Mas eu estava começando a entender como ansiar por meus pais, querer a atenção deles e sentir uma saudade terrível deles quando ficavam fora metade do ano viajando pelo Egito moldara a pessoa que eu era naquele momento. Era por isso que eu queria tanto uma família, pertencer.

Ser parte de alguma coisa.

E eu muitas vezes me culpava ou era *dura demais comigo mesma*, porque talvez houvesse uma pequena parte minha que acreditava que tinha algo errado comigo, e era por isso que meus pais me deixavam para trás.

Todo ano. Por meses.

Senti o peso do olhar de Whit e me perguntei se ele conseguia perceber a tensão irradiando de mim, a tristeza repentina cobrindo minha pele, mas mantive o olhar fixo à frente. O prédio abandonado, evidentemente usado outrora pelo governo, era ladeado por casas lindamente construídas com janelas em arco e vidro com painéis. Ficamos parados a certa distância, meio escondidos pela vegetação exuberante e por palmeiras espinhosas que transbordavam para a rua. Whit estudou o exterior de nosso destino e depois olhou para nós três, que esperávamos em silêncio. Eu não sabia muito bem *por que* estávamos esperando. A entrada era claramente uma grande porta que já tinha sido pintada de um verde amarelado, mas que tinha desbotado e descascado havia muito tempo, até se tornar algo parecido com alface murcha.

– Nenhum de nós tem convite – disse Isadora de repente. – Como vamos entrar?

– Tem uma porta lateral – falei. – Podemos nos esgueirar por ali.

– Vamos – disse Whit. – Todas atrás de mim.

Mais do que depressa, nós o seguimos quando ele atravessou a rua, olhando para os dois lados. A porta lateral era uma entrada estreita, projetada para empregados. Whit a empurrou e enfiou a cabeça pela abertura; meio segundo depois, recuou bruscamente e espalmou as mãos na madeira, dando um empurrão violento na porta. Do outro lado, um estalo forte se fez ouvir. Alguma coisa caiu no chão com um baque alto, e Whit empurrou a porta mais uma vez, até conseguir abri-la totalmente.

Ele entrou, fazendo sinal para que o seguíssemos. Quando passei, cometi o erro de olhar para baixo e vi o homem esparramado em nosso caminho.

Whit tinha atingido um guarda com força suficiente para deixá-lo inconsciente.

Não tínhamos tempo para verificar o estado dele. Whit já estava dobrando a esquina no final do corredor, que dava para uma cozinha empoeirada, com teias de aranha em todos os cantos, panelas e frigideiras de ferro enferrujadas penduradas na parede e prateleiras cheias de potes de farinha e outros mantimentos. O som de gritos roucos invadiu o espaço confinado, pessoas berrando – embora não com raiva, mas com um entusiasmo palpável. Olhei para o teto, observando a direção de onde vinha o barulho. O leilão devia estar acontecendo no andar de cima.

Precisávamos localizar a escada.

O problema eram os dois homens jogando cartas na mesa de madeira caindo aos pedaços. Eles se viraram nas cadeiras, boquiabertos, um deles já levando a mão ao revólver sob o cotovelo.

Whit jogou uma das frigideiras e ela saiu girando pelo ar até acertar o rosto do homem, catapultando-o para fora da cadeira. O dente ensanguentado voou na minha direção, e eu desviei com um grito abafado. O outro homem tentou alcançar a arma, mas a essa altura Whit já tinha apanhado a cadeira agora vazia e acertado com força a cabeça do homem, que desabou sobre a mesa.

Em questão de segundos, estava tudo terminado.

Isadora pegou a arma e a enfiou no cinto.

– Você é muito violento.

Pareceu um elogio.

Farida balançou a cabeça, meio espantada, meio chocada.

– Eu nunca tinha visto esse seu lado.

Whit foi até o fogão e cheirou o interior de uma panela fumegante. Ele sorriu para si mesmo, pegou uma caneca e soprou dentro dela para tirar a poeira.

– Graças a Deus.

– Você vai tomar chá? – perguntei.

– Café – respondeu ele com reverência, se servindo de uma quantidade generosa. – Quer um pouco?

Eu o encarei. O barulho acima de nós ficou mais alto; sons de cadeiras raspando no chão se infiltravam na cozinha.

– Deveríamos... – comecei.

Whit engoliu o café e, depois, se virou para empurrar o guarda caído sobre a mesa com a bota, fazendo com que o homem caísse com força no chão. Em seguida, Whit pegou as duas cadeiras com calma e foi até a porta.

– Vamos.

CAPÍTULO TRECE

A escada estava caindo aos pedaços e rangia sob nosso peso enquanto subíamos para o andar de cima. Devia ser para uso dos funcionários, pois o espaço era apertado e estreito, abrindo para um pequeno corredor onde se viam várias portas fechadas. Adiante, o som de pessoas se acomodando chegava até nós enquanto avançávamos na ponta dos pés.

Em silêncio, Whit espiou pela esquina no fim do corredor.

– Fiquem aqui.

– Aonde você vai? – sussurrei.

– Vou acrescentar estas cadeiras à última fila – sussurrou ele em resposta.

Em seguida, ele avançou na ponta dos pés, retornando um instante depois, o maxilar tenso. Eu me desviei dele para dar uma olhada com meus próprios olhos e quase soltei uma exclamação de surpresa. O leilão estava prestes a começar em um amplo espaço de formato retangular, com papel de parede descascando e um lustre empoeirado que oscilava precariamente acima de fileiras e mais fileiras de assentos. Todos, exceto os dois que Whit acabara de adicionar, estavam ocupados. Inclinei a cabeça para trás e notei que o terceiro andar dava vista para o segundo, como se fosse um pátio aberto. Por fora, o prédio não parecera tão grande, mas agora eu percebia que ele se estendia bem para trás em relação à rua.

Como íamos explorar cada centímetro? Isso levaria horas.

No entanto, concluí que não precisávamos fazer a exploração completa naquele momento. Não se Farida conseguisse tirar fotos dos quartos fechados. Poderíamos muito bem examiná-las mais tarde – até que me lembrei de Farida ter mencionado que ainda estava esperando que suas outras fotografias fossem reveladas e enviadas de volta para ela. Teríamos que procurar o máximo que pudéssemos durante o leilão.

– Eis o que deveríamos fazer – começou ele em um sussurro.

– Não – falei com firmeza e em voz igualmente baixa. – O plano é o seguinte.

Ele ergueu uma única sobrancelha e esperou que eu continuasse.

– Um de nós precisa assistir ao leilão para ver se algum item do tesouro de Cleópatra está aqui – afirmei. – Isadora e eu faremos isso, pois sabemos o que procurar. Farida, você e Whit devem tentar localizar os itens que serão exibidos. Tirem o máximo de fotos que puderem.

– E depois? – perguntou Isadora.

Whit gesticulou em minha direção com um leve sorriso.

– Minha esposa é quem tem o plano.

Ignorei o rótulo.

– Nos encontramos na rua depois do leilão – falei. – Se não for possível, no saguão do hotel.

– Espere um instante. Ela é sua *esposa*? – perguntou Farida, com os olhos castanhos intensos se arregalando. – Desde quando? E por que não fui convidada para o casamento?

Os cantos dos lábios de Whit se contraíram.

– Teríamos feito isso – me apressei em dizer. – Mas foi tudo muito rápido. Além disso, é só um acordo comercial.

– Ah – disse Farida sem muita certeza, olhando de um para o outro.

Senti o olhar de Whit; havia um leve ar de incredulidade e indignação irradiando dele, mas me recusei a olhar em sua direção.

– *Psssiu* – sibilou Isadora. – Vocês querem que eles ouçam?

Farida esfregou as têmporas.

– Estou tentando manter tudo claro em minha mente. Esta é uma nova informação que tenho que processar.

– Mais tarde – disse Isadora. – Agora você tem fotos para tirar.

Ela passou por nós, se dirigindo ao salão como se ali fosse o lugar dela, e se sentou em uma das cadeiras que Whit tinha levado. Farida olhou o corredor por onde tínhamos acabado de vir, desenrolou o lenço de minha mãe que estava no pescoço, tirou a câmera do bolso da saia e a segurou na palma da mão. Peguei o lenço e usei-o para cobrir a mão dela. Um segundo depois, a câmera voltou ao tamanho normal.

– A magia é uma coisa linda – sussurrei. – É uma pena que esteja se extinguindo.

– Tudo chega ao fim em algum momento – observou Whit, com uma leve inflexão em *tudo*.

Eu sabia que as palavras dele faziam referência a minha decisão de pedir o divórcio. Tentei não interpretar o tom nem a leve tristeza que havia ali. Ou talvez eu quisesse que soasse assim. Eu estava tendo muita dificuldade em manter meu coração alinhado com minha mente.

Esse tolo e idiota.

– Vou tirar fotos dos quartos neste andar – disse Farida. – Whit, acredito que haja mais acima de nós...

Ele assentiu.

– Teremos que ser rápidos para passar por todos eles. Vamos começar; eu estarei logo atrás de você.

Meu olhar percorreu o espaço a fim de me familiarizar com a disposição das coisas, caso precisássemos ir embora rapidamente. Havia outra saída no extremo oposto de onde estávamos, perto de uma grande escadaria.

– Você vai ficar bem sozinha? – perguntou Whit a ela.

Farida assentiu, já mexendo na câmera enquanto voltava pelo caminho de onde tínhamos vindo. Ela experimentou a maçaneta da primeira porta e a encontrou trancada, mas se postou diante dela e tirou uma foto. Em seguida, se deslocou alguns passos para a direita, se posicionando em outra direção, e tirou outra foto, dessa vez da parede. Sua expressão era determinada, concentrada, e eu torci para que aquela sala estivesse cheia de evidências suficientes para condenar toda a operação do mercado ilegal. Farida experimentou a porta seguinte, encontrou-a destrancada e provavelmente vazia e abriu um sorriso rápido e triunfante antes de desaparecer lá dentro.

Estávamos sozinhos, e a tensão crepitava entre nós.

– Isadora está esperando – falei, me virando.

Whit estendeu a mão para mim, mas de repente pareceu mudar de ideia, e deixou-a cair ao lado do corpo.

– Tenha cuidado.

Eu me irritei. Depois do que ele tinha feito comigo, eu não acreditava que tivesse qualquer preocupação com meu bem-estar.

– Não finja que se importa.

– Mas eu me importo – disse ele com calma. – Se você for pega, todos nós teremos mais dificuldade para sair deste prédio.

Fazia todo o sentido; os organizadores do leilão vasculhariam o local de cima a baixo, procurando alguém que estivesse comigo. Ignorei a repentina decepção por ele não estar, de fato, preocupado *comigo* pessoalmente.

– Vou tomar cuidado – murmurei.

Antes que ele pudesse dizer mais alguma coisa, fui para a cadeira vazia ao lado de Isadora. Ela olhava fixamente para a frente da sala na penumbra, onde se via um palco de madeira. Um cavalheiro idoso, de cabelos grisalhos e sorriso largo, estava posicionado atrás de um púlpito que rangia. Ele se apoiava casualmente ali, com o cotovelo dobrado enquanto os olhos percorriam a sala. À direita dele havia um suporte iluminado por dezenas de velas baixas que pairavam no ar, como se estivessem suspensas por fios.

A princípio, fiquei maravilhada com a magia. Depois, minha atenção se voltou para o objeto sobre a plataforma. Estreitei os olhos, tentando identificar o que poderia ser. Parecia um amuleto dourado em forma de escaravelho com uma longa corrente, e, quando o leiloeiro o pegou com cuidado, mostrou a parte inferior à multidão.

– Só uma prévia do item antes de começarmos – disse ele com um sorriso.

Suas bochechas se enrugaram, me fazendo lembrar de uma folha de papel amassada.

– Estou muito empolgado com o lote desta noite.

Havia cerca de cinquenta pessoas somente naquele cômodo. A maioria, tanto homens quanto mulheres, era formada claramente por europeus, com cabelos indo do louro-claro ao grisalho e ao castanho. Vários usavam roupas elegantes e de bom corte, ofuscando o ambiente espartano ao redor. Todos usavam máscaras de cetim preto, simples e austeras, cobrindo a maior parte do rosto. Sentavam-se em cadeiras de madeira semelhantes, e a maioria segurava uma placa.

– Não temos uma dessas – falei, cutucando Isadora.

Ela me olhou, alarmada.

– Você pretendia comprar alguma coisa?

– Claro que não – respondi. – Mas passaríamos mais despercebidas se também tivéssemos uma.

– Ninguém está olhando para nós – replicou Isadora, dando de ombros levemente.

– Senhoras e senhores, bem-vindos ao Pórtico do Mercador – anunciou o cavalheiro idoso. – Meu nome é Phillip Barnes e serei seu anfitrião hoje à noite. Gostaria de agradecer ao nosso fundador – disse ele, apontando para um homem sentado na primeira fila –, que, por razões óbvias, permanecerá anônimo.

O fundador se levantou e se virou, inclinando a cabeça. Então esse era o homem responsável por tanta destruição e danos ao longo do rio Nilo. Sua atitude insensível em relação ao Egito e seu povo, sua história, me ofendeu profundamente.

Parte de mim queria se levantar com um salto e gritar com ele, deixar a raiva preencher a sala inteira para que ele pudesse senti-la nos ossos. Mas segurei a borda da cadeira com força para manter a calma e foquei em analisar sua aparência. Minha descrição poderia ser útil para monsieur Maspero, então tentei memorizar o máximo de detalhes possível: ele era barrigudo e, embora a cabeça estivesse coberta por um chapéu e o rosto por uma máscara, dava para ver que tinha cabelos escuros. As roupas eram discretas: calça preta, camisa clara e o costumeiro colete por baixo de um paletó escuro. O fundador se virou para tornar a se sentar, mas o rosto se virou em nossa direção, e ele se deteve antes de se acomodar na cadeira, fazendo um gesto para alguém parado a um lado.

O homem assentiu, olhando em nossa direção.

Isadora prendeu a respiração de repente.

– O que fazemos?

Um suor frio escorreu em minha nuca. Eu me obriguei a não me mover, a não sair correndo dali.

– Não entre em pânico e fique imóvel – sussurrei. – Pode não ser nada.

– Eu *nunca* entro em pânico – disse Isadora, franzindo a testa. – Seria uma completa perda de tempo. Talvez eles tenham notado que não estamos usando máscara – disse ela. – Deveríamos sair agora, antes que...

Mas era tarde demais. O homem já estava caminhando em nossa direção, e meu estômago revirou. Juntei os pés, me preparando para me levantar de um salto. Se fosse preciso, eu gritaria por Whit. Ele apareceria correndo. A culpa é um poderoso incentivador.

– Não atire nele – falei pelo canto da boca.

– Não estou gostando disso – replicou Isadora, se inclinando ligeiramente para a frente.

Embora o casaco cobrisse a arma que ela tinha pegado no andar de baixo, eu a via toda vez que ela se mexia um pouco.

Eu estava desconfortavelmente ciente de vários participantes que se viraram nos assentos para nos observar, abertamente curiosos.

O homem chegou até nós. Eu mal conseguia respirar. Será que ele ia nos retirar da sala? Atirar em nós ali mesmo? Chamar alguém para nos interrogar?

– Nosso fundador notou que vocês estão sem placas – disse o homem, enfiando a mão no bolso interno do paletó.

Ele nos entregou as placas finas e frágeis. Em seguida, tornou a enfiar a mão no bolso e tirou duas máscaras pretas.

– Também é obrigatório que todos usem isto.

Isadora pegou ambas e me passou uma em silêncio.

– *Gracias* – falei. – Quer dizer, obrigada.

– Sim, obrigada – acrescentou minha irmã.

Ele assentiu, os olhos pálidos indo de uma para a outra.

– Vocês duas devem ter passado sem que as víssemos quando o portão foi aberto.

– Deve ter sido isso – falei.

– Todos são obrigados a se apresentar antes de passar pelo portão.

– Desculpe. Estávamos com pressa para encontrar lugares – falei rapidamente.

Ele baixou o queixo.

– Isso não pode acontecer novamente, senhoras, caso desejem comparecer ao próximo.

Em seguida, ele se afastou em silêncio. Olhei para a primeira fila, mas o fundador já tinha nos esquecido e estava virado para a frente novamente.

Phillip pigarreou.

– Agora que estamos todos acomodados e bem confortáveis, é hora de repassar os detalhes essenciais. Como sempre, aqui estão nossas regras: primeiro, nunca revelem a localização do pórtico pelo qual vocês passaram. Segundo, todos os pagamentos devem ser realizados em vinte e quatro horas. Sem exceções. Caso não cumpram essa exigência, o item irá para o dono do segundo lance mais alto. Naturalmente, vamos fornecer um endereço para envio dos valores. Terceiro, qualquer pessoa considerada culpada de revelar a identidade de quem quer que esteja presente no leilão receberá um tratamento brutal. – Phillip abriu um sorriso de lábios finos. – Vocês foram avisados.

Estremeci enquanto amarrava a máscara e depois ajudei minha irmã a amarrar a dela.

– Vamos começar o leilão – prosseguiu Phillip. – Apresentarei nosso costumeiro lote de artefatos adquiridos no Egito. Primeiro, porém, temos dois itens exclusivos que foram descobertos há pouco tempo e que eu gostaria de mostrar a todos. – Ele colocou o amuleto de volta no suporte. – O primeiro item disponível é este extraordinário escaravelho--coração; seu tamanho é de pouco mais de cinco centímetros de comprimento – informou ele. – E, como mostrei, há fileiras de hieróglifos na parte inferior, e nossos estudiosos acreditam que seja um feitiço de proteção para o recém-falecido. O lance inicial é de mil libras.

Imediatamente, várias placas subiram.

– Eu não reconheço esse, você reconhece? – sussurrou Isadora.

Balancei a cabeça.

– Não. Acho que não pertencia a Cleópatra – sussurrei em resposta enquanto o leiloeiro aceitava lances, o valor aumentando cada vez mais. – Queria ter pensado em pedir a Farida para tirar fotos da sala e de todos nela.

Isadora me cutucou e apontou discretamente para trás com o queixo. Inclinei o pescoço e vi Farida fotografando em silêncio do corredor. Nossos olhares se encontraram, e ela me lançou um sorriso meio sombrio antes de voltar a desaparecer.

– Vendido! – gritou o leiloeiro. – Por dezesseis mil libras para a senhora com o número quarenta e três.

– E se a mamãe tiver decidido não vender no pórtico? – perguntou Isadora. – E se ela achou que era muito arriscado?

Ponderei sobre a pergunta. Mamá tinha se rebelado, traindo as pessoas para quem trabalhava, mas ainda precisava vender os artefatos. Eu não entendia os motivos para ela ter feito o que fez, mas, se fosse eu, pareceria mais arriscado ficar com objetos procurados pelo Serviço de Antiguidades do que tentar vendê-los em um mercado estabelecido.

– Ela está aqui.

Os olhos azuis de Isadora percorreram a sala, observando os outros presentes.

– Você vê alguém que pode ser ela?

Eu também corri os olhos lentamente pelo espaço e, com um aperto no coração, percebi que era difícil distinguir uma mulher da outra. Havia uma ou duas que tinham a mesma cor de cabelo, a mesma estrutura física, mas não consegui confirmar com certeza. Ela talvez nem estivesse presente pessoalmente. Seria estúpido e imprudente aparecer no mesmo local que o homem que ela tinha enganado.

Mas, se não estivesse aqui, como ela pretendia vender o que tinha roubado?

Ocorreu-me que ela talvez tivesse enviado um emissário. Era uma ideia plausível, e eu me inclinei para contar a Isadora, mas, naquele instante, alguém apareceu no palco carregando uma coisa azul nas mãos enluvadas. A forma parecia familiar, e minha respiração ficou presa no fundo da garganta. Foi apenas um vislumbre rápido da relíquia, mas foi suficiente para fazer meu sangue ferver sob a pele. Não prestei atenção no homem que manuseava o artefato inestimável; só me importava o objeto familiar. O sujeito o colocou no suporte antes de deixar o palco, e eu suspirei aliviada por finalmente poder ver melhor.

Um instante depois, eu simplesmente não conseguia respirar.

Era uma estatueta de áspide, feita de faiança egípcia. Meu coração martelava nas costelas, e fui atacada por uma lembrança aguda e dolorosa. Um túmulo esquecido sob um templo. A ilha de Philae, cercada por todos os lados de rochas irregulares; o rio Nilo, passando em um borrão azul e verde. A areia quente que eu sentia através do couro das botas, e meus dedos manchados de carvão. Whit por perto catalogando artefatos, e o som de Abdullah e Ricardo discutindo sobre uma coisa ou outra.

— Isadora — sussurrei. — Isso é do espólio de Cleópatra.

Ela franziu a testa.

— Tem certeza? Não reconheço.

— Tenho. — Apertei a placa na minha mão. — Porque eu a desenhei.

Ela se recostou na cadeira, pela primeira vez quase encurvada.

— Se mamãe não está aqui, de que adianta?

Minha mente disparou, a resposta borbulhando até a superfície. Quando o leiloeiro concluiu os comentários, descrevendo o objeto e o lance de abertura, eu sabia exatamente o que fazer.

— O lance começa em duas mil libras — disse ele.

Ergui minha plaquinha.

— Cinco mil libras.

Isadora tossiu alto, e seu rosto delicado ficou vermelho. Com a mão livre, dei um tapinha nas costas dela.

— Ela está bem, embora a poeira nesta sala seja medonha.

O fundador se virou na cadeira e olhou para mim. Eu poderia jurar que vi um sorriso naquele rosto antes de ele voltar a olhar para a frente. Após um instante, ele se levantou e saiu da sala.

Phillip disfarçou sua surpresa, embora não conseguisse esconder muito bem a empolgação em sua voz.

— Cinco mil para a jovem animada lá atrás. Estou ouvindo cinco mil e duzentas libras?

Alguém na fileira do meio levantou a placa.

— Cinco mil e duzentas — anunciou Phillip. — Para o cavalheiro de casaco verde. Estou ouvindo...

— *Dez mil libras* — falei.

Isadora abafou um arquejo.

— Preciso te lembrar que você não tem dinheiro? O canalha do seu marido acabou com tudo em menos de um dia.

Eu a ignorei, esperando para ver o que o leiloeiro faria. Na fileira à nossa frente, vários participantes se viraram para me olhar, boquiabertos. Alguns sussurraram mais à frente, sem dúvida se perguntando o que havia de tão especial na estatueta da áspide.

– Senhoras e senhores – disse Phillip. – Creio que eu deva mencionar onde esta estatueta foi encontrada, escondida durante dois milênios na câmara mortuária de um dos mais famosos governantes do Egito Antigo.

Vários participantes do leilão se inclinaram para a frente nos assentos, com um interesse palpável.

– A busca pelo túmulo desse governante capturou a imaginação do mundo inteiro, da mesma maneira que a busca pela Arca de Noé e pelo Santo Graal. Estão prontos para saber a resposta?

Phillip sorriu, presunçoso, um homem que sabia que tinha o público na palma da mão.

– Esta serpente foi descoberta ao lado de uma faraó do Egito, uma mulher lendária e renomada.

Alguém arquejou sonoramente, enquanto uma agitação pareceu se espalhar pela multidão, como se antes estivessem sonhando e agora estivessem acordados e alertas.

– Essa mesma mulher, havia muito tempo considerada uma talentosa feiticeira, era descendente de uma famosa alquimista que fez a descoberta surpreendente de como transformar chumbo em ouro. Segundo rumores, ela teria escrito as instruções em um único papiro.

Phillip mudou de posição, se virando para se dirigir ao outro lado da sala.

– Ninguém encontrou esse papiro... *ainda*. Mas talvez o local de descanso final desta áspide nos dê uma pista de seu paradeiro.

– Como? – gritou alguém.

Phillip girou novamente, localizando o homem que tinha feito a pergunta.

– Porque, de todos os lugares onde a Crisopeia poderia estar, por que não com a descendente da alquimista? A notícia em breve sairá em todos os jornais, mas por ora vocês têm o prazer de ouvir em primeira mão: o túmulo de Cleópatra e uma incrível coleção de tesouros valiosos foram encontrados!

Phillip sorriu, fazendo uma pausa para efeito dramático enquanto a multidão se agitava com entusiasmo desenfreado.

– Agora, podemos retomar os lances?

– Dez mil e quinhentas libras – disse alguém, acenando com a plaquinha.

Fulminei o indivíduo com o olhar, e minha plaquinha já estava erguida acima da cabeça.

– Cinquenta mil libras.

A sala silenciou. Isadora afundou ainda mais na cadeira, gemendo baixinho.

– Cinquenta mil libras – repetiu o leiloeiro debilmente.

Ele pigarreou e balançou a cabeça, como se não acreditasse nas próprias palavras. Em um tom mais forte, perguntou:

– Estou ouvindo cinquenta e uma mil libras?

Ninguém se mexeu.

– Ninguém? – perguntou Phillip. – Muito bem. Vendido! Para a jovem, aparentemente uma aficionada por Cleópatra.

O mesmo jovem entrou no palco, usando luvas, e removeu a estátua com cuidado. Embora ele usasse uma máscara que ocultava o rosto, o cabelo ruivo brilhava à luz das velas. Ele estava usando uma camisa diferente daquela com a qual eu o tinha visto mais cedo, e, embora não tivesse olhado em minha direção, eu sentia sua ira.

O patife do meu marido.

– É o Whit – disse Isadora, atônita. – Não é? Mas ele não estava com uma camisa azul?

– É o Whit – confirmei com firmeza. – E ele estava de azul, sim. Deve ter estragado a outra ou encontrado uma peça sobressalente para usar como disfarce.

– Que diabos ele está fazendo?

Massageei a têmpora, onde sentia uma dor crescente, além de um buraco profundo no estômago. Quando é que eu aprenderia a ter mais cuidado com meu marido ladrão? Aquele leilão apresentava muitas tentações para ele, já que o que ele queria era dinheiro.

– Ele pode estar roubando a áspide.

– *O quê?*

Whit desapareceu em outra sala, enquanto a multidão tagarelava, várias pessoas ainda me encarando abertamente. Atitude pela qual, su ponho, eu não poderia culpá-las. Eu tinha provocado um grande alvoroço. Eu me levantei com a intenção de segui-lo, mas alguém pigarreou atrás de mim.

Eu me virei, surpresa. Era o mesmo homem de antes, aquele que nos dera as máscaras e as placas.

– Com licença – disse ele. – O fundador gostaria de dar uma palavra com você. – Sua atenção se voltou brevemente para minha irmã, que se levantou, mas o homem balançou a cabeça. – Não, você não. Apenas esta aqui.

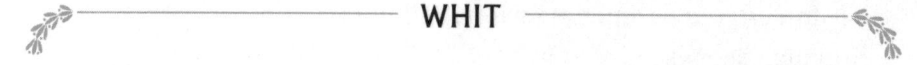

WHIT

Os planos de minha esposa seriam minha morte.

Eu a observei sentada empertigada ao lado de Isadora, a mente provavelmente zumbindo com uma ideia imprudente atrás da outra que acabariam por matá-la. Franzi a testa, me forçando a me virar, seguindo Farida enquanto ela tirava fotos de portas fechadas e diferentes seções da parede. Às vezes, ela batia suavemente em uma área e, quando ouvia um som específico, Farida sorria para si mesma antes de clicar o botão na lateral da câmera portátil.

– Vou explorar o andar de cima – sussurrei enquanto passava por ela.

– Subirei em breve – replicou ela. – Assim que tiver registrado o suficiente aqui embaixo.

Assenti por cima do ombro e subi o restante do caminho. O terceiro andar se encontrava em um estado ainda pior do que os outros dois. Uma camada de poeira compacta e outros tipos de sujeira cobriam o piso de madeira, os tapetes tendo sido afastados para o lado em algum momento. O ambiente exalava um cheiro de mofo e umidade, e eu estremeci quando o fedor potente entrou pelo meu nariz. Eu me movia em silêncio, minhas botas mal fazendo barulho enquanto eu verificava quartos abertos no mesmo estado de ruína que o restante da casa. Um quarto estava trancado, e eu levantei a perna, me preparando para chutar a porta, mas balancei a cabeça.

Barulho demais. Farida e sua câmera mágica cuidariam daquilo.

O som da voz do leiloeiro quebrou o silêncio enquanto eu me aproximava de um espaço aberto, uma sacada com vista para o segundo andar. Caminhei pelo perímetro retangular, tomando cuidado para permanecer nas sombras. De certo ângulo, dava para ver Inez em sua cadeira. Ela nunca deveria jogar pôquer. Aquela garota revelava tudo no rosto.

Eu a afastei da minha mente e me concentrei em tentar encontrar o restante das relíquias. Eu estava prestes a sair da área da sacada quando um homem se aproximou de Inez. Ela se manteve firme, mas, mesmo de onde eu estava, dava para ver o medo estampado em suas sobrancelhas franzidas. A faca escondida em minha bota em questão de segundos estava em minha mão, com o cabo enterrado na palma. Eu me aproximei do parapeito, pronto para arremessá-la contra o homem se ele ousasse sequer olhar para Inez da forma errada.

Erguendo a faca, expirei lentamente. Meus pés já estavam na posição exata para gerar força suficiente para lançá-la no pescoço do homem. Os segundos se passavam.

Ele não fazia ideia do quanto estava perto da sepultura.

Mas então ele entregou a Inez uma placa e uma máscara, e eu relaxei um pouco. Quando ele se afastou, guardei a arma de volta na bota. Minha atenção se voltou para o palco, onde o item à venda repousava sobre uma plataforma. Parecia uma joia cara, com uma longa corrente dourada e pedras preciosas brilhando à luz suave das velas.

Fiquei mais interessado no empregado que tinha levado o item ao palco.

Uma ideia tomou forma em minha mente enquanto me afastava do parapeito. Encontrei mais escadas e desci rapidamente. Essa ala da casa estava um pouco mais barulhenta – sons de conversas discretas e pessoas caminhando ecoavam em minha direção enquanto eu seguia por um longo corredor. Como a outra ala, o corredor dava para muitos outros cômodos, com algumas portas abertas e outras fechadas. Quando cheguei ao final, espiei pela esquina. Dois homens estavam voltados para a direção oposta, conversando em tons abafados. Eu me aproximei em silêncio.

O som dos lances começou, não muito longe dali. Em um intervalo mais barulhento, levantei as mãos e bati a cabeça dos dois uma na outra. Com força. Eles desabaram no chão, e eu arrastei os corpos inconscientes para um dos quartos vazios.

– O que você está fazendo? – perguntou alguém em algum lugar atrás de mim.

Fiquei tenso, mas saí do quarto e fechei a porta. Um homem baixo estava em uma das portas abertas mais adiante, me olhando com curiosidade.

– Você não deveria estar vigiando este quarto? – perguntou ele com um sotaque inglês, fazendo um movimento com o queixo para trás de si.

Foi difícil conter o riso, mas consegui.

– Achei que tivesse ouvido alguma coisa.

O homem baixo deu um passo em minha direção, mas ergui a mão.

– Apenas ratos. Dei um jeito neles.

Ele me olhou desconfiado antes de dar de ombros, depois voltou para dentro do quarto, evidentemente me dispensando. Eu o segui e parei de repente. Caixotes de madeira, a maioria fechada com pregos, cobriam quase todo o chão. Garrafas vazias de vinho se espalhavam pelas superfícies, junto com pilhas de jornais antigos. Deviam ter sido usados como acolchoamento adicional para os objetos antigos.

O homem baixo ainda me observava com desconfiança. Ele se mexia com nervosismo e engolia em seco, os olhos piscando em direção à porta.

– Eu nunca te vi.

A tensão invadiu sorrateiramente o quarto, e tive a nítida impressão de que ele estava tentando me pegar desprevenido. Qualquer movimento repentino de minha parte o alarmaria, e estávamos muito próximos da área do leilão. Eu não podia arriscar que ele gritasse para pedir ajuda. Minha atenção se voltou para os jornais. Com indiferença, puxei um no alto de uma pilha e fingi ler a primeira página.

– Acabei de ser contratado – falei casualmente, folheando as páginas do *The Egyptian Gazette*.

Eu conhecia esse jornal específico. Todos os artigos eram escritos em inglês e representavam os interesses de muitos países europeus que investiam nas buscas arqueológicas de seus compatriotas ou na produção de algodão egípcio.

Não importava. Eu não o tinha pegado para ler.

– Temos que trabalhar, você sabe – disse ele, irritado.

– Então me diga o que fazer – respondi, enrolando o jornal na diagonal até ficar com uma ponta de cone.

O homem baixo indicou um caixote empilhado sobre outro.

– Este é o próximo.

Ele retirou a tampa com um pé de cabra, e eu me aproximei, o pulso acelerando, o jornal enrolado apertado na mão. Olhei para o interior do caixote, ciente do homem nervoso do outro lado, respirando pesadamente. Aninhada na embalagem, havia a estátua azul de uma áspide. Por um instante, eu estava de volta ao subsolo, dentro do local do descanso final de Cleópatra. Inez estava ajoelhada diante de uma fileira de estatuetas, o lápis de carvão em uma das mãos enquanto a outra segurava um caderno. Eu tinha visto essa estátua no tesouro; tinha certeza disso – e também de que Inez fizera uma ilustração dela.

Ergui os olhos e me deparei com o olhar astuto do homem e um punhal em sua mão direita.

– Você já viu isso – acusou ele. – Onde estão os outros dois homens?

– Eu te disse – respondi com calma. – Dei um jeito nos ratos.

O homem contornou o caixote em um pulo, avançando com a arma. Bloqueei seu movimento, mas a ponta do punhal deslizou pelo meu braço, rasgando minha camisa. Olhei com irritação para o longo arranhão.

– Esta era a minha camisa mais confortável – resmunguei.

Ele moveu a faca novamente, e eu dei um passo para o lado, desferindo um golpe forte em seu olho direito. Ele gemeu, e agora o punhal me procurava em arcos selvagens e descendentes. Consegui desviar dele, evitando a lâmina por um triz.

– Ah, pelo amor de Deus – sibilei. – Já *chega*.

O homem baixo me atacou novamente, com os olhos enfurecidos. A ponta do punhal raspou em meu outro braço – eu praguejei, girando, e empurrei a ponta que fizera no jornal na parte de baixo de seu queixo. Ele arregalou os olhos enquanto o sangue jorrava de sua boca. Com o dedo indicador, dei um leve empurrão em seu peito, e ele desabou desmantelado no chão.

Olhei para minha camisa e suspirei. Não havia mais como limpá-la naquele momento. Rapidamente, arrastei o homem para o quarto onde tinha nocauteado os outros guardas. Peguei uma das máscaras e uma das camisas deles e vesti apressadamente antes de voltar aos artefatos. Chutei um tapete enrolado para cobrir o sangue, justo quando alguém entrava na sala, carregando uma prancheta.

– Hora do próximo artefato – disse o homem, enrugando o nariz. – Meu Deus, o cheiro neste lugar. – Ele apontou impaciente para a estatueta. – É esta aqui, e não se esqueça de usar as luvas.

– Certo – falei. – Estou indo.

Encontrei as luvas em cima de outro caixote e as calcei antes de retirar a áspide do ninho de papéis que a embalavam. Depois, segui o homem até a sala de leilão, espiando a prancheta em suas mãos por cima do ombro dele.

Havia páginas cheias de endereços.

Sorri para mim mesmo antes de subir ao palco.

CAPÍTULO CATORCE

O homem me olhava com expectativa, as sobrancelhas erguidas acima da máscara. A parte superior de seu rosto estava oculta, mas os lábios formavam uma linha reta e desaprovadora. Tive a sensação de que ele não gostava daquela tarefa e que talvez fosse incomum fazer um pedido daqueles durante o leilão.

– O fundador quer me ver – repeti.

Isadora levantou o queixo.

– Para quê?

Talvez o fundador quisesse verificar se eu tinha o dinheiro ou simplesmente quisesse me conhecer. De qualquer forma, eu não via nenhuma maneira de me desvencilhar da situação sem chamar atenção ou despertar desconfiança. Minha ideia só funcionaria se eu concordasse com o pedido.

– Está tudo bem, Isadora.

Ela me encarou com os olhos semicerrados.

– Eu vou com você.

– Se a senhorita quiser – disse o homem. – Mas ele só quer falar com ela.

– Eu ouvi – disse Isadora com frieza. – Mas minha irmã não vai a nenhum lugar sem mim.

– Fique à vontade... mas a senhorita ficará do lado de fora enquanto eles tratam de negócios.

– Isso não é aceitável.

O homem não se deu ao trabalho de responder, mas esperou que deixássemos a última fileira e, com uma atitude indiferente, ordenou que o seguíssemos. Eu me senti como uma criança que tinha se comportado mal durante o jantar e agora precisava enfrentar as consequências. Ele caminhava rapidamente, e eu mais sentia do que via o peso da curiosidade de todos à medida que acompanhavam meus movimentos. Isadora mantinha a admirável postura de queixo erguido, mas sua mão pairava perto do bolso da saia, onde eu sabia que ela guardava sua pistolinha, uma pequena caixa de balas e a arma extra que tinha recolhido lá embaixo.

Em suma, ela era um arsenal ambulante.

O homem mascarado nos levou para a ala oposta do prédio, passando por salas vazias que poderiam ter sido escritórios, até chegar à última câmara no final do corredor.

– Chegamos.

Ele abriu a porta e a manteve aberta, esperando que eu passasse.

Isadora lançou um olhar fulminante para o homem, e eu toquei levemente seu braço.

– Eu ficarei bem, Isadora.

Dirigi a ela um olhar significativo e arqueei ligeiramente as sobrancelhas. No caso de algum problema, ela só precisava gritar para pedir ajuda. Nossos companheiros estavam por perto.

Ela assentiu, compreendendo.

– Você ficará bem aqui fora sozinha? – perguntei a minha irmã.

Isadora lançou um olhar frio a nosso estoico acompanhante.

– Acho que ele pretende me fazer companhia.

– Pretende, sim – comentou o homem, e eu captei um levíssimo tom irreverente.

Convencida de que nada aconteceria com Isadora, entrei na sala e encontrei o fundador de costas, olhando pela janela. Ele era a única pessoa ali. Não havia cadeiras, nenhum sofá ou estante. Sob meus pés havia tapetes sujos, tão gastos e finos que eu mal os sentia. As paredes e o teto eram nus, e a única decoração vinha das cortinas mofadas recolhidas no lado direito da janela. Mas havia uma mesa, e sobre ela havia três velas acesas, projetando sombras sinistras do homem de costas para mim.

A porta se fechou atrás de mim, e eu me sobressaltei.

O fundador se virou, a máscara ainda no rosto, o chapéu inclinado para a frente cobrindo a longa extensão da testa. Ele tinha a pele levemente bronzeada e lábios finos que se esticavam em um sorriso torto.

– Acho que devo lhe dar os parabéns – disse ele. – Senhorita?

– Na verdade, é senhora – respondi. – Obrigada. Há algo que eu precise assinar?

Ele acenou com a mão enluvada de forma desdenhosa.

– Daqui a pouco. As formalidades certamente podem esperar. Queria conhecer a jovem tão fascinada por uma cobra.

A maneira como ele falava me parecia familiar. Não tanto a voz, mas a sensação de que eu precisava ser cuidadosa com cada palavra que falasse. Parecia que eu estava jogando uma complicada partida de xadrez, e ele conhecia todos os movimentos enquanto eu ainda tentava entender as regras do jogo.

– Bem, agora o senhor a conheceu. Será que podemos tratar dos detalhes? Eu gostaria de ir embora.

Apontei a janela, onde a noite tinha dissipado parte da própria escuridão. A luz da manhã logo surgiria.

– Já está ficando tarde. Ou será que é cedo?

O fundador sorriu para mim.

– Como soube do leilão? A senhora não recebeu convite.

Não fazia sentido mentir. Ele certamente sabia quantos convites tinham sido enviados e para quem.

– Por um amigo. Não pude resistir – acrescentei.

– Que amigo?

– Não vou quebrar nenhuma de suas regras – falei. – Sou colecionadora.

– É mesmo? – replicou ele. – Achei que fosse turista.

Pisquei para ele, confusa.

– Turista?

Ele retorceu os lábios em um sorriso.

– Foi o que a senhora me disse da última vez.

O pavor tomou conta de mim. Eu tinha visto aquele sorriso presunçoso, e o tom escorregadio evocou uma conversa desagradável que eu tivera um tempo atrás. O fundador ergueu a mão e tirou a luva com os dentes. E lá, no dedo mínimo, estava o anel de ouro que meu pai me enviara durante o verão, pouco antes de desaparecer.

– *O senhor* – sussurrei.

O fundador tirou a máscara do leilão e revelou o rosto de Basil Sterling, com seu bigode extravagante e seu ar condescendente.

A raiva jorrou em meu sangue, um rio veloz que fez meu coração disparar. Esse homem dera a ordem para me sequestrar, mas seus capangas tinham levado Elvira em meu lugar por engano... graças à astuta participação de Lourdes.

– Minha prima morreu – falei, com a voz tremendo. – Ela *morreu*.

– Eu sei – disse ele. – Um acontecimento infeliz que poderia ter sido totalmente evitado. Podemos evitar outro acontecimento semelhante se a senhora cooperar.

O medo percorreu minha pele, deixando-a gelada. Meu estômago se contorceu com nossa proximidade, e o instinto de fugir me dominou. O Sr. Sterling era um monstro. Olhei para trás, calculando a distância até a porta, e rezei para que Isadora ainda estivesse do outro lado.

O Sr. Sterling deu uma risadinha.

– Eu só quero ter uma conversa produtiva com a senhora. Prometo que sairá deste edifício sã e salva.

Percebi que ele não incluíra Isadora.

– Minha acompanhante também.

– Certamente – replicou ele. – *Se a senhora cooperar*.

– O senhor não vai me deixar ir – falei, odiando o tom escorregadio na voz dele. Eu tinha a sensação de que ela se impregnava em minhas roupas, envenenando o ar que eu respirava. – Eu vi seu rosto; poderia facilmente entregá-lo.

O sorriso dele se alargou.

– A quem? Às autoridades? Que, em sua grande maioria, são meus compatriotas?

A frustração me corroía, dificultando a fala. Ele estava certo – as pessoas em quem eu podia confiar eram poucas. Mas talvez monsieur Maspero pudesse ser convencido...

O Sr. Sterling me observava com sagacidade.

– Eu não contaria com monsieur Maspero, tampouco. Acredito que ele esteja desfrutando dos resultados dos meus esforços. Mas, por favor, vá em frente e tente, minha cara. Mal posso esperar para que descubra como lhe restam poucas opções.

– Deve haver *alguém* neste país que não seja corrupto.

– Todos têm um preço.

– O senhor é desprezível. Um criminoso oficializado.

Ele deu de ombros, despreocupado.

– A senhora não tem provas.

Não, mas Farida teria. E saber disso me ajudou a me manter firme. Ele não sabia da câmera mágica dela. Não sabia de Whit se esgueirando pelos corredores. Mas minha mente parou ao pensar em meu marido. Ele poderia estar me traindo *mais uma vez* e roubando o máximo de artefatos que pudesse carregar. Naquele exato momento, ele poderia estar saindo pela porta da frente, deixando todas nós por nossa conta e risco.

– O que o senhor quer saber? – perguntei, recuando lentamente.

Qualquer esperança de localizar minha mãe tinha desaparecido. Meu plano nunca funcionaria, agora. Aquela madrugada estava fadada ao fracasso desde o início.

– O que qualquer homem na minha posição quer? Informação.

– Não tenho nenhuma...

– Diga-me onde encontrar Lourdes e seu sócio – disse ele. – Um tal de Fincastle, se não me engano?

Por algum milagre, consegui manter uma expressão neutra; Whit estava fazendo escola. Como é que o Sr. Sterling sabia do Sr. Fincastle? Bem, suponho que eles frequentassem os mesmos círculos obscuros.

– Não sei onde ela está, nem tampouco ele.

O Sr. Sterling inclinou a cabeça, como se esperasse captar uma mentira no tom da minha voz.

– É por isso que estou aqui – falei, insistente. – Não faço ideia de onde ela nem o Sr. Fincastle estejam.

– Ah – disse o Sr. Sterling. – E foi por isso que a senhora deu um lance no item, na esperança de saber para onde direcionar o dinheiro.

Apertei os lábios, a decepção começando a tomar conta de mim. Claro que ele teria pensado na mesma coisa.

– Ela deu um endereço falso – adivinhei.

– Ela não é tola, infelizmente – disse ele. – Bem, parece que a senhora não tem nenhuma utilidade para mim, afinal.

Congelei e dei mais um passo para trás.

O Sr. Sterling observou meu movimento e balançou a cabeça, pesaroso.

– Parece que a estou assustando. Bem, suponho que isso não possa ser evitado. É uma pena que a senhora pense assim, já que aparentemente temos o mesmo objetivo. Pense no que poderíamos realizar juntos.

– O senhor não está realmente sugerindo que trabalhemos juntos – falei, horrorizada.

– Seria um caminho pragmático.

– Eu nunca colaboraria com *o senhor*.

– Devo dizer que estou decepcionado – disse o Sr. Sterling. – Mas, como gesto de boa vontade, talvez eu possa devolver algo que é seu... – Ele tirou o anel de ouro do dedo e o estendeu para mim.

Eu fitei a joia, as mãos cerradas em punhos.

– Não é meu. Pertencia a Cleópatra.

– Mas, de alguma forma, ele chegou às suas mãos – disse ele. – Achado não é roubado, como costumam dizer. Ora, ora. Esta é sua forma de dizer que não quer tê-lo de volta?

Ele começou a deslizar o anel de volta no dedo mínimo.

Eu não podia deixar aquilo acontecer. Era a última coisa que Papá tinha me dado, e, onde quer que ele estivesse, morto ou vivo, não ia querer que esse homem vil ficasse com ela.

– Não – falei rapidamente. – Eu quero.

O Sr. Sterling fez uma pausa e mais uma vez o estendeu para mim.

– É seu, então.

Nenhuma parte minha queria se aproximar daquele homem, que continuava do outro lado da sala. Fui até ele e arranquei a joia de sua mão. A magia tomou conta de mim, imediatamente familiar, e o gosto de rosa desabrochou em minha boca. Era como se eu tivesse reencontrado um velho amigo. A sensação cresceu, e precisei respirar fundo várias vezes para me acostumar com o formigamento subindo pelo braço, fazendo os pelos se eriçarem.

O Sr. Sterling gesticulou em direção à porta.

– A senhora está livre para ir, como prometi.

Escapei dali sem olhar para trás.

Isadora me esperava do outro lado, de braços cruzados, batendo o pé no chão empoeirado. Quando saí, ela deu um suspiro de alívio.

– Onde está seu acompanhante? – perguntei.

– Eu atirei nele – respondeu ela suavemente.

– *O quê?*

– Brincadeirinha – disse ela. – Eu *sei* ser engraçada às vezes.

Olhei para ela.

– Isadora, não sei como dizer isso a não ser simplesmente dizendo: essa brincadeira não foi engraçada.

Ela sorriu de forma recatada.

– Talvez não para você.

– Você viu os outros? – perguntei.

– Fiquei aqui o tempo todo – respondeu ela. – Vigiando a porta.

– E Farida? Whit?

– Supondo que Whit não tenha fugido com os artefatos e nos abandonado, ele deve estar nos esperando no ponto de encontro. Tomara que esteja com Farida.

Farida olhou nervosa para cima, a luz tênue sangrando e tingindo de vermelho o céu machucado.

– *Onde* está ele?

Estávamos no ponto de encontro, observando os participantes deixarem o prédio, um fluxo constante e silencioso. Tínhamos sido as primeiras a sair, caminhando rapidamente até a esquina escura que se abria para o beco estreito. Os participantes se dispersaram em todas as direções. Procurei Whit, mas não o vi na multidão.

– Odeio dizer isso – comentou Isadora –, mas seu marido é um ladrão em quem não se pode confiar e que...

– Que... o quê?

Giramos e ficamos de frente para o beco. Ali estava Whit, com as mãos nos bolsos e uma expressão inescrutável estampada no rosto.

– Continue – disse ele. – Mal posso esperar para ouvir o resto.

– Como você conseguiu ir ao palco? – perguntou Isadora. – Na verdade, vamos começar com *por que* você estava no palco.

Whit fez um gesto indicando que o seguíssemos.

– Precisamos voltar para o hotel.

A exaustão me sugava como areia movediça, e meus passos estavam lentos e hesitantes. Eu estava acordada havia quase um dia inteiro e já sentia os efeitos da falta de sono. Farida bocejava a todo instante, e até Isadora parecia um pouco desalinhada. Uma mecha de seu cabelo sempre arrumado tinha escapado do coque apertado no alto da cabeça, e a barra da saia finalmente estava suja.

– Farida, você conseguiu tirar fotos do depósito? – perguntou Whit.

Ela assentiu, com mais um imenso bocejo.

– Desculpe, sim. Mas basicamente só das caixas. Eles só as abrem pouco antes de serem apresentadas, infelizmente. Encontrei um pé de cabra e só consegui abrir uma delas. Dentro havia uma grande estátua; apenas o topo da cabeça era visível na embalagem. Tirei uma foto, mas não sei se será útil. No entanto, tive o cuidado de fotografar cada caixa. Elas vieram de Bulaque.

– Tenho certeza de que todas as fotos que você conseguiu tirar serão úteis. Você ainda fotografou a sala de leilão e todos os participantes – acrescentei.

– Mas estavam todos de máscara – disse Isadora com frieza.

– E a maioria de costas – murmurou Whit.

– E o leiloeiro? – perguntei. – O tal Phillip Barnes. Ele estava de frente para você.

Farida pareceu se animar com isso, mas sua expressão logo murchou.

– Talvez, só que ele não parava de se mover, não é? E se a imagem estiver muito borrada e for difícil identificá-lo?

– Vamos nos preocupar com isso quando chegar a hora – falei. – Você pode tê-lo capturado com perfeição.

Percorremos as mesmas poucas curvas do caminho e finalmente avistamos o Shepheard's. Os familiares degraus da entrada me proporcionaram uma sensação de acolhimento. Desde que eu tinha deixado a Argentina, aquele era o lugar mais próximo de um lar. O Cairo começava a acordar, e a rua logo se encheu com toda aquela costumeira agitação matinal. Duas carroças puxadas por burros atravessaram ruidosamente nosso caminho, enquanto ambulantes começavam a gritar, anunciando suas mercadorias variadas. Alguém estava vendendo café recém-coado em um carrinho perto da entrada do hotel, e Whit lhe dirigiu um olhar cobiçoso, mas deve ter concluído que estava cansado demais para beber.

Ele tinha permanecido em silêncio durante grande parte do caminho, e minha curiosidade estava me deixando tonta.

– Whit – falei. – Você vai nos fazer perguntar de novo? O que você estava fazendo no palco?

– Substituí o pobre sujeito encarregado de levar e tirar os artefatos do palco – respondeu ele. – Com isso, quando peguei a áspide e a devolvi ao lugar onde todos os outros objetos estavam guardados, consegui descobrir para onde o pagamento deveria ir.

Ele enfiou a mão no bolso e pegou um pequeno pedaço de papel.

– Anotei o endereço.

Franzi a testa.

– Sei de fonte segura que é falso.

Tínhamos chegado aos degraus, mas, ao ouvir minhas palavras, Whit parou abruptamente.

– Eu gostaria de falar com você a sós – disse ele. – Por favor.

As outras pararam, a meio caminho do topo da escadaria. Isadora observava Whit com desconfiança, e, quando seu olhar se voltou para mim, havia uma pergunta nele. Respondi com um leve aceno. A expressão no rosto de minha irmã ficou sombria, mas ela seguiu Farida, entrando no hotel.

– Qual fonte segura? – perguntou Whit.

– Tive uma pequena reunião com o fundador do Pórtico do Mercador – respondi casualmente. – Não foi agradável, mas devo dizer que foi muito esclarecedora.

Whit esperou que eu me explicasse, com os ombros tensos. Sua voz soava monótona, a frustração mal controlada.

– Ele te machucou?

Neguei com a cabeça.

– Não... mas ele revelou a própria identidade.

Whit arqueou uma sobrancelha.

– Não estou gostando disso. Agora você está em risco.

O homem tinha me dado calafrios, e eu estremeci.

– É Basil Sterling – falei. – Nós já tínhamos chegado a essa conclusão, lembra?

Levantei a mão.

– Ele me devolveu o anel de ouro.

Whit se inclinou para a frente e roçou o dedo na superfície lisa onde se via o cartucho de Cleópatra.

– Suponho que não precise mais dele, agora que ela foi encontrada e seu local de descanso foi saqueado – disse Whit.

Uma linha profunda surgiu entre suas sobrancelhas enquanto ele me observava.

– Estranho ele ter te dado algo tão valioso.

– Não acho – repliquei devagar. – Ele estava tentando me subornar.

– Então ele quer alguma coisa.

Os olhos de Whit retornaram inquietos ao anel.

– E o que ele disse?

– Ele queria saber onde está minha mãe – respondi. – E o amante dela. Eu disse que não sabia onde os dois estão, e ele pareceu acreditar.

Whit me encarou com os olhos semicerrados.

– Sério?

– Eu disse a ele que a única razão para estarmos lá hoje era tentar encontrar o endereço de Mamá.

Whit esfregou os olhos.

– Inez.

– Ele pensou a mesma coisa que eu – falei, na defensiva. – Concluiu que, se minha mãe ousasse tentar vender um dos artefatos que roubou dele, talvez fornecesse um endereço para o pagamento. Por isso ele reconheceu que seria falso.

– Provavelmente – concordou Whit. – Mas Lourdes nunca teria entregado a áspide de graça. Ela *quer* o dinheiro.

Eu o fitei, piscando.

– Eu *sei* disso. Aonde você quer chegar?

Ele ergueu o pedaço de papel.

– Estou dizendo que este endereço pode não levar diretamente a *ela*, mas o próximo levará. Porque, se eu fosse ela, o que quer que haja neste endereço, garanto que ela estará de olho nele. Não existe a menor possibilidade de Lourdes perder a pista do dinheiro. De alguma forma, ela está seguindo o percurso dele e esperando que chegue ao destino final. – Ele abriu um sorriso cansado. – Acho que talvez tenhamos encontrado um jeito de chegar até ela, apesar do que o Sr. Sterling pensa.

Ele me entregou o papel, e eu li as poucas linhas de seus garranchos. Devagar, ergui os olhos para ele.

– Este endereço é em Alexandria.

Whit assentiu.

Eu me lembrei de uma conversa que tive com Isadora, quando ela revelara como Mamá dividia seu tempo entre Alexandria, Londres e Argentina. Ela tinha uma casa na primeira cidade, portanto, embora aquela não fosse uma informação surpreendente, era curiosa.

– Se sua teoria estiver correta, por que enviar o dinheiro para Alexandria? Por que se afastar das outras cidades antigas importantes? Cairo, Tebas, Assuã – falei, contando nos dedos. – E o Pórtico do Mercador não é sempre realizado aqui?

– Talvez ela esteja querendo começar um leilão em Alexandria.

– Mas, então, por que tentar vender a áspide hoje?

Ele pensou por um instante, com uma perna dobrada na altura do joelho e o pé apoiado em um degrau mais alto.

– Suponha que tenha sido algo pessoal...

Ele deve ter notado a confusão em meu rosto, pois continuou:

– Sua mãe traiu o Sr. Sterling... por quê? Lourdes pode estar motivada pelo dinheiro, é claro, mas e se for mais do que isso? E se ela estiver tentando fazê-lo "fechar as portas"?

– Então ela exibe a própria vitória na cara dele ao tentar vender a estatueta – concluí, acompanhando o raciocínio. – E ela realmente precisa de um método para vender o que roubou. O Pórtico do Mercador é um leilão estabelecido, com compradores respeitáveis. Enquanto isso, ela está levando o restante dos artefatos para o norte?

– É possível – respondeu Whit lentamente. – E, se eu fosse ela, ia querer o dinheiro para começar uma nova empreitada que competisse diretamente com o Pórtico do Mercador. Ela precisaria contratar funcionários, encontrar um local seguro para armazenar todos os artefatos e um lugar adequado para realizar o primeiro leilão.

– Bem, ela está prestes a descobrir que a estatueta da áspide rendeu cinquenta mil libras. Quem quer que tenha sido seu emissário, com certeza enviará um telegrama para avisá-la. – Franzi o nariz. – Mas ainda há uma coisa que não entendo.

Whit esperou.

– Em Philae, ela me perguntou sobre a Crisopeia de Cleópatra, e você também está convencido de que ela a está procurando. Se Mamá está determinada a abrir o próprio leilão, isso significa que ela desistiu de procurar o papiro?

– Algo me diz que, se Basil Sterling está à procura dele, ela não vai parar de procurar. De posse da Crisopeia, ela terá recursos ilimitados.

– Mas apenas se contratar um alquimista – observei. – Imagino que não haja muitas pessoas vivas que pratiquem essa profissão arcaica.

Whit deu de ombros e disse casualmente:

– Você ficaria surpresa.

Outra ideia me ocorreu.

– Onde o Sr. Fincastle se encaixa nisso tudo? Ele é amante dela, parceiro nos negócios. Ele poderia estar com Mamá em Alexandria?

– Lourdes pode estar focada em fundar um novo mercado ilegal, enquanto Fincastle pode estar à procura da Crisopeia de Cleópatra. O inverso também pode ser verdade.

– Se eu fosse eles – falei –, tomaria cuidado para não estar no mesmo lugar. Uma pessoa em uma cidade ou parte do país e a outra no extremo oposto.

Observei Whit com atenção, o sol atingindo em cheio seu rosto e fazendo-o forçar a vista.

– Parece uma decisão lógica se dividir – continuei, tentando manter a voz casual. – Por que você não para de me seguir de um lado para o outro e continua a busca pelo manuscrito alquímico?

E, por ser uma masoquista compulsiva, fiz a pergunta cuja resposta eu temia. Mesmo que isso não devesse mais ter importância, as palavras escaparam da minha boca.

– É isso que você realmente quer, não é?

A expressão dele mudou sutilmente, as sobrancelhas se unindo, a linha do maxilar endurecendo. Ele ficou em silêncio por tanto tempo que eu soube que ele estava tendo uma discussão interna. Com Whit, era sempre assim. Quanto de seu mundo interior ele queria revelar? Eu costumava pensar que ele temia ser vulnerável porque algumas verdades poderiam ser usadas como armas contra ele, mas agora eu sabia que não era isso. Whit não tinha medo; ele estava *tramando*.

Naquele momento, ele estava me ajudando apenas porque isso servia aos seus interesses.

Ele cruzou os braços.

– Sim, é isso que eu realmente quero.

Ele fixou os olhos em mim, e meu coração deu uma guinada.

– Mais do que *qualquer coisa*, eu quero aquele manuscrito alquímico.

Era como se ele tivesse me desferido um golpe físico. A dor se espalhou, me fazendo sentir um aperto no peito.

– Eu vou para Alexandria – afirmei com uma determinação que não sentia.

Mas deveria sentir.

Minha voz o arrancou de seus pensamentos. Os cantos de sua boca se tensionaram enquanto ele se inclinava para a frente, tão perto que o toque de suas palavras acariciou meus lábios.

– Não sem mim.

 WHIT

Inez tinha insistido em visitar Ricardo na prisão antes de partirmos para Alexandria, e eu concordara em levá-la. Mas, claro, não seria nada simples como uma visitinha rápida só nossa. Uma hora antes de partirmos, o restante da família se juntou a nós: a tia enlutada, a prima com seu ar de reprovação – esta última não parava de alfinetar Inez e me lançar olhares furiosos. Quando Isadora disse que queria ir, bati o pé.

Já estávamos parecendo um maldito desfile.

– Ricardo vai te pôr para fora da cela pessoalmente – rosnei. – Você não vai em hipótese alguma.

Isadora me lançou um olhar frio e saiu do quarto de hotel, com as costas rígidas e as mãos cerradas em punhos.

– Isso era *realmente* necessário? – perguntou Inez, colocando um chapéu de abas largas na cabeça.

Ela estava usando um vestido elegante demais para a prisão. A barra mergulharia uns sete centímetros na sujeira e na poeira. Era o tipo de coisa que deixaria Arabella pouco à vontade. Meu instinto protetor disparou, e eu debati se deveria avisar Inez sobre o estado das estradas, mas segurei a língua.

– Seu tio também não a suporta – falei. – E, se eu fosse você, não mencionaria que ela está conosco. Seria uma preocupação a mais para ele.

Os lábios dela formaram uma linha teimosa, mas Inez não protestou. Graças a Deus.

– Vamos – falei. – Já vou ter problemas suficientes para conseguir que todos entrem quando chegarmos lá, e sei que estamos com pressa.

Inez caminhou até a porta e a abriu, a mão pousada com leveza na maçaneta. Ela me lançou um sorriso doce por cima do ombro.

– Farida também quer ir.

Suspirei.

Eu odiava voltar àquele prédio. Ali já tinha funcionado um hospital militar, e eu não conseguiria andar pelos corredores sem pensar nos amigos que morreram entre aquelas paredes. Mas agora ele tinha sido convertido em prisão. Em vez de um lugar que trabalhava arduamente para garantir que as pessoas pudessem sair pela porta da frente, agora era um lugar onde as pessoas eram condenadas a serem esquecidas.

Ricardo e Abdullah ainda não tinham sido julgados, mas estavam detidos para evitar que fugissem do país. Monsieur Maspero me assegurou que eles receberiam toda consideração por sua classe e status.

Mas, mesmo assim, eu me preocupava com o estado em que os encontraríamos.

E em nada ajudava que Inez fosse empalidecendo à medida que seguíamos para o norte do Cairo. Era uma jornada de doze quilômetros até Tourah, a vila para onde os feridos tinham sido levados para receber tratamento.

Inez olhou para o prédio da prisão, simples e austero, fazendo uma careta.

– Abdullah e tio Ricardo estão aí?

– O lugar recebeu muitas melhorias.

Antes dilapidado, o andar de cima era antigo, mas tinha sido reformado e reestruturado com alas bem ventiladas, camas e roupas de cama novas, e a nomeação de um médico bem treinado.

– Vamos antes que eu mude de ideia.

A princípio, o carcereiro não queria permitir que todos nós visitássemos Ricardo e Abdullah, mas acabou cedendo sob os olhares severos que recebeu das mulheres do grupo. Mas nenhum desses olhares chegava perto da careta feroz de Amaranta.

Entendi por que ela era a prima menos favorita de Inez.

Por fim, fomos levados por dois guardas para o terceiro andar da prisão, seguindo por um longo corredor até a última cela à direita. Um dos guardas abriu a pesada porta de ferro, a chave fazendo um barulho alto de metal arranhando metal. Estávamos todos em silêncio, esperando a autorização para entrar. A meu lado, Inez estava praticamente tremendo, com certeza aterrorizada com o estado em que encontraria Abdullah e seu tio.

– Vocês têm uma visita – anunciou o guarda em árabe para o interior da cela. – Ou, melhor dizendo, visitas.

Ele deu um passo para o lado e gesticulou para que entrássemos na cela. Deixei as mulheres entrarem antes, e, quando estava prestes a passar, o guarda sibilou:

– Dez minutos apenas.

Assenti. Eu tinha algumas moedas no bolso caso precisássemos de mais tempo.

Inez foi imediatamente até o tio, abraçando a cintura dele, mais estreita agora em razão das atuais condições. Eles estavam presos ali havia dois, não, três dias. Farida foi se sentar ao lado do avô, Abdullah, que abriu um largo sorriso quando ela deitou a cabeça em seu ombro. Eles conversavam baixinho em árabe, enquanto Amaranta se mantinha de lado, sua atenção indo de uma coisa a outra: as paredes cinza, os colchões que rangiam, o piso nu. Pela primeira vez, sua expressão ficou mais suave, transmitindo compaixão, e ela cruzou a sala para se sentar do outro lado de Ricardo. Ele pareceu surpreso com isso.

– Suponho que devemos nos conhecer – disse ela com frieza. – Minha mãe e eu o visitaremos com frequência. Diga-me, vocês têm sabonete?

Ricardo ficou boquiaberto.

– Sabonete?

Amaranta olhou ao redor novamente.

– Vocês não têm nem pia. Suponho que tenha sido uma pergunta boba.

Inez lançou um olhar fulminante ao guarda.

– Talvez possamos solicitar uma.

– Esta cela é deplorável! – exclamou Lorena, a cauda da volumosa saia farfalhando ao redor como as cerdas de uma vassoura. – Esta janela é muito pequena, as camas são estreitas demais! – Ela se virou e exclamou: – Vocês estão bebendo água armazenada em latas de *petróleo*?

Ricardo me dirigiu um olhar sofrido, e eu reprimi um sorriso.

Ela prosseguiu, encontrando vários motivos para se desesperar, enquanto Farida entregava a Abdullah cartas que escrevera para ele ler mais tarde. Ela também tinha levado guloseimas, que começou a tirar da bolsa.

– O que você tem feito? – perguntou Ricardo a Inez, observando-a com astúcia. – Você parece cansada. Está doente?

Fui obrigado a admirar a maneira como Inez conseguia mentir com a expressão serena. Toda a tensão que carregava em razão do desastre que foi nosso casamento desapareceu, e, se eu não soubesse a verdade, teria acreditado no olhar de adoração que ela me dirigiu.

– Pelo contrário, tio. Nunca estive tão feliz.

Eu sabia que Inez tinha um relacionamento tumultuado com o tio, mas, observando-o agora, com o olhar atento voltado para a sobrinha, o amor que ele sentia por ela era evidente. Mas, quando ele lançou um olhar severo na minha direção, não havia um sentimento semelhante.

Aquilo ainda doía em mim. Mas minha esposa não era a única que sabia atuar.

– Fico feliz em ouvir isso, amor.

A pálpebra de Inez estremeceu, mas seu sorriso não vacilou.

Lorena olhou de um para o outro com um alarme cômico. Em seguida, exclamou em voz alta:

– Eu trouxe um presente para você, Ricardo!

Eu me recostei na parede e cruzei os pés na altura do tornozelo, lutando para não rir. Aparentemente, minha esposa não tinha informado à tia sobre nosso estado civil. Bem, eu também não teria feito isso. Não queria os guinchos de Lorena zumbindo em meus ouvidos durante todo o caminho de volta. Era claro que ela não me aprovava. Devia querer que Inez se casasse com o tal Ernesto, filho de um cônsul ou algo assim.

Provavelmente teria sido melhor para ela se tivesse se casado com ele.

– Aqui, veja – disse Lorena, enfiando a mão em sua bolsa de seda.

Ela puxou um pacotinho embrulhado em papel de seda colorido.

Ricardo não tinha perdido a expressão de sofrimento. Na verdade, agora parecia pior.

– Não, está tudo bem, de verdade. Não preciso de nada.

Lorena ignorou seu comentário.

– Você vai querer isso, Ricardo. Agora, deixe de teimosia, seja um bom homem e abra.

Abdullah e Farida interromperam a conversa e ficaram observando com interesse enquanto Ricardo desembrulhava o presente com cautela. Quando o último pedaço de papel de seda foi colocado de lado, todos nós ficamos olhando o item. Ricardo parecia horrorizado.

– Isto é uma *xícara de chá*?

– Isso mesmo – confirmou Lorena. – Não é linda? Acho o padrão azul divino. Não concorda?

– Hum – disse Ricardo, olhando para a xícara de porcelana como se fosse uma aranha venenosa. – Não serei convidado para um chá aqui, Lorena. Que diabos você espera que eu faça com isso?

– Bem, ela não é usada para beber – observou Lorena.

Ricardo olhou para o objeto claramente feito para beber.

– Não?

– Ela é mágica, tia? – perguntou Inez.

Lorena assentiu.

– Sim! O par dela está lá no hotel. Sempre que você encher uma xícara com água, a outra também se encherá, mas nela brilhará uma luz prateada. É quando o receptor sabe que deve olhar dentro da xícara. Você verá o emissor do outro lado, e vocês poderão ter uma conversa normal.

– Brilhante – falei. – Como o telefone de Alexander Graham Bell.

– Exatamente! – exclamou Lorena. – Mas com o nosso rosto! Consegue imaginar? Que tecnologia poderia superar esse meio de comunicação? Não uma carta nem um telegrama.

– O que acontece se ninguém responder do outro lado? – perguntou Farida.

A animação de Lorena diminuiu.

– Bem, não se trata de uma magia perfeita. A água brilhará por alguns minutos, mas, se ninguém responder, a magia acaba, e o receptor fica apenas com água normal. Infelizmente, se o emissor tentar novamente antes que o receptor esvazie a xícara, a água *transbordará*.

– Então, se eu não responder sua chamada, você pode ligar de novo e de novo e de novo, inundando nosso quarto? – perguntou Ricardo, horrorizado.

– De nada – disse Lorena, com um sorriso irreverente.

PARTE TRÊS

A NOIVA DO MEDITERRÂNEO

CAPÍTULO QUINCE

Eu estava sonhando, e o anel dourado era um peso insistente em meu dedo. Eu não sabia exatamente como, mas, de alguma forma, minha intuição funcionava mesmo em meu subconsciente. Meus membros pareciam pesados, enfiados sob as cobertas, e eu estava vagamente ciente de que me encontrava envolta em um véu transparente. O mosquiteiro. O ar frio agitava meu cabelo, e eu me afundei ainda mais no travesseiro macio, apertando os olhos, desesperada para permanecer onde estava no sonho.

Cleópatra estava em uma sala de iluminação suave, com fileiras e mais fileiras de rolos de papiros à frente. Sua túnica translúcida ia além dos dedos dos pés, e o tecido roçava as pedras de tom quente enquanto ela caminhava, claramente procurando uma coisa específica. Ela puxava os papiros, desenrolando-os rapidamente, bufando com impaciência enquanto os jogava no chão, um por um. Ela foi até outra prateleira, puxou outro papiro, desenrolou-o, e um instante depois deixou escapar um som de triunfo. Suas costas estavam voltadas para mim, então eu não conseguia ver o que ela estava lendo; tentei contorná-la, mas a memória não me deixava. Eu estava confinada ao canto da sala, como se ela quisesse apenas capturar de qual prateleira tinha retirado o papiro. O cheiro de cinzas e fumaça preencheu minhas narinas.

Algo estava queimando.

Ela girou em direção à entrada da câmara e chamou alguém, segurando uma folha única de papiro. Seu rosto não tinha rugas, e o cabelo era sedoso e escuro. Aquela era uma Cleópatra mais jovem do que a que eu tinha visto antes. Ela não tinha o desencanto com o mundo que mostrava antes, nem a expressão endurecida que marcava seus traços.

Aquela Cleópatra não fazia ideia do que estava por vir.

A lembrança se tornou desfocada. Meus dedos se fecharam em volta da borda do travesseiro, e eu prendi a respiração, tentando permanecer na lembrança. Eu tinha visto algo naquele papiro.

Parecia uma cobra devorando a si mesma.

Em seguida, Cleópatra pegou outro papiro, aparentemente ao acaso, e o colocou sobre o primeiro, enrolando-os com cuidado, escondendo o que tinha encontrado. Ela levou os dois ao sair, e a lembrança desapareceu por completo.

Abri os olhos, confusa e desorientada. A meu lado, a adormecida Isadora se mexeu, soltando um leve murmúrio, se aconchegando mais perto de mim. Pisquei para vencer a sonolência, me sentei com cautela e afastei o mosquiteiro. O tapete estava frio sob meus pés descalços enquanto eu contornava os caixotes empilhados em direção ao estreito colchão de Whit. Ele estava dormindo de barriga para cima, as pernas longas estendidas e pendendo para fora da cama. O cabelo caía sobre a testa; a linha curva do maxilar estava relaxada.

Ele parecia inocente enquanto sonhava. Mais jovem e despreocupado, o Whit que um dia tinha me olhado com esperança e uma promessa em que eu podia confiar.

Eu me ajoelhei e cutuquei seu ombro.

Whit acordou com um sobressalto, a mão disparando para debaixo do travesseiro e pegando algo brilhante. Uma lâmina fria e afiada foi apoiada sob meu queixo. Olhos azuis sonolentos, com apenas um indício de alerta, me olhavam, sombrios.

– Sou eu – sussurrei. – Só eu.

Ele se virou de lado, escondendo a lâmina sob o travesseiro.

– Eu podia ter cortado sua garganta.

Massageei o pescoço.

– Você é um perigo ambulante, Sr. Hayes.

Ele esfregou os olhos e disse, cansado:

– Por favor, não me chame assim. Não somos desconhecidos. Nem mesmo conhecidos.

– Eu tenho que chamá-lo assim – sussurrei.

Whit baixou as mãos e me encarou. Mesmo com a pouca luz, dava para distinguir a linha severa de sua boca, os olhos estreitados.

– Por quê?

– Porque, um dia, isso é tudo que você será para mim – sussurrei com um olhar rápido na direção de Isadora.

Eu não queria acordá-la.

Seguiu-se um longo silêncio, e ele se deitou de barriga para cima.

– Você precisa de algo?

– Tive outra lembrança de Cleópatra – falei, erguendo o dedo com o anel. – Ela anda ocupada.

Whit virou a cabeça para me encarar.

– E...?

– Ela estava em uma sala, procurando desesperadamente por algo – contei. – No começo, pensei que fosse um rolo de papiro, mas ela pegou uma única folha. Nela havia uma cobra devorando a si mesma.

– A Crisopeia de Cleópatra! – exclamou ele.

– *Shh* – sibilei. – Não acorde minha irmã.

Whit revirou os olhos.

– Não dou a mínima para sua irmã.

A frustração tomou conta de mim. Eu e ele precisávamos conversar sobre a opinião dele em relação a Isadora. Sua falta de confiança e cortesia estava começando a me irritar. Fora Whit quem me *traíra*, quem mentira para mim. Eu quase me levantei, mas a lembrança permanecera comigo, e eu sabia que era importante, que de alguma forma se conectava a minha mãe.

– Você pode me ouvir, por favor?

Ele abriu a boca para falar, mas eu ergui a mão.

– Em algum momento durante a lembrança, senti o cheiro de algo queimando. Pouco antes de ela desaparecer, olhei para fora e vi o mar, partes da cidade.

Respirei fundo, a memória nítida me deixando um gosto amargo na boca.

– A cidade estava sob cerco – acrescentei.

Whit se sentou e girou as pernas, plantando os pés com firmeza no chão ao meu lado. Seu joelho roçou no meu ombro.

– Posso falar agora? – Havia uma leve nota de sarcasmo em sua voz.

– Pode – respondi.

– A cidade que você viu deve ser Alexandria – disse ele. – Cleópatra tinha um palácio próximo ao mar, e, se ela tivesse herdado o manuscrito alquímico e estivesse trabalhando com ele, faz sentido que o mantivesse por perto. – Ele pensou por um instante. – Dá para entender por que ela estava desesperada para produzir a pedra filosofal. Nada drena tanto dinheiro quanto a guerra.

– Que guerra foi essa? – perguntei. – Ela parecia muito jovem para ser a Batalha de Áccio.

– Essa aconteceu perto da costa da Grécia – disse Whit.

Ele estava certo. Eu me lembrava dessa batalha específica, dos navios de guerra esculpidos nas paredes do túmulo dela. Foi o início do fim, o evento que desencadeou a perda de tudo que ela amava: o reino, os filhos e, por fim, seu grande amor, Marco Antônio. Um arrepio percorreu meus braços.

– Talvez tenha sido uma luta contra o irmão, que chegou a Alexandria com seu exército, decidido a tomar o trono de Cleópatra – continuou Whit.

– Então, se ela tinha o manuscrito alquímico, talvez tenha desejado escondê-lo em algum lugar. Se eu fosse ela, não gostaria que meu irmão o encontrasse.

– Certo – disse ele. – Há um milhão de lugares onde ela poderia ter escondido algo tão precioso.

– Mas pelo menos temos o nome da cidade – falei. – A Crisopeia de Cleópatra deve estar em Alexandria.

– Como eu disse, em um milhão de lugares possíveis – murmurou Whit.

– Podemos eliminar um lugar com certeza – falei. – O palácio real. A lembrança que tive me fez pensar que ela estava saindo de lá às pressas.

– Concordo. – Ele fez uma pausa. – E que bom, porque o palácio está submerso.

– O que aconteceu no fim com o irmão de Cleópatra? Ela o derrotou? Whit assentiu.

– Graças a Júlio César.

E assim teve início o caso de amor dos dois. Eu achava a história dela fascinante, mas não pude deixar de pensar em Mamá e em como ela poderia estar no mesmo caminho, seguindo as mesmas pistas.

– Talvez seja por isso que minha mãe está em Alexandria – falei de repente, me lembrando de nossa conversa anterior. – Talvez não seja para começar um mercado ilegal rival, no fim das contas.

– Ou pode ser os dois. Sua mãe é uma empreendedora.

Whit sorriu com pesar.

Retribuí o sorriso sem pensar. Ficamos nos encarando por um instante, depois outro. A iluminação no quarto tinha clareado consideravelmente desde que eu fora até ele, e eu conseguia ver cada linha e curva de seu rosto. Ele me olhava com afeto, os ombros relaxados, os cotovelos apoiados nos joelhos. Tínhamos voltado à cordialidade e à colaboração naturais que existiam entre nós desde o início. Fora tão fácil me apaixonar por ele.

E tão fácil esquecer o que ele tinha feito.

Fiquei de pé, com raiva e irritada comigo mesma. Ele seria o Sr. Hayes para mim e nada mais. Eu me virei para voltar para a cama e aproveitar o pouco de sono que ainda me restava, mas ele segurou minha mão.

– Espere – pediu ele. – Espere.

Seus dedos estavam quentes na palma da minha mão. Eu odiava a maneira como meu corpo respondia àquilo.

– O que foi?

Ele me soltou de repente, contraindo o maxilar. Meu tom tinha sido seco e frio.

– Não quero ser rude – veio uma voz irritada dos confins do casulo diáfano no centro do quarto –, mas vocês dois poderiam, por favor, *fazer silêncio*?

– Desculpe – respondi. – Não foi minha intenção te acordar.

Isadora resmungou, se virando de um lado para o outro até finalmente ficar imóvel e quieta.

– O que você queria me dizer? – perguntei num sussurro quase inaudível.

– Não era nada – disse ele após um instante. – Durma bem.

Foi um gesto gentil, mas não consegui voltar a dormir, por mais que quisesse, por mais que tentasse. Eu só conseguia pensar no tom desesperado na voz de Whit e em como ele pareceu se afastar de mim, erguendo um muro entre nós. Era isso que eu queria. Ele não merecia meus sorrisos, minha amizade nem qualquer pensamento meu.

Mas isso não me impedia de querer saber o que ele estivera prestes a dizer. Nem tampouco de sentir a pontada de tristeza porque nunca saberia o que era.

Planejei a viagem para Alexandria. Naturalmente, falar em ir para lá era muito mais fácil do que ir de fato. Para começar, quando minha tia descobriu meus planos, começou a chorar na mesma hora e fugiu da saleta para soluçar sozinha no quarto contíguo.

– Vai te matar pensar antes de falar? – perguntou Amaranta. – Estou cansada de arrumar suas bagunças, *prima*.

Ela disse a palavra *prima* como se fosse um xingamento, e eu lembrei que ela só me chamava assim quando eu estava encrencada. O que, para falar a verdade, era como eu vivia desde que acidentalmente derramei chá nas páginas de um de seus livros favoritos havia onze anos. Amaranta sabia mesmo guardar rancor.

– Estou tentando consertar as coisas – repliquei. – Estou tentando colocar a pessoa certa na prisão, para que Ricardo e Abdullah possam ser libertados.

O que tinha acontecido com meu tio e Abdullah também deixara minha tia histérica. Ela se acalmara depois que visitamos a prisão, mas eu sabia que ela sofria ao vê-lo confinado em um espaço minúsculo.

– E ir para outra cidade depois de termos acabado de chegar é a melhor maneira de fazer isso? – perguntou Amaranta, uma sobrancelha arqueada de forma cética. – *Depois* de cruzarmos um oceano para chegar aqui? *Depois* de sabermos que Elvira foi assassinada? Esta é a sua melhor ideia? – zombou ela. – Eu devia saber que você fugiria.

Eu me irritei.

– Eu não estou fugindo. Mamá está em Alexandria, e, se eu tenho alguma esperança de que ela passe o resto de sua vida miserável na prisão, é lá que também preciso estar.

– Para fazer o quê? – perguntou Amaranta, elevando a voz. – Você vai pedir gentilmente que ela vá para a prisão? Eu sei que você é imprudente, teimosa e curiosa demais para agir com cautela – disse ela com desdém –, mas, sinceramente, achei que fosse mais inteligente do que isso.

Ninguém conseguia me enfurecer mais do que minha prima.

– Estou reunindo provas contra ela! – gritei. – Aonde quer que vá, ela deixa um rastro de evidências incriminadoras.

– *Já chega*, vocês duas! – ordenou tia Lorena.

Ela estava pálida e abatida, parcialmente apoiada no batente da porta que dava para seu quarto.

– Há anos vejo vocês duas brigando como crianças. E vocês *não são* mais crianças. Um dia, e rezo para que seja *em breve*, ambas terão maridos e casas para administrar e bebês para criar.

Meu estômago deu uma pequena cambalhota. Eu tinha esquecido de contar a minha tia sobre meu malfadado casamento. Sem dúvida, saber disso a faria voltar para o quarto em um ataque de choro. Talvez fosse melhor que ela nunca descobrisse esse segredo.

Ela levou uma mão trêmula aos lábios.

– Você realmente acredita que Lourdes está em Alexandria, Inez? Assenti.

– E você não tem nenhuma notícia sobre... – Sua voz falhou. Ela respirou fundo, lutando visivelmente para se controlar. – Sobre meu irmão? – perguntou.

A vergonha subiu por minha garganta, quente e com gosto ácido. Não ter novas informações sobre meu pai acabava comigo. Mamá tinha mentido para mim da primeira vez, mas agora eu me recusava a aceitar qualquer coisa dela além da verdade. Eu a obrigaria a me contar a qualquer custo. Se me visse forçada a isso, mandaria meu marido violento para cima dela enquanto ainda podia.

Balancei a cabeça.

– Nada. Somente Mamá sabe a verdade neste momento.

O rosto de minha tia endureceu.

– Então vá e a encontre. Amaranta e eu cuidaremos de Ricardo e do sócio dele enquanto você estiver fora.

Os lábios de Amaranta se abriram de surpresa.

– Mas, Mamá...

– Se fosse você na prisão, *hijita* – disse ela –, não gostaria que sua família a visitasse todos os dias? Que levasse comida? Cobertores? Que fizesse companhia?

– Não sou contra visitar – rebateu Amaranta. – Estou furiosa que Inez esteja nos deixando com o peso de toda a responsabilidade.

– Amaranta, chega – disse tia Lorena. – Basta. *Ya no puedo más.*

Minha prima se calou, o maxilar travado. Me peguei pensando que meu tio preferiria passar seus dias sozinho a ter minha tia e minha prima pairando sobre ele como galinhas cacarejantes, mas me contive e não falei nada. Essa revelação provavelmente transformaria minha tia em uma torrente de lágrimas. Na verdade, fiquei comovida que ela quisesse me ajudar de alguma forma.

– Eu nunca estaria na prisão, para começo de conversa – murmurou Amaranta.

– Isso não vem ao caso – disse minha tia com firmeza. – Quero saber o que aconteceu com Cayo. Preciso ter alguma forma de expressar meu luto por ele. Você não recebeu nenhuma notícia sobre... o paradeiro do corpo dele?

Em nenhum momento eu permitiria que ela compartilhasse minha esperança de que meu pai ainda pudesse estar vivo. Melhor que minha tia pensasse que o irmão estava morto do que agonizar esperando notícias do paradeiro dele. Como eu agonizava.

– Nenhuma notícia, infelizmente.

Tia Lorena suspirou.

– Há mais alguma coisa de que você precisa?

Considerei a pergunta dela. Havia uma coisa.

– A neta de Abdullah, Farida, está preocupada com ele, e, se a senhora pudesse incluí-la em seus planos de vez em quando, isso significaria muito para mim.

Minha tia assentiu levemente. Eu aceitaria feliz as vitórias que conseguisse obter. Então ela me surpreendeu ao entrar abruptamente em seu quarto. Olhei para Amaranta, que deu de ombros com delicadeza. Minha tia voltou, carregando a xícara mágica.

– Se você vai viajar para Alexandria, deve levar isto com você – disse ela, me entregando a xícara. – Assim poderá se comunicar com Ricardo sempre que quiser. – Ela deu um sorriso leve. – Tenho a sensação de que ele não ia gostar de falar comigo, de qualquer maneira.

Forcei um sorriso. Se meu tio descobrisse que eu estava indo para Alexandria, ele também não ia gostar de falar comigo.

O trem ribombava pelos trilhos, passando por fazendas e palmeiras ao deixar o Cairo. Éramos apenas nós três na cabine, Isadora ao meu lado, Whit no banco oposto, com as pernas esticadas e cruzadas nos tornozelos.

– Você está amassando a barra de minha saia – disse Isadora a Whit, em tom gélido, puxando o tecido até ele finalmente ceder e levantar as botas. – Não há uma cabine vazia que você possa usar?

– Estou confortável aqui – respondeu ele, olhando melancolicamente para a janela empoeirada.

Isadora pressionou os lábios em uma linha fina. Ela vasculhou a bolsa e tirou um livro. Eu queria ter lembrado de trazer um.

Whit se levantou de um pulo, olhando para o assento com irritação.

– Mas que diabo!

– O que foi? – perguntei.

Isadora espiou por cima do livro.

Ele suspirou, esfregando os olhos.

– Lembra quando você me deu a xícara para guardar?

Assenti, lançando um olhar para a mochila dele. Minha bolsa estava muito cheia, por isso confiei a xícara a ele, que a embrulhara em uma camisa velha.

– Ela quebrou? – perguntei, com um aperto no coração.

Lá se ia o meio de me comunicar com meu tio.

– Não – resmungou Whit. – Ricardo estava tentando se comunicar com sua tia...

– Ah, não – falei. – E a xícara transbordou, molhando suas coisas.

Ele olhou com raiva para a calça, para o ponto onde a água tinha encharcado o tecido.

– Sim.

Isadora riu, e Whit desviou o olhar furioso da calça para ela, que sorriu com sarcasmo e voltou a ler.

– Você deveria tirar suas roupas para que sequem até chegarmos a Alexandria.

Whit tirou várias camisas da mala e as estendeu no banco. Em seguida, voltou a se sentar, esticando as pernas, colocando-as exatamente no mesmo lugar, amassando o vestido de Isadora.

– Você se importaria?

– De jeito nenhum – respondeu Whit com um sorriso frio.

Isadora revirou os olhos e se acomodou no assento, se virando em direção à janela e ficando de costas para nós.

– Eu gostaria de ler em paz, se vocês não se importarem.

Whit abriu a boca.

– Onde vamos ficar? – perguntei rapidamente, na esperança de desviar a conversa da discussão iminente.

Eu gostaria que eles tentassem encontrar interesses em comum enquanto fôssemos obrigados a ficar juntos.

– Você já esteve em Alexandria, não é?

Os lábios de Whit se contraíram.

– Eu não estava lá quando foi bombardeada, se é isso que você está perguntando.

– Não é – falei. – Eu só queria o nome de um hotel.

– Devíamos ficar no Hotel d'Europe – disse Isadora, sem desviar os olhos do livro. – Ouvi coisas maravilhosas sobre as acomodações.

– Ele foi destruído no bombardeio – afirmou Whit. – E, de qualquer forma, seria muito caro. Não temos tanto dinheiro à disposição.

– E de quem é a culpa mesmo? – perguntou Isadora, virando a página.

– Não vejo você contribuindo – rebateu ele. – Você vem agindo como um parasita desde que chegou ao Cairo.

– Parasita – repetiu Isadora de um jeito vago.

Em seguida, ela fechou o livro com força, se levantou, as costas enrijecendo com a fúria, e foi até a porta do compartimento, deslizando-a com raiva. Sem dizer mais nada, saiu a passos largos, indo em direção ao vagão-restaurante.

– Vá pedir desculpas, Sr. Hayes – falei.

– Por que eu deveria? – resmungou ele. – É a mais pura verdade. Ela quase provocou a sua morte naquela noite.

Eu me inclinei para a frente.

– Ela é minha irmã. *Família*. Se você insiste em ficar, me seguindo por toda parte para uma tentativa equivocada de se redimir ou se reconciliar... o que nunca vai acontecer...

– Não é por isso que estou aqui – cortou ele.

Ergui uma sobrancelha.

– Certo. Claro. Você está aqui por causa do manuscrito alquímico.

Whit cruzou os braços, os lábios apertados em uma linha rebelde.

– Eu não esqueci – sussurrei. – Entre mim e a Crisopeia, eu sei qual seria sua escolha. Você deixou isso claro, a menos que haja algo que eu não esteja vendo. Algo que você não pode ou *não quer* dizer.

Ele ficou em silêncio, e eu chutei a lateral do banco dele.

– E então...?

Ele ergueu os olhos e os cravou nos meus com firmeza.

– Você não quer que eu responda isso de verdade.

– Não, acho que não. – Esfreguei os olhos, cansada. – Você pode, por favor, ir se desculpar?

Ele me olhou extenuado.

– É importante para você?

– *Sí. Ahora, por favor.*

Whit me deixou com meus pensamentos, e meu olhar pousou na bolsa de lona. Eu nunca ia a lugar algum sem ela e, se eu ia ficar sentada aqui, podia ao menos fazer algo útil. Com um pequeno suspiro, revirei os vários itens guardados ali dentro: lápis, velas extras e fósforos e, por fim, meu diário e o de minha mãe. Tirei os dois e folheei as páginas do último, lendo pedaços e fragmentos até as palavras dançarem diante de meus olhos.

O diário de Mamá era grosso, e eu ainda não tinha examinado todas as páginas em profundidade; a seção inicial era a que mais me interessava. Ela fizera muitos esboços, alguns inacabados, outros finalizados e coloridos. Mamá tinha uma queda por desenhar estátuas. Eu me deparei com as nove musas da mitologia grega; Cérbero, o cão de três cabeças que guardava a entrada do mundo inferior; e um homem que eu não reconhecia. À primeira vista, parecia Hades, especialmente por conta do cão de três cabeças a seus pés. Mas ele usava uma coroa que eu nunca tinha visto e carregava um cetro que eu nunca associara ao deus do mundo inferior.

Curiosa, peguei um lápis na bolsa e fiz um esboço do intrigante deus e seu cão, sentados em uma estrutura peculiar. Com o desenho pronto, fechei meu diário e guardei tudo de volta na bolsa de lona. Whit ainda não tinha retornado, e eu considerei a ideia de ir procurá-los. Só para ter certeza de que ainda estavam vivos.

O pensamento não me divertiu.

Franzindo a testa, olhei pela janela. Tínhamos deixado a cidade para trás, substituída por longas extensões de areia dourada que brilhava sob os raios brutais do sol. O trem cortava o implacável terreno, e, a cada quilômetro percorrido, eu me perguntava onde íamos dormir e como íamos comer.

E por quanto tempo resistiríamos, procurando minha mãe com fundos limitados e pavios curtos, e com duas pessoas que não suportavam nem olhar uma para a outra.

Suspirei, me recostando no assento enquanto um mar de campos de algodão, vilarejos e montanhas magníficas que cercavam o rio Nilo passavam pela janela. O trem continuava a avançar, trovejando, minhas preocupações me perseguindo a cada metro da jornada até Alexandria. A noiva do Mediterrâneo. Mas eu não aproveitei nada da paisagem.

Em vez disso, tentei não me desesperar.

WHIT

Fui atrás de Isadora, observando sua saia balançar enquanto ela se apressava em direção ao vagão-restaurante. Ali, ela se sentou a uma das mesas disponíveis, com as mãos cuidadosamente dobradas sobre a toalha. Sua postura era perfeita, mas eu conhecia os segredos que podiam se esconder por trás de modos impecáveis.

Eu me sentei diante dela, franzindo a testa.

– Está na hora de termos uma conversa.

– Estou ocupada no momento – disse ela com frieza. – Vou tomar meu chá.

– Eu quero saber qual é o seu jogo.

Isadora ergueu levemente as sobrancelhas.

– Jogo?

– Não tente me dizer que você não estava deliberadamente levando Inez para a pior parte do Cairo. Vai ficar sentada aí fingindo que se importa com ela?

Ela arregalou os olhos.

– Foi um acidente! Pode ser um choque para você, mas meu pai me permitia acompanhá-lo a seus vários locais de trabalho. Nem todos eram hotéis luxuosos e mansões majestosas. Eu lembrava que o antigo prédio do governo estava dilapidado e, com base nisso, tentei deduzir aonde ir.

– Uma dedução – falei, minha raiva aumentando. – Você arriscou a vida das três com base em uma dedução?

– Não era como se Inez pudesse perguntar onde ficava o prédio – retrucou ela. – Isso teria chamado muita atenção.

Tentei outra linha de questionamento.

– Onde está seu pai?

Isadora ficou em silêncio. Ela sustentou meu olhar sem vacilar. A garota não era nada covarde.

– E então?

– Não respondo a você.

Bati na mesa, frustrado, e ela se assustou.

Se Inez estivesse ali, exigiria que eu me desculpasse por aquilo também.

– Você realmente espera que eu acredite que não teve nenhum contato com ele?

– Por que não? – perguntou ela. – É a verdade. Meu Deus, o que aconteceu com você para desconfiar de todos? Para só acreditar no pior das pessoas?

Crescer em uma casa que não tinha afeto. Alistar-me no Exército aos 15 anos. Ser enviado para uma batalha no deserto. Chegar tarde demais para salvar o general Gordon, e depois ser julgado por uma corte marcial pelo desacato. Mas eu nunca diria isso em voz alta. Ela voltaria contra mim qualquer palavra que eu dissesse.

– Por que você não tenta deduzir isso também?

– Eu já disse... não sei. Pare de me perguntar.

Eu a analisei, sentada na beirada do assento, mal sustentando sua fachada impecável. Suas bochechas estavam ruborizadas, e uma veia se destacava na testa. Seria muito fácil provocá-la. As pessoas sempre revelam mais do que devem quando estão na defensiva.

– Sabe o que eu acho? – comecei com suavidade. – Acho que seu pai descobriu a verdade sobre Lourdes e decidiu que não valia a pena se preocupar com ela. Acho que ele está procurando uma forma de sair...

– Não – cortou ela.

– Talvez ele prefira tentar a sorte em outro lugar, em vez de ficar com uma mulher...

– Não termine essa frase – interrompeu ela, o vermelho das bochechas ficando mais intenso.

– Talvez ele esteja procurando outra mulher. Uma pessoa menos complicada, mais leal. Não uma...

Ela se levantou e estendeu o braço sobre a mesa estreita, com a mão para o alto. Fiquei parado, incitando-a em silêncio a terminar o que tinha começado. Eu a desafiava a me bater.

Isadora arfava de indignação, a fúria cobrindo a pele pálida com uma fina camada de suor. Estávamos presos naquela cena repulsiva, ambos imóveis, mal respirando.

Esperei para ver o que ela faria.

Ela esperou para ver se eu a deixaria me bater.

Arqueei uma sobrancelha.

Seus lábios se retorceram, o braço tremendo como se ela travasse uma batalha contra ele. Por fim, ela baixou a mão e voltou a se sentar. Isadora pousou a palma das mãos na mesa, os olhos repletos de uma raiva intensa.

– Papá ama minha mãe. Ele nunca tira os olhos dela. Não creio que esteja longe dela.

– Nunca? – perguntei suavemente. – Não acredito...

– *Nunca* – cortou ela. – Eles são dedicados um ao outro.

– Certo – repliquei de um jeito categórico. – Então me diga por que você me seguiu até um antro de ópio na outra noite.

Joguei essa frase do nada, esperando surpreendê-la e levá-la a se entregar. Tudo que ela fazia me parecia calculado, independentemente do que Inez pudesse acreditar.

Isadora piscou.

Eu me inclinei para a frente, estreitando os olhos.

– Você *estava* lá.

Ela se afastou de mim, cruzando os braços, um silêncio ofendido girando ao seu redor como fumaça de artilharia.

– Eu não sei do que você está falando, mas não faz diferença, não é mesmo? Você já decidiu quem eu sou, não importa o que eu diga.

Minha frustração aumentou. Ela deveria trabalhar para a Grã-Bretanha imperial como espiã. A garota seria o trunfo mais valioso deles.

Ela me encarou, o olhar inabalável.

– Eu não me importo se você acredita em mim, não me importo se você pensa o pior de mim. O que me *importa* é Inez. Pense no que acontecerá comigo se tivermos sucesso em nossos esforços... Meus pais irão para a prisão ou coisa pior. Eu ficarei sozinha, sem família, exceto Inez. Nunca colocaria nosso relacionamento em risco. E, embora eu tenha cometido erros, não foram intencionais. – Ela se inclinou para a frente, os olhos azuis fixos nos meus. – Você vai mesmo ficar *me* julgando por minhas ações? Depois do que fez?

A dúvida se esgueirou por minha mente. Eu tinha ótimos instintos, e havia algo de errado com aquela garota. Mas e se eu estivesse errado em relação a ela? Seria bom, então, que eu tivesse mais tempo para desvendá-la.

– Você pode fazer seus joguinhos, mas estou avisando: se machucar Inez de alguma forma, vou transformar sua vida em um inferno.

– Inez já está nele – disse ela, se levantando.

Isadora alisou as rugas da saia e saiu pisando firme, com o queixo erguido. Pela segunda vez em poucos minutos, ela se afastou de mim furiosa. Fiquei ali sentado, pensando, ponderando, analisando tudo que sabia sobre ela e cada palavra que ela já tinha dito muito tempo depois que ela se foi. O Egito passava pela janela em um borrão monocromático, mas eu mal notava.

Porque finalmente juntei uma parte do quebra-cabeça que até então não tinha visto. Algo que ela acabara de revelar – sem querer. Eu queria correr de volta à cabine para contar a Inez, mas a dúvida me incomodava no fundo da mente. Se eu estivesse errado, Inez se afastaria ainda mais de mim. Eu tinha pouca esperança de uma reconciliação, mas, enquanto houvesse uma chance, eu não podia me dar ao luxo de pô-la em risco.

CAPÍTULO DIECISÉIS

Da estação, Whit contratou uma carruagem para nos levar, com nossas bagagens, para o Hotel Abbat, um belo edifício com colunas e janelas altas e vista para uma praça. Whit pagou o cocheiro, que nos ajudou a descarregar nossos baús, e entramos juntos em um saguão aconchegante que, embora não fosse tão grandioso quanto o do Shepheard's, tinha poltronas confortáveis e um longo balcão de madeira onde vários funcionários atendiam outros viajantes. Após uma inspeção mais detalhada, encontrei um jardim interno exuberante, com flores que perfumavam agradavelmente o ambiente. Uma placa escrita em francês direcionava os hóspedes a prazerosas salas de banho ou a uma sala de leitura. Havia até um salão para fumantes.

Fiquei preocupada e segurei o braço de Whit, sibilando:

– Não temos dinheiro para isso.

– Desde o bombardeio, os preços caíram – sussurrou Whit em resposta. – Este é um hotel de segunda classe confortável, o único que achei apropriado, dado o estado atual de Alexandria.

– Estado atual? – perguntei.

– Explico mais tarde – disse Whit, nos conduzindo à recepção.

O atendente do hotel, um jovem alemão chamado Karl, rapidamente nos designou um quarto. O preço fixo era de quinze francos por dia e incluía hospedagem e refeições, mas excluía bebidas alcoólicas. Esperei que Whit protestasse, mas ele ficou em silêncio. As acomodações eram muito mais baratas do que o valor que eu tinha reservado – um enorme alívio. Tínhamos usado o dinheiro que recebi do reembolso da passagem de primeira classe para reservar aquela suíte por uma semana, e felizmente o valor também incluía as três refeições diárias, chá e café.

Se Whit se desesperou por ter que dormir em uma cama dobrável, não ousou demonstrar seu desagrado.

Ele e Isadora se afastaram para explorar o restante do saguão, mas eu fiquei com Karl enquanto ele compartilhava mais informações sobre o hotel e a suíte. Quando terminou, perguntei:

– Eu poderia enviar um telegrama?

Ele assentiu e me entregou um pedaço de papel, um envelope e um lápis.

– Vou enviar para o escritório de telégrafo assim que terminar, e a mensagem será transmitida em no máximo uma hora. O preço é de cinco piastras por dez palavras. Está de acordo? Sim? Ótimo.

– Obrigada – murmurei enquanto escrevia uma mensagem rápida para Farida.

Dei a ela o nome do hotel e nosso endereço e supliquei que, por favor, enviasse notícias se recebesse novas fotografias. Coloquei o bilhete em um envelope e o entreguei a Karl, junto com o pagamento.

Em seguida, fui procurar meus companheiros de viagem. Eles estavam parados a um canto do saguão, onde não havia outros hóspedes.

– O quarto está pronto para nos receber – anunciei a Isadora e Whit quando me juntei a eles.

Eles se encaravam com frieza, Isadora com os braços cruzados com força, Whit com sua imponente presença séria e sombria, cada linha de seu rosto imersa na desconfiança. Nenhum dos dois havia falado com o outro desde que tinham retornado do vagão-restaurante no trem para Alexandria. Eu odiava a tensão que existia entre eles, e meu único consolo era que Whit não estaria em minha vida por tempo suficiente para me enlouquecer com a visão incrédula que tinha de minha irmã.

Mesmo assim, aquilo me irritava.

Os olhos azuis de Isadora se voltaram para mim.

– Eles vão levar nossos baús para cima?

Assenti.

– Já estão levando.

– Quando voltarmos de nosso passeio, tudo já deve estar em ordem – disse Isadora em tom de aprovação.

– *Nosso* passeio? – repetiu Whit. – De que diabos você está falando?

– Sr. Hayes – falei, ignorando a tensão surgindo nos olhos dele –, vamos fazer uma visita ao endereço que o senhor encontrou. Não me diga que já esqueceu.

– Não esqueci – replicou Whit de um jeito seco. – Mas não podemos ir todos. Será mais rápido se eu fizer isso sozinho. Sem falar que chamarei menos atenção.

Abri a boca para protestar.

– Você sabe que é verdade – continuou Whit. – Quanto mais rápido eu conseguir alcançar nosso objetivo, melhor. E o que aconteceria se encontrássemos um dos sócios de sua mãe? Não posso me movimentar sorrateiramente com vocês duas em meus calcanhares. Seria quase impossível fazer seu belo corpo desaparecer.

Seus olhos azuis desceram cuidadosamente, avaliando a maneira como meu vestido abraçava as curvas de meu corpo.

Quando Whit levantou os olhos, eles queimavam, como duas fogueiras que crepitavam e soltavam faíscas.

Ele não tinha me tocado desde nossa noite de núpcias – e eu me sentia feliz com isso. Parte de mim sabia o que aconteceria se ele ultrapassasse esse limite: eu teria que lutar com todas as forças para me afastar. Uma batalha que eu não tinha certeza se venceria. E isso não era um choque de realidade?

– Você vai ter que encontrar uma solução – falei. – Porque uma das minhas condições era que eu fosse sempre com você, lembra? Ou você vai me mostrar, de novo, que suas palavras são vazias?

Whit contraiu o maxilar.

– Tenho uma ideia – disse Isadora. – Por que não fico para desfazer nossas malas, Inez? Assim, você pode acompanhar o Sr. Hayes ao endereço.

– Você vai ficar para trás de bom grado? – perguntou Whit devagar. – O que você está tramando?

– Que esquema nefasto eu poderia estar tramando ao desfazer as malas? – rebateu Isadora. – Você acha que vou abrir buracos em suas meias?

– Você não pode abrir meu baú – disse Whit. – Está trancado, de qualquer maneira.

Uma dor de cabeça começou a aflorar em minhas têmporas. Ocorreu-

-me que talvez estivéssemos tornando a situação mais complicada do que deveria ser. Estendi a mão para Whit.

– Posso ver o endereço, por favor?

Essas palavras interromperam a discussão entre eles.

– Por quê? – perguntou Whit.

– Tenho um plano – expliquei.

– Claro que tem – disse ele.

Ele pronunciou as palavras com um brilho caloroso nos olhos azuis. Um elogio ao qual eu não deveria dar atenção, mas que aliviou parte da tensão que eu carregava desde o momento em que entramos no hotel.

Whit me entregou o pedaço de papel.

– Você vai nos informar o que pretende fazer?

– Se a ideia tiver algum fundamento, sim – falei de maneira afável.

Olhei para trás, na direção da recepção, e voltei até lá para falar com o *concierge*.

– Com licença, Karl.

– Pois não, Sra. Hayes – disse ele. – Como posso ajudar a tornar sua estada mais confortável?

Olhei para o endereço.

– Bem, estamos aqui para ver os pontos turísticos, claro. E um amigo recomendou que eu visitasse este endereço. Há uma igreja próxima, ou talvez um obelisco?

Deslizei o papel para Karl.

Ele leu as poucas linhas, franzindo a testa.

– Este lugar fica perto da Place des Consuls, uma das áreas atingidas pelo bombardeio. Ainda está muito destruída, com muitos escombros, edifícios desmoronados, embora algumas partes estejam em reparo.

Ele olhou para mim como se pedisse desculpas.

– Receio que não haja muito o que ver por ali.

Pressionei os lábios, refletindo. Minha mãe não teria fornecido um endereço que não levasse a lugar nenhum.

– Certamente deve haver algo ali...

– Só o banco – disse ele. – Uma loja de departamentos e alguns armazéns. Isso é tudo.

Era exatamente o que eu procurava, mas não deixei que meu rosto demonstrasse isso. Ao contrário: curvei os ombros em uma decepção óbvia e voltei para meus companheiros – que continuavam sem falar um com o outro.

– O endereço é de um banco – falei, triunfante. – Perto da Place des Consuls. É onde minha mãe está recebendo o dinheiro.

– Só que você nunca enviou o dinheiro – afirmou Isadora. – Como vamos encontrá-la? Não podemos vigiar o banco dia e noite. Não temos dinheiro para ficar tanto tempo em Alexandria.

Ela lançou um olhar contundente para Whit.

Ele permaneceu impassível. Eu não ia defendê-lo, embora as constantes discussões entre eles *também* não ajudassem. O que eu queria era uma solução. Quanto mais rápido encontrássemos minha mãe, quanto mais informações conseguíssemos coletar, mais provas teríamos contra ela. Meu tio e Abdullah poderiam ser libertados, minha mãe pagaria por seus crimes e todos os artefatos teriam que ser devolvidos ao Serviço de Antiguidades.

E, no meio de tudo isso, de alguma forma eu a obrigaria a me contar a verdade sobre meu pai.

Eu agora sabia como detectar suas mentiras, revelar suas meias-verdades, decifrar seu discurso falso. Eu estava me tornando uma especialista em desenterrar os segredos de minha mãe. Mesmo agora, eu ouvia sua voz na minha cabeça, pedindo minha ajuda.

Eu sabia agir como ela. Sabia falar como ela.

– Acho que posso ter encontrado uma saída – falei lentamente.

Eles se viraram para mim, cheios de expectativa.

Detalhei o que eu queria fazer. Isadora respondeu com sua característica hesitação enquanto Whit proclamou em voz alta que era a pior ideia que ele já ouvira, que eu estava me arriscando muito.

E era exatamente por isso que eu sabia que era a melhor opção que nos restava.

Como prometido, Isadora ficou no hotel para desfazer as malas enquanto Whit e eu contratamos uma carruagem com teto aberto para permitir a entrada de ar fresco. O sol nos castigava, e eu me sentia grata pelo chapelão que usava e que bloqueava a maior parte dos raios inclementes. Alisei as partes amarrotadas de minha melhor saia e endireitei a lapela do casaco. Eu tinha escolhido propositalmente algo que me fizesse parecer mais velha. Isadora tinha até arrumado meu cabelo em um estilo mais maduro, com um coque no topo da cabeça. Eu tinha passado um batom vermelho vibrante nos lábios e escurecido os cílios.

Whit ficara sem palavras ao me ver. Eu não sabia se isso era bom ou ruim e, no fim das contas, decidi que *não deveria importar*. Eu me recostei no assento, observando despreocupada as outras carruagens na rua tentando evitar os destroços pelo caminho. Passamos pela outrora grandiosa praça da cidade, agora totalmente em ruínas graças ao bombardeio dos britânicos.

– Fico imaginando como era antes – murmurei.

Whit apontou, numa das extremidades, para uma massa de destroços e fios de telégrafo emaranhados.

– Ali era o Hotel d'Europe, um dos melhores lugares em que já tive o prazer de me hospedar.

– Quando foi que você esteve aqui?

– Passei pela cidade assim que vim para o Egito – disse ele, movendo a mão e apontando para outro lugar. – Aqui ficavam os consulados da França e da Inglaterra; ali ainda podemos ver parte da entrada de pé e algumas paredes. Mas o interior foi completamente destruído.

– Deve ser estranho – comentei. – Ver a cidade assim, quando ela existia de maneira mais esplêndida na sua lembrança.

– É, sim – disse ele –, mas é mais estranho ainda para as pessoas profundamente ligadas a Alexandria. Deve ter sido arrasador. Os seres humanos podem ser muito negligentes com coisas bonitas: vidas, animais, arte. Nada está a salvo de nossas mãos.

– Quantas pessoas morreram?

– Milhares – disse Whit com tristeza. – Os britânicos tiveram significativamente menos baixas que os egípcios.

Estávamos sentados frente a frente, as longas pernas dele estendidas até o banco oposto. Esse tipo de proximidade nunca seria permitido se não fôssemos casados. Um estado que eu tinha desfrutado por menos de 24 horas. Era impressionante como a vida podia mudar num instante. Ouvir Whit falar sobre a guerra sempre me fazia pensar em tudo que ele devia ter testemunhado entre a infância e a idade adulta. Eu queria conhecer esse lado dele, e minha curiosidade acendeu uma dezena de perguntas.

Mas me forcei a permanecer em silêncio. Quanto mais conversássemos, mais difícil seria para eu me afastar.

E não havia dúvida de que era isso que eu faria.

– Não espero que me perdoe – disse ele com suavidade.

Eu me sobressaltei, mas mantive a atenção nos destroços da praça. Eu odiava que ele conseguisse adivinhar meus pensamentos com tanta precisão. Ainda mais porque eu nunca sabia o que ele estava pensando.

– Ou que acredite em qualquer coisa que eu tenha a dizer – continuou ele. – Mas tenho um plano para consertar as coisas entre nós.

Ah, eu não duvidava disso. Sua culpa guiaria cada uma de suas ações, e eu tinha certeza de que ele se desdobraria até a exaustão para se livrar dela. Na verdade ele não se importava comigo, só queria aliviar a própria consciência. E me levara a acreditar que havia algo mais entre nós além de camaradagem. Eu tinha sido uma tola por cair em seu esquema, mas uma pequena parte de mim ansiava por ouvir que seus sentimentos tinham sido tão profundos quanto os meus.

Mas ele nunca falava de amor. Somente de amizade.

– Qual é sua esperança para nós dois? – perguntei baixinho. – Quando tudo isso ficar para trás?

Whit me observou, ponderando a resposta. Quando falou, foi com cuidado.

– Não tenho expectativas. Nenhuma esperança.

Exatamente o que eu pensava.

Apertei a borda do assento, respirando devagar. Era surpreendente que suas palavras ainda conseguissem me magoar. Que uma parte minha ainda quisesse acreditar que ele lutaria por mim, pelo próprio coração, por nós. Que ele me amara, que o que tivemos fora real.

Meu Deus, como eu era iludida.

O cocheiro nos conduziu habilmente para outra rua, cujas placas eram escritas em francês. Esta tinha sobrevivido ao bombardeio, com prédios de dois andares alinhados ao longo da via, residências em cima e comércios embaixo. Passamos por um cabeleireiro, dois mercados, e então o cocheiro assobiou, puxando as rédeas, e gesticulou para a esquerda, indicando que tínhamos chegado ao banco.

Whit saltou primeiro e depois me ajudou a descer.

– Lembre-se – falei. – Você é meu segurança. Não fale.

Ele se inclinou para a frente, com os olhos semicerrados.

– *Não* me diga o que fazer. Se alguém apontar uma arma para você, eu terei palavras a dizer a respeito.

– Isso não vai acontecer – assegurei. – A única coisa que pode acontecer é sermos escoltados para fora do banco.

– Sim – resmungou ele. – Pelos malditos militares britânicos.

– Quem?

– Parte do tribunal que os britânicos montaram após o bombardeio para restaurar a ordem – explicou ele. – Agora, Olivera, lembre-se de falar o mínimo possível. Não precisa se explicar nem se lançar em detalhes supérfluos que ninguém pediu. Diga apenas o que veio dizer. Só isso.

– Sim, vou me lembrar disso – repliquei, os nervos provocando uma estranha sensação em meu estômago, como se um enxame de borboletas estivesse invadindo meu corpo. – Mais alguma coisa?

– Mantenha contato visual – continuou ele. – Deixe-o saber que você é uma pessoa importante *sem* dizer que você é importante. Mantenha a postura ereta, não fique se remexendo e aja com confiança. E mais uma coisa.

– O quê?

Ele sorriu.

– Pensei que você não quisesse que eu falasse.

Se eu pudesse, teria dado um tapa nele ali mesmo nos degraus da entrada do banco.

– Você é tão irritante – falei, me virando para a porta.

Um grande salão retangular, cheio de mesas de madeira e cadeiras baixas, nos recebeu quando entramos. Vários funcionários estavam na entrada. Alguns deles se aproximaram, usando ternos sob medida, camisas impecáveis e sapatos lustrosos. Eles falavam uma mistura de italiano e francês. Eu não falava nenhuma das duas línguas, mas um deles começou em um inglês hesitante.

– Sim – falei instintivamente. – Eu adoraria sua ajuda.

Ele fez um gesto para que o seguíssemos por um corredor estreito que se abria para vários escritórios. Whit era uma sombra silenciosa e formidável. Muitos dos atendentes nos olhavam com aparente desconforto quando passávamos. Com um rápido olhar por cima do ombro, encontrei Whit de cenho franzido.

– Comporte-se – murmurei para censurá-lo.

– Meu nome é Romero – disse o funcionário do banco. – Esta é sua primeira visita a Alexandria?

Eu me contive para não assentir.

– Não. Já estive aqui muitas vezes. Adoro ver os pontos turísticos.

Suas sobrancelhas escuras subiram até a linha do cabelo.

– Os pontos turísticos? A maioria dos viajantes ignora completamente a cidade por causa das pirâmides ou templos que se encontram no Alto Egito. Tudo que temos aqui é um campo de ruínas.

Minha confusão deve ter sido evidente, pois ele continuou:

– A cidade encolheu desde o tempo dos gregos e romanos, e só restam colunas tombadas e trechos irregulares de terra que ninguém escavou. É uma pena... tenho certeza de que há muito a ser descoberto além dos limites da cidade.

– Talvez seja apenas uma questão de tempo – falei.

Romero parou diante de uma porta grossa de madeira e, depois de abri-la, gesticulou para que entrássemos. As paredes eram cobertas por um papel de parede suave, com desenhos em espiral e filigranas, e um sofá de couro oferecia assentos confortáveis. Em frente ao sofá havia uma robusta mesa antiga com entalhes ornamentados nos pés.

– Aceitam um chá? Café? – perguntou Romero.

– Não, obrigada – falei. – Estou mesmo com pressa.

Ele se inclinou para trás, assentindo.

– Como posso ajudá-la, então?

– Bem, eu tenho uma conta aqui – comecei –, e gostaria de atualizar meu endereço, pois o anterior não está mais correto.

Ele piscou.

– A senhora tem uma conta conosco?

Assenti, mantendo o contato visual e um sorriso doce.

– Isso mesmo.

A confusão de Romero persistia.

– Qual é o seu nome?

– Meu nome é Lourdes – respondi, fazendo uma pausa antes de dizer meu sobrenome.

E se minha mãe não o tivesse usado? E se, em vez disso, ela tivesse usado o nome de solteira? Ou, talvez, adotado o sobrenome do Sr. Fincastle? Pensei freneticamente em qual nome ela poderia ter escolhido. Ela estava vivendo em seus próprios termos, a vida do jeito que queria. Que nome teria dado a si mesma?

O suor formava gotículas em minhas têmporas enquanto eu mantinha o sorriso no rosto, como se estivesse colado com adesivo.

– Lourdes... – Romero aguardava, ansioso.

Whit estava de pé atrás do sofá, pois não seria apropriado que ele se sentasse ao meu lado. Eu sentia sua frustração por não poder me ajudar.

– Ah, eu me casei recentemente, e estava prestes a lhe dar o nome errado – declarei com uma risada envergonhada. – É Fincastle.

A confusão de Romero se desfez.

– Esse nome me soa familiar. Por favor, me perdoe; trabalho no banco há apenas alguns meses. Espere um instante enquanto busco sua pasta.

Ele saiu, fechando a porta rapidamente atrás de si.

Fixei o olhar em um ponto à frente, relutante em baixar a guarda.

– Você acha que ele acreditou em mim? – sussurrei.

– Não sei – murmurou Whit. – Mas foi uma bela atuação.

– Eu costumava encenar peças com meu pai – falei.

– A prática valeu a pena. – Ele fez uma pausa. – O que te fez escolher Fincastle?

Passei a língua pelos lábios secos.

– Pensei que, se minha mãe usasse o nome de solteira, meu tio poderia localizá-la com facilidade. Ele investigaria esse nome nos bons hotéis e restaurantes caros. Mas, como ele não sabia quem era o amante dela, supus que Fincastle era um palpite seguro.

– Brilhante – disse ele.

Um calor subiu por meu peito, fazendo o coração descompassar.

– Vamos ser presos?

Antes que Whit conseguisse responder, a porta se abriu e Romero entrou, carregando uma pasta de couro fino. Ele voltou a seu assento à mesa.

– Qual endereço gostaria de deixar conosco, Sra. Fincastle?

– Bem – falei, soltando outra risada envergonhada. – Isso é parte do problema, na verdade. Que boba que eu sou! Eu tenho várias propriedades, e infelizmente não me recordo qual delas usei ao abrir a conta. Se o senhor puder me lembrar, posso confirmar se preciso atualizar a pasta. É possível que vocês já tenham o endereço correto. Só quero garantir que não haja erros...

– Entendo – disse Romero, com uma leve ruga aparecendo entre as sobrancelhas escuras. – Por que não me dá o endereço que deseja e eu o comparo com o que tenho aqui? – Ele bateu na pasta de couro, sorrindo levemente. – Acho que será mais fácil.

– Não – falei, irritada –, acho que do *meu* jeito seria mais fácil. Por favor, apenas me diga o endereço...

Whit emitiu um leve som no fundo da garganta. Eu não tinha percebido que havia levantado a voz.

– Bem – replicou Romero, o sorriso desaparecendo e a ruga na testa se tornando mais pronunciada. – Eu discordo. O endereço?

Ele tirou uma caneta do bolso do paletó.

Eu me abanei, tentando pensar rápido.

– Acredito que devo ter usado o da costa...

Os olhos de Romero baixaram. Os cantos de seus lábios se contraíram.

– Não é esse o endereço. Já que parece estar tendo dificuldades, por que não volta com seu marido? Não posso fazer nenhuma atualização na pasta sem ele, de qualquer forma. Mas, novamente, se a senhora deixar o novo endereço comigo, ficarei feliz em entrar em contato com ele para garantir que não haja nenhum inconveniente.

Droga.

– Por que haveria algum inconveniente?

– Não sei por quê, Sra. Fincastle – respondeu Romero com calma. – Só estou lhe informando que usamos certos mecanismos para nos proteger contra fraudes... de qualquer tipo. E, como somos um banco estrangeiro, aqui se aplicam algumas regras estrangeiras, e o fato é que uma dessas regras exige a presença de seu marido para qualquer alteração na conta. Mesmo algo simples, como um endereço. Se quiser, posso chamar o gerente para discutir seu problema.

– Eu não tenho nenhum problema – retruquei entre os dentes.

Romero se levantou, segurando a pasta.

– Ainda assim, eu me sentiria mais confortável com a presença dele, pois não quero causar nenhum desentendimento ou confusão desnecessária.

Essas foram as últimas palavras que ele disse. Whit pulou sobre o sofá e derrubou Romero. Ambos caíram com um baque pesado sobre o luxuoso tapete antigo que decorava o chão, Romero soltando um grito abafado antes de Whit acertar sua bochecha. O rosto do bancário relaxou quando ele perdeu a consciência. A pasta de couro caiu no chão enquanto Whit ajeitava Romero no sofá, fazendo parecer que estava dormindo.

– Rápido, procure o endereço – sibilou Whit.

Peguei a pasta e a abri.

As páginas estavam em branco.

 ## WHIT

Inez virou a pasta para que eu pudesse ver. Todas as páginas estavam em branco. Ela veio em minha direção e olhou para o funcionário do banco caído no chão.

– Que o diabo me carregue – praguejei.

– E agora? – perguntou Inez. – Os outros funcionários logo vão perceber que Romero está inconsciente.

– Ele parece estar dormindo.

Ela apontou para o rosto de Romero.

– Tem sangue escorrendo do canto da boca. Está pingando no chão.

Estreitei os olhos. De fato, havia sangue. Usando a barra da camisa dele, limpei seu rosto. Agora, sim, ele parecia estar dormindo. Só tínhamos alguns minutos para pensar em um novo plano.

– Whit – disse Inez, em um tom de curiosidade.

– Estou pensando – respondi, com as mãos na cintura.

– Não, eu sei – disse ela, com a voz ofegante. – Por que o tapete está brilhando?

Olhei para baixo, alarmado. As fibras trançadas estavam se movendo sob nossas botas, a cor escurecendo, claramente tocadas pela magia.

– Saia de cima dele.

– Bem, eu adoraria, mas *não consigo* – replicou Inez.

Ela levantou a perna e o tapete subiu, grudado na sola de sua bota.

– Ele virou uma espécie de adesivo. Estou presa.

Minhas botas também estavam grudadas no tapete.

– Tem um feitiço antigo preso a ele – sussurrei. – Não deixe mais nada encostar no tapete. Cuidado com a barra do seu vestido.

Inez se curvou e juntou o tecido, amarrando-o em um nó, exibindo boa parte de suas pernas. Desviei o olhar, exasperado. Estávamos presos, e alguém certamente viria procurar Romero se ele não aparecesse depois de um tempo razoável.

Inez tentou arrastar os pés, balançando os braços, mas isso só fez o tapete se mover alguns centímetros para a frente. Ela me olhou, a irritação estampada no rosto.

– Não fique aí parado! Precisamos sair dessa.

– Isso é óbvio.

Ela tentou se mover mais uma vez, arrastando o tapete alguns centímetros e conseguindo me desequilibrar. Agitei os braços no ar para não cair.

– Olivera, *pare*. Temos que trabalhar juntos.

Inez me fulminou com o olhar.

– Confie em mim...

– Confiar em você? – zombou ela. – Pense em nosso passado.

– Pense em nosso presente – retruquei, apontando para o maldito tapete.

Ela mordeu o lábio, os olhos se enchendo de uma confusão nervosa e absoluta que me destruiu por dentro. Eu tiraria nós dois daquela situação, mas Inez não sabia disso. Não depois do que eu tinha feito a ela. De repente, senti vontade de gritar de frustração. Comigo mesmo, com essa situação ridícula em que nos encontrávamos. Anos de treinamento permitiram que eu me agarrasse às migalhas de calma que consegui reunir. Inspirei fundo.

– Sei que é a última coisa que você quer fazer – falei. – Mas se quisermos sair dessa, temos que...

– O que fazemos? – perguntou ela com uma voz que eu conhecia bem.

Era aquela em que ela lutava para manter o tom moderado, mas eu sabia que o que queria mesmo era gritar.

O sentimento era mútuo.

– Não posso usar minha faca para cortar o tapete... ela vai grudar nas fibras – falei. – Você consegue, com *muito cuidado*, se descalçar e pisar em cima das botas?

– Mas assim eu ficarei só de meias – protestou ela.

– Tem uma ideia melhor?

– Não.

Ela suspirou e se inclinou para a frente, os dedos trabalhando com rapidez para desamarrar as botas. Depois, tirou os pés devagar, pisando nelas com cuidado. As meias a atrapalhavam, e ela ficava escorregando no couro.

– Você consegue pular?

Inez olhou para a borda do tapete. Era uma peça imensa, e ela devia estar a quase um metro e meio do canto.

– Talvez...

– Espere – falei, já visualizando-a caindo de joelhos. – Pule em meus braços, em vez disso.

Ela ficou tensa, as linhas do rosto marcadas pela desconfiança. Ela não acreditava mais que eu conseguia mantê-la em segurança. Ou talvez a ideia de estar em meus braços fosse tão repulsiva que ela preferisse ficar presa ao tapete.

Qualquer que fosse a razão, doía. Mais do que eu queria admitir.

– Vou te jogar no sofá – falei baixinho. – De lá, você pode pular do outro lado, evitando completamente o tapete.

– Você está adorando isso, não é? – disse ela. – Poder agir como herói depois do que fez.

– Eu não sou herói – retruquei. – Eu nunca disse que era.

Ela abriu a boca, sem dúvida para discutir comigo, mas eu a interrompi:

– Pule. Prometo que vou te segurar.

Inez não deu nenhum aviso, mas eu já estava pronto para ela de qualquer forma. Ela se lançou para a frente, e eu a segurei pela cintura, erguendo-a e girando-a para poder aninhá-la nos braços.

Ela ergueu o queixo, os olhos furta-cor encontrando os meus. Ficamos nos encarando por um longo instante, sua expressão cautelosa, e a minha provavelmente ainda mais. Em seguida, flexionei um pouco os joelhos e a joguei no sofá. Ela quicou uma vez, duas, e soltou uma risada surpresa.

– *Gracias* – disse, ofegante.

– Sempre às ordens – murmurei, desamarrando os cadarços de minhas botas gastas.

Eu odiava ter que deixá-las para trás – era meu par favorito. Soltei os pés e pulei, aterrissando com um baque no chão de madeira ao lado de Romero.

– O que você acha que ativou o feitiço? – perguntou Inez.

Pensei por um instante.

– Sangue, talvez?

Apontei para algumas gotas manchando a superfície.

– Na verdade, é uma ideia inteligente usar o tapete como um empecilho para ladrões. Aposto que o proprietário encontrou vários objetos comuns desse tipo e os colocou em todas as salas.

Inez girou, olhando os vários itens espalhados. Havia pinturas e penas, porta-retratos, pilhas de papel. Qualquer coisa poderia estar encantada.

– E agora? – perguntei, apontando para Romero.

– Eu poderia dizer que ele desmaiou – disse Inez de repente. – E chamar os outros... Talvez alguém corra para buscar ajuda...

– Ou podemos simplesmente sair como se tivéssemos concluído nosso assunto – falei.

– Não vou embora sem o endereço – disse ela com veemência, os olhos alquímicos queimando, dourados. – Enquanto eu trago o máximo de pessoas para cá, você vai furtivamente até os outros escritórios e encontra a ficha de minha mãe.

Ela agarrou minha lapela.

– *Por favor*, Whit.

Como se eu tivesse o direito de negar qualquer coisa a ela àquela altura.

– Melhor colocar seu talento de atriz em prática, Olivera.

Ela ergueu o queixo e endireitou os ombros.

Inez contra o mundo.

– Diga que ele desmaiou e bateu a cabeça ao cair. Isso pelo menos vai ajudar a explicar por que o feitiço foi ativado e por que estamos descalços.

Inez assentiu, se dirigindo à porta. Ela pousou a mão de leve na maçaneta.

– Pronto?

– Pronto.

Em seguida, ela puxou os cabelos até alguns fios se soltarem do penteado e assumiu uma expressão de horror. Depois, abriu a porta e gritou a plenos pulmões:

– *Socorro!*

Minha esposa sabia ser dramática. Dava para ouvi-la chorando e fazendo um estardalhaço até o final do corredor. Eu tinha finalmente encontrado os armários onde todas as pastas dos clientes eram guardadas e as estava folheando uma por uma. O banco não tinha muitos clientes, mas até eu reconhecia alguns nomes da alta sociedade.

– O que você está fazendo aqui?

Eu me virei e dei de cara com um dos funcionários do banco parado no vão da porta.

– Estou procurando um endereço – falei, quase em tom de desculpa.

A sala tinha exatamente uma mesa, coberta por cadernos, pilhas de recibos, papéis, materiais de escritório e um castiçal de prata, que serviria bem. Eu não queria usar minha faca, a menos que fosse necessário.

Ele entrou na sala, a raiva marcada na testa.

– Estou quase terminando – falei com educação. – Se você puder...

Atirei o castiçal em sua cabeça. O homem tombou no chão, com a boca escancarada. Eu me virei para vasculhar os arquivos e finalmente encontrei o que estava procurando.

Lourdes Fincastle.

Hora de buscar minha esposa teatral antes que alguém lhe oferecesse um emprego no teatro.

Por que nunca há um coche de aluguel disponível quando se precisa de um? Olhei a rua acima e abaixo, com Inez ofegante a meu lado. Eu tinha que reconhecer seu mérito – ela chorara, fingira *desmaiar* e permitira que usassem sais aromáticos nela. Um funcionário do banco tinha corrido para buscar o médico, enquanto outro saíra correndo para comprar sapatos novos para nós. No entanto, estaríamos bem longe quando voltassem.

Olhei para o banco com inquietação. Alguém certamente surgiria correndo quando descobrissem o segundo homem inconsciente no escritório dos fundos. Fiz sinal para que ela me seguisse pela rua.

– Você conseguiu? – sussurrou Inez, sem fôlego. – O endereço?

– Claro – respondi e me encolhi quando ela comemorou.

Ninguém era mais barulhento do que minha esposa.

– Agora só precisamos de alguém para nos levar de volta ao hotel.

– Não é muito longe – disse Inez. – Por que não continuamos andando?

– Você vai estragar suas meias – avisei. – A rua tem muita terra.

– Não me importo – disse ela. – Temos o endereço. Alguém poderia até jogar lama em mim, e eu não reclamaria.

– Quem jogaria lama em você? – perguntei, olhando-a de canto de olho.

– Posso te perguntar uma coisa?

– Você quer dizer *outra* coisa? – indaguei, me divertindo.

Sem pensar, estendi a mão e prendi um cacho rebelde atrás da orelha dela.

Inez corou, mas não desviou o olhar do meu.

– Por que é tão difícil ficar com raiva de você?

A tensão pesou em meus ombros.

– Será que é porque fiz aquilo para salvar minha irmã?

– Deve ser parte do seu charme – observou ela. – Conseguir fazer algo horrível e se safar.

– Eu me safei? – perguntei, prendendo a respiração.

Inez mexia na barra da manga do casaco.

– Nunca fui do tipo que fica com raiva por muito tempo. No fim, minha raiva se transforma em uma profunda antipatia pela pessoa. Ficar furiosa é exaustivo, e você, especificamente, não facilita. Você é tão... – Ela franziu o nariz. – Simpático, eu acho. Como um cachorrinho.

– Devo agradecer?

– Como um filhote travesso, manhoso e que precisa ser adestrado – completou ela. – A questão é a seguinte, Whit. Talvez eu não esteja mais com raiva, mas não te perdoei. Não acho que eu consiga. Me *machucou* demais. Porque eu realmente te amava.

Eu não tinha perdido apenas uma amiga ou uma esposa. Tinha perdido o amor de Inez. Algo que eu nem sabia que tinha. Fechei os olhos, desejando poder apagar essa verdade de minha mente, porque ela estava me dilacerando. Abri os olhos devagar, a tempo de ver um leve sorriso em sua boca perfeita. Pequeno, mas corajoso e cercado de tristeza. Eu tinha feito isso com ela.

– Eu entendo – sussurrei.

Inez prendeu outro cacho rebelde atrás da orelha, seus dedos tremendo.

– Eu sei que você está motivado pela culpa e acredito que uma parte sua deve lamentar a perda de nossa amizade. Que nunca mais será a mesma... na verdade, *jamais* a teremos de volta. Não importa o quanto nossa convivência seja agradável, não importa o quanto sejamos bons como equipe. Nada disso importa. São coisas superficiais. Porque esta é nossa nova realidade: você me perdeu para sempre.

Ela me dirigiu um olhar solene.

– Você sabe disso, não é?

Eu me sentia estranhamente tonto, como se não estivesse conseguindo respirar direito.

– Sei.

Inez assentiu, o rosto pálido.

– E a verdade é que me perder talvez não signifique grande coisa para você. Pode ser uma ferida superficial que vai cicatrizar rapidamente, sem deixar nem uma marca. – Ela respirou fundo. – Mas o buraco em meu coração nunca vai cicatrizar.

– Por que está me dizendo tudo isso?

Ela umedeceu os lábios, e eu lutei muito para não fixar os olhos neles.

– Porque, apesar de estarmos trabalhando juntos, agindo como amigos, nós não somos amigos. E eu precisava que você soubesse que eu tenho tanto respeito por mim mesma que jamais vou te aceitar de volta.

– Inez... – eu a interrompi, com o estômago apertado.

Uma figura caminhava do outro lado da rua. Estava resplandecente em um vestido luminoso, balançando uma sombrinha de maneira jovial, o que a fazia parecer anos mais nova. Inez seguiu a linha do meu olhar, e eu tapei sua boca com a mão antes que ela pudesse gritar.

Nós dois observamos Lourdes atravessar a rua, seguindo diretamente para o banco.

A mulher estava prestes a entrar quando alguém soltou um assobio agudo.

Lourdes ficou paralisada, com um pé erguido acima do degrau da entrada. Aos poucos, ela se virou, abrindo a sombrinha em um movimento fluido. Ela olhou para os dois lados antes de atravessar a rua correndo e desaparecer na esquina.

Alguém a tinha avisado.

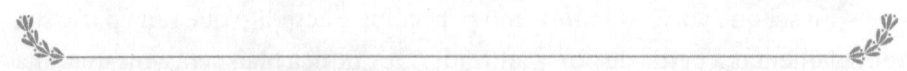

CAPÍTULO DIECISIETE

– Estou te dizendo – disse Whit, furioso. – Isadora esteve aqui! Ela nos seguiu e avisou sua mãe.

Eu ofegava, tentando acompanhar seus passos acelerados. Ainda não tínhamos conseguido uma carruagem de volta para o hotel, mas isso pouco importava, já que Whit nos levaria até lá em minutos com seus passos rápidos.

– Isso é ridículo – falei entre os intervalos de minha respiração pesada. – Ela precisaria ter encontrado outra carruagem para nos seguir e depois pagar por isso, mas com que dinheiro? Ela não recebeu nenhum dinheiro do pai.

– Isso foi o que *ela* disse – desdenhou Whit. – Olhe a fonte, Olivera.

Segurei a dobra do cotovelo dele. Bastava daquilo. Puxei forte e parei, fazendo-o se virar para mim. Ele não exibia o menor sinal de transpiração, a respiração estava regular, enquanto eu tinha certeza de que meu rosto reluzia com o suor escorrendo.

– Você teria notado se ela estivesse nos seguindo – falei.

Ele abriu a boca, mas eu fui mais rápida.

– E, na hipótese de ela ter ido a pé, não se esqueça: ela não conhece bem a cidade.

– Mais uma vez, isso foi o que *ela* disse. – Ele me lançou um olhar incisivo. – A mãe dela morava aqui metade do ano. Será mesmo que ela não conheceria a área?

Suspirei, frustrada.

– Diferentemente dos homens, as mulheres não têm liberdade para sair explorando a cidade.

Whit soltou o próprio braço com delicadeza e continuou a caminhada apressada em direção ao hotel. Estávamos a apenas uma quadra de distância naquele momento, se minha memória não me falhava.

– Então você acha o quê, exatamente? Que ela está conosco para informar nossos passos a Mamá?

– Ela pode estar passando informações para sua mãe, sim – disse Whit. – Pode estar tentando sabotar nossa busca por ela.

– Mas Isadora nos ajudou em algumas ocasiões – protestei. – Lembre--se também de que ela atirou no homem que estava prestes a me atacar.

Whit não teve resposta para isso.

Eu cutuquei as costas dele.

– Escute, Sr. Hayes...

– Pare de me chamar assim – disse ele, cansado. – Não suporto ouvir isso vindo de você.

Pisquei, olhando para a ampla extensão de seus ombros. O tom sombrio dele me pegou desprevenida. Atravessamos uma rua, e nosso hotel surgiu à vista. Hóspedes se misturavam na frente do edifício, desviando de carroças puxadas por cavalos e burros.

– Eu só quero dizer que preciso que você pare de implicar com minha irmã, que confie nela o máximo que puder, porque essa birra entre vocês é muito cansativa para mim.

– Você concorda comigo em relação ao que acabamos de testemunhar? Sua mãe foi avisada para não entrar naquele banco.

– Concordo – falei suavemente. – Mas você não acha...

– *Você* não acha estranho que sua mãe tenha sido avisada sobre um local em que apenas sua irmã sabia que estaríamos?

– O funcionário do hotel também sabia – observei.

Whit me lançou um olhar irritado por cima do ombro.

– Quer dizer que sua mãe mandou vigiar nosso hotel? Só decidimos nos hospedar ali quando chegamos. Como ela saberia?

– Admito que é improvável – reconheci. – Mas e se houver uma opção mais plausível? Alguém que estamos esquecendo?

Whit ficou em silêncio, ainda andando apressado. Minha saia se arrastava atrás de mim enquanto eu lutava para acompanhá-lo.

– Você está falando de Fincastle – disse Whit por fim.

– Exatamente.

Ele resmungou algo baixinho.

– Admita – falei. – Minha ideia é mais plausível do que a sua, que é forçada.

– Olivera – disse Whit. – Estamos prestes a chegar ao hotel. Se ela estiver no quarto, com as malas desfeitas, *talvez* eu concorde com você. Talvez *tenha sido* Fincastle avisando Lourdes em frente ao banco. Mas estou te dizendo: Isadora não estará lá. Eu apostaria minha saúde que ela está correndo para nos interceptar neste exato momento.

Eu nunca quis tanto que alguém estivesse errado.

– Bem, se isso for verdade, acho melhor corrermos.

Juntos, disparamos para dentro do hotel, assustando as poucas pessoas que estavam no saguão. Whit foi mais rápido na escada, graças ao meu maldito espartilho, mas consegui alcançá-lo quando ele estava na porta de nosso quarto. Ele olhou sério para mim.

– Pronta? – sussurrou.

Assenti, respirando com dificuldade. Eu tinha certeza de que estava parecendo uma sem-teto.

Ele abriu a porta.

Lá dentro, Isadora estava inclinada sobre um baú quase vazio. Ela tirou um de meus vestidos e começou a sacudi-lo para desfazer os amassados. Seu cabelo estava perfeitamente arrumado, suas roupas, impecáveis e sem poeira. Minha irmã olhou para nós e arqueou as sobrancelhas.

– A maldita xícara de chá transbordou de novo – observou Isadora. – Tive que secar a água, mas não antes de molhar sua bolsa novamente, Sr. Hayes.

– Ah, *não* – falei. – Que droga! Perdi a ligação dele. *De novo*. E se algo aconteceu?

– Bem, eu não podia atender, já que ele não ia querer falar comigo – disse Isadora. – Mas ele parecia mais irritado do que em apuros. E ficou ligando e ligando... O único perigo real foi o carpete ter ficado encharcado.

Whit a fulminou com o olhar.

– E minha mochila. Que eu deixei *na cama*.

Isadora inclinou a cabeça.

– Você está enganado. Estava no chão, bem ao lado da mesa de cabeceira.

Ela apontou para a mesinha, onde estava a xícara de chá, agora vazia.

– A água pingou bem em cima de sua mochila, infelizmente.

Em seguida, ela se virou para mim e perguntou:

– E aí? Como foi?

Para o crédito de Whit, quando ele narrou a aventura que vivemos no
banco, não a acusou de ter avisado nossa mãe para que não entrasse.

– O que acontece agora que temos o endereço? – perguntou Isadora.

– Vamos direto para lá – falei. – Agora, se possível. Porque alguém
alertou Mamá mais cedo sobre nossa presença, e ela pode se esconder
nesse endereço, achando que está segura.

– Então, vamos confrontá-la – disse Isadora, com o rosto pálido e
angustiado. – Hoje.

– Antes que ela desapareça novamente – observou Whit.

Estendi a mão para a dela, esperando que o gesto lhe transmitisse coragem e consolo.

Em seguida, nos vestimos para a tarefa; Isadora pegou emprestado
um vestido meu de tom mais escuro, e eu usei meu disfarce de viúva.
Whit colocou uma camisa cinza, a cor me lembrando um dos meus lápis
de carvão. Meu estômago roncou, e percebi que já fazia horas desde a
última vez que eu tinha comido. Olhei cobiçosa para a entrada do salão
de jantar do hotel quando saímos do saguão. Mas não havia tempo – eu
sentia que minha mãe não ficaria no mesmo lugar por muito tempo.

Whit contratou uma carruagem, e nós três subimos, Isadora e eu
espremidas de um lado, ele do outro. A pressão se acumulava em meus
ombros, e eu tentava controlar a respiração. A última vez que vira minha
mãe, ela estava em um pequeno barco, partindo de Philae com todos
os artefatos que eu tinha dado a ela para que mantivesse em segurança.

Esses mesmos artefatos passariam pelo pórtico e nunca mais seriam
vistos no Egito, se não conseguíssemos localizar onde ela os tinha escondido.

– Vamos bater na porta da frente? – perguntou Isadora de repente, quebrando o silêncio. – Qual é exatamente o plano?

– Vamos entrar furtivamente – dissemos Whit e eu ao mesmo tempo.

Ele me lançou um sorriso, que ignorei, e me dirigi a Isadora.

– Se batermos, vamos alertá-la sobre nossa presença, e ela terá tempo de escapar.

– Claro – disse Isadora, corando. – Eu não pensei nisso.

Minha irmã se remexia no assento, juntando e separando as mãos. Ocorreu-me que ela vinha temendo aquele momento, ao passo que eu vinha ansiando por ele. Fazia pouco tempo que ela soubera do envolvimento de nossa mãe, enquanto eu o vivenciara em primeira mão. Sua compostura a tinha abandonado por completo.

– Quando foi a última vez que você a viu? – perguntei gentilmente.

– Em Londres, antes de Papa e eu partirmos para o Egito. Ela se despediu de nós no embarque – sussurrou Isadora. – Nunca pensei que a veria *aqui*. Ela ia nos buscar no porto na volta, como tinha prometido.

– Você disse que eles sempre estão juntos – disse Whit suavemente.

Olhei para ele, franzindo a testa. Eu não a ouvira dizer tal coisa. Estava prestes a contestar seu comentário crítico, mas Isadora foi mais rápida do que eu.

– Claro que eles não passam todos os momentos juntos – disse ela, irritada. – Eu estava tentando mostrar a profundidade do compromisso entre eles.

Whit fechou a boca e desviou o olhar. Ele permaneceu em um silêncio contemplativo o resto do caminho. Ninguém mais falou; eu estava presa em meus pensamentos, com os nervos governando a pulsação na garganta.

Eu estava *tão* perto de encontrá-la.

Quando estivéssemos dentro da residência de Mamá, encontraríamos tudo de que precisávamos para reunir as provas contra ela. Haveria algum rastro de suas tentativas de vender os artefatos, endereços e números de telefone de possíveis compradores e correspondências incriminadoras de seus subordinados.

Logo, eu teria a verdade sobre meu pai e o que ela fez com ele.

Eu ainda não tinha perdido a esperança de que ele estivesse vivo no Egito. Agarrando-se à vida por um fio, trancado em algum lugar.

Se ele estivesse vivo, eu o resgataria.

Se estivesse morto, eu o enterraria.

De uma forma ou de outra, eu saberia a verdade.

O cocheiro parou diante de uma residência simples, cuja única ornamentação era um portão de ferro que dava para um caminho estreito, no fim do qual havia degraus que levavam a uma porta de madeira igualmente simples. Não parecia o tipo de lugar em que minha mãe moraria. Onde estava o jardim? Vasos de flores? Ela amava tudo que fosse verde, mas aquele lugar me lembrava o deserto. Pedra de cor castanha, design austero, mas funcional. Não havia uma aldrava elaborada para nos receber. Não a teríamos usado, mas me lembrei do leão dourado que tínhamos em casa, rugindo para qualquer um que ousasse nos visitar. Mamá adorava seus luxos. Mesmo em Philae, ela insistia em ter tapetes e móveis, espelhos, bacias de porcelana e as melhores roupas de cama feitas de algodão egípcio.

– Estou vendo uma pequena varanda lateral – disse Whit. – Vamos entrar por ali.

Isadora caminhava a meu lado enquanto seguíamos Whit até a casa. Ela perdera a palidez do rosto, como se toda a tensão e preocupação que carregava a tivessem deixado. Seu queixo estava erguido, os ombros retos e firmes. Quando seus olhos encontraram meu olhar preocupado, ela assentiu, com uma luz determinada brilhando nos olhos.

Aquela era a Isadora que eu conhecia. Uma garota que enfrentaria o mundo com um sorriso educado e uma arma na mão.

Whit demonstrou outro de seus muitos talentos ao forçar a fechadura da porta lateral, abrindo-a em poucos segundos. Até minha irmã pareceu impressionada.

– Você pode me ensinar a fazer isso? – pediu Isadora.

Ele a ignorou e me olhou com uma expressão séria. Eu assenti, instando-o a entrar. Nós o seguimos, e eu semicerrei os olhos, esperando a visão se ajustar à repentina escuridão. Não fiquei surpresa ao descobrir que Whit estava carregando alguns suprimentos, e, após vasculhar a mochila de couro, ele tirou pequenas velas e fósforos.

Ele entregou uma para mim e outra para Isadora. Acendi as duas apressadamente, desesperada para encontrar Mamá. A chama iluminava o suficiente para que eu conseguisse esquadrinhar o ambiente: era uma pequena sala de estar, com cadeiras simples, mas confortáveis, estofadas em padrões vibrantes. Sob meus pés, havia camadas de tapetes, limpos e bem-feitos. As paredes estavam nuas, mas a entrada exibia um elaborado trabalho em madeira. Na mesinha de centro baixa, havia uma xícara com chá até a metade, e, a julgar pelas espirais de vapor subindo, ainda estava quente. Lancei um olhar rápido para Whit – ele já estava saindo da sala, empunhando uma faca.

– Não a machuque – sussurrei.

Ele me ignorou, desaparecendo no cômodo ao lado.

Isadora o seguiu, quase tropeçando em uma das almofadas empilhadas no chão. Eu estava logo atrás dela, verificando os outros cômodos à medida que avançávamos. Whit encontrou uma escada que levava ao segundo andar e subiu os degraus de dois em dois. Corri atrás dele, e verificamos os cômodos naquele andar.

– Acho que não tem ninguém aqui – sussurrou Whit. – Onde está Isadora?

Eu me virei, franzindo a testa, surpresa ao notar a ausência dela.

– Achei que ela estivesse logo atrás de mim. – A ruga em minha testa se desfez. – Ela deve estar no andar de baixo.

Ele passou correndo por mim e desceu a escada. Deixei que ele a procurasse enquanto eu explorava o primeiro cômodo ao lado da escada. Havia uma cama arrumada no centro e, no canto do quarto, várias palmeiras e samambaias em vasos. Aquela era a mãe que eu conhecia, a que cuidava pacientemente da terra ou trazia de volta à vida uma flor moribunda. Do outro lado do quarto, havia uma cômoda de madeira, no centro da qual repousava uma bandeja espelhada. Caminhei até lá, o sangue latejando de forma ensurdecedora em meus ouvidos. Na bandeja, havia um perfume que eu reconhecia. Ergui o frasco de vidro e inspirei delicadamente. Era de Paris e tinha um aroma doce de baunilha. Um cheiro que sempre me faria lembrar de minha mãe.

Coloquei o perfume de volta às pressas, com a mente girando.

Ela construíra um lar ali.

A dor floresceu sob minha pele. Mamá compartilhava aquela cama com seu amante. Eles tinham construído uma vida juntos, completa, inclusive com outra filha. Uma filha para substituir a que ela abandonara. A enormidade do que ela fizera a Papá e a mim era esmagadora, e eu me deixei cair na cama, tremendo. Meus olhos pousaram em um guarda-roupa de madeira, que estava entreaberto. Vestidos como os que eu tinha visto no Cairo transbordavam do espaço apertado.

Eram mais brilhantes, mais decotados, com mais babados e joviais. Minha mãe não era muito mais velha que eu – tinha apenas 39 anos – e parecia estar se agarrando à própria juventude, à vida que ainda tinha pela frente. E era assim que ela escolhera passar seus dias. Traindo Papá durante anos e anos, me proibindo de me juntar a ela no Egito. Vendendo objetos históricos de valor cultural inestimável pelo maior lance.

Eu mal a reconhecia.

– Olivera! – chamou Whit do andar de baixo.

Eu me levantei com os joelhos trêmulos, uma dor perfurando meu coração. Minha família tinha desmoronado, e eu, tolamente, tentara criar outra com um homem que conhecia havia poucos meses. Eu me senti desestabilizada e muito, *muito* furiosa com o que minha mãe tinha feito.

E ela nem teve a decência de estar ali para que eu pudesse gritar com ela.

Desci a escada, lutando contra minhas emoções a cada passo. Chorar não ajudaria em nada. Gritar não livraria meu tio e Abdullah da prisão no Cairo. O som de Whit e Isadora discutindo atravessava a escuridão da casa vazia. As vozes me atraíram para onde os dois estavam como uma sirene irritadiça. Eles se achavam em uma biblioteca, com cadeiras confortáveis sobre tapetes felpudos e pequenas mesas cilíndricas em cada extremidade.

Prateleiras repletas de dezenas de objetos aleatórios cobriam as quatro paredes: livros; potes de botica; frascos de tintura; artigos de papelaria; estatuetas e figuras de vários animais e deuses e deusas egípcios; porta-retratos exibindo esboços e pinturas de vários monumentos e templos; peças de joias que não combinavam; fitas; alfinetes; lenços; velhos diários e livros empilhados, alguns se desfazendo na lombada; chapéus femininos e várias luvas. Curiosamente, havia xícaras lascadas, talheres enferrujados e várias chaleiras. A quantidade de tralhas ocupando quase todas as superfícies disponíveis me espantou.

– Me diga o que você estava fazendo nesta sala antes de eu entrar – exigiu Whit.

– Eu estava procurando pistas – retrucou Isadora. – Não é para isso que estamos aqui? Estou ficando bem exausta de suas constantes perseguições e suspeitas. Inez, você não pode colocar um pouco de bom senso na cabeça dele?

Esfreguei as têmporas doloridas, sentindo a pressão se acumular atrás dos olhos.

– Algum de vocês encontrou algo útil? Ou ficaram discutindo o tempo todo?

Isadora teve a decência de parecer envergonhada, mas Whit se manteve impassível. Por fim, ele murmurou:

– A maioria dos objetos é tocada pela magia. Mas não sei até que ponto isso vai nos ajudar.

Minha atenção voltou às prateleiras. Mamá sempre fora uma ávida colecionadora de objetos tocados pela magia, desde que eu me conhecia por gente. Por onde quer que ela viajasse, encontrava algo para levar para casa. Seus itens favoritos eram de Paris. Ela uma vez me disse que os feitiços ligados aos objetos eram travessos por natureza. Ela se divertia muito quando encontrava uma caixinha de música que só tocava canções obscenas de marinheiros. Mas, fitando as centenas de itens espalhados pelas prateleiras, comecei a perceber que eu tinha subestimado imensamente sua capacidade de colecionar.

– Talvez haja algo aqui que possa nos dar uma pista de onde ela está... ou o que está fazendo em Alexandria... – conjecturou Isadora.

Os olhos de Whit encontraram os meus, e ele ergueu um pouco as sobrancelhas. Nós dois suspeitávamos que minha mãe estivesse em busca da Crisopeia de Cleópatra. Se ela, de alguma forma, descobrisse como transformar chumbo em ouro... estremeci só de pensar no que ela faria com aquele tipo de riqueza.

Aquele tipo de poder.

– Há mais diários empilhados aqui nas cadeiras – comentou Whit. – Por que não aproveitamos para examinar tudo? Olivera, se encontrar algo que valha a pena guardar, encolha-o.

Instintivamente, minha mão foi ao lenço em meu pescoço.

– Vamos ficar aqui a noite toda? – perguntou Isadora. – O que vai acontecer se Mamá voltar?

– Vamos tomar um chá com ela – replicou Whit.

Isadora o fuzilou com o olhar. Whit se sentou no chão e começou a folhear os diários e livros antigos. Isadora leu as cartas, enquanto eu examinava as prateleiras lentamente. Isso acabou se mostrando uma tarefa complicada. A chaleira cuspiu chamas quando toquei na alça; várias estatuetas começaram a cantar canções vulgares em alto volume, me lembrando da velha caixinha de música; a maioria dos lenços se comportava como camaleões, mudando de cor e forma de acordo com aquilo em que tocavam; os frascos de tintura, na verdade, eram remédios, e encolhi todos, me lembrando de uma história que meu tio tinha contado em Philae. Mamá estava sempre preocupada, temendo adoecer, até que encontrara um tesouro de frascos de tintura que continham resquícios de feitiços de cura. Agora ela podia curar qualquer coisa: ossos quebrados, brotoejas, febres, calafrios, dores de estômago.

Não tive o menor escrúpulo de pegar todo o estoque.

Havia também um brinco que parecia amplificar os ruídos da sala (Whit lendo silenciosamente para si mesmo parecia um rugido direto em meu ouvido), uma pulseira que fazia subir minha temperatura corporal e vários lápis de carvão amarrados com uma fita. Eu não sabia o que faziam, mas poderia muito bem usá-los.

Eu me afastei da prateleira e fui até uma das cadeiras, movendo as grandes pilhas de papel para abrir espaço. Uma garra gélida de pavor me atravessou. Em algum lugar de Alexandria, Mamá estava se escondendo com centenas e centenas de artefatos, se preparando para vendê-los.

– Onde ela pode estar? – perguntei, impaciente.

– Essa é uma ótima pergunta – veio uma voz da porta.

O medo arrepiou minha pele. Eu conhecia aquela voz, com seu timbre profundo e meloso, como se cada palavra fosse mergulhada em um barril de óleo. Lentamente, ergui os olhos.

Encostado no batente da porta sem a menor preocupação estava o Sr. Basil Sterling.

Sua mão segurava uma pistola apontada diretamente para meu coração.

CAPÍTULO DIECIOCHO

O Sr. Sterling se endireitou e deu um passo para o interior do cômodo, sua presença parecendo dominar o espaço, escurecendo os cantos e baixando a temperatura a um frio assustador. Ele usava o habitual terno de três peças: calça escura, paletó combinando e um colete cujos botões se fechavam sobre a curva da barriga. Não precisei olhar os sapatos para saber que estavam engraxados e polidos. Seu bigode extravagante tremia enquanto ele observava, satisfeito, nossas expressões atônitas.

– Eu não tentaria pegar sua faca, Sr. Hayes – disse o Sr. Sterling com sua voz anasalada, ajustando os óculos. – Na verdade, por que não levanta as mãos bem alto para mim?

Um músculo saltou no maxilar de Whit. Seus olhos se desviaram para o cano da pistola e, em seguida, encontraram os meus. Ele me deixou ver sua fúria, chamas azuis gêmeas. Eu sabia do que ele era capaz, do tipo de dano que suas mãos podiam causar.

Mas ele não arriscaria me pôr em perigo.

E então, lenta e deliberadamente, ele ergueu os braços, os punhos cerrados com firmeza.

– Minha jovem – disse o Sr. Sterling, voltando sua atenção para minha irmã –, se você pudesse imitar nosso jovem herói, eu apreciaria muito.

O Sr. Sterling nos seguira até ali, provavelmente em busca de pistas sobre o paradeiro de Mamá. Ele levaria tudo que pudesse carregar. Por instinto, alcancei o primeiro objeto encolhido em meu bolso e o coloquei na boca. Parecia ser um dos pequenos frascos de tintura que eu tinha apanhado na prateleira. Em seguida, levei a mão ao outro bolso e enfiei páginas minúsculas sob a gola do vestido.

– *Agora*, minha jovem – repetiu o Sr. Sterling, as sobrancelhas grossas franzidas em uma carranca.

Os lábios de Isadora se franziram. O Sr. Sterling a estudou, uma linha reta e perplexa se formando em sua testa. Ele parecia achá-la familiar, mas não conseguia se lembrar de onde a conhecia.

– Já nos conhecemos? – perguntou ele por fim.

Isadora balançou a cabeça, a raiva vertendo dela como uma ferida aberta.

– Você parece uma dama, mas, estando na companhia de um soldado desonrado e da filha de minha inimiga, é muito provável que não teria nenhum escrúpulo em me dar um tiro na cara.

A voz de minha irmã soou fria e confiante. Nunca senti tanto orgulho dela.

– O senhor está certo.

– *As mãos* – repetiu o Sr. Sterling.

Isadora as levantou mais alto.

– Ótimo – disse ele. – Agora, Inez, sei que você tem muitas perguntas, mas elas terão que esperar. O que eu gostaria de fazer é recolher o que vocês encontraram... Ah, aqui estão eles – disse, dando um passo para o lado a fim de que alguns homens entrassem. – Eu gostaria que tudo fosse colocado nas caixas.

O olhar meticuloso do Sr. Sterling não deixou escapar nada, vagando pelas prateleiras e avaliando as pilhas de livros e diários; o tempo todo, a arma permaneceu firme, apontada diretamente para meu coração. Ele me mataria sem hesitar. Eu era, como ele dissera, filha de sua inimiga. Uma agente dele que se rebelou. Que melhor maneira de ferir minha mãe do que me assassinar? Minha garganta ficou seca, e, de repente, desejei nunca ter ido ao Egito. Elvira ainda estaria viva. Eu nunca teria me apaixonado por um ladrão. Abdullah e tio Ricardo não estariam presos. Mas, se eu não tivesse ido... nunca teria descoberto que tinha uma irmã.

Minha atenção se voltou para Isadora.

Não importava o preço, minha irmã sairia viva daquela casa. Eu faria qualquer coisa para mantê-la a salvo.

– Suponho que lhe devo minha gratidão – disse o Sr. Sterling enquanto seus homens embalavam os objetos. – Eu acabaria encontrando o esconderijo de Lourdes, mas teria demorado mais sem sua ajuda.

– Minha ajuda – repeti, falando com cuidado com o frasco de tintura sob a língua. – Eu não o ajudei; nunca fiz isso e nunca farei.

O Sr. Sterling me olhou, sorrindo de leve, como um pai para uma criança teimosa com ideias tolas.

– Creio que foi Henry James quem disse: "Nunca diga que sabe tudo de todos os corações humanos." Inez, você é jovem demais para falar em termos absolutos.

Sua repreensão me irritou.

– Eu não o ajudei – repeti entre dentes.

O sorriso do Sr. Sterling se abriu ainda mais.

– Você me trouxe para cá.

Franzi a testa, confusa, olhando rapidamente para Whit. A fúria irradiava dele em ondas fortes.

– O senhor estava me seguindo? – perguntei.

As consequências disso me atingiram como um golpe. Será que ele sabia onde estávamos hospedados? Será que ele estivera no banco?

Isso significava que Mamá tinha escapado não apenas de mim e de Whit, mas também de Basil Sterling.

– A cada passo da jornada – disse ele com aquela voz melosa. – Agora, gostaria que todos fossem revistados – ordenou o Sr. Sterling. – Sem dúvida encontrarão várias coisas em miniatura nos bolsos e nas bolsas.

Fiquei boquiaberta. Como é que ele sabia do lenço de Mamá? A resposta veio um segundo depois. Eles tinham trabalhado juntos, e, conhecendo minha mãe, ela deve ter usado a magia em algum momento ao coletar artefatos.

Os homens avançaram, três para Whit, dois para Isadora e o último para mim. Ele era alto, e o hálito fedia a tabaco. Ele me forçou a esvaziar os bolsos e pegou todos os frascos de tintura, os lápis de carvão e o brinco único. A raiva explodiu dentro de mim, forte o suficiente para me fazer querer gritar até não restar nada.

– Por que você e eu não temos uma conversa em particular? – sugeriu o Sr. Sterling. Com a mão livre, ele curvou o dedo, me chamando, enquanto a outra ainda segurava a arma com firmeza. – Vamos, minha querida.

– Eu não sou sua querida – repliquei. – Não sou nada sua.

– Bem – disse o Sr. Sterling com a voz dura –, você tem sido muito útil para mim.

Olhei para Whit, sem saber o que fazer. Ele já estava me observando, a expressão dura, a raiva queimando nos olhos azuis, aquela onda de fúria me envolvendo de forma sufocante. Os três homens à sua volta tinham uma arma apontada para ele. Minha boca ficou seca diante daquela cena.

– Isso mesmo – disse o Sr. Sterling da porta. – Se não cooperar, seu marido – Whit soltou um rosnado – não sairá daqui com vida.

Cerrei o maxilar e disse um adeus silencioso para minha irmã e depois para Whit. Nenhuma parte de mim o tinha perdoado pelo que fizera, mas aquela não era a despedida que eu imaginava que teríamos. Ele me olhou em silêncio, a frustração gravada em cada linha tensa do corpo. Em seguida, me virei e segui o Sr. Sterling até a frente da casa. O mais discretamente possível, peguei o frasco de tintura debaixo da língua e o escondi sob a gola alta do vestido. Era do tamanho da ponta de uma caneta-tinteiro, e eu mal o sentia tocando em minha pele.

Aquilo, pelo menos, era algo que ele não poderia tirar de mim.

O Sr. Sterling me levou até a pequena sala de estar pela qual tínhamos passado ao entrar na casa. De alguma forma, ele parecia dominar qualquer situação em que estivesse. A lembrança de quando compartilhamos uma cabine durante a sacolejante viagem de trem de Alexandria ao Cairo ainda me assombrava. Ele tinha desdenhado de cada palavra minha, como se eu fosse uma ninguém ignorante – ou pior, uma mulher ignorante. Para ele, a minha existência era uma ofensa grave.

– Você refletiu sobre nossa última conversa?

Sua pergunta me roubou a fala por alguns segundos. O fato de ele realmente acreditar que eu consideraria sua sugestão de trabalharmos juntos para encontrar minha mãe era ultrajante. Havia centenas de outras coisas que eu preferiria fazer, como, por exemplo, engolir uma das lâmpadas elétricas criadas por Thomas Edison.

– Não pensei – falei. – Prefiro nunca pensar no senhor.

O Sr. Sterling me observou com um olhar avaliador. Seus olhos não desceram abaixo de meu rosto, mas senti que sua avaliação me deixara suja. Como se ele estivesse olhando para minha alma à procura de algo que se assemelhasse a seu próprio coração sombrio.

– Minha resposta é *não*.

Cruzei os braços, meu olhar se fixando na pistola que sua mão segurava com firmeza.

– Um não enfático. Suponho que agora o senhor vai ameaçar novamente meus companheiros se eu não cooperar – acrescentei com amargura. – Somente um ser humano fraco e sem imaginação recorre à violência para conseguir o que quer.

– E o que você sugeriria? – perguntou ele suavemente.

– Basta olhar para o passado para ver que a maioria daqueles que governaram por meio do medo e da maldade não duraram muito em sua posição de influência – falei. – Eles enfrentaram revoluções, rebeliões, escaramuças, guerras e tentativas de assassinato. Mas líderes que inspiravam seus súditos foram amados, defendidos e protegidos. – Eu o olhei com os olhos estreitados. – Acredite em mim: o senhor terá um fim desastroso. Não concordo com minha mãe em muitas coisas... talvez em todas as coisas, na verdade... exceto uma. Eu entendo por que ela o traiu.

Pensei que meu desabafo o levaria a uma fúria enlouquecida, mas ele me observava em um silêncio frio e contemplativo.

– Algo me diz – disse ele por fim – que você mudará de ideia.

– Prefiro morrer primeiro – repliquei, fervilhando de raiva.

Ele me olhava com um ar de divertimento.

– Você é bem dramática, não?

Às vezes eu era mesmo, mas, naquele momento, fui sincera em cada palavra.

As feições do Sr. Sterling se contorceram, e ele rapidamente puxou um lenço do bolso e tossiu alto nele. A mão que segurava a pistola vacilou, e eu dei um passo em direção à porta, mas a tosse cessou, e ele voltou a firmar a mão da arma.

Fiquei paralisada, com o olhar preso ao cano da arma. Meus joelhos tremiam, e tive que me esforçar para continuar de pé. Eu sempre me vira como uma pessoa corajosa, mas, depois de perder Elvira e ver de perto o que uma arma daquele tipo podia fazer, o terror me agarrava pela garganta.

Eu nunca deixaria de ter medo de armas de fogo.

– Essa é sua resposta final? – perguntou ele.

Ele atiraria em mim se eu dissesse sim? O tempo transcorria em segundos tensos. Passei a língua pelos lábios ressecados e sussurrei:

– Eu não vou mudar de ideia.

O Sr. Sterling me olhou por um instante longo e calculado. As perguntas, uma após a outra, me atingiam como um golpe. Quanto tempo levaria para eu chegar ao corredor? Ele miraria no meu coração?

Seria aquela a última vez que eu respirava?

O Sr. Sterling deu um sorriso fraco e apontou para a saída da sala.

– Vamos nos juntar aos outros. Temos muita coisa para empacotar.

Pisquei, confusa, sem entender as palavras. Depois, compreendi e soltei o ar lentamente. Ele não ia me matar naquela sala. Minha testa se franziu. *Então por que tinha me levado para lá? Por que tinha me afastado dos outros?*

– Se você tivesse concordado, eu não poderia deixar que os outros soubessem – explicou o Sr. Sterling, lendo meus pensamentos.

Ele fez um gesto para que eu caminhasse à frente dele, e eu obedeci, os ombros tensos, convencida de que ele ia atirar em mim pelas costas. Meus movimentos eram rígidos, e eu olhava o tempo todo por cima do ombro, me deparando com o cano da arma apontado para o ponto entre minhas omoplatas.

– Eu não vou puxar o gatilho – disse ele atrás de mim, um tom irreverente se entrelaçando em cada sílaba. – Pense na sujeira... e, além disso, você é uma peça essencial em meu plano complexo. Você me ajuda mais do que pode imaginar.

Um calafrio agudo percorreu minha espinha.

– O que o senhor quer dizer? De que forma eu o ajudo?

– Pense bem – disse ele, quase como se me incentivasse.

O Sr. Sterling tinha braços longos e recursos ilimitados. Ele sabia onde estávamos hospedados, talvez até o número de nosso quarto. Talvez tivesse descoberto sobre a chegada de minha tia e minha prima. Talvez *ele* até tivesse participação nas prisões de Abdullah e Ricardo.

A quantidade de catástrofes que aquele homem era capaz de causar me deixava atordoada.

– Há alguém aqui que o senhor não tenha corrompido de alguma forma?

O Sr. Sterling permaneceu em silêncio, mas senti que se divertia ao me ver me contorcer. Eu não era nada além de uma peça na engrenagem da máquina elaborada que ele estava construindo para punir Mamá pelo que ela fizera a ele.

Todas as coisas ruins sempre levavam de volta a minha mãe.

Eu queria me livrar dela, cortar os laços e esquecer o quanto ela tinha significado para mim. Esquecer quantos anos passei tentando ser como ela, tentando agradá-la. Tinha sido tudo uma mentira. Ela queria que eu fosse perfeita, uma garota com modos impecáveis que sabia exatamente como se comportar e o que dizer.

A garota que ela nunca foi.

Era uma agonia ver os homens do Sr. Sterling empacotando todos os pertences dela. Cada item era uma pista em potencial, um caminho para encontrá-la. E ele estava tirando aquilo de mim. Whit e Isadora observavam em um silêncio impotente, forçados a ficar no canto da sala, com as mãos erguidas acima da cabeça. Os braços de minha irmã tremiam com o esforço.

Era o suficiente para me fazer querer gritar.

Os olhos de Whit encontraram os meus e percorreram lentamente meu corpo, verificando se eu estava bem. Ele levantou uma sobrancelha, e assenti imperceptivelmente. Coloquei de lado minha frustração com ele e me concentrei em como todos nós poderíamos sair vivos daquela situação.

Eu não queria perder nenhum dos dois.

– O anel fica melhor em você do que em mim – comentou o Sr. Sterling casualmente.

Cerrei os punhos, com o coração batendo forte nas costelas. Aquele anel me lembrava Papá, e eu não queria que o Sr. Sterling tocasse nele. Eu odiava que ele o estivesse examinando agora.

– Garanto que você sempre vai pensar em mim quando olhar para ele – disse o Sr. Sterling, sagaz, mais uma vez lendo meus pensamentos com facilidade.

Eu me irritava com o fato de não conseguir esconder meus sentimentos daquele homem.

Quando terminaram, os capangas carregaram tudo para fora da casa em várias viagens. Em seguida, ficamos apenas nós três na sala vazia – até os móveis e os tapetes tinham sido levados. O Sr. Sterling e seus companheiros apontavam as pistolas para nós.

Whit deu meio passo à minha frente, me cobrindo o máximo que podia. Mas não importava – as balas nos encontrariam, não importava onde estivéssemos. Não havia onde nos escondermos. O Sr. Sterling tinha dito que não me machucaria, mas eu não confiava em uma só palavra do que ele dizia. Se ele estivesse falando a verdade, eu não o deixaria atirar em Whit nem em Isadora – eu gritaria e faria um escândalo como se fosse o fim do mundo.

Para mim, poderia muito bem ser.

O Sr. Sterling tirou um estojo prateado bem fino do bolso do paletó. Ele o abriu, apresentando um cartão de visitas impresso em um papel grosso com salpicos.

– Por favor, pegue um.

Ele estendeu o estojo para mim.

Eu o olhei com desconfiança.

– Da última vez que aceitei algo do senhor, as coisas não terminaram bem para mim.

O Sr. Sterling sorriu, os lábios se repuxando sob o bigode.

– Quando mudar de ideia, basta você esfregar o polegar sobre meu nome. Tenho outro desse, feito do mesmo papel tocado pela magia, e meu nome brilhará com seu chamado. Eu irei ao hotel o mais rápido possível.

– Eu não vou usá-lo – afirmei.

Ele pegou o cartão e o deslizou para o bolso de minha saia.

– É possível, mas lhe farei uma promessa, señorita Olivera. Se eu encontrar sua mãe, vou usar o cartão para avisar a senhorita. Acho que não conseguirá resistir a ir até mim, nesse caso.

Com um cumprimento de cabeça, ele e os companheiros saíram, como se estivessem deixando uma elegante *soirée*. Eu me virei para Whit e Isadora, atordoada com os acontecimentos do dia, mas Whit se dirigiu bruscamente para a janela. Ele a destrancou, a abriu com força e passou uma perna para fora, depois a outra.

– Aonde você vai? – perguntei.

– Me encontre de volta no hotel – disse ele, apressado.

Depois, ele sumiu de vista sem olhar em minha direção.

– Que rude – disse Isadora com desgosto. – Ele morreria se pedisse por favor?

Fui até a janela e me inclinei para fora o máximo que pude. Ele já tinha desaparecido, e franzi a testa na escuridão. Ele não nos teria deixado aqui se não houvesse uma boa razão. Dando de ombros, me virei para minha irmã.

Sua expressão estava sombria.

– Foi esse o homem que mamãe traiu, não foi? O Sr. Sterling?

Assenti.

– Foi, sim.

– Uma pena que eu não pude atirar nele – disse ela com verdadeiro pesar.

Eu a encarei, pois o comentário sanguinário era incompatível com os traços delicados, as bochechas suavemente arredondadas, os grandes olhos azuis.

– Quantas pessoas você já matou, Isadora?

– Algumas, além daquele crocodilo – respondeu ela.

A lembrança daqueles olhos cor de obsidiana me observando me fez estremecer, e arrepios percorreram meus braços. De repente, eu queria sair correndo daquela sala escura e vazia. Queria o calor e a luz do sol e nunca mais olhar para o cano de uma pistola. Tínhamos feito uma busca minuciosa antes da chegada do Sr. Sterling e, com ele levando tudo de importante, era improvável que encontrássemos mais alguma coisa.

– Vamos voltar? – Bati na gola do vestido. – Tenho algumas coisas que precisamos examinar.

Isadora sorriu, levantando a barra da saia. Ela se abaixou e retirou pedaços de papel dobrados escondidos dentro do sapato.

– Excelente. Eu também.

Demos os braços e saímos juntas na noite. Isadora expressou sua frustração por ter perdido a oportunidade de examinar todo aquele material e se consolou dirigindo uma variedade de insultos ao Sr. Sterling. Em um momento, ele era um sapo vil e, em outro, uma verruga infectada. Mas, durante todo o caminho de volta, eu mal a ouvia, pois minha mente estava ocupada com uma pergunta perturbadora.

Como foi que o Sr. Sterling me seguiu desde o Cairo sem que nenhum de nós percebesse?

WHIT

Espiei pelo canto da casa, semicerrando os olhos à fraca luz vinda de dois lampiões a gás que iluminavam a rua. O desgraçado viajava com estilo. Tinha chegado em uma carruagem fechada com painéis pretos, equipada com maçanetas de latão, duas lâmpadas e assentos dobráveis disponíveis na parte de trás para passageiros extras. O transporte poderia facilmente acomodar até dez pessoas. Os cavalos estavam agitados, inquietos. Até eles pareciam caros. O cocheiro combinava com o transporte – roupas escuras elegantes, sapatos polidos, chicote longo de couro. Sterling subiu na carruagem, dizendo algo a seus homens, mas eu estava longe demais para ouvir. Eles carregaram todas as caixas que tinham retirado da casa de Lourdes, alheios ao fato de que estavam sendo observados.

Que tal ser seguido, babaca?

Eu estava irritado com o fato de que, de alguma forma, eu não percebera seus capangas nos seguindo desde o Cairo. A questão é que não havia ninguém suspeito no trem, nem na estação quando chegamos a Alexandria.

Eu sabia porque havia me certificado pessoalmente disso.

Então, como ele tinha me seguido?

A resposta teria que esperar. Eu me aproximei, correndo em silêncio, os joelhos dobrados, me mantendo o mais próximo possível do chão. Meus passos no caminho de terra praticamente não faziam barulho enquanto eu me aproximava da traseira da carruagem. O cocheiro estalou a língua, e, quando os homens de Sterling subiram à frente para se juntar ao condutor, a carruagem começou a andar. Pisei levemente na barra traseira, baixei um dos assentos extras e me acomodei.

Avançamos pela cidade, percorrendo as ruas com facilidade, cruzando com viajantes a pé, em burros e em cavalos. Por fim, chegamos a uma seção sem identificação no bairro turco, com vista para o porto oriental. Aproveitei a superfície acidentada da rua para pular do assento. Eles continuaram sem mim, mas eu os segui à distância, até que pararam em um prédio com uma loja no andar de baixo e um apartamento no superior. Todos desceram do transporte em silêncio, os guardas de Sterling olhando a rua de um lado e do outro antes de levarem os pertences de Lourdes para dentro. Fiz o possível para que nenhum deles me visse enquanto me aproximava, me escondendo no beco em frente ao quartel-general de Sterling. Eles estavam conversando, e eu apurava os ouvidos para escutar a conversa.

– Sr. Graves, eu esperava mais do jovem Collins... Ele não... – disse Sterling, o ar marítimo roubando algumas palavras antes que eu conseguisse ouvi-las.

O homem chamado Graves olhou para a rua, semicerrando os olhos.

– Lá vem ele.

Eu me agachei, ficando completamente escondido nas sombras. Um homem se aproximou, com os ombros curvados e um chapéu enterrado na cabeça. Ele parecia arrastar os pés, como se já soubesse o resultado da conversa que estava prestes a ter com seu empregador.

Ele não viu Graves sacar o revólver até o último segundo.

Merda.

– Você nos levou ao local errado – disse Graves em um tom brando. – Se não fosse por... nós não teríamos encontrado...

O homem ergueu as mãos. Elas tremiam violentamente, como se ele se encontrasse em um solo de areia movediça e soubesse que era apenas uma questão de minutos antes que a areia o engolisse. Não parecia ter mais de dezesseis anos, dezoito no máximo.

– Foi sem querer.

Graves olhou para Sterling, que assentiu de maneira quase imperceptível.

Sterling desapareceu dentro do prédio enquanto o tiro rasgava o ar, cortando a noite silenciosa como a lâmina de uma faca.

– Joguem-no ao mar! – gritou Graves enquanto exclamações de surpresa vinham de várias direções.

Janelas foram abertas nos prédios vizinhos, e algumas pessoas olharam a cena abaixo. Muitas se viraram rapidamente, fechando as venezianas. Com base na reação delas, os assassinatos cometidos pelos homens de Sterling deviam ser uma ocorrência comum.

Os vizinhos sabiam que era melhor ficar fora do caminho dele.

A palma de minha mão ardeu e, surpreso, olhei e percebi que tinha apanhado uma pedra. Lentamente, coloquei-a no chão e limpei a mão dolorida na calça. Observei Graves orquestrar a partida de todos. Alguns se foram a pé, outros a cavalo. Apenas ele, a carruagem, o grupo de cavalos e o cocheiro permaneceram.

Graves olhou para a rua, seu olhar indo de prédio em prédio. Sua atenção se fixou no beco onde eu estava agachado na escuridão.

Fiquei totalmente imóvel, respirando de maneira regular, profunda e silenciosa. Ele não conseguia me ver, mas de alguma forma parecia estar olhando diretamente para mim. Em seguida, ele se virou, subiu na carruagem e deu a ordem para partir.

Ainda assim, eu não me mexi, mesmo depois de eles dobrarem a esquina.

Por fim, eu me levantei devagar, minha mente voltando a se concentrar em Sterling.

Ele estava dentro daquele prédio, e provavelmente não estava sozinho. Eu teria que tomar cuidado para não fazer barulho ao procurar a entrada. O exterior era exatamente como os outros, o andar superior se projetando sobre a rua estreita, janelas de molduras ornamentadas e venezianas. Os blocos de pedra que compunham as paredes seriam fáceis de escalar, pois tinham muitos apoios para os pés. Sterling havia acendido a lâmpada em um dos cômodos, talvez seu quarto, enquanto se preparava para dormir.

O ar salgado do mar enchia meus pulmões enquanto eu esperava.

Meia hora depois, as janelas se apagaram.

Encontrei com facilidade o escritório dele no segundo andar, situado nos fundos da casa. Os roncos de Sterling, vindos do andar de baixo, eram altos o suficiente para disfarçar qualquer ruído que eu fizesse. Encontrei uma bandeja cheia de velas e fósforos e acendi uma delas, meus olhos se ajustando à luz após um instante.

O cômodo estava uma bagunça.

Pilhas de livros, garrafas de bebida, mapas. Nas prateleiras havia frascos de vários remédios e tinturas, graxa de sapato, o que pareciam ser diferentes bigodes – longos, curtos, de cores variadas –, diversos pares de óculos, latinhas de pó dental, caixas de fósforos, chapéus, jarros vazios e paletós. Claramente, assim como Lourdes, ele colecionava objetos aleatórios tocados pela magia. Examinei a sala, recolhendo mais informações. Sterling usava colônia e gostava de chá. Havia xícaras vazias espalhadas por quase todas as superfícies. Ele não tinha uma empregada. Curioso.

Ele parecia passar muito tempo naquela sala, lendo, terminando de se preparar para o dia.

Seus homens tinham deixado empilhadas ali as caixas com os objetos de Lourdes. Arregacei as mangas da camisa, a exaustão me atingindo como uma bola de canhão. Eu a ignorei e comecei a trabalhar, na esperança de encontrar qualquer coisa incriminadora, algo que me desse um poder de barganha, algo que eu pudesse usar para ajudar Inez.

Uma hora se passou, depois duas, a vela queimando lentamente, enquanto eu vasculhava cada gaveta, a maioria das caixas e cada folha. Não encontrei nada que comprovasse as atividades criminosas de Sterling. Ele era um agente de antiguidades corrupto que tinha fundado o mercado ilegal mais lucrativo do Egito. Tinha que haver *alguma coisa* ali. Um desenho do pórtico. Convites antigos com data e hora carimbadas. Recibos de pagamentos por cada uma de suas vendas.

Parecia que estava tudo ali, exceto o que eu mais queria encontrar.

Não havia nenhum artefato roubado. Nenhum talismã, nem um amuleto sequer. Nem mesmo as réplicas do tipo que é vendido em mercados voltados para turistas.

Com a frustração crescendo, peguei uma das caixas para examinar com Inez, abri a janela e a deixei cair do lado de fora. Passei uma perna sobre o parapeito e desci, respirando devagar. Cheguei ao chão sem problemas e me abaixei para pegar a caixa. Enquanto carregava algumas coisas de Lourdes para o hotel, algo me incomodava no fundo da mente. Eu conseguia visualizar aquele escritório exatamente como o encontrei, todos os itens dispostos diante de mim.

Nada parecia extraordinário.

Mas meu instinto me dizia que eu tinha visto algo e deixado passar seu significado.

CAPÍTULO DIECINUEVE

Começamos imediatamente o trabalho assim que chegamos ao quarto do hotel. Retornei todos os itens que tínhamos pegado na casa de minha mãe ao tamanho normal, e, com minha irmã, espalhamos tudo na cama.

Formávamos uma boa equipe.

Arregacei as mangas e dei uma olhada rápida em tudo. Eu me recusava a acreditar que não havia algo naquele quarto que pudesse nos ajudar a encontrar minha mãe. Era apenas uma questão de estudar cada folha com atenção.

Ou, pelo menos, era isso que eu ficava dizendo a mim mesma.

Ocorreu-me que poderíamos voltar à casa de Mamá e esperar por ela – mas me lembrei do aviso que ela recebera sobre o banco. Alguém estava monitorando nossos movimentos, e meu palpite era que se tratava do amante dela ou, no mínimo, de alguém que ele tinha contratado para nos vigiar. Era melhor não voltar – a menos que não tivéssemos outra opção.

Afundei em um espaço da cama que não estava coberto pelas coisas de minha mãe enquanto Isadora aproximava um banquinho de mim. Uma batida soou na porta, e meus olhos voaram para os dela, surpresos.

Isadora se levantou de um pulo, alcançando a arma que pegara na noite do leilão. Ela a escondera debaixo de um travesseiro no seu lado da cama.

– Quem é? – perguntou ela.

– Sou eu.

Minha irmã destrancou a porta e a abriu, revelando um Whit muito empoeirado e desalinhado. Ele carregava uma enorme bandeja em uma das mãos, cheia de pratos cobertos, e uma caixa cheia de papéis na outra.

– Isso é...?

– Sim.

De alguma forma, ele tinha encontrado mais coisas de minha mãe.

– Como foi que você...?

– Eu explico em um instante – resmungou ele.

– Suponho que você não queira que eu atire nele... – disse Isadora num tom sonhador, dando um passo para o lado a fim de deixá-lo entrar.

Eu me levantei, meu nariz captando o aroma de pão, limão e ervas frescas. Minha boca se encheu de água.

– Hoje não.

Whit franziu a testa para Isadora ao passar por ela.

– Nada de faláfel para você.

Isadora se animou.

– Onde foi que você encontrou faláfel a esta hora da noite?

– A cozinha do hotel é bem abastecida – disse ele. – Achei homus, tomate e pepino, pão e uma jarra de limonada. Também passei na recepção, verifiquei se havia mensagens e descobri um telegrama para você, Olivera.

– Um telegrama! – exclamei, estendendo a mão para ele.

Whit, porém, me ignorou enquanto procurava um lugar para colocar a bandeja, vendo que todas as superfícies disponíveis estavam ocupadas. Então, dando de ombros, ele se ajoelhou, colocando cuidadosamente a comida e as coisas de minha mãe no chão acarpetado. Eu me acomodei ao lado dele com um baque deselegante, enquanto Isadora pegava graciosamente sua saia e se sentava com decoro, joelhos dobrados, tornozelos cruzados. Ela puxou a caixa para si, olhando curiosa seu interior.

Por fim, Whit enfiou a mão no bolso e me entregou o envelope selado. Ansiosa, abri e comecei a ler a primeira linha. Quando vi que estava endereçado a nós três, passei a lê-lo em voz alta.

INEZ & CIA – RECEBI SUA CARTA PT RICARDO
PEDE PARA RESPONDEREM QUANDO ELE LIGAR SENÃO ELE
VAI INUNDAR SEU QUARTO PESSOALMENTE PT

Whit cobriu os olhos com um gemido irritado, e eu estremeci, meu olhar se voltando automaticamente para a xícara na mesinha de cabeceira. Por sorte, estava vazia.

– Continue lendo – incentivou Isadora enquanto começava a encher seu prato.

Minha atenção voltou para o telegrama, e eu pigarreei, recomeçando.

RICARDO E VOVÔ ESTÃO SENDO
TRATADOS DE FORMA ABOMINÁVEL NA PRISÃO PT

Minha voz falhou, e eu me esforcei para ter coragem de continuar, relendo a linha, como se as letras fossem se rearranjar magicamente em algo que não me fizesse imaginar o pior. Meu tio e Abdullah cobertos de machucados e hematomas. Espancados e deixados com fome o tempo todo. Isso foi suficiente para me lançar em uma espiral de desespero. Um entorpecimento estranho tomou conta de mim, sufocante e pesado. Fechei os olhos com força.

Uma mão suave tocou em meu braço. Lentamente, abri os olhos e encarei Whit.

Ele afastou a mão, o maxilar travado. Manteve a expressão impassível, mas eu senti sua agitação, sua frustração brutal em relação ao que estava acontecendo com eles e ao fato de não poder fazer nada para impedir.

– O que mais diz aí? – perguntou Isadora baixinho. – Prefere que eu leia para você?

Passei a língua pelos lábios, balançando a cabeça.

– Eu consigo.

Uma risada suave escapou de mim enquanto lia rapidamente o restante do texto. Em seguida, li o final da mensagem em voz alta.

AMARANTA GRITOU COM MONSIEUR MASPERO VG
ACHO QUE ELE ESTÁ COM MEDO DELA PORQUE ELES FORAM
TRANSFERIDOS PARA UMA CELA MAIOR PT
KAREEM ESTÁ NO CAIRO E ENCONTROU UM JEITO DE
ENTRAR NA PRISÃO PT ELE TEM LEVADO CESTAS DE
COMIDA E CANTIS DE ÁGUA PARA RICARDO E
O VOVÔ VG NÃO ME PERGUNTE COMO PT A KODAK ESTÁ
DEMORANDO MUITO VG VOU DESCOBRIR COMO REVELAR FOTOS
NO SHEPHEARD'S PT A EQUIPE ESTÁ ME AJUDANDO A
ENCONTRAR O QUE PRECISO PT CUIDEM–SE VG FARIDA

Baixei o telegrama e fiquei olhando fixamente à frente, sentindo uma profunda gratidão por Kareem e Farida. Parte de mim desejava estar lá com eles, ajudando de alguma forma. Em Alexandria, eu não podia fazer nada. Bem, no fundo, isso não era totalmente verdade.

Tínhamos as coisas de Mamá, seus papéis pessoais, suas ideias anotadas, pistas de onde ela poderia estar ou onde poderia ter escondido todos os artefatos. Tínhamos o diário dela.

– Vamos começar nossa busca – falei. – De novo. Pode ser que tenhamos deixado passar algo.

– Vamos comer primeiro – replicou Whit com firmeza.

Ele retirou a tampa das bandejas e eu gemi, meu estômago roncando alto. Eu não tinha percebido o quanto estava faminta. Whit tinha levado um banquete de pão pita ainda quente, carne moída temperada com cominho e alho, faláfeis, pepino e tomates frescos, favas cremosas e uma tigela de homus com uma generosa quantidade de azeite de oliva.

– *Gracias* – murmurei.

– De nada – respondeu ele com um leve sorriso.

Eu me obriguei a manter a expressão neutra.

Seu sorriso desapareceu, e eu tratei de me ocupar com um dos faláfeis, mergulhando-o no homus. O sabor era cremoso e delicioso, e, embora estivesse frio, o faláfel tinha um sabor bem condimentado. Eu sentia Whit me observando, mas me recusei a olhar para ele. O tom de sua voz tinha me provocado um arrepio agradável, e eu não podia me dar ao luxo de ser tola novamente. Eu tinha me apaixonado por ele sem a menor resistência, como uma idiotinha ingênua, atraída pela sensação de perigo que ele exalava, encantada por sua personalidade de malandro e arrebatada por suas atitudes heroicas.

Pela milionésima vez, eu me agarrei a uma realidade: ele não me amava. Era uma maldição gravada em meu coração, e, toda vez que eu pensava nisso, sentia como se tivesse uma ferida aberta sangrando. Fora tudo uma farsa. Ele só estava ali por uma noção equivocada de responsabilidade e culpa. Além de querer encontrar o manuscrito alquímico antes de minha mãe. Eu repetiria essas verdades até dizê-las em meus sonhos. Até que estivessem costuradas em minha pele.

– Não temos copos – observou Isadora.

Whit lhe entregou a jarra.

– Peço desculpas. A porcelana fina não caberia na bandeja.

Isadora torceu o nariz, mas aceitou a bebida que ele lhe estendia. Começamos a comer avidamente enquanto examinávamos as pilhas de papéis e diários.

– Vai nos contar onde esteve? – perguntei a Whit.

– Segui Sterling até seu quartel-general no bairro turco – respondeu Whit. – Ele tem um capanga chamado Graves, um dos homens que me revistaram na casa de sua mãe. Não é um sujeito simpático.

Ele cortou um pedaço de pão com a mão e o cobriu com uma pilha alta de homus e fatias de pepino e tomate, e a coisa toda desapareceu em sua boca. Depois de mastigar, seu rosto assumiu uma expressão sombria.

– Eu o vi matar um jovem a sangue-frio, sob as ordens de Sterling.

Coloquei a jarra de limonada de lado, com o estômago revirando. De repente, perdi o apetite. Tínhamos chegado tão perto da morte mais cedo. Bastaria um aceno de cabeça do Sr. Sterling.

– Por que o Sr. Sterling nos deixou viver? – perguntou Isadora.

– Suspeito que ele ainda precise de Inez de alguma forma – respondeu Whit. – O que ele disse quando te levou para outra sala?

– Ele quer que eu o ajude a encontrar Mamá – respondi distraidamente, passando os olhos pelos papéis que Whit tinha recuperado do Sr. Sterling. – Ele me pede o tempo todo para passar para o lado dele.

– Ele te manteve sob a mira da arma? – perguntou Whit, a voz suavemente letal.

Fiz uma pausa na leitura.

– Manteve. Mas isso não mudou minha resposta.

– Claro que não – disse Isadora.

Levantei os olhos, que foram automaticamente na direção de Whit. Ele estava me observando, focado, intenso, com uma emoção girando nas profundezas frias dos olhos. Poderia ser adoração. Poderia ser frustração. Com Whit, eu nunca sabia. Ele baixou o queixo, desviando o rosto do meu, voltando a atenção para a bandeja de comida.

Fiquei olhando para ele por mais um instante antes de me forçar a voltar aos papéis. Havia trabalho a ser feito.

– Confesso que me deixa nervosa o fato de o Sr. Sterling simplesmente ter nos deixado livres – afirmou Isadora. – Você acha que pode estar usando algo que o traria até aqui?

Whit murmurou uma resposta, mas eu mal a ouvi, porque tinha me deparado com algo interessante. Por algum motivo, Mamá tinha colecionado uma variedade de mapas de Alexandria com nomes de ruas antigas, o porto oriental e, especialmente, um lugar chamado ilha de Pharos. Eram todos feitos por um tal Mahmoud el-Falaki. Estreitei os olhos, examinando um dos mapas, tentando distinguir uma forma peculiar desenhada no lado oeste.

– É provável que ele saiba onde estamos hospedados – disse Whit. – Tenho a impressão de que ele está esperando que o levemos até Lourdes.

Algo mais chamou minha atenção quando virei a folha. Era outro mapa antigo de Alexandria, e alguém tinha marcado, a lápis, a localização da Grande Biblioteca de Alexandria antes de ser destruída pelo fogo. Mas havia outras marcações curiosas em um idioma que parecia grego. Alguém também havia desenhado um esboço em traços leves de um cão de três cabeças em uma rua lateral, afastada do centro da cidade. Franzi o cenho olhando para Cérbero, o guardião do mundo dos mortos, com uma lembrança me incomodando no fundo da mente. E então lembrei exatamente onde eu tinha visto aquela criatura pela última vez: no diário de Mamá.

Fui até minha bolsa de lona e tirei o esboço que tinha copiado do diário dela enquanto estava no trem. Parecia impossível que não houvesse uma conexão entre o mapa da cidade e o diário da minha mãe.

– Alguém aqui fala grego? – perguntei.

Ambos balançaram a cabeça negativamente enquanto continuavam suas buscas. Folheei o restante das páginas, mas não encontrei mais nada relevante. Voltei ao mapa que mostrava o cão de três cabeças. Eu não conhecia aquela rua, mas ficava além da muralha árabe, em uma parte mais antiga de Alexandria, situada no campo de ruínas.

– Acho que encontrei algo – anunciou Whit de repente, quebrando o silêncio e erguendo um diário. – Sua mãe desenhou várias vezes o farol de Alexandria, com foco especial na base. Talvez ela acreditasse que havia algo digno de nota escondido lá...

Meu coração começou a bater mais rápido.

– Fica na ilha de Pharos?

Whit olhou para o diário.

– Fica – confirmou ele após um instante.

– Tem alguma anotação? – perguntou Isadora. – Alguma pista?

Whit franziu a testa.

– Tem, mas está em grego.

Minha irmã e eu gememos.

– Quantos desenhos do farol há nesse diário?

Whit folheou as páginas.

– Sete.

Aquilo era importante.

– Será que Mamá e o Sr. Fincastle descobriram algo importante e estão escavando em segredo? – perguntei.

Outra possibilidade me ocorreu.

– Vocês acham que eles podem ter encontrado...

Whit me lançou um olhar incisivo, e eu me calei. Ele sabia o que eu ia perguntar e claramente não queria que eu mencionasse o manuscrito alquímico na frente de minha irmã. Mas não havia razão para esconder essa informação dela.

Abri a boca, mas Whit falou primeiro.

– Não faz sentido Lourdes e Fincastle estarem escavando lá – afirmou ele. – O farol foi destruído por vários terremotos. Está mais para uma pilha de escombros, não?

Suas palavras me distraíram de minha linha de raciocínio.

– Acredito que turistas ainda o visitem. Durante a travessia do Atlântico, vários passageiros me falaram dos planos de incluir o farol em seus itinerários.

– Não foi Heródoto quem disse que toda a estrutura tinha caído no mar? – perguntou Isadora.

– Estrabão, eu acho – disse Whit.

– E nem tudo desapareceu – acrescentei devagar. – Mas parece mesmo um lugar peculiar para escavar, a menos que... uma sala secreta tenha sobrevivido...

Pensei em tio Ricardo e Abdullah, em como os dois estavam definhando na prisão, sobrevivendo graças aos esforços ardilosos de Kareem em contrabandear comida para eles. Cerrei os punhos. Eu não podia esperar o Sr. Sterling ir até nós, nem poderia me esconder para sempre naquele quarto com medo de que ele nos seguisse. Eu tinha que fazer algo para ajudar a tirá-los da prisão.

– Acho que deveríamos explorar a base do farol.

Whit considerou a ideia.

– A estrutura foi enfraquecida por muitos desastres naturais. A coisa toda pode desabar sobre nossa cabeça.

– Talvez seja isso que torne a ideia interessante – falei. – Nenhum turista vai se aventurar lá dentro, o que significa que não haverá interrupção nas escavações, nenhum agente do governo inconveniente observando. Mamá e Fincastle podem estar trabalhando sem serem perturbados neste exato momento... chegando mais perto de descobrir...

– Está bem – cortou Whit. – Vamos, então. Podemos ir mais tarde, hoje à noite, depois que dormirmos algumas horas.

– Não posso simplesmente ficar sem fazer nada enquanto meu tio e Abdullah apodrecem naquela cela – continuei em voz alta.

Whit se inclinou para a frente, me observando com um olhar penetrante.

– Eu disse que está bem, Olivera. Vamos ao farol, mesmo que ele desabe sobre nossa cabeça.

– Ah – repliquei, surpresa.

– Que discurso emocionante – observou Isadora em um tom seco.

– Você pode ficar aqui, se quiser – sugeriu Whit. – Ou, melhor ainda, voltar para o Cairo.

– Não vou deixar minha irmã – disse Isadora, balançando a cabeça.

Eu lhe dirigi um sorriso emocionado.

– Obrigada.

Whit revirou os olhos e disse:

– *Meu Deus.*

O olhar que ele lançou a ela poderia ter destruído uma pequena cidade, edifícios, árvores, nada teria sobrevivido. Mas não era só raiva... não exatamente. Se eu não soubesse que era impossível, teria interpretado aquela emoção como outra coisa completamente diferente.

Parecia muito com ciúmes.

Mas era impossível. A ideia de ele ter ciúmes de meu relacionamento com minha irmã era absurda.

Não era?

Mais uma vez, minha esposa me acordou no meio da noite. Esfreguei os olhos para espantar o sono e esperei que eles se ajustassem à escuridão em volta.

– O que foi? – sussurrei.

– Tive outra visão – sussurrou ela em resposta.

– Inez – falei –, será que você não está apenas sonhando?

Ela estava ajoelhada ao lado de minha cama, e, por fim, suas feições ganharam forma suficiente para que eu visse que ela estava de cara fechada.

– Não consegui dormir e, às vezes, tenho o hábito de ficar girando o anel no dedo. Então, eu estava pensando em Cleópatra e, no segundo seguinte, estava em uma das lembranças dela. Você quer ouvir ou não?

Fiz um gesto para que ela continuasse.

– Ela estava na mesa de trabalho dela – começou Inez. – E vestida de forma curiosa. Normalmente, eu a vejo com roupas lindas, feitas de tecidos caros. Nos pés, sandálias adornadas com joias, e o cabelo sempre enfeitado com fitas e pérolas. Mas, desta vez, ela usava um manto simples, escuro e com capuz. Os sapatos eram de couro resistente, como se ela estivesse se preparando para uma viagem de longa distância.

– O que ela estava fazendo na mesa?

– Estava com o manuscrito alquímico à frente – disse Inez em sua voz suave.

De repente, fiquei totalmente desperto.

– Ela estava transformando chumbo em ouro?

Inez balançou a cabeça.

– Não, mas diante dela havia todos os tipos de ingrediente. Ela estava cortando raízes e misturando vários líquidos brilhantes. E falava algo enquanto trabalhava.

– Ela estava criando um feitiço – falei.

– Acredito que sim. Acho que para proteger o manuscrito alquímico.

– É possível – falei. – É o que eu faria, se tivesse as habilidades dela. O irmão dela devia saber do documento, afinal, ele também era parente da famosa alquimista. Talvez Cleópatra tenha sentido a necessidade de criar maneiras para impedir que ele colocasse as mãos no documento. Foi só isso?

Novamente, ela balançou a cabeça.

– Não. Quando terminou, ela derramou água por todo o pergaminho.

– *O quê?*

– *Shhh!* – sibilou Inez. – Você vai acordar Isadora.

O sangue rugia em meus ouvidos. Se aquele pergaminho estivesse arruinado, eu também estaria.

– Explique.

– A tinta não escorreu; o papel nem ficou molhado – afirmou ela. – Cleópatra tinha tornado a Crisopeia *à prova d'água.*

Dezenas de faluchos, escunas e bergantins se balançavam no porto, seus mastros e velas se elevando e refletindo o brilho prateado da lua. Nós éramos os únicos idiotas apreciando a vista no meio da noite, exaustos e nervosos. Bem, eu estava exausto e nervoso. Inez estava com aquele brilho no olhar que deixava minha alma aterrorizada. De algum modo, ele comunicava que ela seguiria em seu propósito, custasse o que custasse. Independentemente do que acontecesse, ela iria até o fim.

– Você já pagou o cocheiro? – perguntou Isadora com a voz fria.

Eu mal a ouvi. Inez batia o pé, olhando impacientemente para a água, como se quisesse conjurar sua mãe para que ela aparecesse na base do farol. O ar marítimo agitava os longos cabelos, chicoteando-os contra o rosto. Ela parecia não perceber, pois toda a sua atenção estava focada em chegar àquela ilha. Tínhamos atravessado o bairro turco, e, embora pudéssemos continuar por terra, achei melhor seguir o restante do caminho de barco; assim era mais difícil nos seguirem. Isadora tinha sido útil na navegação pelas curvas apertadas da cidade e nos forneceu vários atalhos até a costa.

Eu me virei para olhá-la, e ela ergueu as sobrancelhas, como se esperasse algo.

– O cocheiro? – insistiu ela.

– Como você sabia o caminho mais rápido para atravessar o bairro turco?

Mantive meu tom despreocupado, mas minha mente repetia as palavras de Inez quando discutimos em frente ao banco. Se Isadora conhecia a cidade tão bem quanto parecia, ela poderia facilmente ter nos vencido na volta ao hotel, após avisar Lourdes.

Ela me encarou, a mão na cintura, a imagem da indignação.

– As pessoas *falam* comigo.

– E...?

– E eu fiz alguns conhecidos no hotel – disse ela. – Sou boa em coletar informações.

– Se é só isso, por que está com raiva?

Ela deu um passo à frente, espetando meu peito com o dedo indicador.

– Porque toda vez que você fala comigo, toda vez que me faz uma pergunta, sempre soa como uma acusação. – Ela inspirou fundo, as narinas dilatando. – E isso é *irritante*.

– Não vou me desculpar por isso.

– Claro que não – disse ela, revirando os olhos. – Mas quer saber o que eu acho?

Esperei, torcendo para que meu silêncio a provocasse. As pessoas falam mais quando estão chateadas ou sob suspeita.

– Acho que você vê em mim características que você mesmo tem. – Sua voz baixou para um sussurro mordaz. – E você *odeia* isso. Eu apostaria tudo que tenho, todo o meu dinheiro, que você não suporta partes de si mesmo. A desconfiança eterna, o cinismo, uma mente que está sempre calculando como usar as pessoas em benefício próprio.

– Eu não sou...

– Você é – disse ela com firmeza. – É isso que te faz bom em seu trabalho. Somos sobreviventes. Por definição, fazemos coisas para evitar a dor, para continuar vivos, um passo à frente dos outros. Conseguimos o que queremos por qualquer meio possível.

Cada palavra me irritava. Porque ela estava certa.

– E, quando nos importamos com alguém, nos tornamos protetores – disse Isadora no mesmo sussurro abafado. – E movemos céus e terra para ajudar essa pessoa, para salvá-la de si mesma. Porque há poucas pessoas neste mundo que amamos, e condenaríamos ao inferno qualquer um que ousasse machucá-las.

Ela lançou um olhar rápido a Inez, mas eu não o segui. Mantive os olhos nela.

– Eu vejo quem você é com a mesma facilidade que vejo a mim mesma – disse ela. – Agora, de volta ao assunto em questão. Você pagou o cocheiro?

Desviei o olhar, desejando não concordar com o que ela dissera. Era mais fácil pensar nela como inimiga. Mais fácil do que reconhecer todos os aspectos em que éramos parecidos, e como isso não impedia Inez de confiar nela. Porque, então, eu teria que lidar com o fato de que Inez não conseguia mais me suportar.

Uma dor de cabeça brotou com a emoção repentina que tomou conta de mim. Raiva, frustração. Pesar, também, se eu me permitisse realmente senti-lo. Eu não tinha ninguém para culpar além de mim mesmo.

Esfreguei as têmporas, mais do que nunca desejando uma xícara de café. Nosso cocheiro esperava, dando imensos bocejos, os cavalos resfolegando suavemente. Até eles protestavam contra acordar tão cedo. Dei ao rapaz um punhado de francos.

– Você se importaria de nos esperar?

Ele olhou ao redor, franzindo a testa.

– Aqui?

– Sim – respondi, apontando para trás, para a ilha de Pharos.

– Queremos ver o farol.

O cocheiro assentiu, embora ainda parecesse perplexo.

– A esta hora?

– Não sou eu quem faz os planos – murmurei, dando-lhe mais moedas.

– Você deveria dispensá-lo – disse Isadora. – É rude mantê-lo esperando.

Eu a ignorei e me dirigi ao rapaz.

– Voltaremos logo. Não vá embora.

Tínhamos talvez uma hora, duas no máximo, antes que o sol mostrasse sua face. Se não estivéssemos longe antes disso, eu berraria com Isadora, que se danassem as consequências. Olhei para o Mediterrâneo, o mar inquieto e agitado, como se soubesse que estava prestes a ser perturbado. Ao longo da margem havia uma fileira de barcos velhos, amarrados a um cais estreito que avançava três ou cinco metros. Mais além, a silhueta da ilha de Pharos se erguia imponente acima da superfície, com as ondas batendo contra cada aresta afiada de sua costa. A base do farol de Alexandria ainda se mantinha no lado leste, mesmo após milênios, uma visão impressionante, apesar da perda da estrutura superior que outrora guiava os navios como uma chama na noite.

– Qual era a altura dele? – perguntou Inez enquanto nos afastávamos do cocheiro, sua atenção presa à antiga maravilha.

– As anotações de Mamá diziam que ele teria pelo menos quarenta andares de altura. – Isadora balançou a cabeça, admirada. – Imagine a construção disso! O suor e o esforço de cada trabalhador.

– Só para um terremoto lançar a maior parte dele no fundo do mar – falei com amargura. – Nada que é belo dura muito.

– Seu cinismo está aparecendo de novo – murmurou Inez.

– Eu não estava tentando escondê-lo – murmurei de volta. Em seguida, em voz mais alta, disse: – Muito bem, já vimos o farol. Vamos voltar para o hotel e tomar chá, café e uma refeição decente.

Uma parte de mim não conseguia acreditar no que eu estava dizendo. Se Lourdes realmente acreditava que a Crisopeia de Cleópatra estava escondida na base do farol, eu deveria explorar cada centímetro do lugar. Mas senti um nó no estômago, a expectativa fazendo meu sangue pulsar mais intensamente nas veias, clamando por atenção. Meu corpo estava em alerta máximo – um alerta máximo que dizia: inimigo por perto.

Alguma coisa estava errada.

Ou *prestes* a dar errado.

Se aprendi algo com meu tempo no Exército, foi a confiar em meu instinto. E, naquele instante, ele me dizia que tirasse Inez dali o quanto antes. Que eu preparasse meu rifle e mantivesse o dedo no gatilho. Eu ansiava pela faca que sempre carregava na bota, mas aquele desgraçado do Sterling a tinha roubado de mim.

– Acabamos de chegar – disse Inez. – Não vou voltar agora. Mamá pode estar lá dentro ou, se não estiver, pode ter deixado alguma pista. Acho que devemos explorar. A menos que você tenha uma ideia melhor de como encontrá-la...

Cruzei os braços, a tensão travando minha mandíbula.

– É mais seguro ir pelo mar o restante do caminho. Mas isso significaria roubar um barco a remo.

– Não é tão longe assim – disse Isadora, franzindo o nariz pontiagudo. – Uma pena que não trouxemos uma muda de roupa. Podemos nos molhar.

Nem me dei ao trabalho de responder a esse absurdo.

Inez apontou para a fileira de barcos de pesca.

– Vamos pegar um daqueles emprestado. Não é preciso roubar. Vamos devolver assim que terminarmos, e também posso deixar algumas moedas dentro.

Isadora já estava indo para o cais com passos rápidos e decididos, a postura confiante e segura, uma ilusão para o caos que fervilhava sob a superfície. Ela me lembrava uma tragédia grega, cada personagem marchando em direção à própria ruína, semeando discórdia e destruindo tudo ao redor, um duende enlouquecido espalhando sua energia destrutiva sobre os inocentes desavisados.

– Ainda não confio nela – falei com os olhos semicerrados, fitando o tal duende enlouquecido.

– Você já deixou isso bem claro – retrucou Inez, cansada.

As sombras profundas sob seus olhos revelavam a exaustão. Qual foi a última vez que ela teve uma noite inteira de sono? Qual foi a última vez que eu tive? Eu não conseguia lembrar.

– No entanto, ela não fez nada além de me ajudar – continuou. – Se quiser, você pode ficar para trás.

– Nem pensar – respondi. – E não pense que não percebi que você usou minhas palavras contra mim.

– Eu estava contando com isso – disse ela com doçura.

Eu a segui, tentando ignorar o balanço de seus quadris enquanto ela caminhava, o modo como seus cachos dançavam na brisa salgada. Isadora já tinha desamarrado a corda de um dos barcos quando nos juntamos a ela no cais. Assumi a tarefa, aliviado ao ver remos embaixo do banco. Ajudei Inez a entrar no barco e considerei empurrar Isadora para o mar, mas, em vez disso, ignorei-a enquanto ela subia graciosamente a bordo. Ela permaneceu de pé, os joelhos dobrados em sincronia com o balanço da água.

– Vai fazer as honras ou quer que eu reme até a ilha? – perguntou ela, o gelo evidente em sua voz.

– Eu posso ajudar – protestou Inez.

Peguei os remos e os mergulhei na água. Aquela era uma péssima ideia. Eu nunca deveria ter concordado com aquilo. Teria sido melhor se eu tivesse ido sozinho.

– Vamos acabar logo com isso.

Inez remexeu em sua bolsa de suprimentos e entregou uma vela para Isadora, encontrando uma extra para si mesma. Ela acendeu ambas, e as duas seguraram as luzes bem alto, usando as mãos livres para proteger as chamas, evitando que o vento as apagasse. Inez não conseguia manter a dela acesa, e o fogo se apagava quando a brisa soprava sobre o barco.

Ela suspirou.

– Que saudade da sandália que se iluminava...

Eu ri.

Inez me lançou um olhar, surpresa, seus olhos castanho-claros afetuosos e risonhos. Eu tinha a sensação de que ela não olhava para mim assim fazia anos. Ela rapidamente desviou o olhar, e eu trouxe minha atenção de volta para o farol, onde ela deveria estar.

Ao nos aproximarmos da ilha, observei a pequena baía, tomando o cuidado de manobrar o barco naquela direção. Quando estávamos perto o suficiente, saltei, sentindo a água fria na pele, e guiei o barco até a margem. Inez escalou a lateral do barco, recusando minha ajuda, escorregando e girando os braços para evitar cair de cara na água. Isadora pulou com agilidade, pousando quase sem se molhar, e ajudou Inez a subir à margem. Guardei os remos, e caminhamos pela inclinação íngreme até a base do farol.

As rochas irregulares perfuravam meus sapatos, e, no último trecho, tive que ajudar as duas a transpor o caminho. A construção antiga surgiu quando o céu noturno começava a clarear, adquirindo um tom azul-marinho. Era meu momento favorito do dia, o instante antes de a aurora romper.

– É enorme – sussurrou Inez.

– A estrutura mais alta do mundo antigo – falei. – No topo, havia um espelho maciço que refletia luz e podia ser visto a mais de cinquenta quilômetros de distância.

– Ainda dá para ver a inscrição deste lado – disse Isadora, apontando para a gravura na pedra clara. – Uma oferenda aos guardiões gêmeos do mar.

– Quem eram eles? – perguntou Inez.

– Castor e Pólux – dissemos Isadora e eu em uníssono.

Nós dois nos entreolhamos, horrorizados com a coincidência. Inez apenas sorriu e caminhou em direção à entrada principal, o queixo erguido, o cabelo cacheado caindo até o meio das costas.

– Ali está a porta – disse ela. – Larga o suficiente para dois cavaleiros montados passarem lado a lado.

Entramos e fomos recebidos por uma escadaria em ruínas e uma grande área quadrada que provavelmente abrigara carruagens e cavalos em algum momento. Acima, partes do teto tinham desmoronado. Rochas grandes se espalhavam pelo espaço, algumas mais altas do que eu. Embora o farol parecesse vazio, havia muitos cantos sombrios onde alguém poderia se esconder.

Inez olhou ao redor, cautelosa, seu olhar pousando em Isadora.

– Você lembrou de trazer sua arma?

Isadora bateu no bolso do casaco.

– Ah, devo ter esquecido a extra quando fomos ao hotel pegar suprimentos.

Examinei os arredores, meu estômago se contraindo. Eu estava com meu rifle, que tinha transportado desmontado dentro do baú. Não era minha arma favorita – volumosa, barulhenta e complicada para carregar a munição. Mas era melhor do que nada.

Não seria bom enfrentar nossos inimigos desarmado.

– Olhe aqui – chamou Inez.

Fui até onde ela estava, olhando para uma parede quase intacta. Um enorme alto-relevo fora esculpido na pedra, representando um deus grego em vestes esvoaçantes. Ele usava uma coroa, e na mão esquerda carregava um cetro. A seus pés descansava um cão de três cabeças, com os dentes ferozmente à mostra.

– Cérbero de novo – murmurou Inez.

– O cão de Hades – falei. – Uma criatura curiosa para se esculpir na parede de um farol. Ele guardava a entrada do mundo dos mortos e não tinha nada a ver com o mar.

Inez mal me ouvia. Ela se aproximou, os dedos traçando levemente a escultura, inspecionando as letras na base do alto-relevo.

– Há algo escrito em latim. Você sabe ler?

– Muito pouco – falei, mas me aproximei, espiando por cima do ombro dela.

Tentei ignorar o aroma doce de seu cabelo, a saia longa roçando na ponta de minhas botas. Era o mais próximo que ficava dela desde nossa noite de núpcias. O que não tinha *nada* de pertinente com aquele momento. Pigarreei e me concentrei em traduzir.

– Acho que o nome desse deus é Serápis.

Ela olhou para mim por cima da curva do ombro.

– Não sei quem é.

– Abdullah saberia – murmurei. – Acho que é um deus greco-egípcio.

Meu olhar captou outra linha tênue de texto.

– Espere um pouco... há algo mais escrito abaixo do nome dele.

Com delicadeza, eu a movi para o lado a fim de ler melhor as linhas esparsas de texto gravadas na parede.

– Ele é o patrono de Alexandria, e há um templo dedicado a ele na cidade.

– Onde? – perguntou Inez bruscamente. – Porque acho que já vi...

Uma expressão sonhadora tomou conta de seu rosto, como se ela tivesse entrado em outro mundo. Passei a mão na frente dos olhos dela. Inez me devolveu um olhar distraído, como se não estivesse de todo alerta, mas de algum modo perdida.

– Inez? *Inez.*

Estendi a mão para sacudir seus ombros, mas parei quando me lembrei de sua estranha conexão com Cleópatra por meio do anel de ouro em seu dedo. Ela poderia estar vendo uma das lembranças da faraó.

– O que há de errado com ela? – perguntou Isadora, em tom cortante, de algum lugar atrás de mim.

Eu mal a ouvi. Minha atenção estava completamente voltada para minha esposa.

– Inez? – chamei de novo, mais alto.

Ela piscou, voltando a si em questão de segundos. Em seguida, fechou os olhos com força e os abriu lentamente, me encarando com firmeza.

– Você consegue ver uma torre daqui? – perguntou ela.

– O quê? – repliquei.

– Do outro lado do porto – disse ela. – Tem uma torre? Parece de estilo romano.

Eu me virei, estreitando os olhos e fitando através dos escombros. Havia uma parte que permitia ver a água até a costa de onde tínhamos vindo remando.

– Acho que sim. Por quê?

– Eu estava em uma lembrança de Cleópatra – sussurrou Inez. – Ela estava viajando de barco, vestindo o mesmíssimo manto da última vez. Acho que essas duas lembranças estão conectadas. Na primeira, ela estava com o rolo de pergaminho, e agora eu a vi em um pequeno barco a remo, acompanhada somente por um guarda. Ele estava remando, mas não era no Nilo, nem no mar. Eles estavam *debaixo da terra*.

– Como assim? Debaixo da terra como?

Inez apertou meu braço, a empolgação iluminando seu rosto. Ela tremia de entusiasmo.

– Parecia haver uma rede de canais sob a cidade de Alexandria, e Cleópatra os conhecia *e* sabia para onde levavam. – A mão de Inez apertou ainda mais meu braço. – Eu a vi chegando a um túnel com uma escadaria curva e, depois de sair do barco, ela o usou para subir até uma torre. Dava para ver o porto. E eu vi...

– Viu o quê?

– O farol, o palácio dela. Tudo. – Inez franziu o cenho. – No entanto, ela não estava mais carregando o rolo de pergaminho. Não entendo... ela não o teria deixado no barco. É muito valioso.

Tentei imaginar o que Inez viu. Todas essas visões estavam conectadas. A primeira tinha sido uma busca frenética pelo manuscrito alquímico, a segunda fora Cleópatra, a feiticeira, fazendo magia para talvez proteger a Crisopeia. Naquele ponto, o objetivo de Cleópatra era esconder o tesouro de seu irmão traiçoeiro. Ela precisava de ajuda, e a história nos dizia que ela acabara procurando Júlio César... que tinha se instalado no palácio real.

– Ela estava voltando para casa – falei.

– Sim, deve ser exatamente isso – respondeu Inez, sorrindo. – Com o irmão planejando invadir a cidade, Cleópatra teria que se mover em segredo. Que maneira melhor do que pelas passagens subterrâneas?

Por instinto, eu entendia que ela não teria dado a um general romano algo que lhe era tão valioso. Não, Cleópatra teria encontrado uma maneira de escondê-lo.

– Certo – falei com calma. – Mas, antes de chegar à torre, Cleópatra deve ter feito uma parada no caminho e encontrado um lugar seguro para...

Pelo canto do olho, vi Isadora se aproximando.

Estava com algo pequeno na mão.

Uma arma, brilhando à luz da lua.

Ela ergueu o braço, mirando diretamente em Inez. Seu dedo se curvou em torno do gatilho. Meu coração parou.

BANG.

CAPÍTULO VEINTE

Whit agarrou minha mão e me puxou para trás de uma das enormes rochas empilhadas umas sobre as outras. O som do tiro trovejava em meus ouvidos. Tudo aconteceu tão rápido que eu nem sequer vira quem tinha atirado em nós. Tentei visualizar onde estávamos, aonde Isadora poderia ter ido. Ela estivera perto de nós?

– *Mantenha-se em movimento* – disse Whit, me puxando e me forçando a correr.

Contornamos as rochas, seixos e areia se levantando sob meus calcanhares.

– E minha irmã? – gritei.

Whit me lançou um olhar irritado antes de me esconder atrás de um portal parcialmente enterrado. Ele espiou com calma pela borda do portal, com o rifle nas mãos.

Cutuquei as costas dele, e ele resmungou.

– Não podemos deixá-la – falei. – Vamos...

– É *ela* quem está atirando em nós – replicou Whit, os dentes cerrados. – Agora fique quieta. Acho que sua irmã não sabe onde estamos escondidos.

– Isadora não ia...

Whit me dirigiu um olhar fulminante, e eu me calei. Ele fez um gesto para que eu olhasse pela abertura e, ao espiar atrás dele, vi Isadora andando com cuidado por entre os escombros, empunhando a arma ainda fumegando. Meu estômago revirou. Whit baixou a arma, se inclinou para a frente e se aprumou, me mostrando a pedra que segurava.

Eu arquejei.

– Você *não* vai atirar isso nela.

Ele revirou os olhos e a lançou na direção oposta ao ponto em que estávamos escondidos. Isadora se virou e atirou na direção de onde ouvira a pedra batendo no chão.

– Irrrmããã – chamou ela em uma sinistra voz cantada. – Por que não aparece aqui para conversarmos, só você e eu? Mas antes me deixe cuidar desse seu brutamontes. Eu nunca vou entender o que você vê nele.

Eu a encarei, paralisada, à medida que sua expressão se tornava fria e sombria. Toda a calorosa cordialidade de antes parecia ter se esvaído. Eu não conseguia entender aquele comportamento. Ela recarregou a arma com movimentos rápidos e eficientes. Não era apenas sua expressão que tinha mudado. Não, ela parecia uma pessoa completamente diferente. Seus movimentos eram menos refinados, menos perfeitos; todos os vestígios da dama de outrora tinham desaparecido. Agora ela caminhava de forma relaxada, com passos longos e confiantes. Não havia nada de delicado nem polido nela. Ela empurrava a saia comprida com impaciência, chutando o tecido volumoso enquanto se movia pelo ambiente.

Aquela pessoa era uma desconhecida para mim.

Whit mirou a arma nela, e eu instintivamente estendi a mão, forçando-o a baixar o cano.

– Não! – gritei.

Isadora girou novamente, seu olhar encontrando o meu de imediato. Eu me agachei quando ela disparou, e Whit me puxou, me tirando de sob a porta em ruínas. Meu pé prendeu em uma laje de pedra virada, e eu cambaleei e caí de quatro com força. Minhas palmas arderam, seixos se cravando na carne macia.

Isadora riu de forma maldosa e cortante. Arrepios subiram e desceram pelos meus braços. Eu nunca a vira assim. Ela estava a cerca de dez passos de mim, a arma apontada para minha cabeça. A náusea me envolveu e apertou. O doce rosto de Elvira cruzou minha mente, os olhos arregalados e a mandíbula frouxa quando morreu.

– Jogue o rifle fora – ordenou Isadora a Whit.

Ele obedeceu sem hesitar. Em seguida, estendeu a mão e me ajudou a ficar de pé. Meus joelhos tremiam enquanto ele limpava os seixos de minhas mãos.

– Vai ficar tudo bem – murmurou ele.

– Afaste-se dela – exigiu Isadora.

Mais uma vez, ele obedeceu, mas se afastou apenas um metro. Se eu quisesse, poderia estender a mão e me agarrar a ele. Mas mantive os braços colados ao corpo, o medo cobrindo minha língua como ácido.

– Por quê? – perguntei, empurrando as palavras através dos lábios rachados. – Por que se voltar contra nós?

– Ela nunca esteve do nosso lado, Inez – disse Whit numa voz fria e distante.

Isadora me estudou, as linhas suaves de seu rosto conflitando com o ódio imerso em seus olhos azuis.

– Uma vez eu te avisei que você era crédula demais, Inez. Ingênua demais para ver o que estava bem na sua frente o tempo todo.

– Pare de falar em enigmas – falei, a raiva inflando em mim. – E não aja de forma condescendente comigo.

Meus pensamentos ficaram confusos enquanto eu lutava para desfazer os nós emaranhados em minha mente. Isadora tinha planejado me enganar, me fazer acreditar que éramos uma família.

Ela pegou o que eu mais desejava e transformou em algo feio.

– Você vem ajudando Mamá o tempo todo. Está tentando nos sabotar desde o início – falei, finalmente compreendendo. – Você nos levou diretamente àqueles homens quando estávamos no Cairo, não foi? Você ia deixá-los me matar.

Isadora permaneceu impassível enquanto as acusações se acumulavam contra ela. Eu queria que ela se defendesse, que me dissesse que aquilo não era verdade. No entanto, ela se mantinha em um silêncio frio.

– Foi você quem assobiou na frente do banco – disse Whit com amargura.

A vergonha subiu por minha garganta.

Whit tentara me avisar o tempo todo. Mas eu tinha sido engolida pela morte de Elvira e me apegara à única pessoa que não deveria. Uma cobra venenosa.

Um erro tolo, *muito tolo.*

– Não poderíamos deixar você se aproximar demais – disse Isadora, por fim. – Não quando tínhamos nos esforçado tanto e conseguido despistá-lo do paradeiro de Mamá.

– Despistar quem? – perguntei. – Basil Sterling?

– Desde o início o plano dela era traí-lo, iniciar seu próprio mercado ilegal – disse Whit. – Você fez parte disso desde o começo.

– Isso mesmo – confessou Isadora. – Ela queria uma vida nova.

– Por quê? – perguntei.

– Porque a antiga a estava matando, e ela precisava se libertar. De todos vocês.

Foi como se ela tivesse puxado o gatilho. Dei um passo para trás, encolhendo os ombros, atordoada pelas palavras de Isadora. Minha mãe se sentia tão infeliz que decidiu destruir nossa vida: a minha e a de Papá. Na verdade, ela fora além da destruição. Ela recorrera ao assassinato.

– Mamá contratou aqueles homens no beco para me matar – sussurrei, o horror fazendo meus olhos arderem com lágrimas quentes.

Se ela fizera isso comigo, não hesitaria em fazer o mesmo com meu pai. Naquele momento, eu realmente acreditei que minha mãe tinha sido responsável por mandar matá-lo.

Ele se fora. Definitivamente.

– Papá e eu somos a *verdadeira* família dela. Aquela da qual você nunca fez parte – disse Isadora. – Whit, se você der mais um passo em direção a ela, vou puxar o gatilho. Está entendendo, seu patife desgraçado?

Whit se imobilizou, fazendo uma careta.

– Escute – falei. – Mamá só se importa com o dinheiro. Caso contrário, por que ela te mandaria...

– Eu vim por conta própria! – retrucou Isadora. – Mamãe tem uma fraqueza quando se trata de você. Foram as únicas decisões estúpidas que a vi tomar.

Uma esperança floresceu em meu peito. Se minha mãe não tinha recrutado a ajuda de Isadora, talvez ela não soubesse que minha irmã estava tentando me matar.

– Nós somos uma família. Certamente...

– Você *não* é da minha família! – gritou ela, se aproximando. – Mamãe te deixou para trás. Ela *me* escolheu. Você entende? *A mim!* É em mim que ela mais confia; é comigo que ela se abre. Você, ela gostava de deixar no escuro, em um continente diferente. Você está enganada se acha que ela gosta de você tanto quanto gosta de mim.

Ela engatilhou a arma, mantendo a mão firme.

– Inez – sussurrou Whit, se aproximando milimetricamente de mim. – O rifle.

Não deixei meus olhos baixarem, mas eu tinha visto onde ele jogara a arma carregada. Ela aterrissou à minha esquerda, à frente de um agrupamento de rochas.

– Pare de se mexer! – gritou Isadora.

Eu me encolhi diante de seu tom de fúria.

– Irmã, por favor...

– *Eu não sou sua irmã* – disse Isadora entre dentes. – Não importa quantas vezes mamãe tenha falado de você, não importa o quanto ela tenha tentado me fazer te ver dessa forma. Eu fiz de tudo para ser a filha que ela sempre quis. Fiz exatamente o que ela queria, aprendi a existir no mundo que ela criou com meu pai. Ela me jurou que a vida antiga dela tinha acabado e que *eu* agora era o mundo inteiro dela.

– Mas ela tentou salvar Inez várias vezes – disse Whit. – Ela costumava te comparar com Inez? Uma filha com a qual você nunca poderia competir?

– Você está tentando me deixar com raiva – replicou Isadora com a voz suave. – Você quer que eu perca o controle? Que eu cometa um erro? Eu penso antes de agir, seu idiota. O que mais Cleópatra te mostrou?

– Pense bem em tudo isso – pedi. – Você acha mesmo que Mamá apoiaria suas atitudes?

– Me diga o que você sabe, Inez – ordenou Isadora.

– Você acha que ela te amaria mais se soubesse que você está me ameaçando? – contra-argumentei.

– Talvez não – concordou ela. – Mas ela não pode amar um fantasma, pode?

Whit saltou, me empurrando para o lado quando ela puxou o gatilho.

Bati pesadamente no chão com um grito surpreso. Whit gemeu, fechando os olhos com força. Ele levou as mãos à lateral do corpo, o sangue vazando por entre os dedos.

– Não – sussurrei. – *Não*.

– A arma – disse Whit entre os dentes cerrados.

Meus joelhos latejavam quando estendi a mão para o rifle, mas Isadora o chutou para longe.

– Última chance, Inez. Me diga o que você viu.

Desesperada, peguei um punhado de pedras, seixos e areia e joguei na direção de Isadora. Ela se encolheu, piscando várias vezes, e eu aproveitei para ficar de pé enquanto o som de outro tiro cortava o ar. Isadora tinha errado o tiro.

Whit tentou chutá-la, mas ela saltou sobre ele, rindo.

– Corra! – gritou Whit com a voz rouca. – *Corra!*

Meu coração se partiu em dois enquanto eu me afastava dele aos tropeços. Isadora foi atrás de mim, disparando loucamente, me obrigando a me afastar da entrada do farol. Eu me agachei quando outro tiro trovejou atrás de mim. Os degraus em ruínas estavam à frente, e eu avancei rapidamente, querendo colocar o máximo de distância entre nós duas. Segui a curva da parede, procurando reentrâncias para me apoiar à medida que subia mais e mais. Meu coração pulsava com violência contra as costelas, cada batida me provocando dor.

– Não há para onde você ir! – gritou Isadora atrás de mim.

Olhei por cima do ombro, apavorada, vendo-a recarregar a arma, seguindo calmamente meus passos.

Tropecei em mais alguns degraus e soltei um grito agudo. Muitos deles tinham quebrado. Pedaços de pedra bloqueavam a maior parte do caminho para cima, e eu tinha que passar por entre os escombros enquanto subia pela escadaria que desaparecia. Em pouco tempo, não haveria mais degraus para eu subir. O suor escorria por meu rosto. Minha saia tornava quase impossível ver o que havia sob meus pés, e, impaciente, me curvei para segurar o tecido.

Outro tiro ecoou.

– Tão pertinho – arrulhou Isadora. – Você não tem mais para onde ir.

Peguei uma pedra do tamanho da palma da minha mão e joguei nela. Ela se esquivou com habilidade, a testa franzida com força. Em seguida, ergueu o braço, mas eu atirei outra pedra, que atingiu sua mão no momento em que ela puxava o gatilho, e a fez deixar a arma cair, despencando no chão lá embaixo.

Eu me joguei no degrau, a dor atravessando meus joelhos no contato com o chão enquanto o tiro passava sobre minha cabeça. Eu me debrucei sobre a borda do degrau, os olhos ardendo. Estávamos a uns dez metros do chão. Vi Whit se arrastando para a frente, segurando a lateral do corpo, mas olhando para mim lá de baixo, frenético.

– *Inez!* Cuidado!

Passos ecoavam em algum lugar atrás de mim, e eu procurei outra pedra, mas não encontrei nenhuma pequena o suficiente para atirar. Mãos ásperas agarraram meus cabelos com força, e eu gritei. Isadora arranhou meu rosto, cravando fundo as unhas.

Senti o gosto de sangue e de poeira na boca.

Ela se agarrou a mim, as mãos se dirigindo ao meu pescoço. O ar se tornou escasso em meus pulmões; eu não conseguia respirar. O pânico fez meu pulso disparar, lutando por oxigênio. Eu não queria morrer. Não queria partir assim. As lágrimas deslizavam por minhas bochechas, que ardiam enquanto eu tentava repetidamente sorver o ar.

Os dedos dela não cediam um só milímetro. Não havia ar.

Pontos escuros começaram a turvar minha visão. Dei uma cotovelada forte em Isadora...

Um ruído alto de algo se rachando nos assustou. A pedra sob nós tremeu. Procurei cegamente algo em que me segurar e senti Isadora afrouxar o aperto em meu pescoço à medida que os degraus desmoronavam. Inspirei fundo e tossi com o esforço. Consegui me segurar quando meu corpo caiu, as pernas balançando no ar para a frente e para trás enquanto eu agarrava a saliência. O grito apavorado de Isadora ecoou, a princípio muito perto, bem em meu ouvido, mas em seguida foi ficando mais distante à medida que ela caía.

O som do corpo dela atingindo o chão atravessou minha alma. Um baque alto, ossos se partindo, o grito abruptamente cortado, como se alguém tivesse lhe tapado a boca.

– Merda, merda, merda – murmurei, as lágrimas escorrendo pelo rosto.

Meus dedos estavam escorregadios de suor, cravando na pedra, mas eu os sentia deslizar.

– Não consigo me segurar!

– Inez! – gritou Whit lá de baixo. – Os degraus vão ceder. Solte-se!

O terror me dominou.

– Não posso. É alto demais!

Olhei para baixo, por cima do ombro, e soltei um gemido ao ver o corpo quebrado de Isadora. Whit estava diretamente abaixo de mim, com uma das mãos segurando a lateral do abdome e a outra erguida, manchada de um vermelho vivo.

– Eu te pego. Inez, eu te pego!

Um pedaço da rocha cedeu, despencando, e eu gritei.

– *Meu Deus*.

– Whit! Você está bem? Whit!

Ele tossiu.

– Estou bem. Inez, solte-se. O resto da escada desmoronou... não posso subir até você. Por favor, solte-se!

– É alto demais... – falei, ofegante.

Outro pedaço da escada se soltou com um estrondo. Ouvi Whit saindo do caminho correndo e depois voltando e se posicionando diretamente abaixo de mim.

– Inez – disse Whit, a voz calma, tentando vencer o pânico que se amotinava em meu peito. – Eu vou te pegar. Agora, *solte-se*!

Fechei os olhos com força, temendo confiar em suas palavras. Temendo que ele não estivesse lá no final da queda. Que eu acabasse como Isadora, esparramada na pedra, olhando sem vida para cima, os membros retorcidos de maneira antinatural.

– Inez, você é o amor da minha vida! – berrou Whit. – Eu não vou te perder agora.

Meu olhar se voltou para ele, que me encarava com firmeza, o rosto inclinado para cima, o braço ainda estendido. Ele assentiu, me tranquilizando.

– Estou bem aqui. Por favor, solte-se.

Soltei um suspiro trêmulo e fechei os olhos. Abri as mãos e me deixei cair. Durou apenas um instante, mas pareceu uma eternidade. A saia ondulava de encontro a minhas pernas. O ar açoitava meu cabelo – e veio a dura colisão contra Whit, seus braços me envolvendo com firmeza quando eu o derrubei no chão. Ele nos rolou repetidas vezes enquanto as pedras caíam, uma chuva letal de rochas pesadas. A poeira se levantava à nossa volta em uma nuvem.

– Inez – sussurrou ele com a voz rouca enquanto me puxava para cima dele, me afastando das pedras afiadas ao redor.

Seus lábios se moveram de encontro ao meu pescoço quando ele falou novamente.

– Você está bem? Você se machucou?

Inspirei fundo, a incredulidade me impedindo de articular uma palavra, formar um pensamento.

Ele me sacudiu delicadamente.

– Responda, querida.

– Estamos vivos? – consegui dizer após um momento.

– Claro. Você é tão dramática. – Whit afastou o cabelo de meu rosto, segurando minhas bochechas com ambas as mãos. – Você se machucou?

Assenti, com a visão embaçada. A poeira cobria seu rosto, e ele assentiu em resposta. Seus olhos se fecharam, e o pânico me dominou.

– Whit. Whit!

Ele ficou ali caído, imóvel. Uma poça de um vermelho profundo se acumulava sob seu corpo.

– Whit! – gritei. – Se você morrer, eu nunca vou te perdoar.

Ele abriu os olhos, aturdido, piscando rapidamente.

– Estou bem. Só estava descansando.

O alívio fez minha cabeça girar. Se ele conseguia falar, isso certamente significava que não estava ferido com tanta gravidade. Ele fez uma careta quando saí de cima dele. Whit gemeu, levando as mãos ao lado direito do abdome. O sangue manchava a camisa azul; as mãos já estavam cobertas com o líquido vermelho.

– Você não está bem. Precisamos sair daqui.

Por instinto, cobri as mãos dele e pressionei.

Ele gemeu rispidamente.

– Pare, pare, pare.

– Não temos que estancar o sangramento? – gritei.

– Eu não perdi a audição – arquejou ele entre uma respiração e outra. – O teto está prestes a desabar em cima de nós.

Ele tentou se sentar, o rosto sem nenhuma cor. Eu o ajudei a ficar em pé, seus gemidos baixos atravessando meu coração.

– Eu nunca tinha levado um tiro – disse ele em tom de espanto. – Não gostei nada disso.

Ele tropeçou, e passei um de seus braços por meus ombros.

– Só mais alguns passos – eu o incentivei. – O mais rápido que você conseguir.

Ele olhou para cima ao ouvir um barulho repentino cortando o ar.

– Onde está Isadora?

Olhei por cima do ombro. Apenas a mão dela estava visível sob todos aqueles destroços. Estava ali, imóvel. Fiz um gesto com a cabeça para ele, e seus lábios se comprimiram. O teto gemeu e estalou enquanto mais pedras caíam, se espatifando à nossa volta.

– Vá. Vá sem mim – disse Whit, com os lábios brancos. – *Vá*.

Que bobagem. Eu o apertei mais forte, e ele pareceu entender que, para me salvar, teria que salvar a si mesmo. Ele me lançou um olhar assassino. Mas, em seguida, sua expressão assumiu um ar de resignação, e ele permitiu que eu continuasse a ajudá-lo. Conseguimos nos lançar para fora da entrada, Whit segurando o local do ferimento enquanto eu puxava sua mão livre, descendo o caminho rochoso em direção ao barco ancorado. Atrás de nós, as rochas se chocavam e se partiam, e o chão tremia sob nossos pés. Ajudei Whit pelo restante do caminho, passo a passo, seus movimentos instáveis e cambaleantes.

– Espere, espere – pediu ele. – Preciso de um minuto.

Ele se esforçava para manter a respiração estável, mas o suor escorria pelas laterais de seu rosto. O cabelo estava colado na testa, e os ombros curvados, como se ele estivesse tentando se proteger de outro golpe.

– Precisamos continuar – falei, estendendo a mão para ele. – Você precisa de atendimento médico.

Whit assentiu e me deixou guiá-lo até o barco, que empurrei com ambas as mãos enquanto ele observava impotente a minha luta para colocar a maior parte possível do barco de volta na água. Eu o ajudei a passar as pernas por cima da lateral do barco, o que fez com que ele soltasse uma sequência realmente feia de xingamentos e depois tombasse lá dentro.

– Fique de frente para a popa – disse ele, com a voz fraca. – A parte de trás do barco.

Fiz como ele instruiu, depois olhei para ele novamente em busca de mais orientação. Peguei os remos, colocando-os de volta nos suportes, e tentei desajeitadamente nos guiar de volta à costa de Alexandria. Whit me observava em silêncio, a respiração superficial.

– Eu queria poder te ajudar.

– Não fale – comentei. – Poupe a sua energia. Eu vou nos levar até lá.

Ele deu um sorriso fraco.

– Eu sei.

Em seguida, ele inclinou a cabeça para trás, apoiando-a no banco oposto, e fechou os olhos. Eu estava ao mesmo tempo apavorada com a possibilidade de que ele nunca mais os abrisse para me encarar e aliviada por ele estar de fato fazendo o que pedi. Minha mente repassava Isadora levantando o braço, a mão firme envolvendo o cabo da pistola. A expressão de puro ódio ao puxar o gatilho.

Whit tinha me empurrado para o lado. Salvado minha vida.

E poderia morrer por causa disso.

Segurei as extremidades dos remos com mais força. Eu não ia deixar que isso acontecesse.

Pouco tempo depois, nosso barco estava quase na extremidade do cais – eu já conseguia vê-lo enquanto o sol nascia, transformando o céu em ouro resplandecente. Ele ficaria bem. Nosso cocheiro estava nos esperando com a carruagem. Só tínhamos que chegar ao hotel, onde eu poderia pedir que chamassem um médico.

Whit não ia morrer.

Ele abriu um olho.

– Você está indo muito bem, querida.

– Pare de falar – repreendi.

O canto inferior direito da camisa dele estava ensopado de sangue. Nunca mais ficaria limpo.

– Você acha que devo cobrir a ferida? Eu poderia usar a anágua.

Whit pareceu achar a ideia muito divertida.

– As donzelas sempre fornecem anáguas quando o herói está em apuros, não é mesmo?

– Você sempre me diz que não é herói, não é mesmo? – retruquei.

Ele assentiu.

– Você está certa. Não sou mesmo.

Desviei o olhar. Fiz um esforço para me lembrar do momento em que eu soube que ele tinha roubado meu dinheiro. Tinha sido a mesma sensação de ficar parada à margem do rio em Philae, observando minha mãe partir no barco, me deixando para trás, levando centenas de artefatos com ela. Eu me sentira furiosa, enganada e manipulada.

Minha mãe me abandonara ao meu próprio destino.

Mas Whit me salvara.

Duas vezes.

Ele tinha dito que me amava – mas fora só para me fazer pular, com certeza. Outra tentativa de me manipular. Eu não o compreendia. Por que arriscar a vida por mim – uma mulher que ia se divorciar dele? Que, até onde ele sabia, o odiava? Todo esse tempo, eu sabia que ele sentia um pouco de culpa pelo que fizera, mas não o suficiente para pedir desculpas. Ele mesmo tinha me dito que faria tudo de novo.

No entanto...

Agora que ele estava sangrando, morrendo aos poucos na minha frente, era difícil ficar com raiva dele. Porque, de alguma forma, eu sabia que, se ele pudesse escolher entre salvar minha vida ou não, ele pularia na frente daquela bala por mim outra vez.

E mais outra e outra e outra.

Ele estava sendo inconvenientemente honrado.

Canalizei todo o meu medo, raiva e frustração para os remos daquele maldito barco.

Eu andava de um lado para o outro diante do quarto de hotel, subindo e descendo o longo corredor. O médico estava lá dentro com Whit fazia várias horas. Apenas o som de murmúrios suaves quebrava o silêncio, e um ou outro hóspede que passava me olhando com curiosidade, vestida como eu estava em meu traje de viúva, agora empoeirado e rasgado em alguns pontos. Por três vezes um funcionário veio me oferecer chá e um prato de homus e vegetais frescos, mas meu estômago revirava ao ver a comida (embora eu tivesse aceitado o chá).

Outra hora se passou sem notícias.

A cada passo que eu dava, minha imaginação lançava minha mente em um estado de caos. O sangue na camisa de Whit. Isadora correndo escada acima atrás de mim – e caindo. A visão da mão pequena e pálida de Isadora, a única coisa visível sob o monte de pedras em cima de seu corpo esguio.

Ela estava morta, e eu sabia que o pai dela não me deixaria viver depois disso.

CAPÍTULO VEINTIUNO

A porta se abriu, e o médico saiu. Parecia calmo e controlado. Seus olhos eram gentis, e o cabelo grisalho e bem aparado me lembrava pilares de granito marmorizado. Dois de seus assistentes o seguiram, carregando lençóis ensanguentados.

Tentei não me fixar naquela visão.

– Boa noite, ou seria boa tarde? – perguntou o médico, esfregando os olhos cansados. – Sou o Dr. Neruzzos Bey.

– Como ele está? – perguntei, com a garganta apertada. Eu mal conseguia falar.

O médico fez um gesto com o queixo na direção do quarto.

– A senhorita é parente desse homem?

Comecei a balançar a cabeça para negar, mas logo me lembrei de uma informação essencial e me corrigi.

– Sim, sou a esposa dele.

– Ele está o mais estável que pude deixá-lo – informou o médico. – A viagem no barco e os solavancos da carruagem não ajudaram muito. Mas consegui remover os estilhaços da bala. Acredito ter retirado tudo, mas é difícil ter certeza. Ele está com febre, então recomendo compressas frias ao longo do dia e da noite. Tente fazer com que ele beba água e o deixe o mais confortável possível. Voltarei amanhã para verificar o progresso. – Ele hesitou. – Aconselho que a senhora se prepare. Um ferimento abdominal por arma de fogo é sério. Por sorte, não houve nenhum dano aos rins nem ao apêndice. Não posso dizer o mesmo de uma parte do intestino.

O pavor tomou conta de mim. Durante todo o tempo em que andei de um lado para o outro diante da porta do quarto, eu lembrava a mim mesma que Whit era forte, que ele tinha sobrevivido a batalhas e a outros ferimentos. Dizia a mim mesma que ele sobreviveria. Minhas mãos tremiam violentamente.

– *Shokran* – murmurei, a garganta seca.

O Dr. Neruzzos Bey assentiu e passou por mim. Fiquei olhando para a porta fechada com os nervos em frangalhos, a preocupação corroendo minha alma. Respirei fundo, tentando me preparar para o pior. Depois de um instante, meu coração voltou ao ritmo normal, e endireitei os ombros enquanto abria a porta e entrava.

Whit estava deitado na cama, o rosto voltado para mim. Um leve sorriso tocava seus lábios. Dei três passos e me ajoelhei ao lado da cama. Seus olhos estavam encovados, e profundas cavidades tinham se formado nas bochechas.

– Como você está? – Sua voz mal passava de um sussurro, e precisei me aproximar mais para ouvi-lo com clareza.

Ele me olhava com uma expressão de decepção, como se soubesse que seus dias estavam contados.

– O médico é muitíssimo competente e me deu uma lista de coisas para fazer para deixá-lo confortável – falei.

– Está bem – replicou ele, ofegante. – Mas isso não me diz como *você* está.

– É você quem está morr... doente. Sou eu quem deveria perguntar como você está se sentindo – respondi com os lábios dormentes.

Ele percebeu meu deslize.

– Morrendo? Isso parece bem sério.

Fiz um gesto desdenhoso, como se não fosse nada de mais, e por um instante fiquei impressionada com minha capacidade de parecer indiferente, enquanto minha mente gritava de pavor. O rosto dele tinha perdido toda a cor; a pele estava pegajosa, e gotas de suor se acumulavam na testa.

– Me fale a verdade – pediu ele suavemente.

– Eu não mentiria para você sobre isso – sussurrei. – Houve uma perda considerável de sangue, e o ferimento já infeccionou. Você está com febre e pode piorar antes de melhorar. Sobreviver a esta noite é crucial. O médico voltará amanhã.

Meus dedos coçavam para afastar os cabelos emaranhados de sua testa. Lutei contra o impulso com todas as minhas forças. Uma parte de mim queria se apegar à raiva, porque eu estava apavorada de sentir qualquer outra coisa. A ira não me assustava tanto quanto meu amor por ele. Mas, ao olhá-lo naquele momento, percebi que estava à beira de perdê-lo. Nada mais importava, exceto garantir que ele sobrevivesse.

– Ele tentou tirar um pouco do meu sangue – disse Whit. – Eu não deixei.

Era uma tática antiga para tentar expulsar o sangue contaminado do corpo, e me dava náusea só de pensar. Comecei a protestar, mas Whit fechou os olhos, fazendo uma careta. Imagina a dor que ele devia estar sentindo.

– Quer beber alguma coisa?

Ele abriu os olhos, que estavam injetados, exaustos e vermelhos. Decidi por ele e lhe dei um pequeno copo de água. Ele conseguiu tomar alguns goles antes de deixar a cabeça cair de volta no travesseiro com um gemido. Um instante depois, adormeceu. Puxei uma cadeira para mais perto da cama e segurei sua mão. Estava queimando. Durante a hora seguinte, alternei entre segurar sua mão e tentar conter o pior da febre com compressas frias. Ele se remexia, desconfortável, suando. Os lençóis se enrolavam em sua cintura e suas pernas, e, depois de algumas tentativas, desisti de tentar arrumá-los.

O pânico me dominou enquanto eu ouvia sua respiração forçada e superficial, que pareciam arquejos dolorosos. Fiz com que ele tomasse pequenos goles de água em intervalos regulares, forçando o copo entre seus lábios secos e rachados. Minhas mãos ficaram enrugadas de tanto torcer o pano úmido. Cada vez que o aplicava em sua testa e em seu peito, a tensão se dissipava, e as linhas em torno de seus olhos se suavizavam.

O tempo passava, mas eu só percebia isso porque os funcionários do hotel batiam regularmente à porta com panos frescos, chá e refeições simples para mim. Meu corpo doía com as longas horas passadas sentada sem comer ou dormir. Eu teria sofrido muito mais, se fosse preciso, para nunca soltar sua mão. Ele continuou delirando pelo resto do dia e noite adentro. Chamou meu nome várias vezes. O sono fazia minha cabeça girar, mas respondi todas as vezes, minha voz rouca de tanto tentar tranquilizá-lo.

Então, pouco antes do amanhecer, os olhos de Whit se abriram. Ele me fitou, estreitando os olhos.

– Eu não saí do seu lado – sussurrei.

Ele assentiu, aliviado, a expressão em seus lábios se suavizando.

– Você está sendo ridículo – falei. – Livre-se logo dessa febre e melhore.

Os lábios secos de Whit se abriram num sorriso, como eu sabia que aconteceria.

– Onde estão seus modos, Inez? Diga "por favor".

– *Por favor.*

Ele virou a cabeça em minha direção.

– Você está com hematomas no pescoço e arranhões nas bochechas.

– Isadora lutou como um gato – falei.

– É por isso que os odeio. – Whit não perdeu o sorriso fraco, mas determinado, e meu coração disparou ao vê-lo. – Cachorros são maravilhosos, e os humanos não os merecem.

– Pare de falar e descanse – ordenei.

– Tenho muito o que dizer – sussurrou Whit. – Eu poderia matar aquele desgraçado.

– O Sr. Sterling? – adivinhei.

– Ele tinha que levar todos os frascos de tintura, não é?

Olhei para ele, surpresa. Frascos de tintura? Que frascos... *Ah!* Minhas bochechas queimaram. Eu não podia acreditar que tinha esquecido. Corri os olhos pelo quarto, procurando o único frasco que consegui esconder antes de o Sr. Sterling chegar. Estava no parapeito da janela.

Ele seguiu meu olhar.

– Você estava com a tintura o tempo todo? – perguntou Whit, com os olhos arregalados. – Enquanto aquele médico tirava uma *bala* da minha barriga? E tentava *drenar* meu sangue? Olivera, você sabe que estou com *febre*? Você deve me odiar muito.

As palavras saíram de mim de supetão:

– Não, eu não te odeio.

Elas ecoaram entre nós, e, através da névoa da febre, ele me olhou, surpreso.

– Eu já esqueci tudo – falei, encabulada, tentando superar a tensão repentina e desconfortável.

– Eu só preciso de uma gota – disse ele, ofegante. – Sua mãe usava uma quantidade mínima em arranhões, cortes ou picadas de insetos.

– São ferimentos sem gravidade.

Eu me levantei e fui pegar o frasco. Eu o ergui, examinando o líquido de perto. Parecia tintura comum.

– Isso vai funcionar em você?

Ele passou a língua pelos lábios.

– Não custa tentar. Posso tomar mais água?

Peguei imediatamente o copo e levantei sua cabeça com cuidado. Ele tomou dois pequenos goles e balançou a cabeça.

– Chega.

Apoiei sua cabeça de volta no travesseiro, meus dedos roçando o algodão úmido.

– Aplico na ferida? Ou você vai beber?

Whit fez uma careta de nojo.

– O gosto deve ser horrível. Despeje no buraco em minha barriga.

– E se piorar o ferimento?

– Tenha um pouco de fé na magia, Olivera – disse ele, ofegante. – Não tem como piorar.

– Isso não é verdade – repliquei, mas destampei o frasco com cuidado.

Whit ergueu uma ponta da camisa, revelando uma faixa de pele bronzeada e firme. O lado direito de seu corpo estava com uma atadura cobrindo o ferimento. Ele a levantou, gemendo, com os músculos do abdome se contraindo.

– Fique parado – falei. – Pode arder um pouco.

– Lembre-se, só uma gota...

Despejei todo o líquido diretamente na pele inflamada e ferida. A gravidade da lesão me aterrorizou, e eu não achava que uma pequena quantidade seria suficiente para curá-lo.

– ... *Maldição!* – sibilou Whit entre dentes.

Coloquei o frasco na mesa de cabeceira.

– Quer que eu o distraia?

– Não sou criança – disse ele, arfando. Mas logo em seguida seus lábios se retorceram com ironia. – Sim, por favor.

Uma pergunta queimava em minha mente. Enquanto eu o observava durante a noite, ela me ocorria insistentemente.

– Por quê?

A compreensão percorreu as feições pálidas de Whit. Ele entendeu o que eu queria saber.

– De todas as perguntas que você poderia me fazer, foi essa que escolheu? – perguntou Whit, com a voz abatida. – Eu preciso mesmo responder?

Pensei um pouco.

– Precisa.

Whit me encarou. Em seguida, umedeceu os lábios secos e rachados e replicou:

– Eu já te disse. Você vai acreditar se eu disser de novo?

– Me diga – pedi, com medo de ter esperanças, com medo de abrir a porta e deixá-lo voltar.

Ele tinha me deixado sem nada. Tirara de mim todo o desejo de constituir uma família com ele. Eu tinha medo de acreditar nele, mas queria desesperadamente acreditar.

– Inez – sussurrou ele. – Você quer saber por que salvei sua vida? Não consigo pensar em um ato melhor para mostrar o quanto eu te amo. Este mundo não seria o mesmo sem você, e eu não quero *jamais* descobrir como seria. Se eu tiver que te seguir por um deserto, seguirei. Se eu tiver que pular no Nilo, de novo e de novo, pularei. Se eu tiver que me jogar na frente de mil balas, me jogarei. – Ele fechou os olhos, respirando com dificuldade. – Eu vou te amar para sempre.

– Você me ama – repeti.

Um pouco de cor voltou às bochechas pálidas de Whit. Um rubor de saúde e vitalidade. Aos poucos, ele abriu os olhos, e eles atravessaram carne e osso, encontrando meu coração. Ainda estavam injetados e cansados. Mas não se desviaram dos meus.

– Amo – disse ele. – Eu sou seu.

Engoli em seco, o medo tomando conta de mim. Eu queria confiar nele, mas será que conseguiria?

– Sou seu há muito tempo – acrescentou Whit, com a voz suave.

Muito lentamente, ele estendeu a mão por cima da roupa de cama, os dedos se esticando, indo ao encontro dos meus. Ele virou o pulso, a palma para cima. Olhei os calos ásperos. As mãos brutas, capazes de matar, de resgatar. Mãos que seguraram as minhas, que me conduziram por uma pista de dança, me ergueram acima da água, me consolaram na escuridão de uma tumba.

Naquele momento, cedi ao que queria fazer desde que o vira deitado naquela cama, com a febre travando uma guerra dentro dele. Eu me inclinei e beijei sua bochecha, afastando os cabelos da testa. Quando me aprumei, seus olhos já tinham se fechado novamente, e um leve sorriso pairava em seu rosto.

CAPÍTULO VEINTIDÓS

A luz da manhã se infiltrava no quarto, e eu pisquei, ainda atordoada de sono. Bocejei, esticando as pernas, e vi que Whit tinha acordado. Ele estava deitado de lado, o braço tendo servido de travesseiro improvisado para minha cabeça. Ele brincava com meu cabelo, ajeitando alguns fios atrás da orelha.

– Como está se sentindo? – perguntei.

– Dê uma olhada.

Whit levantou a barra da camisa. A ferida tinha cicatrizado, e as veias que antes se espalhavam de forma alarmante tinham desaparecido. Ele ficaria com uma cicatriz pelo resto da vida, mas tinha resistido e sobrevivido. Dei uma risada incrédula e, logo em seguida, irrompi em lágrimas.

– Você deve estar com muita fome – falei, secando os olhos.

– Quero que uma mesa de banquete apareça por magia aqui no quarto – replicou ele. – Quero um bufê de um quilômetro de comprimento. Quero...

– Entendido – falei, rindo mais uma vez enquanto me levantava rapidamente e saía do quarto, lutando para manter minhas emoções voláteis sob controle.

Um dos atendentes do hotel vinha pelo corredor com uma bandeja de chá, e eu lhe dirigi um sorriso trêmulo.

– Ele está se sentindo muito melhor – expliquei ao notar a súbita expressão de alarme no rosto dele.

O rapaz devia ter deduzido que meus olhos inchados significavam algo diferente. Se não fosse o frasco de tintura, talvez esse tivesse sido o caso.

– Você poderia nos enviar água quente, além de lençóis limpos? E ele gostaria de tomar o café da manhã. Ovos cozidos, pão pita, aquele delicioso ensopado de fava. Talvez um pouco de arroz? Ah, e ele adora berinjela frita com bastante mel. Aliás, traga também uma tigela de mel. E uma jarra de café!

Ele assentiu e voltou pelo corredor.

– A comida está a caminho – anunciei, fechando a porta do quarto ao passar.

– Deixe-me perguntar uma coisa – disse Whit. – Quem no Egito saberia dos canais aquáticos subterrâneos de Alexandria?

Pisquei com a súbita mudança de assunto. Eu ainda estava no estado de espírito "Whit quase morreu".

– Eu saí do quarto faz só um minuto.

– Eu não tenho relógio, então vou confiar em sua palavra.

– Whit.

– Inez.

– Você deveria estar descansando.

– Não temos tempo para uma convalescença adequada – retrucou Whit. – Abdullah e Ricardo estão definhando na prisão, enquanto o Sr. Sterling rastreia cada movimento nosso. Lourdes está um passo a nossa frente, provavelmente a *esta* distância... – ele aproximou o indicador do polegar, os dedos quase se tocando – ... de encontrar o manuscrito alquímico, e, se seu pai estiver vivo, ele provavelmente está preso em algum casebre úmido.

– Espere – falei, sacudindo a cabeça.

No farol, eu tivera uma forte sensação de que meu pai estava morto.

– Você acha que há alguma chance de Papá estar vivo?

– Não sei – respondeu Whit suavemente. – Mas, se estiver, a única razão pela qual ele não entrou em contato com você é porque está fisicamente incapacitado para isso. Talvez esteja trancado em algum lugar...

– Eu também pensei isso – repliquei, mal ousando ter esperança.

– Eu sei – disse Whit. – Mas também quero que você pelo menos considere a possibilidade de que ele já se foi, Inez.

– Você já deixou claro seu ponto – falei, distraída, minha mente ainda presa no que ele dissera antes.

Whit me amava, mas claramente ainda queria a Crisopeia, embora eu não entendesse por quê.

– Me fale sobre o manuscrito alquímico, Whit.

Ele piscou.

– *Agora?*

– Agora. Por favor.

Whit mudou de posição, se sentando devagar. Seu olhar baixou para as próprias mãos, firmemente entrelaçadas no colo.

– Eu nunca tive escolha em relação à mulher com quem me casaria. Desde sempre teria que ser com uma mulher rica, herdeira, alguém para tirar minha família do buraco que meus pais cavaram para si mesmos.

Fui me sentar ao lado dele.

– Continue.

– Depois que fui dispensado, passei muito tempo na vida noturna. – Ele corou. – Não me orgulho dessa fase de minha vida, mas acabei ouvindo um boato extraordinário. Sobre um documento de uma única folha com instruções de como transformar chumbo em ouro, escrito séculos antes por ninguém menos que Cleópatra, a alquimista.

Ele separou as mãos, seus dedos torcendo os lençóis, e eu me inclinei e tomei sua mão entre as minhas.

– Fiquei obcecado com a ideia de descobrir onde estava esse documento.

– Por quê?

Whit ergueu lentamente o rosto, seus olhos encontrando os meus.

– Inez, no começo eu queria encontrar o manuscrito para me livrar de um casamento que eu *não* desejava. Agora, mais do que qualquer coisa, quero encontrar a Crisopeia para salvar um casamento que eu desejo *desesperadamente.*

– O dinheiro não me importa mais – falei. – Não era essa a questão...

Whit arqueou uma sobrancelha.

– Não era totalmente essa a questão – corrigi. – Doía o fato de você ter mentido, de ter me traído. Eu queria uma família com você, uma vida juntos, e você destruiu tudo antes de sequer começarmos.

– Me desculpe. – Ele ergueu minha mão e beijou a palma. – Eu nunca mais vou colocar nosso relacionamento em risco. Agora somos você e eu, querida. Para sempre.

– Eu acredito em você – sussurrei, me sentindo subitamente tímida.

Whit se inclinou e pressionou os lábios em minha bochecha, sua boca tocando minha pele de modo muito suave. Em seguida, ele se afastou e perguntou:

– Mais alguma pergunta?

Balancei a cabeça.

– Você estava pensando em alguma coisa antes.

– O que era mesmo? – Whit passou a mão pelos cabelos e depois estalou os dedos. – Ah, certo. O farol. Quando estávamos lá, você saiu de uma das lembranças de Cleópatra. E estava me contando o que viu. Em algum momento, Isadora perdeu o controle. Ela ouviu algo que a fez sair do personagem e atirar em você. Acho que estávamos prestes a fazer uma descoberta.

Massageei as têmporas, me esforçando para lembrar exatamente o que vi.

– Deixe-me pensar – murmurei. – Cleópatra estava em um barco a remo acompanhada de um guarda, e ele remava enquanto ela permanecia sentada atrás dele, vestida com um manto escuro com capuz. Suas mãos estavam na grade de segurança... não, espere. Isso não é verdade. Ela estava segurando algo. Era... era o rolo de pergaminho!

– A Crisopeia – disse Whit. – Estava com ela, o que faz sentido. O irmão dela estava tentando recuperar o trono, e ele estava de olho em Alexandria. E quem sabe? Ele também poderia estar procurando o manuscrito. Ele também era descendente da famosa alquimista.

Outra parte da lembrança veio à tona.

– Whit, quando Cleópatra chegou à torre romana, ela não estava mais carregando o rolo de pergaminho. Cleópatra fez uma curva antes de chegar ao palácio, onde ela poderia pedir a ajuda de Júlio César contra o irmão. Esse é o momento que lembro antes de Isadora começar a atirar em nós.

– Exatamente o que eu lembro – disse Whit. – O que nos traz de volta a minha pergunta original. Quem nós conhecemos que poderia nos ajudar com os canais aquáticos subterrâneos de Alexandria?

Sua expressão se iluminou no mesmo instante em que um nome surgiu em minha mente.

– Abdullah – dissemos juntos.

Uma batida à porta soou no instante em que meu estômago roncava.

– Oba, a comida chegou! Whit, por que você não enche a xícara de chá...

Ele já tinha se levantado e se dirigia para a bacia de água, caminhando muito devagar. Fui até a porta, permitindo a entrada de dois garçons que carregavam uma bandeja cheia de pratos cobertos, uma pequena mesa redonda e uma cadeira de madeira extra. A mesa foi colocada na frente da cama, a cadeira do lado oposto. Juntos, organizamos os pratos, destampando-os, e o aroma delicioso se espalhou pelo quarto, fazendo minha boca se encher de água. Whit deu uma gorjeta aos garçons, e eles nos deixaram para desfrutar a refeição.

– Quanto tempo até eles responderem? – perguntei, olhando para a xícara mágica.

Whit preparou um prato e me entregou, depois empilhou outro com uma quantidade espetacular de comida.

– Eu acho que logo. Pronto, está vendo?

Whit apontou para a xícara com o garfo.

– Já está funcionando.

De fato, a água dentro da xícara estava cintilando com uma luz prateada e, quando eu a trouxe para perto de mim, o rosto de tio Ricardo apareceu, distorcido pelas constantes ondulações na superfície.

– Finalmente – rosnou meu tio. – Já faz dias, Inez. E não pense que não sei aonde você foi. Lorena me contou tudo. Por que diabos você está em Alexandria?

– O senhor inundou o carpete duas vezes – comentei de um jeito seco. – Tivemos que andar pelo quarto de sapato para não correr o risco de encharcar as meias.

– Não que você não mereça isso por me deixar preocupado – retrucou ele, irritado. – Estou preso nesta cela, e você aí, a centenas de quilômetros de distância, se metendo em todo tipo de confusão, tenho *certeza*. E sem mandar uma única notícia. Você tem ideia de como eu me sinto com isso?

Eu me remexi, absolutamente envergonhada de mim mesma.

– Temos andado ocupados – disse Whit entre uma garfada e outra.

De alguma forma, ele já tinha conseguido esvaziar metade do prato de comida.

– É o *Whitford*? – perguntou tio Ricardo. – Diga a esse patife que ele deveria saber que isso não se faz... O que *foi*, Abdullah? – Meu tio virou o rosto, e ouvi alguém falando em voz abafada. Tio Ricardo retornou à xícara, revirando os olhos. – Abdullah acha que estou sendo muito duro com vocês dois. Ele manda lembranças e felicitações e não sei mais o quê. Saúde por toda a eternidade ou algo assim.

Eu ri.

– Podemos falar com ele, por favor?

– Eu não sou digno de mais alguns minutos? – perguntou tio Ricardo.

Whit fez uma pausa na refeição e se sentou a meu lado na cama. Ele encostou a têmpora na minha e espiou dentro da xícara.

– É importante, Ricardo.

– Humpf – resmungou tio Ricardo, mas desapareceu.

Abdullah surgiu na xícara um instante depois, parecendo cansado, o rosto mais magro, a barba cobrindo a metade inferior do rosto.

– Como está se sentindo? – perguntei, ansiosa.

– Bem melhor, agora que estou vendo vocês dois – disse Abdullah. – Estou muito feliz por vocês. Formam um belo casal. Se ao menos houvesse alguém a quem eu pudesse apresentar Farida. Eu adoraria vê-la casada com a pessoa certa...

– Abdullah – interrompeu Whit com firmeza. – Precisamos falar com você sobre uma coisa.

– Ah, é?

Relatamos rapidamente cada uma das lembranças que eu tinha visto, pulando os acontecimentos no farol. Meu tio não precisava saber sobre Isadora nem sobre Whit ter sido baleado. Ele teria perguntas, e nem Whit nem eu tínhamos tempo para tranquilizá-lo naquele momento.

E, de qualquer forma, seria uma mentira.

Eu não sabia se um de nós sairia vivo do perigo do momento – uma verdade que dava nós em meu estômago. Pus a preocupação de lado, me concentrando no que Abdullah estava dizendo.

– Canais subterrâneos? – perguntou ele. – Vocês devem estar falando das antigas cisternas de Alexandria.

– Cisternas? – repetiu Whit.

– Dos tempos de Alexandre, o Grande, quando ele fundou a cidade, batizando-a em homenagem a si mesmo, claro. Ele teve um profundo envolvimento no planejamento da cidade e quis garantir que os habitantes tivessem acesso à água. Existem centenas de cisternas que promoviam o abastecimento de água para os alexandrinos, e elas eram conectadas por uma série de canais alimentados pelo Nilo. Mas os canais não eram usados só para fornecer água... acho que foi Júlio César quem enviou seus soldados para o subterrâneo a fim de manter seus movimentos em segredo quando reprimiu a rebelião do irmão de Cleópatra, Ptolomeu XIII.

Whit e eu trocamos olhares, e senti que o mesmo pensamento ocorreu a ambos. Foi Cleópatra quem contou a César sobre os canais subterrâneos.

– Então os canais subterrâneos percorrem toda a cidade – observou Whit.

– Sim – disse Abdullah. – A propósito, tudo que sei sobre essa rede subterrânea de canais devo ao tremendo trabalho de Mahmoud el--Falaki, um homem de muitos talentos: astrônomo da corte, arqueólogo, matemático e cartógrafo. Ele foi encarregado de criar um mapa da antiga Alexandria e conseguiu posicionar corretamente as construções da Antiguidade. Claro, ninguém dos países falantes de língua inglesa acreditou nele nem lhe deu o devido crédito – disse Abdullah com tristeza, balançando a cabeça.

O movimento turvou seu rosto, a água ondulando bruscamente.

Embora todas as informações fossem fascinantes, não nos ajudavam a identificar onde Cleópatra poderia ter escondido o manuscrito alquímico quando estava a caminho do palácio real para solicitar uma audiência com Júlio César.

– Acho que não há mais nada escondido lá embaixo – falei.

– Bem, agora que você mencionou essa possibilidade – disse Abdullah devagar –, há uma história repassada entre alguns arqueólogos. Mas é só um boato e não está fundamentado em evidências... apenas alguns fragmentos da antiga história escrita.

Eu me inclinei para a frente, a empolgação pulsando em minha garganta.

– Que boato?

– A Grande Biblioteca de Alexandria foi uma das bibliotecas mais famosas da Antiguidade. Era dedicada às nove musas das artes e era um centro de conhecimento. Abrigava milhares de pergaminhos não apenas da história egípcia, mas de dezenas de países. Infelizmente, Júlio César incendiou navios egípcios no porto, tentando bloquear a frota de Ptolomeu, e o fogo se espalhou para um armazém anexo à Biblioteca, onde milhares de pergaminhos estavam guardados – disse Abdullah. – Alguns historiadores estimam que cerca de quarenta mil pergaminhos foram perdidos.

– Isso é terrível! – exclamei, pensando em Cleópatra e em como ela deve ter se sentido ao ver partes de sua cidade em chamas.

– Bem, por causa desse acontecimento, mais documentos inestimáveis foram levados para a biblioteca secundária no Serapeu, um antigo templo dedicado a Serápis – prosseguiu Abdullah. – Muitos dos pergaminhos da Grande Biblioteca foram levados para lá por segurança, mas eis o fato interessante: há rumores de uma biblioteca secreta onde alguns dos papiros mais preciosos foram escondidos.

– Uma biblioteca secreta? – repetiu Whit.

Abdullah sorriu.

– A lenda diz que, de alguma forma, ela está conectada ao Serapeu.

– Serápis e seu fiel companheiro, Cérbero – falei, meu olhar pousando na caixa com os pertences de minha mãe.

Eu sabia que encontraria um mapa da antiga cidade de Alexandria ali dentro, onde, em uma ruazinha lateral, alguém tinha desenhado a figura do cão de três cabeças.

– Sim, os dois costumam estar conectados – afirmou Abdullah. – Na verdade, acredito que há uma escultura em alto-relevo de Cérbero em algum lugar no farol. Curiosamente, os visitantes de Alexandria tinham que pagar um pedágio para entrar no porto. Qualquer pergaminho ou papiro que estivesse com eles tinha que ser enviado à biblioteca para ser copiado. Foi assim que a Grande Biblioteca se tornou o que era.

– E alguns desses pergaminhos foram levados para a biblioteca secreta – disse Whit. – Será que ela é subterrânea?

Abdullah inclinou a cabeça, dando de ombros.

– Quem sabe onde a biblioteca se esconde?

Whit queria visitar imediatamente o Serapeu, mas o médico chegou, determinado a ver seu paciente. Creio que ele pensou que encontraria Whit à beira da morte e ficou muito surpreso ao me ver gritando com meu marido para que parasse de calçar as botas.

O médico me mandou sair do quarto, já que aparentemente eu estava irritando o paciente.

Fiquei no corredor, ouvindo a discussão acalorada entre os dois, mesmo com a porta fechada. Eu sabia que deveria entrar, mas algo me impedia. Em vez disso, fui até o saguão, meus passos lentos e sem propósito. Whit ia sobreviver, e agora eu não fazia a menor ideia de como agir. Em algum momento da noite, quando ele segurou minha mão em um aperto moribundo, eu o perdoei pelo que tinha feito. Ao que parecia, ele sempre iria ao extremo para ajudar as pessoas importantes em sua vida. Roubar uma fortuna para salvar a irmã. Pular na frente de uma bala para me salvar. Lutar contra crocodilos.

O saguão estava silencioso; era cedo demais para os hóspedes saírem em seus passeios turísticos. Afundei em uma das cadeiras baixas disponíveis e fiquei olhando vagamente à minha volta, um tanto atordoada. Um dos atendentes teve pena de mim e me deu uma xícara de chá, que beberiquei enquanto meus pensamentos zuniam.

Isadora estava morta, e em algum momento Mamá e seu amante descobririam o que eu tinha feito. Eles iriam atrás de mim, buscando vingança, sem dúvida. Eu não sabia o que minha mãe faria, e mais uma vez pensei no Sr. Fincastle e seu vasto arsenal.

A realidade de minha situação me encarava. Elvira fora assassinada. Isadora estava naquela escada por minha causa. Durante as longas horas da noite, o desespero me manteve acordada ao pensar em Whit morrendo com um buraco na barriga.

A morte me seguia, não importava o que eu fizesse.

O pavor me dominou de tal forma que meu corpo começou a tremer. Porque, no fundo, eu sabia que, se seguisse no mesmo caminho, mais alguém morreria.

Eu não ia arriscar a vida de Whit nunca mais. Ele estava se recuperando e era a única pessoa que me restava e que permanecia teimosamente a meu lado. Mesmo que isso pudesse matá-lo.

Tudo dentro de mim se rebelava contra a ideia de ir atrás de minha mãe. Exceto que meu tio e Abdullah apodreceriam na prisão pelo resto da vida se eu não a perseguisse.

Mas por que tinha que ser *eu*?

Havia outra pessoa que poderia fazer isso por mim. Lentamente, peguei o cartão do Sr. Sterling e o olhei, contemplando minhas opções. Whit não gostaria que eu o contatasse. Mas, se eu desse ao Sr. Sterling os meios para encontrar minha mãe, criaria uma chance real para que Whit e eu saíssemos com vida daquela situação horrível e caótica. Eu faria qualquer coisa para não passar mais um dia me perguntando se Whit viveria para ver o amanhã.

Mas a mera ideia de recorrer ao Sr. Sterling em busca de ajuda me repugnava.

A vida inteira eu tinha me esforçado para conquistar o amor e a aprovação de meus pais. Fiz de tudo para ser quem eles queriam que eu fosse, certa de que, se vissem a verdadeira Inez, tentariam me mudar. Era exaustivo fingir o tempo todo, reprimir minhas ideias, silenciar minhas opiniões. Desde que chegara ao Egito, eu tomava minhas próprias decisões, e, sim, algumas tinham sido desastrosas, mas eram *meus* erros.

No entanto, acabei caindo no mesmo padrão de sempre. Eu me culpava pelo que minha mãe tinha feito com aqueles artefatos. Sem benevolência, sem perdão, sem compreensão. Eu estava cansada de tentar ser perfeita, cansada de tentar ser alguém que eu não era. Eu precisava aprender a confiar nos meus instintos. E, se eu tomasse o caminho errado, era inteligente o suficiente para procurar um jeito de contornar o problema.

O que me levava de volta a um dilema irritante. Eu ainda não sabia como salvar todos que eu amava.

– Com licença – disse um dos funcionários do hotel. – Seu marido está chamando a senhora.

Olhei para a entrada do hotel, segurando o cartão. Então, deliberadamente, eu o rasguei ao meio.

Com um suspiro trêmulo, eu me levantei e entreguei as metades rasgadas ao funcionário.

– Pode jogar isso fora para mim?

– Claro – respondeu ele.

Em seguida, fui ao encontro de Whit.

Whit estava sentado na cama com lençóis limpos, bebendo café, o cabelo ainda úmido do banho rápido. Quando fechei a porta ao entrar, suas mãos apertaram a alça da xícara de maneira quase imperceptível. Ele parecia nervoso. Meus olhos marejados se embaçaram quando Whit bateu no espaço ao lado dele. Fui até lá, afundando na cama, e me apoiei em seu ombro. Whit usou a manga para enxugar meu rosto, murmurando palavras suaves, de algum modo me puxando para mais perto até que eu estivesse sentada em seu colo. Ele afastou o cabelo do meu rosto e se inclinou para roçar os lábios nos meus.

O desejo se acendeu entre nós.

– Venha aqui – disse ele, com a voz rouca.

Olhei para nossa posição, minhas pernas estendidas sobre suas coxas.

– Como é que eu posso ficar mais perto?

Whit me lançou um olhar exigente, impaciente.

Esse olhar provocou centelhas de fogo que alcançaram cada canto do meu corpo. Parecia que muito tempo tinha se passado desde nossa primeira vez juntos. Naquela noite, ele tinha tirado o casaco e as botas, colocado a arma na mesinha de cabeceira e removido a faca que levava sempre escondida. Ele tinha um belo arsenal. Dessa vez, usava apenas a calça e uma camisa já quase toda desabotoada. Não havia armas entre nós.

Senti falta de cada momento com ele – mais do que queria admitir quando estava brava pelo que ele fizera.

Levantei a mão e a passei pelo pescoço de Whit no momento que ele me erguia habilmente para que eu pudesse me sentar nele. Sua boca se movimentava sobre a minha num beijo profundo, faminto, como se quisesse me mostrar que estava bem de fato, que tinha verdadeiramente escapado da morte. Mergulhei os dedos em seu cabelo enquanto suas mãos deslizavam pelas minhas costas até envolverem meu traseiro, me puxando mais para perto. Ele distribuía beijos quentes e lânguidos, subindo e descendo por meu pescoço, o que me fez estremecer.

– Eu te amo – sussurrou ele junto à minha pele.

Eu me inclinei para trás, o suficiente para ver seus olhos, mas perto o bastante para ainda estar dentro do círculo de seus braços. Sua mão deslizou até minha coxa, e ele puxou minha saia acima do joelho. Lentamente, comecei a desabotoar a fileira de pequenos botões de minha blusa. O olhar de Whit se fixava em cada centímetro que eu revelava. Ele se inclinou para a frente e deu beijos suaves em minha pele enquanto seus dedos subiam cada vez mais. Um arquejo escapou de minha boca quando minha testa pousou no ombro dele. Levei a mão à sua calça, e ele me ajudou a afastar as roupas antes de me posicionar exatamente onde ele queria.

Ele levantou a cabeça, com uma pergunta silenciosa nas profundezas dos olhos azuis, e eu assenti, sem fôlego. Nossa noite de casamento parecia ter sido uma eternidade antes; daquela vez eu estava nervosa, em uma missão para enganar meu tio. Mas, agora, éramos somente eu e Whit, e o resto de nossa vida ou o tempo que ainda tivéssemos. Eu estava segura, eu era amada. Ele segurou meu rosto e o aproximou do dele, me beijando com uma ternura que parecia bruta e vulnerável. Eu me lancei sobre ele, e seus lábios roçaram minha orelha. Em seguida, começamos a nos mover juntos, e o último centímetro de distância entre nós desapareceu por completo.

Whit era meu marido, meu melhor amigo.

Ele murmurou palavras doces junto a meu cabelo, as mãos deslizando novamente por minhas costas, me balançando devagar.

– *Inez* – disse ele, e meu nome soava como uma oração sussurrada em sua boca.

Ele me beijou profunda e febrilmente.

Eu o perdoei, de novo e de novo.

Quando ele espalmou as mãos com firmeza na base de minhas costas, todos os pensamentos fugiram de minha mente. Para mim, só existiam seu olhar carinhoso, a maneira como ele me mantinha colada nele e a inevitável sensação de perder o controle quando meu corpo assumiu o comando. Eu permiti, me entregando a ele por livre e espontânea vontade.

Nada mais importava além daquele momento.

Eu queria mais um milhão deles e faria qualquer coisa para tê-los.

Demos a nós mesmos um dia juntos.

Um dia para Whit se recuperar por completo, para a ferida cicatrizar o máximo possível, para eu lidar com a morte de Isadora e o que ela significava. Passamos a maior parte do dia na cama, dormindo e, às vezes, não dormindo, e, em algum momento entre uma coisa e outra, fazendo planos para o que viria a seguir.

Na manhã seguinte, a luz intensa do sol iluminando o quarto me acordou. Pisquei, apoiada no peito nu de Whit, que subia e descia regularmente. Ele ainda estava dormindo. Com cuidado, me afastei dele para dar uma olhada na ferida. Estava quase seca, a pele menos irritada, menos vermelha. A magia tinha funcionado. Seu suave ressonar desviou minha atenção do abdome para o rosto. Cílios ruivos tremulavam sobre as maçãs do rosto proeminentes. A boca estava relaxada, o cabelo ondulado caindo sobre a testa.

Ele acordaria com fome, querendo uma refeição completa e café. Eu poderia facilmente providenciar isso, e, já que meu próprio estômago estava roncando, quanto antes, melhor. Saí da cama com cuidado, para não acordá-lo. Vesti a primeira camisa que consegui encontrar e minha saia de linho comprida, de um tom verde-oliva que eu adorava. Calcei as meias e as botas, mas deixei o cabelo solto e rebelde.

Em silêncio, peguei minha bolsa para a gorjeta, abri uma fresta na porta e saí do quarto. O corredor estava vazio e silencioso quando desci a escada, mas o saguão tinha alguns hóspedes já vestidos para o dia. Alguns estavam com suas malas; outros seguravam guias impressos de passeios turísticos.

Quando tudo aquilo acabasse, eu faria Whit me levar a cada país que eu sonhava visitar desde criança. Havia tantas cidades e ruínas que eu queria explorar, diferentes comidas que eu queria provar.

Só precisávamos sobreviver ao que viria a seguir.

Chamei um funcionário do hotel, outro alemão, que anotou meu pedido em um papel.

– Ovos mexidos, duas... não, *três*... porções. Pão pita, mel, manteiga – pedi. – Café puro, por favor, e eu adoraria qualquer fruta que esteja na estação.

– Muito bem, senhorita.

– Senhora – corrigi, sorrindo.

– É só isso?

– Quarto 206 – falei. – Obrigada.

Ele assentiu e seguiu em direção à cozinha. Eu me virei para a grande escadaria, mas uma voz suave em meu ouvido me fez congelar. Algo pressionava minhas costas.

– Olá, Inez – sussurrou um homem. – O que você está sentindo é minha pistola. Se gritar por ajuda, eu atiro em você. Se fizer contato visual com alguém, eu atiro.

Tentei me virar, mas ele pressionou ainda mais a arma, me fazendo arquejar.

– Nem mais um pio – disse ele. – Nós vamos sair do hotel sem alarde. Entendido?

Ele forçou o cano da arma contra minhas costas novamente.

– Caso contrário, vou até o quarto 206 e atiro no seu marido.

Ele se inclinou, chegando ainda mais perto, a respiração roçando minha pele, provocando um arrepio de medo.

– Esse é o número do seu quarto, não é?

Engoli em seco, sem conseguir afastar da mente a imagem de Whit sangrando, as mãos manchadas de vermelho, lutando para respirar, o rosto ficando pálido e frio.

– Vai cooperar, Inez?

Fiz que sim.

– Então vamos – ordenou o desconhecido.

Ele se postou ao meu lado, passando o braço livre por minhas costas, a arma escondida sob seu paletó, mas ainda pressionada com firmeza contra meu corpo. Eu o reconheci – era um dos homens que estiveram com o Sr. Sterling na casa de Mamá. Só então entendi o tamanho do problema em que me encontrava.

– Um pé na frente do outro.

Tremendo, com os joelhos vacilantes e as palmas das mãos úmidas de suor, fiz o que ele mandava, meu único pensamento voltado para salvar a pessoa mais importante para mim no mundo.

Whit. Whit. Whit.

PARTE QUATRO

UM RIO CORRE POR BAIXO

Minha esposa não estava no quarto quando acordei. Eu me sentei, com os olhos embaçados, e olhei piscando para o espaço onde ela deveria estar dormindo. Corri os olhos pelo quarto vazio, as cortinas fechadas, e tive a sensação de que algo estava errado. Senti um aperto no peito enquanto girava as pernas para fora da cama.

Aquele primeiro passo doeu.

Mas insisti, apesar da instabilidade inicial, e encontrei minhas botas debaixo de uma cadeira e a camisa jogada sobre a cômoda. Eu a vesti com pressa e fui até a janela para deixar a luz do sol entrar. Semicerrei os olhos, esperando que eles se ajustassem ao brilho repentino. Aos poucos, o quarto foi ganhando foco. Tudo parecia normal, com os baús empilhados.

A bolsa dela tinha sumido.

Onde *diabos* ela estava?

Repassei a noite anterior em minha mente. Eu tinha dito que a amava. Ela não me disse o mesmo. O medo se instalou em minhas entranhas. Talvez ela tivesse percebido que nunca poderia me perdoar pelo que fiz.

E por isso me deixou.

O pânico me dominou. Calcei as botas e me enfiei no casaco, fazendo uma careta de dor por um instante. O ferimento da bala tinha cicatrizado como se meses tivessem se passado, mas ainda estava um pouco sensível. Eu iria atrás de Inez e me ajoelharia aos seus pés se ela quisesse.

Corri porta afora, entoando seu nome.

Inez. Inez. Inez.

CAPÍTULO VEINTITRÉS

Carruagens subiam e desciam a rua ruidosamente, e burros carregados com fardos se aglomeravam no caminho, enquanto ambulantes vendendo sucos, especiarias e pães berravam o preço de suas mercadorias. O ruído de toda essa agitação me envolvia, e o ímpeto de gritar pedindo ajuda me subjugava.

– Vamos esperar aqui – disse o homem.

Passei a língua pelos lábios secos.

– O que o Sr. Sterling quer?

– Calada – respondeu ele, tirando a mão que estava ao redor de meus ombros.

A arma continuava onde estava, parcialmente oculta. Ele enfiou a mão no bolso do casaco, puxou o mesmo cartão que o Sr. Sterling tinha me dado e traçou com o polegar as letras impressas na superfície.

– Ele não vai demorar.

O homem era mais velho, e sua atitude era sombria e desanimada. Tudo nele era melancólico: as roupas, os cantos da boca voltados para baixo, o vazio dos olhos azuis aguados.

Olhei à volta com nervosismo, os pelos da nuca se eriçando. Apesar da luz do sol matinal, um frio desceu por minha espinha. Uma elegante carruagem pintada de preto se aproximou. Como era de se esperar, o Sr. Sterling tinha escolhido o transporte mais formidável disponível. O cocheiro parou à nossa frente e, pela janela, avistei a pessoa que eu menos queria ver no mundo.

A porta se abriu, e o Sr. Sterling se inclinou para a frente, levantando o chapéu em uma saudação zombeteira.

– Olá, Srta. Olivera – cumprimentou ele com a voz anasalada. – Não vai entrar?

Eu o olhei com desconfiança, consciente da arma pressionada em minhas costelas. Ele realmente mandaria seu capanga atirar em mim no meio da rua?

– Eu mandaria, sim – afirmou o Sr. Sterling, como se eu tivesse feito a pergunta em voz alta. – Não posso mais voltar atrás, infelizmente. Agora, vou perguntar mais uma vez. Não vai entrar?

– Não, obrigada; prefiro ficar onde estou – respondi. – O senhor está aqui por um motivo, tenho certeza. Por que não discutimos o assunto agora?

– Sr. Graves, por favor...

O homem agarrou meu braço enquanto me cutucava novamente com a pistola.

– Entre, Inez.

– Não – falei, me contorcendo.

O Sr. Sterling estava ali por um motivo – e estava blefando. Tinha que estar. Ele não me mataria antes de conseguir o que queria. E eu claramente tinha algo de que ele precisava. Eu não desistiria com facilidade.

Abri a boca, inspirando, um grito se formando no fundo do meu peito.

– Lembre-se de seu marido – disse o Sr. Graves. – Se não cooperar, ele morre.

Minha voz me abandonou, e o pavor retornou. O Sr. Graves apontou para a carruagem aberta com o queixo, e dei um passo vacilante à frente, depois outro.

Hesitei. Whit não ia querer que eu fosse a lugar algum com o Sr. Sterling, muito menos por causa dele. Ouvi em minha mente o protesto ensurdecedor de Whit. Pisquei quando ouvi aquele grito distinto novamente.

Na verdade, *era* mesmo Whit gritando.

Eu me virei parcialmente na direção do hotel e o vi correndo em minha direção, gritando meu nome. O Sr. Graves deixou escapar uma imprecação afiada. A pressão da arma em minhas costelas diminuiu. O Sr. Graves mudou a posição dos pés, se virando.

Não, não, não.

Por instinto, girei o corpo e entrei na carruagem, me jogando no banco em frente ao Sr. Sterling. Whit parou de repente, lançando areia no ar. Seu queixo caiu, e a angústia tomou conta de seu rosto. Meu coração se despedaçou. Eu sabia o que a cena pareceria aos olhos dele. O Sr. Graves entrou depois de mim, a pistola em sua mão apontada para Whit.

– Eu vou cooperar – falei. – Por favor, feche a porta. Por favor.

O Sr. Sterling assentiu, e o Sr. Graves fez o que lhe foi ordenado. O Sr. Sterling bateu duas vezes no teto da carruagem, e o cocheiro estalou a língua. Então, avançamos aos solavancos, ganhando velocidade. Olhei pela janela, avistando Whit quando passamos por ele.

– Inez! – gritou ele, tentando desesperadamente me alcançar.

Ele desviava dos hóspedes do hotel que observavam a cena com evidente espanto.

– *Não...*

– *Lo siento* – falei. – Volte! Por favor!

Pelo visto, o pedido de desculpas não foi suficiente, porque Whit continuou correndo atrás da carruagem, xingando o Sr. Sterling a cada passo.

– Ele é um jovem determinado – comentou o Sr. Sterling. – Seu brutamontes!

– Ele não é um brutamontes – repliquei com rispidez. – É o senhor quem tem um *brutamontes*.

Inclinei a cabeça na direção de seu empregado.

– O Sr. Graves vai a todo lugar comigo – afirmou o Sr. Sterling. – Ele até carrega minhas armas.

Ele deu um sorriso sombrio em minha direção, como um relâmpago que anuncia a tempestade que se aproxima. Whit vira o Sr. Graves assassinar um jovem a sangue-frio. Deslizei no banco da carruagem, me afastando o máximo possível dele, segurando a maçaneta da porta com tanta força que minhas articulações ficaram brancas.

A carruagem ganhou velocidade, meu estômago dando nós. Até então, eu só tinha pensado em manter Whit vivo, mas agora a inquietação tomava conta de mim à medida que eu percebia plenamente minha situação.

– Para onde estamos indo?

– Para o meu escritório.

– Por quê? – perguntei. – Whit não vai parar de me procurar. Ele vai envolver as autoridades.

– Ninguém pode me tocar no Egito, Inez. Pensei que você soubesse disso. E, quanto a seu persistente marido, meus homens o pegarão no próximo quarteirão.

Eu me inclinei para a frente, a raiva brotando em meu sangue.

– Se o senhor machucar Whit, eu não vou cooperar. Vou fazer de sua vida um inferno... eu juro.

O Sr. Sterling olhou para mim com uma atitude passiva.

– O que faz você pensar que pode me dizer o que fazer?

– Porque – comecei – é óbvio que há algo que o senhor quer de mim. Por que se preocuparia em me sequestrar se não fosse por isso?

Os lábios dele se abriram, numa expressão de surpresa, depois se esticaram em um largo sorriso, que repuxou o bigode ridículo.

– Cansei de esperar você ligar.

– Eu rasguei seu cartão – repliquei, furiosa.

Os olhos do Sr. Sterling seguiram para o silencioso Sr. Graves. Uma conversa sem palavras se passou entre eles e depois o capanga assentiu. Uma aguda ferroada de alarme se cravou na parte de trás de meu pescoço. Deslizei em direção à porta, conseguindo abri-la, mas fui agarrada por trás por mãos ásperas, me puxando de volta. Eu esperneei, me debatendo, e gritei o mais alto que pude.

O Sr. Graves cobriu minha boca e meu nariz com um pano úmido.

Três respirações depois, minha visão se anuviou.

E, na seguinte, tudo ficou completamente escuro.

Fui acordando aos poucos, uma dor de cabeça martelando perto de minhas têmporas. Gemendo, eu me sentei, massageando a testa, engolindo com dificuldade. Minha cabeça girava enquanto eu me esforçava para ficar em pé. Eu me encontrava em uma sala elegante com paredes revestidas por painéis escuros e tapetes caros sobrepostos. Uma bela mesa de madeira ficava diante do sofá de couro. Olhei para o travesseiro de veludo amassado em que estivera deitada e estremeci, sabendo que alguém tinha me deitado ali e me coberto com uma manta.

A porta se abriu, e o Sr. Sterling entrou, carregando uma bandeja com um bule fumegante de chá e duas xícaras vazias. Ele a pousou na mesa e disse:

– Que bom que você acordou. Acredito que tenha tido um bom descanso...

– Um bom descanso – repeti, balançando a cabeça, me sentindo lenta. – O senhor me *drogou*.

– Eu não podia deixar que você descobrisse a localização de meu escritório – disse ele, em um tom quase de desculpas. – E você parecia exausta, se me permite dizer. Acho que o sono, ainda que forçado, lhe fez bem.

– Quero voltar para o hotel – falei com firmeza. – Leve-me para lá agora mesmo.

O Sr. Sterling puxou a cadeira que estava sob a mesa para mais perto do sofá e se sentou.

– Receio que eu tenha feito outros planos. Vamos tomar um chá e discutir nosso assunto. Você disse ao Sr. Graves que cooperaria, caso não se lembre.

Abri e fechei a boca, confusa com seu modo quase solícito.

– O senhor me mandará de volta ao hotel assim que terminarmos?

O Sr. Sterling sorriu e gesticulou, indicando o sofá.

– Sente-se, Srta. Olivera.

– Obviamente, o senhor adulterou o chá – falei com frieza enquanto me acomodava em uma almofada. – Não vou beber nem comer nada que o senhor oferecer.

– Não foi adulterado – afirmou ele. – Observe com atenção.

Ele serviu o chá, enchendo ambas as xícaras até a borda. Em seguida, levantou a dele e tomou um longo gole.

– Ainda assim, não vou beber a droga do chá – declarei.

– Bem, agora você está apenas sendo teimosa – replicou ele. – Mas faça como quiser.

Ele tomou mais um gole do chá, pousou a xícara na mesa e, em seguida, começou a beber da minha. Depois de provar seu ponto, ele se acomodou na cadeira e arqueou as sobrancelhas.

– Você tem andado ocupada com seus truques habituais, à procura de pistas, se metendo em apuros. Não consigo acreditar que não tenha avançado nada na busca pelo paradeiro de Lourdes.

– Eu não...

Ele ergueu a mão.

– Antes de mentir para mim, considere com quem está falando. Tenho muitos recursos à minha disposição, ótimas conexões e fundos para empregar quantas pessoas precisar para conseguir o que quero. Só preciso dizer uma palavra, e seu marido estará morto. Eu estou no controle, não você. – Ele baixou a mão e me dirigiu um olhar sagaz. – Agora, você quer reavaliar sua resposta e ajustá-la?

Seu olhar imperturbável me enervava, enquanto o pânico que sentia pela segurança de Whit me fazia suar frio. Aquele homem era um mentiroso, um assassino. Todos os meus instintos gritavam para que eu saísse correndo daquela sala para salvar minha vida. Mas eu não podia... não sem garantir que Whit estaria a salvo dos planos do Sr. Sterling.

– O senhor tem muita confiança em minhas habilidades de detetive – falei. – Suponha que eu não saiba onde minha mãe está.

– Ah, mas eu acho que você tem alguma ideia.

– E se eu compartilhasse essa ideia, como posso saber que o senhor nos deixará em paz?

– Porque você não tem outras opções – disse o Sr. Sterling. – Você chegou ao fim da linha, *Inez*.

Ergui o queixo.

– Se o senhor machucar Whit, nunca lhe contarei o que sei. Se me matar, o senhor estará de volta ao ponto de partida. Acho que precisa de mim mais do que quer admitir, *Sr. Sterling*.

Seus olhos escuros brilhavam com emoção – uma emoção que eu não conseguia interpretar. Ele parecia estar quase se divertindo, como se desfrutasse de uma competição amigável.

– Muito bem, señorita Olivera. Quais são seus termos?

– Primeiro, gostaria de me afastar, junto com meu marido, totalmente dessa situação – falei. – Depois de hoje, nunca mais quero ver o senhor.

– O que mais?

– Segundo, gostaria que todos os artefatos que minha mãe e o Sr. Fincastle roubaram fossem devolvidos ao Serviço de Antiguidades. Espero que eles tornem esses objetos históricos acessíveis para todos, embora eu suspeite que isso não vá acontecer. No entanto, é melhor ver os artefatos e a própria

Cleópatra nas mãos do governo do que sendo vendidos, peça por peça, pelo maior lance.

O Sr. Sterling abriu a boca para responder, mas, naquele momento, foi acometido por um acesso de tosse. Ele puxou um lenço do bolso do casaco e enxugou os lábios. Antes que tornasse a guardar o lenço, avistei sangue no tecido.

– O senhor está doente – falei.

– Estou – confirmou ele. Sua expressão continuava desprovida de qualquer emoção. – Isso é tudo que você quer?

– Em troca da localização de sua inimiga? Claro que não – falei em tom de zombaria. – Terceiro, meu tio foi acusado pelo roubo do sarcófago de Cleópatra e de todos os artefatos que estavam em seu túmulo em Philae. Nós dois sabemos que minha mãe e o amante, o Sr. Fincastle, foram os responsáveis. Assim que o senhor encontrar minha mãe, quero que a mande para o Cairo, onde ela será julgada por seus crimes, de modo que meu tio e seu sócio sejam libertados e tenham a reputação restaurada.

– Mas eu não quero Lourdes na prisão – disse o Sr. Sterling com moderação. – Eu a quero morta, *assim como* o irritante parceiro dela.

– Então não temos um acordo – falei com firmeza. – As autoridades precisarão dela viva para que seja interrogada, e não compartilharei o que sei se o senhor não puder garantir que minha mãe chegará viva ao Cairo. – Eu me levantei, alisando a saia, e lhe lancei um olhar gélido que, eu esperava, congelaria qualquer protesto que ele pensasse em fazer. – Agora, leve-me de volta ao hotel.

O Sr. Sterling me observou, pensativo, depois disse:

– Por favor, sente-se novamente.

A moderação de seu tom me alarmou. Teria sido melhor se ele tivesse gritado; assim eu poderia entender com quem estava lidando. Mesmo assim, mantive o queixo erguido e os ombros retos e balancei a cabeça.

– Exijo ser levada para o hotel.

– Você vai querer ouvir o que tenho a dizer. Acho que vai ficar satisfeita com a contraproposta – disse ele. – Agora, vai se sentar?

– Não. Insisto que me leve de volta e... – interrompi, minha curiosidade se inflamando. – O que é?

Ele assentiu enquanto eu me afundava no sofá. Lancei um olhar melancólico para a xícara de chá vazia, lamentando ter sido tão teimosa. Eu estava com sede, mas jamais pediria algo para beber.

O Sr. Sterling se inclinou para a frente e se serviu de uísque de um decantador que estava na mesa de centro, ao lado do bule de chá.

– Deixarei sua mãe apodrecer na prisão e a forçarei a revelar onde escondeu Cleópatra e seu tesouro. Mas, Inez, eu ficarei com tudo.

Meus lábios se contraíram.

– Isso não é...

– Pense bem. Você e seu marido estarão seguros; seu tio e seu sócio serão inocentados e libertados.

Tentei protestar, mas ele levantou a mão.

– Além disso, eu me certificarei pessoalmente de que sua tia e a filha, juntamente com o corpo de sua prima, retornem à Argentina em segurança. Não se esqueça de que você fez inimigos aqui, Inez.

O ar saiu de mim em um suspiro, e a lembrança do momento da morte de Elvira inundou minha mente. Eu tinha lutado muito para não me lembrar dela caída na areia, com o rosto destruído por uma única bala.

– O senhor tentou me sequestrar – falei, furiosa –, mas levou a garota errada.

– Porque *Lourdes* a tinha marcado. Ela sacrificou sua prima, numa atitude egoísta para salvar sua vida. – A voz dele baixou para um sussurro persuasivo. – Aceite meus termos, e todos que você ama serão salvos.

O peso de nossa conversa pressionava meu peito. Tudo dependia do que eu diria a seguir. O pavor de errar me subjugava. Mais do que qualquer coisa, eu queria poder olhar por cima do ombro e encontrar Whit, meu tio ou Abdullah atrás de mim, me dizendo o que eles fariam. Se eles arriscariam tudo com base apenas na palavra do Sr. Sterling.

– Vamos lá, Inez – disse ele com aquele mesmo sussurro persuasivo. – Qual é sua palavra final?

WHIT

Aquela mulher ia acabar me matando.

Fiquei olhando para minha esposa se afastando, mal acreditando em meus olhos. Ela entrara voluntariamente na carruagem daquele patife. Corri atrás dela, gritando seu nome até meus pulmões arderem. Por que ela se aliaria ao Sr. Sterling? Ela *não* faria isso. A dúvida chegou sorrateiramente, e eu lutei para afastá-la. Levei um minuto inteiro para pensar com clareza, para entender as ações dela.

Eu *conhecia* Inez. Ela era engenhosa, imprudente, curiosa. Minha esposa tinha convicção e se importava profundamente com as pessoas em sua vida. Sua família. E essa era eu.

Eu era sua família.

A noite que compartilhamos pairava em minha mente. O modo como Inez tinha se agarrado a mim, temendo que eu desaparecesse. Que a tintura mágica não funcionasse, que eu acabasse pior do que antes. Ela não soltara minha mão durante os piores momentos, como se pudesse me salvar da morte com seu simples toque.

Inez estava apavorada. Então, ela deve ter elaborado um plano, um plano desesperado. Que claramente não me incluía, mas azar o meu. Só me restava estar pronto para aparecer se ela precisasse de mim.

Eu só precisava me preparar para todos os imprevistos.

Três facas, duas pistolas e um rifle, sendo que este último eu enfiei na bainha presa às minhas costas. Ainda restava uma quantidade mínima de tintura mágica, e eu a gotejei sobre a ferida, uivando silenciosamente com a dor terrível. Arregacei as mangas da camisa e dei uma última olhada, procurando qualquer outra coisa de que eu pudesse precisar, antes de trancar o quarto ao sair. O saguão estava quase vazio quando passei pela recepção do hotel, mas, ao chegar à entrada, parei, capturado por um pensamento repentino.

Fiquei ali parado, refletindo em silêncio.

As consequências seriam graves se eu estivesse errado. Ricardo e Abdullah, por exemplo, poderiam permanecer na prisão por *muito* tempo. Mas pensei em Inez e no que ela faria. Minha esposa era do tipo que corria riscos, porém, mais do que tudo, tinha fé em si mesma.

Meu instinto me dizia para prosseguir.

Eu me virei e fiz sinal para um dos atendentes do hotel.

– Eu gostaria de mandar um telegrama – falei.

– Certamente, senhor – respondeu ele. – Quando?

– Agora.

Ele assentiu e foi buscar um cartão e um lápis. Ele me entregou ambos e disse:

– Vou mandar alguém ao escritório assim que o senhor terminar.

Olhei para o papel em branco, respirei fundo e comecei a escrever. O recepcionista me entregou um envelope, e eu enfiei o bilhete ali dentro, devolvendo-o a ele.

– Obrigado – falei.

Os homens do Sr. Sterling estavam me esperando no instante em que saí do hotel. Três deles – um de olhos azul-claros, outro que vestia uma camisa xadrez e o último com sapatos engraxados e lustrosos.

Ergui as mãos ao descer os degraus, atento a cada passo.

– Olá, cavalheiros – falei afavelmente.

Eles ficaram tensos, erguendo os braços, os punhos cerrados.

Seria um espetáculo e tanto bem ali no meio da rua empoeirada. Usar meu rifle estava fora de questão. Já havia vários espectadores reunidos, enquanto mulheres apressavam suas crianças, tirando-as dali. Sapatos Engraxados veio em minha direção primeiro, desferindo um soco do qual eu desviei com facilidade. Usei o impulso dele a meu favor e contra ele, puxando-o para a frente; ele tropeçou, o corpo dobrado na cintura, e dei uma cotovelada com toda a força no meio de suas costas. Ele caiu pesadamente de joelhos, e um chute rápido em suas costelas o fez tombar, gemendo.

– Quem é o próximo?

Os últimos dois avançaram, balançando os punhos. Joguei a perna em torno do pescoço do mais baixo, e nós dois fomos ao chão. Camisa Xadrez arfava, lutando para respirar, seu pescoço no ângulo de minha perna dobrada. Olhos Azul-Claros desferiu um chute na lateral de meu corpo, e a dor disparou, chegando a meus braços e minhas pernas. Gemendo, contraí o músculo da coxa, e Camisa Xadrez parou de se debater.

Olhos Azul-Claros me puxou pelo colarinho da camisa, e eu cambaleei, tentando ficar de pé enquanto ele acertava um soco abaixo do meu tórax. Arquejei, os olhos se enchendo de lágrimas por causa da dor aguda. Sorvi o ar, me concentrei na raiva que sentia e avancei, rosnando enquanto segurava a parte de trás do pescoço dele e trazia seu rosto rapidamente para baixo, de encontro a meu joelho erguido. O nariz dele quebrou, e ele desabou no chão, o sangue jorrando das narinas. Usei o cotovelo como fiz com o outro sujeito, mas dessa vez mirando a parte superior das costas, e ele desabou com um estrondo.

Eu me endireitei, ofegante, e sequei o suor do rosto com o dorso da mão.

Um homem caído, gemendo, segurando as costelas, e os outros dois inconscientes. Nada mau, considerando que eu tinha quase morrido pouco tempo antes. Olhei adiante na rua, mas já não havia sinal da carruagem. Não importava.

Eu sabia exatamente para onde aquele canalha a tinha levado.

CAPÍTULO VEINTICUATRO

– Não me faça perguntar de novo, Inez. Não tenho mais paciência para seus joguinhos – disse o Sr. Sterling.

Ele era mais persuasivo do que uma sereia atraindo marinheiros para a própria ruína. Desviei o olhar, mordendo o lábio. Nenhuma parte de mim queria aceitar sua contraproposta. No entanto, quando meu tio e Abdullah estivessem livres, eu poderia ir até eles e contar tudo que sabia sobre Basil Sterling. Como ele operava, o nome de seus associados conhecidos, a localização do pórtico – pelo menos daquele em que eu tinha estado. Eles teriam as informações, de modo que a busca por Sterling poderia começar e talvez ele acabasse numa cela ao lado de minha mãe. Ainda havia tempo de envolver as autoridades e salvar o esconderijo de Cleópatra de suas mãos gananciosas.

– Aceito – falei.

– Agora me fale onde posso encontrá-la.

– Ela está escavando numa biblioteca.

Ele se empertigou, a irritação fazendo seu bigode estremecer.

– Você acha que sou idiota? A biblioteca foi destruída. Várias vezes.

Assenti lentamente.

– A que ficava acima do solo, sim. Mas existe outra.

– Outra biblioteca? – perguntou ele, com indiferença. – Onde?

– O que restou da coleção foi levado para o Serapeu – respondi. – A filha da biblioteca de Alexandria.

Ele fez um gesto de desdém com a mão.

– Todo mundo sabe disso.

– Sim, o senhor tem razão – falei. – Mas sabia que minha mãe está escavando embaixo do local onde antes ficava a biblioteca? – Tive que forçar o restante do que eu sabia a passar pelos meus lábios. – Existe um sistema de canais subterrâneos que levam a uma biblioteca secreta no subsolo.

– Você está mentindo – disse ele. – Eu sei tudo sobre as centenas de cisternas sob as ruas da cidade, mas o Serapeu não tem nenhuma entrada secreta que leve ao subsolo. Essa área foi saqueada durante séculos. Acho que eu teria descoberto uma biblioteca subterrânea antes de Lourdes.

– Talvez ela seja mais inteligente do que o senhor – repliquei com frieza. – Eu não disse em nenhum momento que a entrada era no Serapeu. Ela fica várias ruas depois das ruínas, marcada de alguma forma por Cérbero. Essa entrada leva aos canais, e a biblioteca deve ficar perto dali.

– Deve ficar – repetiu ele, com um tom impregnado de ceticismo.

– É o indício mais forte que eu tenho.

– Está me dizendo que existe uma biblioteca subterrânea, e a maneira de chegar lá é navegando pelos esgotos de Alexandria?

Assenti.

– Como eu disse, essa é a melhor pista que tenho.

– E como posso saber que você está falando a verdade? – indagou ele. – Você é muito ardilosa.

– Como posso saber que o senhor vai manter sua palavra? – rebati. – O senhor é desprezível demais.

Ele me encarou por um longo momento. Os segundos transcorriam, e eu mantinha os olhos fixos em seu rosto, procurando algum indício do que ele estaria pensando.

– Pois bem, então – respondeu ele, por fim. – Acho que teremos que confiar um no outro. Um momento, por favor – disse o Sr. Sterling, se levantando e se dirigindo para a porta.

Em seguida, ele desapareceu, e eu me inclinei para a frente, soltando um longo suspiro.

Eu sentia como se tivesse feito um acordo com o diabo. Eu me levantei de um salto e comecei a andar de um lado para o outro, mordendo o lábio com força a ponto de quase tirar sangue. Um pouco depois me ofereceram mais chá com uma travessa de comida. Meu estômago berrava para que eu comesse o pão pita e o homus, a salada de tomate e pepino frescos regada com azeite de oliva e finalizada com ervas picadas. Mas resisti à tentação.

Poderia estar envenenado.

Em vez disso, fiquei andando, lançando um olhar contrariado para a porta e a janela trancadas.

Quando o Sr. Sterling finalmente voltou, depois do que pareceram horas, tive que me conter para não atirar o prato de comida na cara dele.

– O senhor desapareceu por horas – sibilei. – Preciso ir embora.

– Pedi ao Sr. Graves que verificasse suas informações – disse ele com tranquilidade.

Minha respiração ficou presa na garganta enquanto eu esperava para ouvir o veredito.

– É como você descreveu – disse por fim o Sr. Sterling. – Muito inteligente de sua parte juntar todos os fatos. Encontramos Cérbero na entrada, que parece mesmo se ligar a um sistema mais amplo de canais.

– O senhor encontrou a biblioteca subterrânea de Alexandria?

O Sr. Sterling me fitou por um instante, depois seus olhos baixaram para a comida. Ele franziu a testa.

– Você não tocou na comida.

– O senhor encontrou? – insisti.

– Acho que está mais do que na hora de termos uma conversa com sua mãe.

– *O quê?* – Olhei boquiaberta para ele. – O senhor a encontrou?

Pensei em como aquilo acabaria... minha mãe furiosa por eu não ter partido do Egito depois de ela me enviar as passagens de primeira classe, e seu volátil amante apreciador de armas, o Sr. Fincastle, provavelmente me culpando pela morte de Isadora.

E Whit e eu no meio do fogo cruzado.

– Eu já disse – sussurrei. – Não quero fazer parte de...

– Mas você já faz – disse ele em voz baixa. – Você faz parte do meu plano desde o início. Veja, Inez, eu sou o único motivo para você estar no Egito. Fiz a única coisa que eu sabia que seria capaz de ferir sua mãe.

– Do que o senhor está falando?

– Estamos ligados de várias maneiras – disse ele, apontando com o queixo para o anel de ouro em meu dedo. – Ou você achou que eu o devolvi sem nenhum motivo?

Olhei em choque para o anel, minha mente protestando.

– Um pouco da magia também se agarrou a *mim* quando o coloquei no dedo pela primeira vez, e eu consegui seguir você prestando atenção na maneira como o feitiço pulsava em meu sangue, clamando para se juntar ao anel. Espantoso, não é? Um fenômeno que não acontece com todos os objetos que mudam de mãos, mas que, quando acontece, forja um elo curioso. Acredito que esse mesmo elo ajudou você a descobrir o túmulo de Cleópatra. Não é isso?

– Foi assim que o senhor nos seguiu até a casa de minha mãe. Foi assim que o senhor soube onde estávamos hospedados.

Tirei o anel o mais rápido que pude. Em seguida, eu o atirei na cadeira, enojada por ele ter me rastreado como se eu fosse uma lebre.

– Eu me perguntei se você faria uma birra infantil – comentou ele com frieza. – Ponha o anel de volta no dedo.

Endireitei os ombros.

– Não.

– Obedeça, senão eu mando o Sr. Graves ir atrás de seu jovem brutamontes agora mesmo.

A repulsa subiu por minha garganta. Ele era inescrupuloso. Um homem sem moral nem qualquer noção de certo ou errado. Cerrando os dentes, peguei o anel, mas me recusei a colocá-lo de volta no dedo. Eu queria atirá-lo bem longe de mim.

Como se percebesse meus pensamentos, o Sr. Sterling riu baixinho.

– Ah, receio que o dano já tenha sido feito.

Era como se as piores partes de mim estivessem expostas aos pés dele. A culpa me agarrou com força enquanto eu enfiava o anel de ouro de volta no dedo. Ele estava falando sobre o túmulo de Cleópatra.

– Não se sinta tão mal, *señorita* – disse ele. – Desde o início eu queria que você a encontrasse.

A sala começou a girar. Eu não tinha notado antes, talvez graças ao pano com clorofórmio, mas o Sr. Sterling tinha mudado seu padrão de fala. Ele não falava mais naquele tom de voz alto e bombástico. Sua voz tinha se tornado suave, quase tranquila.

– Não entendo – falei, num sussurro ofegante. – O que tudo isso significa?

– Receio que você tenha sido apanhada no meio de uma guerra que venho travando com sua mãe. Mas acho que está na hora da verdade. Não acha?

Ele falava como alguém com quem eu tinha conversado antes. Elegante e refinado. Eu podia imaginar a espiral de fumaça de tabaco, uma cadeira de couro e as garrafas de uísque alinhadas em uma prateleira.

– Por que o senhor está falando de modo diferente?

– Deixe-me fazer uma pergunta, Inez.

Fiquei tensa com a abordagem mais informal, em desacordo com a maneira como ele vinha falando comigo.

– Eu lhe pareço familiar?

A pergunta me deixou confusa. Tínhamos nos conhecido meses atrás, naquela viagem de trem horrível, de Alexandria para o Cairo. Olhei para ele, franzindo o cenho.

– Em que sentido?

O Sr. Sterling sorriu de leve.

– No sentido que importa.

Ele tirou o chapéu e o jogou no chão. Fiquei olhando para ele, totalmente surpresa.

Eu não esperava que o Sr. Sterling...

Ele levou as mãos à cabeça calva e começou a descamar a pele. Eu assistia, meio paralisada, meio enojada, enquanto o via puxar o couro cabeludo, revelando um cabelo escuro, entremeado por fios prateados, cobertos por uma touca calva. Ele me olhava com intensidade, os olhos claros fixos nos meus. O cabelo caiu em cachos desalinhados sobre a testa, e o medo tomou conta de mim.

O Sr. Sterling segurou a ponta do bigode e o puxou devagar, deixando-o cair no chão, mas eu mal notei. Um brilho de energia mágica pulsava entre nós, fraco, como o toque muito suave de um tecido contra a pele. Seus olhos claros, de um verde frio, escureceram, se transformando em um castanho intenso.

Eu assistia em silêncio horrorizado enquanto o Sr. Sterling se tornava uma pessoa completamente diferente.

WHIT

Enxuguei o suor da testa, catalogando mentalmente minhas contusões, enquanto espiava além da esquina do mesmo beco no bairro turco em que eu estivera antes. A ferida causada pelo tiro estava curada, graças à tintura mágica. A briga fora do hotel me deixara com o maxilar dolorido e os nós dos dedos sangrando. Talvez minhas costelas tivessem sofrido um pouco – eu sentia um incômodo profundo na lateral do corpo.

Mas, essencialmente, eu estava bem.

O prédio de Sterling parecia inofensivo, mas eu sabia que minha mulher estava lá dentro. Saí abaixado do beco e me aproximei. A porta da frente se abriu, e corri rapidamente para o outro lado de uma carroça estacionada perto da entrada. O Sr. Graves saiu da casa.

– Envie as mensagens agora – disse ele. – Posso mandar dez homens nos esperarem na entrada. Isto é, se a garota não estiver mentindo.

– Acho que não – replicou Sterling, surgindo atrás do Sr. Graves. – Onde está a carruagem?

– Virando a esquina – respondeu o Sr. Graves.

Meus olhos se desviaram para a porta da frente, que estava aberta. Eu não tinha visto Inez sair.

– O senhor quer que eu a leve junto?

Sterling balançou a cabeça.

– Não. Ela vai ficar na casa comigo. Vamos levá-la mais tarde, depois que eu entender com o que estamos lidando. Vou esperar seu retorno antes de falar com ela novamente. Não demore; estou ansioso para terminar isso.

Ele se virou e desapareceu dentro da casa.

A carruagem parou atrás da carroça. Mudei de posição para não ser visto enquanto Graves subia em seu transporte.

Eu poderia correr para dentro daquela casa e atirar em qualquer um que cruzasse meu caminho para salvar Inez. Mas era arriscado, e ela poderia ficar no meio do fogo cruzado.

Ou eu poderia seguir o Sr. Graves e ver para onde ele a levaria.

O cocheiro estalou a língua, e os cavalos avançaram. Mais uma vez saí do caminho, avaliando minhas opções.

Assim que a carruagem fez a curva na rua, disparei correndo atrás dela.

CAPÍTULO VEINTICINCO

Um trovão rugiu em minha cabeça. Pisquei uma vez, duas, enquanto o quarto girava outra vez. O Sr. Sterling se transformou em um homem que eu tinha amado a vida toda. Um homem que eu admirava, um homem com quem eu tinha brincado quando era menina, me fantasiando para interpretar Shakespeare diante da família que habitava a propriedade em Buenos Aires.

Ele tirou o casaco e a barriga acolchoada presa à cintura, amassando-os e jogando-os por cima do ombro, revelando o corpo alto e magro. Lágrimas ardiam em meus olhos, queimando minhas bochechas ao escorrerem até o queixo, enquanto eu mantinha o olhar fixo em seu rosto.

Meu pai me encarava com um leve sorriso. Com sua voz suave, que eu reconheceria em qualquer lugar, ele disse:

– *Hola, hijita.*

Dobrei o corpo para a frente, segurando a barriga. Minha respiração ficou presa na garganta, e eu precisei de um grande esforço para me manter de pé. Eu me lembrei do momento em que li pela primeira vez a carta de tio Ricardo na Argentina, como minha garganta tinha se apertado, como se eu tivesse gritado por horas. Eu experimentava a mesma sensação naquele momento e não conseguia dizer uma única palavra, não conseguia respirar fundo o suficiente.

Papá estava vivo. Vivo, exatamente como eu tinha torcido para que estivesse. Exceto que ele era Basil Sterling, alguém que eu *odiava*. O homem que tinha criado o Pórtico do Mercador.

Criminoso, mentiroso, golpista. Ladrão e *assassino*: eu me lembrei das palavras de Whit fazia poucos dias, quando o Sr. Sterling – *Dios*, quando *Papá* – dera a ordem para matar aquele jovem na rua.

Papá me fez sentar, e eu me deixei cair na cadeira, o peso dessa revelação se assentando sobre meus ombros feito uma camada de granito. Ele pôs o lenço em meu colo, e eu enxuguei o rosto e assoei o nariz. Em seguida, ele se inclinou e deslizou o braço por meus ombros. Seu cheiro estava diferente, adstringente e levemente químico; em vez de uma biblioteca, imaginei um laboratório. Papá massageou minhas costas, mas eu o afastei.

– Não me toque – falei.

Se ele me tocasse novamente, eu sabia que de alguma forma minha garganta me deixaria gritar.

Seu braço caiu ao lado do corpo, e ele me olhou com cautela.

Eu não queria seu consolo, nem seu cheiro, nem seu maldito lenço. Queria meu pai, e não esse desconhecido que lucrava com uma história que nem era dele. Não esse desconhecido que era um *assassino*.

Mas aquele que eu acreditava ser meu pai, aquele em que eu tinha acreditado, estava perdido para sempre. Foram necessários apenas alguns segundos, o tempo que ele levou para tirar seu horrendo disfarce. Era incrível como a vida podia mudar de direção tão bruscamente. Como alguém que você pensava conhecer podia se transformar em um desconhecido em um único instante.

– Há quanto tempo você é Basil Sterling? – perguntei, a garganta ainda muito apertada. – Há quanto tempo você é um *criminoso*, Papá?

Ele deve ter percebido a decepção em meu rosto, pois, a cada palavra, ele se tornava mais e mais reservado. Meus pais nunca discutiam na minha frente, mas eu certamente tinha me enfurecido com eles. Em momentos de raiva, Mamá se tornava friamente severa e impassível. Quando pressionada, ela gritava. Papá nunca gritava, nunca levantava a voz acima de um tom moderado. Ele usava a lógica para vencer meus argumentos. Ele raciocinava e convencia, recorrendo a fatos ou citando gigantes literários para embasar seus argumentos. Aprendi cedo que era difícil brigar com alguém mais inteligente que você.

– Há quanto tempo você é *ele*? – perguntei diante de seu silêncio obstinado. – *Há quanto tempo?*

– Venho desempenhando o papel de Basil Sterling há muitos, muitos anos – disse ele. – No começo, foi porque eu fui me frustrando cada vez mais com a incapacidade do Serviço de Antiguidades de estancar o fluxo de artefatos que saíam do Egito. Como agente do governo, testemunhei de perto a corrupção e prometi acabar com ela... de dentro.

– Que nobre de sua parte – comentei com sarcasmo.

Ele ignorou meu tom.

– À medida que fui adquirindo muitas relíquias de valor histórico, desenvolvi um nome muito respeitável. Passei a conhecer o verdadeiro poder. – Seus olhos brilhavam. – De repente, dignitários e colecionadores queriam o que *eu* tinha. No início, eu vendia qualquer coisa lascada ou com algum defeito. Depois, cópias, repetições. Múltiplas estátuas do mesmo deus... esse tipo de coisa.

Meu pai sempre teve tino para os negócios.

– E assim o dinheiro começou a entrar.

– O dinheiro começou a entrar – confirmou ele. – Eu segui por uma estrada que nunca pensei que tomaria, e um dia percebi que não podia voltar atrás.

Ele se sentou no sofá, prendeu o pé na perna de minha cadeira e a arrastou para a frente. Nós nos encarávamos como normalmente fazíamos ao discutir nossas peças favoritas ou a mais recente apresentação no teatro de ópera. Eu costumava ansiar por sua atenção, seu amor, mas, olhando para ele agora, só sentia uma profunda repulsa.

– Àquela altura, já era tarde demais. Eu tinha ido muito longe, e não havia como voltar atrás – disse ele suavemente. – Eu não tive escolha a não ser manter o personagem.

– Sempre há uma escolha...

– Não me entenda mal – rebateu ele asperamente. – Eu não queria voltar atrás.

– Então você fundou o pórtico móvel – falei com amargura. – E virou as costas para tudo que me ensinou: respeitar a história, nunca trapacear, roubar nem cometer assassinato. Mamá fez parte disso desde o começo?

Ele se recostou no sofá, cruzando os braços. Seus ombros estavam tensos, o maxilar rígido.

– Não a princípio, mas ela acabou percebendo. Quando isso aconteceu, tive que incluir sua mãe em meus planos. Ela tinha talento para unir as pes-

soas. Forjar conexões. E me convenceu a conceder favores, dar descontos.
– Seus lábios se contorceram. – Logo, eu tinha as pessoas mais influentes
no bolso. Isso tudo foi obra de sua mãe.

– E o que aconteceu depois?

– Ela não se mostrou digna de confiança.

Mais uma vez, pensei no homem que meu pai tinha condenado à morte
por cometer um erro. Alguém que provavelmente se viu em apuros, sem
saber que lidava com o diabo.

De repente, eu estava sentada muito perto dele. A sala parecia pequena
demais com ele ali. Mas minha mente girava com perguntas, e eu queria
saber mais.

– Você está se referindo ao caso.

– Foi mais do que isso – disse ele. – Mas, em resumo, sim. Ela não se
reportava regularmente, não aparecia quando eu precisava dela. Ficou ocupada demais para mim, e suas visitas aos locais de escavação rarearam.
Quando aparecia, seu comportamento era inaceitável.

– O que você quer dizer?

Papá me olhou fixamente.

– Essa parte terá que permanecer entre mim e Lourdes. Basta dizer que
achei desagradável seu comportamento frio. Durante sua última visita, eu
a segui de volta ao Cairo e descobri o caso. – Seus dedos se enterraram nos
braços, os nós dos dedos ficando brancos. – Fiquei sabendo da pequena
família dela, completa, inclusive com outra filha. Só percebi quem ela era
quando a encontrei aqui em Alexandria com você. Uma jovem encantadora
e inescrupulosa. O nome dela era Isadora, não era?

Assenti, calada, notando o uso do verbo no passado. Por um breve instante, me perguntei como ele sabia o que acontecera no farol. Porém, um acontecimento como aquele não teria passado despercebido por muito tempo.

– Bem – disse Papá com um sorriso gélido –, não posso dizer que sinto
muito que ela esteja morta. Como foi que ela morreu? Tem algo a ver com
os hematomas em seu pescoço?

Eu me lembrei de como Isadora envolvera meu pescoço com as mãos e
apertara, o pânico que eu sentira no instante em que percebi que não estava
conseguindo inspirar ar suficiente.

– Ela caiu – falei com a voz rouca.

– Ela caiu – repetiu ele. – E os hematomas?

– Não importa mais – falei.

– Importa para mim.

Ignorei as palavras. Se elas tinham a intenção de me assegurar de sua devoção e proteção paternas, era tarde demais. Eu não queria nada disso vindo dele.

– Termine de me contar sobre Mamá – falei. – O que aconteceu depois que ela traiu você?

Papá me estudou, e dava para ver que sua mente estava trabalhando furiosamente.

– Sei que você sempre questionou nossa decisão de nunca trazê-la conosco para o Egito. Ao longo dos anos, você implorou, chorou, se enfureceu para que a deixássemos vir junto.

– Eu me lembro.

– Foi ideia de sua mãe nunca deixar você vir, e eu concordei, porque, bem, eu entendi o raciocínio dela. Imagino que você tenha inventado alguma razão para justificar o fato de ela querer que você permanecesse na Argentina...

Ele descruzou os braços e se inclinou para a frente, com os cotovelos apoiados nos joelhos. Fiquei impressionada com nossas semelhanças: os cabelos encaracolados, a natureza inquisitiva e curiosa. Uma dor surgiu em meu coração, rasgando-o.

Uma ferida aberta que eu sabia que nunca cicatrizaria de fato.

– Inez?

Sacudi a cabeça, tentei clarear os pensamentos.

– Mamá achava que era muito perigoso – adivinhei.

Papá assentiu.

– Sim. Fizemos muitos inimigos durante nosso consórcio. Mas essa não era a razão principal. Ou, para dizer de outra forma, cada um de nós tinha uma razão secreta para não querer que você viesse ao Egito. Sua mãe não queria que você visse quem ela realmente era... uma adúltera, uma ladra. Ela queria que você tivesse a ideia que ela havia criado de si mesma, perfeita em todos os aspectos. Uma verdadeira dama. – Seu tom se tornara cáustico.

– Respeitável, admirada.

– E a sua razão?

Papá sorriu.

– Isso virá depois. Mas basta dizer que tudo depende do que você fará a seguir.

– Não estou entendendo.

– Não preciso que você entenda agora – disse ele. – O que eu quero que você entenda é que sua mãe tentou me destruir. E, assim, eu revidei, ferindo-a onde ela é mais vulnerável, fazendo a pior coisa que consegui pensar.

– E o que foi?

– Eu fiz de tudo para você vir para o Egito.

Houve uma batida na porta.

Sem desviar o olhar de meu rosto, Papá disse:

– Entre.

O Sr. Graves espiou pela porta.

– Está na hora. Está tudo pronto.

– Ela está lá? – perguntou Papá, com os olhos escuros ainda fixos nos meus.

– Os dois estão.

Papá se levantou e estendeu a mão para mim.

– Hora de ir, Inez.

– Eu não quero fazer parte disso... dessa guerra entre você e Mamá. Já dei o que você queria. Agora você deve honrar nosso acordo e mandá-la para o Cairo para...

– Não existe honra entre ladrões – afirmou ele. – Você virá comigo, *hijita*.

O Sr. Graves se aproximou, empunhando uma pistola.

– Você atiraria na própria filha? – sussurrei.

Eu não conseguia acreditar que ele realmente faria algo tão horrível.

Papá me olhou, estudando as linhas e curvas de meu rosto.

– Eu te criei como minha. Mas, desde que descobri o caso de sua mãe, meus planos para você mudaram. Sua mãe é uma prostituta, e eu não acredito que o Sr. Fincastle tenha sido o primeiro amante dela.

– Não – sussurrei. – Você não acha...

– Eu seria tolo se não fizesse essa pergunta – disse Papá em tom sério. – Você é filha de quem? Minha ou de outro? Poderia muito bem ser minha mesmo. Meu próprio sangue.

Em seguida, seu rosto se endureceu; linhas profundas se alastraram a partir dos cantos dos olhos.

– Mas também pode não ser.

Ele fez um movimento com a cabeça na direção da porta e sinalizou para que eu me levantasse. Obedeci em uma espécie de transe.

– De qualquer forma, por que não vamos perguntar à sua mãe?

Eu tinha a sensação de que havia recebido um golpe fatal, mas, de alguma forma, ainda esperavam que eu andasse, falasse e obedecesse a ordens. Ainda esperavam que eu respirasse depois de ele declarar casualmente que eu poderia não ter seu sangue. Sim, eu me parecia mais com minha mãe, mas nunca questionei se era filha dele. Nós dois amávamos ler Shakespeare, nos perder em histórias e aprender sobre o passado.

Não podia ser verdade que eu não era filha dele.

Mas, se fosse, ele mataria alguém que tinha criado como filha?

O Sr. Graves espetou a ponta da arma em minhas costas, e eu dei um salto.

– Temo que eu tenha mais paciência do que ele – disse Papá. – Eu faria o que ele diz.

Ele catou o disfarce no chão e, mais uma vez, se tornou o Sr. Sterling. Enquanto ajustava o bigode horrível, aos poucos eu fui me dando conta de um fato.

Meu pai tinha morrido no dia que recebi a carta de meu tio. Nunca haveria um momento em que eu olharia para Papá e não pensaria no Sr. Sterling, seu alter ego. Um homem que ele tinha criado e que usava a violência para conseguir o que queria, mentiras para se tornar mais poderoso e coerção para adquirir informações.

O homem que eu tinha amado a vida toda estava perdido para sempre, e o que mais me doía era o fato de que eu nunca soubera quem Papá realmente era nem do que ele era capaz.

Se eu tivesse sabido, talvez pudesse ter me protegido de amar um monstro.

Pegamos outra carruagem e, mais uma vez, eu estava sentada ao lado do Sr. Graves. Eles me vendaram. Devem ter acreditado que, com a arma apontada para mim, eu não faria alarde. Mas eu estava atordoada com nossa conversa e não conseguia ficar parada. Eu queria descer do veículo; queria me retirar dos planos hediondos de meu pai.

– Fique quieta, Inez – ordenou Papá.

Eu engoli em seco.

– Por que você não revelou quem era antes?

– Você acabara de chegar, e eu precisava ver como se sairia – disse ele. – Fiquei observando você à distância, vendo quem você era sem sua mãe ou eu por perto para guiar ou advertir seu comportamento. Eu te enviei o anel, me perguntando se a magia ia se infiltrar em você, como aconteceu comigo.

– Era essa a prova que você estava procurando? – perguntei com amargura. – Para confirmar que nosso sangue era o mesmo?

– Certamente ajudou, mas a magia é inconstante, e eu não poderia confiar nela completamente – disse ele. – Não perdi você de vista durante seu passeio pelo bazar e me alegrei quando a magia a atraiu para o mesmo vendedor de bugigangas que eu tinha visitado. – Sua voz baixou para um sussurro decepcionado. – Mas você desapareceu. Ninguém sabia para onde tinha ido. Meus homens vasculharam seu quarto no hotel e descobriram que você deixara as malas para trás. Roupas, livros, a maior parte de seus suprimentos de arte.

Isso fora quando embarquei clandestinamente no *Elephantine*.

– Por que a magia não te levou até mim?

– Você foi para muito longe – respondeu ele. – E me dei conta de que você devia ter ido com Ricardo para um local de escavação secreto... que poderia ser em qualquer lugar no Alto Egito. Graças ao brutamontes que era ajudante de campo de seu tio e que espalhou boatos de vários locais de escavação ao longo do Nilo.

Whitford. Não pude evitar esboçar um breve sorriso.

– Seu marido é um soldado expulso com desonra. Estou tão orgulhoso, Inez...

Eu me encolhi com a dura reprimenda.

– Essa é sua mãe em você – continuou ele. – Quando descobri que ela roubara Cleópatra de mim, que você a tinha ajudado... bem, admito que perdi a calma.

– Cleópatra nunca pertenceu a você. Ela não pertence a ninguém.

– Bem, graças a você, ela está nas mãos ignorantes de sua mãe. Percebi que você estava me causando mais danos do que eu tinha previsto. Eu esperava que você agisse com mais sensatez. Mas você me decepcionou, Inez.

– Foi nessa hora que você ordenou meu sequestro?

Papá puxou a venda de meus olhos. Pisquei várias vezes, esperando que meus olhos se ajustassem. Não demorou muito; um rápido olhar pela janela revelou que a noite caía. Estávamos na periferia de Alexandria, o campo de ruínas se espalhando em todas as direções. Colunas caídas e pequenas colinas pontuavam a vasta área. Tornei a dirigir minha atenção para meu pai.

– Foi – disse ele. – Eu te vi na festa de réveillon e ordenei que uma jovem de cabelos escuros com um vestido dourado fosse levada até mim. Mas sua mãe interceptou meus homens e marcou a garota errada. Elvira não me serviria para nada.

A fúria me fez cerrar os punhos.

– Você mandou matá-la.

– Não – replicou ele. – Foi seu tio, ao se recusar a me dizer aonde Lourdes tinha ido.

– Ele não sabia! – exclamei, me inclinando para a frente.

O Sr. Graves estendeu o braço e me empurrou de volta contra o assento com violência. Eu arquejei, tentando me desvencilhar, mas ele não cedeu.

– Senti muito ao saber da morte dela – admitiu ele. – Totalmente evitável.

Deixei escapar um soluço, fechando os olhos. Não adiantava – lágrimas deslizavam por minhas bochechas, e eu odiava minha demonstração de emoção, de vulnerabilidade. Ele não merecia.

O Sr. Graves me soltou, e eu me inclinei para a frente, tremendo.

– Quando fiz a oferta para que você se juntasse a mim em minha busca por Lourdes, estava sendo sincero – disse Papá. – Eu tinha esperança de que você tivesse enxergado além dos encantos dela e tivesse descoberto a cobra que há por trás deles. Mas você foi teimosa e recusou meu gesto de paz, repetidas vezes.

– Teria sido melhor se eu acreditasse que você estava morto – sussurrei. – Por que não continuou assim?

Papá acariciou minha bochecha, mas eu me esquivei bruscamente de seu toque.

– Quer saber por que mantive você na Argentina?

Não era uma pergunta. Eu realmente não deveria dar a ele essa satisfação, mas não pude evitar perguntar:

– Por quê?

– É simples, Inez – sussurrou ele perto de meu ouvido. – Eu construí um império e não sabia se poderia te dar as chaves de meu reino.

– Foi por isso que você ficou pedindo para que eu me juntasse a você – deduzi. – Estava esperando ver... o quê, exatamente? Se eu era corruptível?

– Preciso de um herdeiro. Alguém em quem eu possa confiar para ajudar com meu legado.

Sacudi a cabeça, me afastando dele.

– Não quero ter nada a ver com você.

– Talvez você mude de ideia – disse ele, calmo. – Depois de nossa conversa com sua mãe. – Ele se virou no assento, olhando pela janela. – Ah. Acho que chegamos. Hora de ir para o subsolo, Inez.

Ele abriu a porta e segurou meu cotovelo com firmeza, me forçando a saltar da carruagem. O pavor se erguia dentro de mim, tijolo por tijolo, enquanto meu pai me puxava em direção a um poço comum, sem nada que chamasse a atenção, grande o suficiente para uma pessoa passar. Ao olhar mais de perto, para minha surpresa, vi que alguém tinha esculpido a palavra "Cérbero" na borda do poço.

Atrás de mim, eu sentia a presença imponente do Sr. Graves. Um olhar por cima do ombro confirmou que ele estava bem perto, carregando duas lanternas, uma das quais ele entregou a meu pai.

Papá avaliou minha roupa.

– Infelizmente, você não ficará confortável atravessando os canais com esse vestido.

– Como se você se importasse com meu conforto... – retruquei.

O Sr. Graves apontou para a arma em seu coldre.

– É melhor ela ir primeiro.

Papá olhou pelo buraco.

– Parece que há degraus esculpidos na pedra. Eu desço primeiro. Fique de olho nela. Se precisar atirar, certifique-se de que ela ainda consiga andar depois.

Meu queixo caiu enquanto ele desaparecia no poço.

Depois de um instante, o Sr. Graves fez um gesto para que eu o seguisse, a arma apontada para meu rosto. Eu tinha certeza de que não conseguiria mais andar se ele puxasse aquele gatilho. Ele baixou a lanterna e, com a mão livre, me empurrou em direção à entrada, a saia se enroscando em minhas pernas. Com um suspiro, me inclinei para pegar a barra.

– Devagar – rosnou ele.

Juntei o tecido e me aprumei devagar. Em seguida, subi na borda do poço e a transpus, meu pé alcançando facilmente o primeiro degrau que levava para o mundo oco lá embaixo. Lá embaixo, Papá me ajudou a descer o que faltava, e aguardamos em silêncio no escuro enquanto o Sr. Graves trazia a luz. Ao que parecia, estávamos em uma plataforma elevada, de formato retangular.

Quando ele pisou no chão, partes da câmara ficaram iluminadas. O som de água corrente vinha lá de baixo, e eu arquejei diante daquela visão. Era como se eu estivesse em uma catedral gótica subterrânea. Estávamos no nível superior da estrutura de três andares. Dezenas de colunas antigas, posicionadas de modo equidistante umas das outras de maneira a formar uma grade, eram ligadas por arcos esculpidos que emolduravam tetos abobadados no andar superior. Parecia um enorme tabuleiro de xadrez, um em cima do outro, com uma coluna situada em cada canto. As colunas eram adornadas com capitéis de mármore esculpidos em vários estilos arquitetônicos (tuscanos e coríntios) representando folhas delicadas. Não havia piso, mas o topo dos arcos do primeiro e do segundo andar fornecia um caminho estreito, com a largura de pouco mais de meio metro, permitindo a passagem. Meus dedos coçavam para desenhar aquele espaço; eu nunca tinha visto nada parecido.

– Para onde? – perguntou Papá.

O Sr. Graves indicou a esquerda com uma de suas lanternas.

– Por aqui. Os outros homens estão esperando nossa chegada. Assim que passarmos por esta seção, há uma plataforma de madeira improvisada que se estende até onde precisamos ir.

– E em que nível os encontraremos? – perguntou Papá, avançando com cuidado.

– Na base, logo acima da água do rio – disse o Sr. Graves. – A certa altura, teremos que descer com uma corda.

Espiei sobre a borda da plataforma, as lanternas fornecendo luz suficiente para que víssemos as colunas logo abaixo de onde estávamos. Mais do que isso, o breu persistia teimosamente.

Uma pena que eu tivesse acabado de descobrir um medo de altura.

Tremendo, fui avançando centímetro a centímetro com os joelhos bambos. Papá pisou na passarela e atravessou o primeiro quadrado com agilidade. De ambos os lados havia o vazio, dividido pelo próximo quadrado modelado pelo topo dos arcos da rede abaixo. Assim que alcançou a coluna do outro lado, ele teve que contornar a base e se concentrar no caminho do outro lado. Era uma dança cuidadosa. Um passo em falso e a gravidade estenderia sua mão letal para puxá-lo para baixo por três andares. O Sr. Graves indicou que eu deveria seguir, mas eu rapidamente percebi que minha saia dificultaria a travessia da passagem estreita.

Para o inferno com o decoro. Eu não queria cair no esgoto.

Comecei a abrir os botões de minha saia comprida, mas o Sr. Graves soltou um aviso agudo.

– Não faça isso. Seu pai não ia gostar de ver a senhorita vestida de maneira inadequada.

– Eu posso cair.

– Levante mais a saia e caminhe com cuidado. Agora vá.

Soltei um suspiro trêmulo e novamente apanhei o tecido da saia. O medo trabalhava sob minha pele, fazendo meu coração disparar. O ruído da água rugia em meus ouvidos. Engoli em seco e dei o primeiro passo no caminho, mantendo um olho em meu pai à medida que ele atravessava a escuridão.

Atravessamos as passagens estreitas em silêncio. Eu segurava a saia com força, a palma das mãos começando a suar. O ar tinha gosto de mofo e umidade, e o som do Nilo escondido era uma presença constante. De vez em quando, passávamos por um grande jato que disparava água onde encontrava o esgoto abaixo. Uma sinistra cachoeira na quase escuridão.

– Impressionante! – gritou Papá, olhando para trás. – Isso costumava ser o suprimento de água de Alexandria, datando da fundação da cidade. Naturalmente, a água agora não é potável, graças aos anos de negligência. Vocês conseguem imaginar Júlio César andando por este mesmo caminho?

Olhei para os capitéis em ruínas acima de nós. À minha esquerda, havia colunas faltando, interrompendo a grade.

– Essas estruturas são seguras?

– Duvido – respondeu Papá. – Eu tomaria cuidado, se fosse você.

Lancei um olhar de raiva para suas costas antes de voltar a olhar para o caminho estreito. Eu não podia me dar ao luxo de dar um passo em falso. O terror me dominava à medida que eu avançava lentamente.

– Mais rápido agora – entoou o Sr. Graves. – Não está muito longe.

Mais dez minutos, e Papá alcançou uma seção do caminho que tinha uma corda comprida enrolada nela. Ele baixou a lanterna para dar uma olhada mais de perto. Um sistema de polias fornecia suporte e alavancagem extras. Papá parecera destemido ao nos levar cada vez mais fundo nos subterrâneos da cidade de Alexandria. Mas naquele momento ele parou e, franzindo a testa, se virou para o Sr. Graves, que esperava atrás de mim.

– Com certeza há uma opção melhor – sibilou Papá.

– Não há – sussurrou o Sr. Graves em sua voz ríspida. – Se puxar, vai ver que há um laço extra que serve como uma espécie de assento. Foi o melhor que conseguimos improvisar, dado o tempo disponível.

Os lábios de Papá formaram uma linha fina, mas ele se curvou e pegou a corda, puxando até que o laço extra aparecesse. O som reverberou como um trovão. Meu pai desacelerou seus movimentos e prosseguiu de maneira mais silenciosa. Ele se posicionou no assento improvisado, empurrando desajeitadamente a barriga falsa para ter mais espaço. Papá não era um homem jovem, mas seus anos no Egito o mantiveram ativo e apto para enfrentar o clima mais quente.

Quando ele pulou da borda, deixei escapar um arquejo. Mas a corda resistiu enquanto ele balançava no ar, ancorado pela polia. Ele puxou a corda, uma mão sobre a outra, e foi descendo lentamente. Levou um bom tempo, e minhas pernas doíam, tensas por manter o equilíbrio no caminho estreito.

– Você é a próxima – disse o Sr. Graves.

– Posso ficar com a lanterna? – perguntei.

– Não – disse ele. – Aí vem o assento. Ande, vá agora.

Lutei contra o gemido que subia pela minha garganta, mas avancei lentamente e cheguei até a corda. Passei a cabeça e os ombros pelo laço e o puxei para baixo até me acomodar. Encurtei o laço, sentindo-o apertar. Isso era, de longe, a coisa mais assustadora que eu jamais faria. Eu tinha certeza.

– Salte, Srta. Olivera – disse o Sr. Graves em um tom que não permitia discussão.

Meu corpo tremia quando me desloquei devagar até a borda. Eu estava longe o bastante do Sr. Graves, que segurava a única fonte de luz, de modo que, ao olhar para baixo, eu só conseguia ver o breu. Eu ia pisar na escuridão total, suspensa no ar por uma simples corda.

– Vá logo – ordenou ele, engatilhando a arma. – *Em silêncio.*

O rosto de Whit surgiu em minha mente, e eu fingi que ele esperava por mim lá embaixo. Ouvi sua voz afetuosa quando ele me levou para a caverna a fim de me mostrar uma pintura secreta na parede, escondida havia séculos. Um presente de Natal para mim. Ele me mantivera segura, sustentando a corda com firmeza. Eu o imaginei fazendo a mesma coisa agora.

Minha imaginação não me trairia.

E saltei da passagem estreita.

CAPÍTULO VEINTISÉIS

Mordi o lábio para não gritar. A corda se retesou, estalando ao bater no arco. Eu me agarrei no laço com ambas as mãos, como se fosse um balanço. Eu me inclinei para a frente, tentando me equilibrar, e estendi a mão para alcançar a outra corda, que mal era visível sob a luz da lanterna. Em seguida, eu a puxei e imitei os movimentos de meu pai, colocando as mãos uma sobre a outra, e fui descendo lentamente. A luz diminuía cada vez mais à medida que eu baixava.

Quando cheguei ao segundo nível, não conseguia ver nada. Esbarrei no caminho diretamente abaixo daquele de onde eu acabara de pular e continuei descendo. Minhas mãos estavam escorregadias de suor, e a corda queimava as palmas, mas eu não ousava soltá-la.

Mais do que qualquer coisa, eu queria que Whit estivesse lá embaixo para me segurar se eu caísse.

Eu me forcei a continuar. A respirar em meio ao medo. Eu queria que essa parte chegasse logo ao fim, e nunca mais, enquanto vivesse, queria passar por aquilo de novo.

Mão sobre mão.

De palmo em palmo.

– Está quase chegando – disse Papá suavemente. – Siga o som de minha voz. Faltam poucos metros.

Por fim, minhas botas tocaram o chão. Lágrimas queimavam o canto de meus olhos, e respirei fundo, estremecendo de alívio e exaustão. Quando saí do laço, atirando-o para longe de mim como se fosse uma cobra enrolada, meu corpo inteiro se recusava a permanecer ereto. Papá se adiantou, passou o braço por minha cintura e me sustentou.

– Não caia na água! – disse ele com urgência. – Apoie-se na parede, se precisar. Tenho que mandar a corda de volta para o Sr. Graves.

Ele me soltou, me entregando a lanterna, e desabei contra a pedra. Um metro à minha frente, a calçada terminava abruptamente, e dava para ver a corrente de água passando acelerada. Esperamos o Sr. Graves se juntar a nós e nossa procissão continuou, com Papá mais uma vez à frente e o odioso Sr. Graves na retaguarda. Não havia tempo para admirar o ambiente em detalhes porque eles mantinham um ritmo acelerado que me deixava quase sem fôlego.

– Mais adiante, vire à direita! – gritou o Sr. Graves mais alto que o rugido da água.

Papá fez a curva, e eu o segui, uma energia nervosa me deixando agitada. Eu não estava preparada para o que me aguardava: dez homens, vestindo cores escuras que variavam do preto ao cinza-escuro; usavam bonés com a aba baixada sobre a testa, e a maioria deles tinha enrolado as mangas da camisa até os cotovelos.

– Onde é a entrada da biblioteca? – perguntou Papá.

– Mais adiante – repetiu o Sr. Graves, se aproximando e se postando na frente do grupo. – Todos estes homens estão armados com rifles ou revólveres, facas e punhais. Como o senhor gostaria de prosseguir?

– É possível cercar o local?

O Sr. Graves assentiu.

– Não há paredes externas na biblioteca, apenas um arco que foi designado como entrada oficial, embora seja possível entrar por outros caminhos que margeiam os canais e convergem neste ponto. Mais para dentro existem paredes com fileiras e mais fileiras de estantes. Essa área é coberta por um piso de madeira, mas partes dele se deterioraram e quebraram, permitindo que se veja a água lá embaixo. Parece um lugar incomum para uma biblioteca.

– Um movimento desesperado – refletiu Papá. Embora ele sussurrasse, eu ainda conseguia detectar a empolgação em sua voz. – Mas de que outra forma seria possível proteger as maravilhas que bibliotecários e acadêmicos acumularam ao longo de milênios? Depois de incontáveis incêndios, guerras, protestos? Que empreendimento extraordinário transferir a riqueza do mundo para o subsolo! Suponho que tenham sido os gregos a decidir que essa medida extrema era necess...

– Escute – murmurou o Sr. Graves –, detesto interromper, mas talvez devêssemos continuar enquanto estamos em vantagem.

Os homens estavam aglomerados, se remexendo, inquietos.

O Sr. Graves indicou um dos caminhos.

– Dois homens com o Sr. Sterling, por favor. Eu fico com a Srta. Olivera no meio e os outros seguem atrás. Não quero ouvir nenhum ruído vindo de vocês. Entendido?

Os homens assentiram e se posicionaram silenciosamente conforme as instruções. Papá partiu, ladeado por seus dois guardas, e o Sr. Graves sacudiu a arma, indicando que eu deveria segui-lo. Obedeci, consciente de que ele permanecia por perto, o brilho de sua arma refletindo a luz da lanterna. À minha esquerda, a água rugia, criando uma atmosfera úmida que me dava a sensação de estar numa sauna a vapor. As mangas de minha camisa grudavam na pele molhada.

Mais de uma vez, o rosto de Whit surgiu em minha mente.

Eu tinha saído de nosso quarto para pedir o café da manhã, sem jamais imaginar que em questão de minutos seria obrigada a deixar o hotel. Ele devia estar furioso, procurando desesperadamente por mim, e eu teria dado qualquer coisa para ouvir seus gritos direcionados a mim em vez do som ritmado de nossos passos enquanto seguíamos meu pai, um general travando uma guerra contra minha mãe.

Tínhamos que abrir caminho por entre escombros, colunas tombadas de lado, com as extremidades mergulhando na água. Gigantescos pedaços de pedra bloqueavam o caminho, e tínhamos que passar por cima deles para prosseguir. O suor escorria por dentro da gola de minha blusa, e enxuguei o rosto com a manga. Não era um gesto muito digno, mas eu não me importava. Era difícil enxergar quando...

Meu pé ficou preso numa pedra virada e eu tropecei, me chocando contra um dos homens que seguiam atrás de meu pai. Ele girou os braços, recuperando o equilíbrio, e se virou, me olhando com raiva.

– Vaca – murmurou.

Um segundo depois, seus olhos se arregalaram quando ele tombou para o lado, os braços estendidos em minha direção, os dedos tentando agarrar o ar antes de despencar na água. Ele gritou enquanto o rio o carregava, agitando as mãos em desespero, lutando para se manter na superfície.

– Parem! – ordenou o Sr. Graves.

Ele agarrou meu braço, cravando as unhas em minha carne, e me girou para ficar de frente para ele.

– Que diabos aconteceu?

Eu o olhava, boquiaberta, atordoada com o incidente. Fora tudo muito rápido.

– Ele caiu.

O Sr. Graves me puxou para a frente, sua respiração áspera soprando em meu rosto.

– Você o empurrou.

– Não – falei, tentando me soltar de suas mãos, que não afrouxaram.

Eu ficaria com hematomas por causa daquilo.

– Eu não o empurrei. Eu *juro*...

– Ele tropeçou – disse uma voz grave atrás de mim. – Eu vi claramente.

Fiquei paralisada, meus lábios se abrindo em surpresa. As palavras de protesto morreram em minha língua. Um tremor sacudiu meu corpo, e eu lutei para manter a calma.

Aquela voz.

Eu a ouvira sussurrando de encontro à minha pele, murmurando baixinho no escuro, gritando de irritação. Eu a reconheceria em qualquer lugar, até mesmo no subterrâneo.

– Idiota – disse o Sr. Graves em tom de censura.

Ele estreitou os olhos na direção do homem atrás de mim, mas sua atenção logo se voltou para os outros que nos cercavam.

– Vamos em frente e, pelo amor de Deus, olhem onde pisam.

Ele me puxou para a frente, e tentei olhar por cima do ombro. Mas não era preciso – eu sabia quem tinha ido me salvar.

Whitford Simon Hayes.

Uma onda de emoções me atingiu. Alívio, porque eu não estava mais sozinha, logo seguido por terror.

Eu queria gritar com ele.

Eu queria beijá-lo.

Como não podia fazer nem uma coisa nem outra, fiquei calada e me concentrei, meus pensamentos buscando uma forma de nos tirar dali. Eu sabia que Papá me usaria como garantia até descobrir onde Mamá tinha escondido Cleópatra e os artefatos. Também sabia que o Sr. Fincastle provavelmente levara um arsenal inteiro para servir como defesa se eles fossem descobertos.

Eu tremia só de pensar em um tiroteio irrompendo em um ambiente tão instável, cercado pela água que corria abaixo de nós e pela que descia dos jatos frequentes. O pavor formava um nó no fundo de minha barriga.

A morte me encontraria ali embaixo, eu tinha certeza disso.

Prosseguimos até chegar à estátua alta de um homem com vestes esvoaçantes, sua mão pousada com leveza em um cachorro de três cabeças. Fora erguida diante de um arco ornamentado, representando rolos de pergaminho. Letras gregas estavam gravadas acompanhando a curvatura.

– Serápis – sussurrou Papá. – Espantoso.

O rosto de meu pai era uma máscara congelada de alegria triunfante. Apenas seus olhos se moviam, saltando de uma coisa para a outra, lendo desesperadamente cada centímetro da entrada. Mas então ele endireitou os ombros e olhou para o Sr. Graves.

– Vamos pegá-los de surpresa – disse ele. – Quantos estão lá dentro?

– Obviamente, os dois – respondeu o Sr. Graves. – Mais três trabalhadores e um guarda. Minha impressão é que eles esperavam manter a descoberta em segredo.

– Excelente – disse Papá. – Protejam a área; Inez e eu vamos em frente.

O Sr. Graves assentiu e gesticulou para que os homens passassem. Ele apontou para o homem atrás de mim e disse:

– Você vem comigo.

O pavor cortou meu coração. Eu senti, mais do que vi, a hesitação de Whit. Eu sabia que ele não queria ir, mas, com os homens armados de meu pai nos cercando, ele não me colocaria em risco.

Por fim, ele passou por mim, com o boné puxado sobre a testa. Seu dedo encontrou o meu por um segundo fugaz, se enganchando no meu mindinho por um instante. Senti seu desespero, sua fúria naquele único ponto de contato. Ele me soltou e, junto com o Sr. Graves, atravessou o arco.

– Vai levar só um minuto – disse Papá.

Desviei rapidamente o olhar das costas de Whit. Foi então que me dei conta de que meu pai estava apontando uma pistola para mim. Todo o meu foco se voltou para a arma em sua mão. Aquela mesma mão me segurara quando eu era criança. Ergui os olhos e encontrei os dele, esperando ver algum lampejo de emoção. Arrependimento, talvez. Pesar. Mas não havia nenhum dos dois. Ele me olhava com uma mistura de resignação e determinação; não havia nada suave em sua expressão. Talvez ele soubesse desde sempre que chegaríamos àquele momento.

Um pai ameaçando a vida da filha.

Ficamos nos encarando por um tempo. Não ousei fazer nenhum movimento brusco; por instinto, eu sabia que ele não hesitaria em puxar o gatilho se eu criasse problemas.

– Por quê? – perguntei, por fim.

Eu estava com a sensação de que tinha vivido várias vidas.

– Você é minha garantia – explicou ele. – Se sua mãe se importar mais com você do que com o tesouro dela, acredito que você sobreviva a esta noite.

Um tiro soou. Depois outro. E mais outro. O som ecoou ao redor, mais alto que o Nilo. Minha pulsação zumbia nas veias, e eu me virei abruptamente.

Meu pai agarrou meu braço e me puxou para o lado dele.

– Vamos ver se conseguimos parar o tiroteio, querida?

Papá encaixou o cano da arma sob meu queixo e caminhamos sob o arco, passando por mais colunas dispostas no mesmo padrão quadriculado. Elas sustentavam tochas bruxuleantes que iluminavam o caminho. Seções inteiras do chão apodreciam sob meus pés. Logo chegamos a um lugar onde os espaços entre as colunas eram preenchidos com prateleiras contendo centenas de rolos de pergaminho empilhados. Inacreditavelmente, meu pai ignorou todos eles, quase me arrastando com ele, o cano da arma pressionando com força a parte inferior de meu maxilar. Como ainda seguíamos o padrão quadriculado, passamos por salas quadradas através de vãos de porta estreitos. À medida que avançávamos, as paredes se tornavam cada vez mais espaçadas, formando salas quadradas maiores e, em seguida, retangulares. Imaginei que, visto de cima, pareceria um verdadeiro labirinto.

– Cada sala é classificada por tópico – sussurrou Papá. – Passamos por poesia, direito, história, tragédia e medicina. Isto é *impressionante*.

– Não para mim – sibilei.

– Silêncio – disse Papá. – Acho que ouvi... Sim, é o Sr. Graves.

– Vire à esquerda e vai nos encontrar! – gritou o Sr. Graves.

Papá me puxou para dentro da sala, o cano da pistola frio contra minha pele. Outro hematoma floresceria amanhã com os golpes constantes de Papá.

Isto é, se eu vivesse para ver o amanhã.

A cena diante de mim era um quadro horripilante. A sala se abrira consideravelmente e, mais adiante, via-se o canal. Três jatos lançavam água com um barulho estrondoso. Pareceu-me que estávamos nos limites da biblioteca. A luz vinda de dezenas de tochas mostrava todos claramente.

Três trabalhadores egípcios estavam sentados no chão e um dos homens de meu pai os vigiava com um rifle nas mãos. Um homem tinha levado um tiro na cabeça. Ele estava esparramado no chão, seu sangue manchando a madeira.

Devia ser o guarda que o Sr. Graves mencionara.

O restante dos homens de meu pai apontava as armas para duas pessoas, em pé lado a lado. Mamá e o Sr. Fincastle. Uma pilha de facas, duas pistolas, granadas, bananas de dinamite e um rifle com alça de couro estavam diante dos pés do Sr. Fincastle. Avistei Whit, ainda disfarçado, dirigindo um olhar de fúria para Papá. Isso gelou meu sangue. Ele arriscaria a própria vida para salvar a minha. Lutaria com unhas e dentes, apesar de sua recente experiência de quase morte.

Aos poucos, deixei que meu olhar se voltasse para a pessoa que eu estivera procurando desde que tinha me abandonado na margem do rio em Philae.

Mamá.

WHIT

O imbecil tinha levado dinamite para o subsolo. Não só dinamite, mas granadas também. Eu queria correr para Inez, mas me forcei a me manter imóvel, a arma firme nas mãos. Os homens a meu lado estavam inquietos, com suor escorrendo pelo rosto.

Nervosos.

Lembranças dolorosas abriram caminho em minha mente. Amigos que estavam igualmente nervosos um instante antes de o primeiro tiro ser disparado.

Como *diabos* sairíamos vivos dali?

Eu ia esganar minha mulher quando aquilo tudo acabasse. Logo depois de beijá-la até deixá-la desorientada. Se sobrevivêssemos, eu nunca mais a perderia de vista.

Pelo canto do olho, avistei Lourdes movendo os pés, e minha atenção se voltou para ela. Ela encontrou meu olhar com frieza. Uma tensão repentina em seu maxilar revelou que tinha me reconhecido. Ela então baixou os olhos para as granadas e tornou a olhar para mim.

Balancei a cabeça de maneira imperceptível para ela. Estávamos cercados por água, o chão estava apodrecendo sob minhas botas e qualquer explosão derrubaria as colunas.

Era ridículo considerar aquela possibilidade.

Então o Sr. Sterling falou, empurrando Inez para a frente, a arma enfiada sob seu queixo delicado. A raiva incendiou meu corpo, como se tivessem me acendido por dentro, um inferno momentos antes de uma explosão. Minhas mãos tremeram.

Inez olhou de mim para Lourdes, sem dúvida vendo além do meu disfarce – o boné com a aba puxada sobre o rosto e um casaco que não me servia direito. Minha esposa me reconheceria em qualquer lugar.

E, no segundo em que nossos olhos se encontraram, vi tudo que ela não podia dizer em voz alta.

Temor pela minha vida. Esperança de sobrevivermos àquela noite. Confiança de que eu ficaria ao lado dela, não importava o que acontecesse. Amor por mim.

Minhas mãos pararam de tremer, todo o meu ser focado em uma única coisa: eu não a deixaria morrer. Eu queimaria o mundo duas vezes, se fosse preciso, para salvar a vida dela.

CAPÍTULO VEINTISIETE

Os olhos cor de avelã de Mamá se fixaram nos meus. Ela mantinha a expressão calma, mas eu sentia sua frustração e sua raiva. Parte desses sentimentos estava direcionada a mim. À maneira dela, tinha tentado me salvar várias vezes. Mas eu me recusara a ser salva por ela.

– *Hola*, Lourdes – disse Papá, avançando e me arrastando com ele. Seu tom soava quase como o de uma conversa casual. Eu só percebi a sutil pontada de raiva porque o conhecia. – *Espero que estés bien.*

Depois, ele soltou uma risadinha estranha, seu hálito fazendo cócegas em minha bochecha.

– Mas estou sendo rude falando em espanhol. Espero que você esteja bem...

– Por que não diz o que veio aqui embaixo dizer, Cayo? – replicou Mamá. – Podemos pular as amabilidades; sei que nenhuma delas é sincera.

– Onde foi que você a escondeu? – perguntou ele suavemente. – Se me disser, podemos evitar mais acontecimentos desagradáveis. – Ele indicou o guarda morto. – Naturalmente, vou manter Inez comigo para garantir que você me diga a verdade.

A atenção de Mamá se voltou para mim.

– Eu sei que você recebeu as passagens que enviei.

– Não responda a ela – ordenou Papá. – Lourdes, lembre-se de que eu não sou uma pessoa paciente.

Os olhos dela faiscaram.

– Ah, sim, eu me recordo.

– Onde está Cleópatra?

– Ela não vai lhe dizer – disse em tom ríspido o Sr. Fincastle.

Em seguida, ele olhou para mim, franzindo a testa levemente. Seu olhar num ponto atrás de mim, como se estivesse esperando ver mais alguém.

Com um sobressalto, percebi quem seria essa pessoa.

– Está procurando sua filha? – perguntou Papá. – Por acaso eu sei onde ela está.

Ah, não. Eu tentei me soltar, mas a mão de Papá me segurou com mais firmeza.

Um músculo saltou na bochecha do Sr. Fincastle. Seu rosto empalideceu, e ele pareceu se preparar.

– O cadáver dela pode ser encontrado na ilha de Pharos. Minha filha... bem, minha suposta filha... a matou.

O Sr. Fincastle pareceu receber um golpe mortal. Ele cambaleou e murmurou com a voz rouca:

– Você está mentindo.

Minha mãe olhou para mim em busca de confirmação, a cor se esvaindo de seu rosto. Quando assenti, ela pareceu desmoronar, os joelhos bambearam, os ombros se curvaram. Pensei que ela fosse desabar no chão, mas, de alguma forma, ela se manteve de pé.

– Pergunte a Inez – disse Papá. – Conte a ele o que aconteceu, *hijita*.

– Ela foi esmagada – murmurei. – Isadora atirou em nós primeiro.

Um rugido devastador escapou do Sr. Fincastle. Ele caiu de joelhos, berrando e gemendo como um animal em agonia.

– De pé! – gritou o Sr. Graves.

– Eu nunca deveria ter mandado Isadora atrás de você! – berrou o Sr. Fincastle para mim.

Em um ato de loucura, ele se lançou sobre a pilha de armas. Suas mãos eram um borrão de movimento, agindo com rapidez, quando ele pegou uma das pistolas e atirou.

O Sr. Graves cambaleou e desabou no chão. A madeira se estilhaçou sob seu peso. Papá me puxou para trás, xingando alto em meu ouvido. Dei uma cotovelada na lateral de seu corpo, e ele gritou, me soltando. Caí pesadamente de quatro, os olhos lacrimejando com o impacto. Eu me virei de costas, chutando enquanto ele tentava me pegar de novo. O Sr. Fincastle disparou outra vez, e Papá xingou novamente antes de se esconder atrás de uma das colunas, atirando por cima do ombro.

Uma de suas balas passou rente a meu ombro, atingindo um ponto perto do braço. Mais tiros ecoaram – os homens do Sr. Sterling tinham se juntado à luta. Balas riscavam o ar sobre minha cabeça, e eu me encolhi feito uma bola enquanto o terror enchia minha boca, dificultando a respiração.

– Inez, corra! – gritou Mamá.

Olhei para cima, surpresa com seu aviso. O Sr. Fincastle vinha correndo a toda velocidade em minha direção, com uma faca em uma das mãos e uma arma na outra.

– Charles, não! – berrou Mamá, sua voz cheia de pavor e desespero.

Mas o Sr. Fincastle a ignorou, sua atenção toda voltada para mim. Ele ajustou a pontaria...

Seu corpo parou com um solavanco. Seus olhos se arregalaram, e ele olhou para baixo, para o sangue manchando a camisa. Ele ainda conseguiu espiar por cima do ombro, um uivo animalesco escapando de seus lábios antes que ele tombasse no chão, com a boca aberta.

Atrás dele, estava minha mãe, com uma pistola fumegante na mão. Lágrimas escorriam pelo rosto dela, e minha mãe soluçou alto enquanto corria na direção dele. Eu me levantei, os joelhos trêmulos, em choque com o fato de ela ter me salvado.

– Mamá – murmurei, no momento em que ela disse: "Ah, *Charlie*..."

Ela se jogou no chão, os olhos vermelhos, as lágrimas escorrendo pelo rosto coberto de poeira. Sua mão tremia quando a estendeu para o amante morto.

– Mamá?

– Não – disse ela, fechando os olhos com força e se recusando a me encarar. – Vá! *¡Sal de aquí!*

Papá contornou a coluna, com uma pistola na mão. Ele se postou triunfante diante de nós, um homem à beira de conquistar tudo. A linha fria que sua boca formava poderia ter me atravessado como uma lâmina.

– Quer dizer que você vai ficar do lado de sua mãe? – perguntou Papá.

Desviei o olhar da arma dele e olhei para Mamá, que ainda se recusava a me encarar. Ela embalava no colo a cabeça do Sr. Fincastle.

– Se você tivesse ido embora do Egito, ele ainda estaria vivo – sussurrou ela. – Nada disso teria acontecido.

– De qualquer forma ia terminar assim – falei. – Quando vocês dois declararam guerra, acharam que não haveria um preço? Pensaram que não haveria consequências?

– Chega, Inez. – Papá endireitou os ombros, se preparando. – *Escolha*.

Balancei a cabeça. Eu já tinha sido tragada para aquela luta sangrenta por tempo demais e, se tivesse apenas mais um minuto para viver, viveria por mim mesma.

– Eu *me* escolho.

– Assim como sua mãe fez – cuspiu ele, se virando para Mamá. – Você e sua filha não são nada para mim – disse Papá com calma, sem nenhum traço do sotaque inglês do Sr. Sterling. – Vou matar Inez primeiro, Lourdes, e, embora seja eu a puxar o gatilho, a morte dela será culpa sua e de mais ninguém. Espero que sua vida dupla tenha valido a pena.

Papá mudou de posição e ajustou a pontaria. Ele estava a menos de um metro de mim. Sua bala rasgaria meu coração ao meio. Atrás dele, à distância, Whit e três dos homens de Papá trocavam tiros, se abaixando atrás de colunas caídas, xingando uns aos outros em voz alta. Eu gostaria de ter dito a Whit o quanto o amava. Que o tinha perdoado por tudo.

Whit disparou outro tiro com seu rifle, e um dos homens voou para trás, e algo pequeno caiu de sua mão.

– *Merda!* – rugiu Whit, virando a cabeça em minha direção. – INE...

BUM.

Meus ouvidos zumbiam intensamente quando acordei, desorientada, com a bochecha encostada no chão de madeira. A fumaça subia, invadindo meu nariz. Senti o gosto dela na boca. O estrondo de estruturas se espatifando ecoava no ambiente.

Pisquei, a visão entrando em foco aos poucos. Foram várias tentativas até eu conseguir me levantar, os membros doloridos. Minhas roupas estavam em farrapos, pendendo em tiras longas e queimadas em algumas partes. Ao redor, as paredes da biblioteca estremeciam em fúria. E, ao respirar fundo, o ambiente se acalmou, a fumaça desapareceu, as colunas estavam eretas, luxuosamente pintadas de verde, dourado e um vermelho flamejante. As entradas arqueadas que levavam a várias salas estavam intactas, os entalhes novos e belos.

Eu arquejei, certa de que estava sonhando, desacordada pela explosão.

Uma figura esguia encapuzada apareceu em uma das portas, carregando um rolo de pergaminho na mão esquerda. Eu já a tinha visto muitas vezes e me dei conta de onde estava.

Eu me encontrava na lembrança de Cleópatra.

Ela avançou, parando diante de cada entrada arqueada, todas pintadas e adornadas com ladrilhos de uma infinidade de cores cintilantes. Dei um passo, depois outro, até estar bem perto, atrás dela. Cleópatra avançou ainda mais pela biblioteca até chegar a uma sala com outra entrada em arco. Assim como nas outras, havia inscrições em grego entalhadas na pedra. Se meu pai estivesse comigo, ele traduziria. Mas eu só podia tentar adivinhar.

Cleópatra olhou por cima do ombro, os olhos escuros passando através de mim como se eu fosse um fantasma. Suponho que eu era isso mesmo. Fazia meses que eu a vinha assombrando.

Em seguida, ela pressionou os dedos em diferentes partes do arco: primeiro, um ladrilho azul com veios em ouro. Em seguida, a imagem de uma serpente e, na sequência, um ladrilho vermelho-rubi. Depois, com cuidado, ela foi para o outro lado e removeu um azulejo que tinha uma pintura de Cérbero.

Ela estava me mostrando a passagem para o santuário secreto da biblioteca.

Cleópatra tirou algo de seu dedo e, num sobressalto, eu o reconheci e olhei para minha própria mão.

Era o anel de ouro.

Cleópatra o colocou no espaço onde o azulejo estivera, encaixando-o com perfeição em um círculo elevado. O espaço dentro do arco brilhou com uma luz dourada por meio segundo antes de voltar a seu estado normal. Cleópatra entrou, e eu a segui de perto.

A sala tinha teto alto, mas era estreita. Dava para tocar em ambos os lados com a ponta dos dedos. As paredes eram divididas em compartimentos quadrados, cada um repleto de rolos de pergaminho bem amarrados. Devia haver milhares deles somente naquele espaço. Cleópatra passou o dedo indicador pela inscrição entalhada em cada compartimento, sussurrando vários nomes que eu conhecia de meus estudos sobre grandes figuras históricas: Alexandre, o Grande; Cícero; Arquimedes; Tucídides; Aristóteles.

Arquejei ao ver os rolos, desejando poder retirar cada um deles para ler.

Mas, naturalmente, eu nunca conseguiria fazer isso. Então, me forcei a seguir Cleópatra, ignorando a quase irresistível urgência de parar ali, só para me maravilhar com aquela biblioteca, a mais primorosa que eu já tinha conhecido ou visto.

Cleópatra se ajoelhou diante de um compartimento e murmurou:

– Cleópatra.

Devia estar se referindo à própria ancestral, a alquimista, uma renomada feiticeira. Assim como a mulher diante de mim. Ela colocou seu rolo (a Crisopeia – *tinha* que ser) no interior do compartimento. Em seguida, ela se levantou, se virando inadvertidamente de frente para mim.

Eu nunca a tinha visto tão de perto. Seus olhos escuros brilhavam com inteligência. Sua pele tinha o viço da juventude, tratada com óleos essenciais, o cabelo preso sob o capuz, com alguns fios roçando as maçãs do rosto altas. A curva da boca exibia determinação e garra.

Uma mulher além de seu tempo.

Se ao menos ela soubesse do legado que deixaria...

Será que ela choraria ao se ver reduzida a uma sedutora de homens? Uma mulher sensual cujas vitórias foram diminuídas e esquecidas? Parte de mim se perguntou se ela se importaria. Aquela mulher tinha uma cidade para salvar, um trono para manter, um nome que precisava resistir aos danos do tempo.

Ela ergueu o queixo, endireitou os ombros e deixou a sala, usando uma saída no lado oposto da entrada arqueada.

– Inez! – gritou Whit muito perto de meu rosto. – Está me ouvindo?

Ele me sacudiu com força, e eu tossi, a lembrança se desvanecendo nos recantos de minha mente. Eu estava de volta à biblioteca destruída, de volta ao fogo e às espirais de fumaça que adensavam o ar.

– Sim – consegui dizer, tossindo novamente.

– Precisamos ir – disse ele, pegando minha mão. – *Agora*.

Atrás dele, um bloco de pedra caiu, estilhaçando o chão de madeira e batendo na água lá embaixo. Ouvi vagamente o som de vários homens gritando, correndo de volta pelo caminho por onde tínhamos chegado.

Whit me puxou, e nós passamos correndo por uma entrada estreita. O chão tremia sob meus pés à medida que colunas caíam como dominós a nossa volta. Olhei para trás e vi que meus pais nos seguiam, minha mãe correndo rapidamente, meu pai mancando atrás dela, com o rosto vermelho. Sua bochecha esquerda estava suja de sangue, como se tivesse sido atingido por destroços.

Atravessamos as salas enquanto as paredes tremiam e rachavam. A certa altura, Mamá voltou até uma delas, pegando um dos rolos de pergaminho. Ela não diminuiu o passo ao guardá-lo em um tecido brilhante. Meu pai, porém, parou e começou a encher os bolsos com os rolos, tudo que ele conseguisse carregar.

– Vocês enlouqueceram? – gritou Whit por cima do ombro. – Deixem isso aí! Deixem isso aí!

Mas meu pai apenas diminuiu o ritmo.

Minha mãe parecia ter caído sob o mesmo feitiço, pois também parou para pegar mais pergaminhos. Os dois já não estavam mais em guerra um contra o outro, perdidos no desespero para apanhar os preciosos rolos.

– Precisamos dela – arquejei.

Whit me lançou um olhar furioso, mas soltou minha mão e correu de volta para buscar Mamá. Ele a pegou e a carregou, enquanto ela esperneava e gritava, até onde eu estava esperando. Juntos, corremos pelas salas da biblioteca, Papá mancando atrás de nós, carregando nos braços uma pilha alta de pergaminhos.

Pelo canto do olho, vi uma passagem estreita surgir. Era simples, as inscrições havia muito tempo desgastadas, mas alguns dos ladrilhos tinham resistido, embora estivessem lascados e rachados. Estava muito diferente de antes, mas a reconheci mesmo assim.

Corri em direção a ela, escalando rochas com agilidade e desviando de colunas quebradas e papiros soltos que serviriam de combustível para o incêndio furioso.

– Pelo amor de Deus, Inez! – rugiu Whit.

Parei sob o arco, como se estivesse hipnotizada.

– Está dentro desta sala.

– O quê? – rosnou meu marido.

Em algum momento, ele tinha soltado minha mãe, pois chegou a mim de mãos vazias.

– Inez, eu juro...

– É a Crisopeia, Whit – interrompi, pressionando os ladrilhos.

O azul com veios dourados, a serpente, o vermelho agora desbotado. Removi o ladrilho com o cão de três cabeças e tirei o anel do dedo. O chão estremecia sob meus pés. Nosso tempo estava se esgotando.

– Eu sei onde ela está – falei, olhando para o lugar onde precisava posicionar o anel.

Outra coluna caiu atrás de nós, e eu me assustei, recuperando a razão.

Aquilo não valia nossa vida.

Whit devia ter visto a hesitação em meu rosto, pois pegou o anel e o colocou no espaço vazio. Ainda se encaixava perfeitamente.

– Preciso disso para acertar tudo entre nós – afirmou Whit em meio ao som da biblioteca se desfazendo ao redor. – É a única maneira de eu poder te pagar.

Olhei para o rosto dele, manchado de poeira, um hematoma se espalhando na bochecha e o lábio inferior ensanguentado.

– Achei que você tivesse entendido.

– Inez...

– O dinheiro não tem importância para mim – falei. – A única coisa que importa é você, nós, nossa família. *Você* é o amor da minha vida, e eu não vou te perder agora.

Ele fechou os olhos, a respiração trêmula. Quando tornou a abri-los, ele me fitou com um olhar intenso, a mão se aproximando para roçar a curva de minha bochecha.

– Eu te amo.

Dei a ele um sorriso trêmulo.

– Você é a coisa mais preciosa deste lugar, Whit.

– Querida, quer casar comigo?

Olhei para ele, piscando, alarmada. Talvez algo tivesse atingido sua cabeça, fazendo-o esquecer...

– Eu sei que já somos casados – disse ele. – Mas estou te pedindo em casamento de novo, Inez, desta vez de verdade. Quero fazer tudo direito. Quero que você tenha flores.

– Rosas? – sussurrei.

– De todas as cores, se é isso que você quer.

Ele me puxou para si, e eu ergui o rosto, encontrando seu beijo profundo. Depois, sorri encostada na boca dele e sussurrei:

– Sim, sim, sim.

– Isso é muito comovente – soou uma voz atrás de nós. – Mas eu ainda quero aquele papiro.

Meus pais estavam parados um ao lado do outro, ambos com o aspecto de alguém que tinha lutado várias guerras, com as roupas tão esfarrapadas e chamuscadas quanto as minhas. O bigode de Papá mal se segurava, pendendo torto. Ele estava sem os óculos e a barriga acolchoada.

Mas, infelizmente, não tinha abandonado a pistola.

Ele a apontou para mim, e Whit se moveu por instinto, bloqueando a visão de Papá.

Eu tinha apenas alguns segundos para agir antes que meu pai o roubasse de mim. Enganchei os dedos no cinto de couro de Whit e estendi a mão até o nível do anel empoleirado na plataforma circular elevada. Com toda a força, puxei o cinto de Whit, levando-o para trás até passarmos pela entrada arquea-da, ao mesmo tempo que eu pegava o anel. Senti imediatamente a magia nos fechar em um círculo.

Papá disparou a arma, e a bala riscou o ar em nossa direção. Whit ergueu os braços para me proteger, mas estampidos altos interromperam seu movi-mento. A magia que guardava a entrada tinha estilhaçado a bala.

Deixei escapar um grito de triunfo...

Papá virou a arma para a têmpora de minha mãe.

– Eu a matarei se você não me der o pergaminho, Inez.

Minha mãe fixou os olhos em mim. Ela não implorou pela própria vida, como se soubesse que seria uma perda de tempo. Ela não podia imaginar que eu iria querer salvá-la. Mas estava errada.

Sem ela, meu tio e Abdullah nunca seriam libertados.

– Eu vou buscar – falei.

Os lábios de Mamá se abriram, as sobrancelhas subindo até quase encon-trar a linha do cabelo.

O chão estremeceu novamente enquanto eu me virava, e Whit cerrou os punhos com força.

– Não temos tempo para isso. Esta sala só tem uma saída e...

– Não é verdade. Há uma saída no outro lado – sussurrei. – Você pode ver se ainda está livre?

– Não vou te deixar sozinha...

– Whit, *por favor*.

– Vou dar uma olhada rápida e volto – disse ele, contrariado.

Ele se afastou correndo enquanto eu me ajoelhava. Muitos dos compartimentos estavam destruídos, mas ainda havia vários intactos, com os nomes de engenheiros, filósofos e feiticeiros da Antiguidade entalhados na madeira. Encontrei o nome que procurava: Cleópatra.

– Sinto muito por isso – murmurei.

O rolo de pergaminho era diferente dos outros. Era mais fino, e, quando toquei nele, a magia soltou faíscas, e o sabor de rosas explodiu em minha língua. Era como se a magia falasse comigo, sussurrando com urgência em meu ouvido.

Este.

Os pelos de meus braços se eriçaram. Eu *odiava* abrir mão de algo que fora tão caro para Cleópatra. Mas meu tio e Abdullah precisavam que eu fizesse isso.

– Inez, estou perdendo a paciência! – gritou Papá.

Eu me levantei, segurando com firmeza a Crisopeia em uma das mãos e o anel de ouro na outra. A caminhada de volta até eles pareceu durar horas, embora fosse uma questão de segundos. Mas nenhum tempo teria sido suficiente para me preparar para a visão maléfica de meus pais: Papá com a arma e minha mãe olhando com ódio para ele. O diário dela estava cheio de páginas sobre tio Ricardo e como ela temia pela própria segurança, preocupada com as associações criminosas dele. Na verdade, o tempo todo ela estava escrevendo sobre meu pai. Preocupada com o próprio destino nas mãos traiçoeiras dele.

Para derrotá-lo, ela se tornou igual a ele.

E, enquanto os dois se encaravam com ódio, eu soube, sem a menor dúvida, que *eu* não era nem um pouco como eles e nunca seria.

– Eu te dou o anel – falei a Papá – e a Crisopeia, e Mamá vai embora comigo e com Whit. Estamos de acordo?

– De acordo. É isso?

Naquele momento, todo o ser de Papá estava concentrado no rolo de pergaminho em minha mão esquerda.

Com cuidado, eu o desenrolei e mostrei a ele o documento. Era exatamente como Whit tinha descrito: o ouroboros cercado por letras gregas – instruções detalhadas de como transformar chumbo em ouro.

– Finalmente – disse Papá.

Seu rosto tinha perdido toda a cor, exceto a área manchada de sangue onde ele fora atingido. Ele parecia mortalmente doente, mas um entusiasmo febril brilhava em seus olhos.

– Você precisa de um médico – falei, mais alto que o barulho de destroços tombando sobre pedra.

Olhei para cima, arquejando ao ver uma fissura crescendo.

– O teto acima de nós não vai aguentar muito mais.

– Jogue o anel para mim!

Olhei para minha mãe. A expressão dela era de total incredulidade. Foi aquela expressão que me fez entregar o anel. Ele cruzou o ar, ultrapassando a barreira mágica com facilidade, pois fora usado na criação do feitiço.

– Você primeiro – disse Papá a minha mãe.

– Covarde – disse ela com frieza, mas deu um passo à frente, depois outro.

Eu observava com a respiração presa no fundo da garganta. Mamá passou sem problemas e, quando meu pai a seguiu, ela levou discretamente a mão a um amuleto que pendia de sua pulseira de ouro.

– Fique perto da parede – ordenou Papá, com a pistola apontada para ela.

Mamá obedeceu, as mãos levemente entrelaçadas na frente do corpo.

– Nada de truques, Lourdes.

Ela era a imagem da inocência. Eu teria acreditado em sua atuação se não a tivesse visto soltar o amuleto da pulseira. Minha mãe estava tramando algo.

Whit veio ficar a meu lado e murmurou para mim:

– Você estava certa. Existe uma saída.

– Me dê a Crisopeia, Inez – disse Papá em voz alta. – Agora.

Mamá baixou o queixo uma fração de milímetro. Se eu tivesse piscado, não teria visto. Dei um passo à frente e entreguei a Crisopeia a ele no momento em que as paredes ao redor começaram a tremer. Rolos de pergaminho caíam das prateleiras, e minha mãe aproveitou o momento para deixar o amuleto cair no chão.

– O que você está...

Mamá pisou nele e saltou para trás quando o amuleto explodiu em chamas.

– Vaca! – berrou Papá, as chamas crescendo e o cercando.

Ele deu um tiro, e eu me joguei no chão, o calor do fogo me envolvendo.

– Inez!

Whit me ergueu e me puxou de encontro ao peito enquanto uma parte do teto desabava.

– Precisamos ir!

– E minha mãe?

Arrisquei um olhar por cima do ombro, vendo os dois brigarem pelo papiro com a Crisopeia. Papá tinha perdido a pistola, mas puxava o cabelo de minha mãe.

– Precisamos ir – repetiu Whit, o suor escorrendo por seu rosto. – Esta luta não é mais sua! Nunca foi.

Minha mãe chutava e arranhava o rosto de Papá. Nenhum dos dois tinha consciência de que eu estava ali. As chamas subiam cada vez mais, me impedindo de vê-los. Mas eu ouvia os grunhidos de dor, as maldições que lançavam um contra o outro.

Whit pegou minha mão, e eu deixei que ele me levasse pela saída nos fundos, entrando em um túnel. Corremos por todo o caminho, nossos sapatos batendo contra a pedra até chegarmos ao canal.

– Isso deve nos levar para o mar – disse Whit.

– Você não tem certeza?

Ele me deu uma piscadela.

– Confie em mim.

Whit me conduziu até a borda, e juntos pulamos no Nilo. A água estava morna e me engoliu com seus longos braços, me afastando dos destroços da biblioteca. Eu sabia que nunca mais a veria.

Ninguém a veria.

A corrente me puxou para baixo, me arrastando para as profundezas, mas Whit segurava minha mão e me ajudou a emergir. Voltei à superfície engasgando. A água passava por cima de nós e ao redor, mas em nenhum momento ele soltou minha mão. Ele conseguiu me puxar para mais perto, me envolvendo com o braço enquanto o rio nos levava.

– Eu estou com você – disse ele. – Estou com você.

Fomos jogados no porto, perto da fortaleza romana que Cleópatra tinha me mostrado mais cedo. Parecia que uma eternidade tinha se passado desde então. Whit se aproximou, afastando delicadamente o cabelo embaraçado de meu rosto.

– Por mais que eu os odiasse, eles eram seus pais – sussurrou ele. – Eu entendo a posição terrível em que eles te colocaram.

– *Gracias*, Whit – falei, meu olhar deixando-o e passando por cima de seu ombro.

Tínhamos saído por uma fenda na rocha, discreta e comum. Mas eu não conseguia desviar o olhar, de alguma forma sentindo nos ossos que o rio me traria um de meus pais.

Eu não sabia qual dos dois tinha vencido a luta.

Mas esperava, pelo bem de tio Ricardo e de Abdullah, que fosse minha mãe.

Dios, por favor. Que seja Mamá.

Por favor, por favor, *por favor.*

Whit ergueu meu queixo com o dedo indicador, e meus olhos voltaram aos dele. Aquele azul-claro combinava com as ondas que nos empurravam suavemente para a margem.

– Temos que nadar até a margem.

– Eu não sei nadar.

– Estava implícito que eu te ajudaria.

Sorri ao ouvir o tom magoado dele.

– Podemos esperar cinco minutos?

Ele estreitou os olhos ao me encarar.

– Por quê, querida?

– Porque minha mãe vai sair daquele canal a qualquer momento.

Suas próximas palavras foram impossivelmente gentis.

– Acho que nenhum dos dois sobreviveu.

– Provavelmente você está certo – falei. – Mas preciso ter certeza.

– Inez… – A voz desapareceu antes que ele assentisse. – Cinco minutos. Não consigo nos manter à tona por mais tempo do que isso.

As pernas dele batiam o tempo todo sob nós; eu as sentia roçando nas minhas de vez em quando.

– Sério?

Ele revirou os olhos.

– Não.

Arqueei uma sobrancelha.

– Está bem. Eu estou *um pouco* cansado. – Ele retorceu os lábios. – E com fome.

Eu me inclinei e beijei a bochecha dele.

– Prometo providenciar faláfeis para você depois.

Ele baixou a cabeça e sorriu. Um forte barulho na água nos fez virar naquela direção.

– *Por favor* – falei.

Um instante depois, a cabeça de Mamá surgiu na superfície. Ela nos avistou e agitou freneticamente o braço.

– *¡Ayuda!*

– Acho que é melhor a ajudarmos.

– Argh – resmungou Whit.

Whit nos arrastou até a margem do rio, onde fiquei de quatro, tossindo e cuspindo água salgada. Ele largou Mamá ao meu lado e depois se jogou no chão do outro lado, respirando com dificuldade.

– Se tentar fugir – disse ele após um instante –, eu te pego.

– Você não mudou, Whit – murmurou Mamá.

Eu me virei até ficar de frente para o sobe e desce do mar e me sentei pesadamente na areia úmida. As ondas se chocavam contra a margem, e a água alcançava os dedos de meus pés. Whit se inclinou levemente para a frente, fitando minha mãe com os olhos semicerrados. Seus cílios molhados pareciam dardos pontiagudos.

Ela o encarou com cautela, seus olhos indo além do ombro dele. O luar não iluminava apenas o contorno de Alexandria nas sombras, mas também a expressão calculista de Mamá. Estendi a mão para segurar o braço dela.

– Você está sangrando – falei, apontando para o corte na testa dela. – Precisamos voltar para o hotel. Chamar um médico.

Ela agitou a mão no ar, em um movimento de indiferença.

– Vou ficar bem.

Whit tirou um pequeno recipiente da parte interna do casaco e, em seguida, tirou a pistola do coldre. Com movimentos rápidos e eficientes, ele carregou a arma.

– Sua filha gostaria de passar mais tempo com você. Você vai mesmo negar isso a ela? – perguntou ele, em um tom calmo.

Os olhos de minha mãe baixaram para a arma na mão dele.

– A arma não vai funcionar. A esta altura, a pólvora já está inutilizada.

Whit ergueu o braço e puxou o gatilho. O tiro ressoou inofensivo no céu noturno.

– Vivam os recipientes herméticos.

Os cantos dos lábios de minha mãe se curvaram para baixo.

– Você certamente está preparado.

– Encantador, não? – falei.

– Você acha? – murmurou ela, puxando as pernas para baixo do corpo.

Minha mãe já estava planejando sua fuga. Já estava pensando em como me deixar, tramando um movimento que a levaria de volta para seus tesouros.

– Onde está Cleópatra? – perguntei de repente. – Onde você escondeu os artefatos?

Ela soltou um grito abafado ao se levantar. Seus joelhos bambearam, mas, de algum modo, ela se manteve de pé, enxugando os olhos e pingando água.

– É só com isso que você se importa?

Lancei um olhar para ela, a raiva tomando conta de mim.

– Abdullah e *seu irmão* estão na prisão.

Eu também me levantei, minha exaustão eliminada pela crescente frustração.

– Eles foram acusados de um crime que você cometeu.

– Receio que você tenha que vir conosco – disse Whit no mesmo tom leve, apontando a arma para ela.

– Você não atiraria em mim, Whit – afirmou ela suavemente. – Não depois de eu ter salvado a vida dela.

– Por que não pergunta para sua filha o que eu faria? – replicou ele. – Ela me conhece melhor do que ninguém.

– Ele não vai mirar para matar – falei prontamente. – Mas vai atirar em algum lugar que tornará sua fuga quase impossível sem ajuda. Talvez na perna, para que você não consiga correr muito.

Whit sorriu, mas seus olhos estavam frios. Se ele me olhasse daquele jeito, eu teria estremecido.

– Está vendo?

Mamá retorceu a boca.

– Talvez seja sensato consultar um médico.

Whit ficou perto dela, observando-a com atenção enquanto caminhávamos até os limites da cidade. Andamos algumas quadras até ele nos direcionar para uma rua onde uma carruagem e um cocheiro nos aguardavam. Eu me virei para ele, admirada.

– Como...?

– Segui os homens do Sr. Sterling até a entrada dos canais subterrâneos nesta carruagem. Paguei o cocheiro para que esperasse... a noite toda, se necessário.

Embarcamos no veículo, Whit e eu sentados lado a lado, de frente para minha mãe. Ele apoiou a arma no joelho esquerdo, a mão envolvendo o cabo. Mantendo os olhos em Mamá, ele alcançou minha mão com a outra e entrelaçou nossos dedos.

Olhei para ele.

– Achei de verdade que você ficaria irritado comigo.

– Ah – disse ele, a raiva cintilando nos olhos azuis. – Estou furioso, querida.

Mas então ele ergueu nossas mãos entrelaçadas e deu um beijo suave na parte interna do meu pulso.

– Mas *também* estou feliz por você estar viva. Perdi anos da minha vida quando vi você entrar naquela carruagem com o Sr. Sterling... – disse ele, balançando a cabeça – ... com Cayo.

– Eu não tive escolha.

– Anos da minha vida – repetiu ele. – Perdidos.

Em seguida, ele se inclinou e me deu um beijo rápido mas intenso.

– Nunca mais faça isso comigo, Olivera – sussurrou ele em minha boca.

Ele me dissera algo semelhante meses antes, quando nos conhecemos.

Lancei um breve sorriso para ele. Talvez, dali a mais alguns meses, ele finalmente percebesse que era assim que eu agia.

Mamá nos olhava de mãos dadas, seus lábios apertados. Antes do Egito, só essa expressão dela já teria me feito entrar em desespero. Ouvir sua desaprovação de fato me custaria várias noites sem dormir. Mas agora eu a encarava com firmeza. Eu não me sentiria mal por não alcançar os padrões impossíveis dela quando *ela mesma* não estava à altura deles. Inconscientemente, ela devia saber disso. Meu pai exigira perfeição, e ela criara a esposa perfeita. Construíra uma jaula para si mesma, e meu pai fora implacável o bastante para trancá-la ali dentro.

A carruagem parou em frente ao hotel. Eu me inclinei para abrir a porta, mas a voz de Whit me deteve:

– Espere um instante, Inez.

Ele me entregou a arma, e eu emiti um pequeno som de surpresa no fundo da garganta.

– Já volto – disse ele.

– Você vai a algum lugar? Agora? – perguntei.

Mamá estreitou os olhos para Whit.

– Ele planejou alguma coisa.

Ah, claro. Relaxei os ombros e me recostei. Whit abriu a porta, saltou, olhou para mim por cima do ombro e piscou. Em seguida, voltou a atenção para minha mãe e, em um tom duro, disse:

– Se você fizer alguma coisa com ela, prometo que não gostará das consequências.

Mamá se empertigou.

Whit fechou a porta, contornou a carruagem correndo e desapareceu no hotel. Mamá olhou pela janela. Ela parecia uma lebre acuada, arisca e nervosa, os olhos indo de um lado para outro, procurando uma chance de fuga. Então, ela olhou para a arma em minha mão e sorriu com desdém.

– Vamos parar de fingir que você realmente puxaria o gatilho, *tesoro* – disse ela, se recostando no assento, imitando minha postura. – Você não é uma pessoa violenta.

– Tampouco sou estúpida – repliquei com calma. – Você não me machucaria agora, depois de ter salvado minha vida.

Seus olhos se turvaram.

– Charlie.

– Como foi que vocês dois se conheceram?

Ela cruzou os braços.

– Cayo o contratou para ajudar nas operações. Começou ali.

– Você sabia que Papá estava doente?

Ela assentiu.

– Era por isso que ele queria tanto Cleópatra. Ele acreditava que o corpo dela o curaria.

– Você vai me contar onde a escondeu – falei. – Assim como o restante dos artefatos.

Ela se manteve teimosamente em silêncio.

– Você deixaria seu irmão morrer na prisão? – perguntei, categórica. – E Abdullah?

Mamá ergueu o queixo, a expressão pétrea.

– Maspero e seus associados não têm provas suficientes para mantê-los lá. Você só provocou aborrecimento, tristeza e sofrimento desde que veio para o Egito. Acho que você consegue lidar com as consequências de *suas* ações.

– Como você ousa – falei, furiosa.

– Eu ousei salvar sua vida! – gritou ela. – Eu matei Charlie. Você tem alguma ideia do que isso me custou?

– Você marcou Elvira para morrer! – berrou em resposta. – Tem alguma ideia do que isso *me* custou?

Ficamos nos encarando, a respiração pesada, o espelho uma da outra. Os mesmos olhos cor de avelã. A mesma faixa de sardas cobrindo o nariz. Compartilhávamos o amor pela aventura, por fazer planos, por correr riscos. Ambas tínhamos ferido pessoas com nossas atitudes.

– Preciso que você seja minha mãe – sussurrei. – Preciso que você faça a coisa certa.

Ela me olhou com cautela.

– Você quer que eu passe o resto da vida na prisão?

– Não confio que você deixaria tudo isso para trás – falei com calma. – O Pórtico do Mercador, o roubo de artefatos. Acho que você não consegue desistir da riqueza, por mais que essas coisas corrompam sua alma, transformando-a em alguém que eu não reconheço. – Respirei fundo. – Pelo bem de todos, pela minha paz de espírito, por Elvira... seu lugar é na prisão. E preciso que você devolva Cleópatra e seu tesouro para o Serviço de Antiguidades.

Suas sobrancelhas se ergueram.

– O departamento administrado por agentes estrangeiros? É esse? Você não pode ser tão ingênua assim. Você acredita com sinceridade que isso ajudaria? Tudo será distribuído para beneficiar pessoas com dinheiro, influência e poder. Se você ainda não sabe, essas pessoas não são necessariamente egípcias.

Suas palavras foram como um tapa na cara.

– Quer dizer que, já que o sistema é corrupto, sua melhor opção é fazer o mesmo jogo? Por que se dar ao trabalho de tentar mudá-lo?

Ela deu de ombros.

Tentei uma tática diferente.

– Há uma chance de gerações futuras apreciarem e aprenderem com o tesouro de Cleópatra – falei. – Mas, com *você*, essa chance não existe.

Mamá ergueu os braços para ajeitar o cabelo, prendendo alguns fios de volta na trança. Ela tirou um dos grampos e o reposicionou em outra parte. Havia algo ensaiado em seus movimentos.

– Já chega – falei asperamente, apertando a arma com tanta força que os nós de meus dedos ficaram brancos.

– Um minuto – murmurou ela, com outro grampo entre os dentes.

Ela o pegou, franzindo a testa.

– Acho que este está quebrado.

Seu tom deliberadamente despreocupado me deixou em estado de alerta. Meus instintos gritavam que ela estava tramando alguma coisa...

Ela dobrou o grampo, jogando-o em meu colo. Uma fumaça subiu, me envolvendo em uma nuvem espessa. Fechei os olhos, que ardiam. Tentei gritar, mas comecei a tossir na mesma hora. Minhas mãos procuravam por ela às cegas, mas a porta se abriu, e ela saltou. Saí cambaleando atrás de Mamá, ainda tossindo, com lágrimas escorrendo pelo rosto. De repente, ouvi um grito e o som de alguém arremessando um copo, que se quebrou ao se chocar contra o chão.

– Eu te avisei – rosnou Whit.

Ele me puxou para os seus braços, e eu enxuguei os olhos em sua camisa. Quando a fumaça finalmente se dissipou, ergui a cabeça, esperando ver minha mãe, mas fui surpreendida por outro rosto familiar.

– *Bonsoir*, mademoiselle Olivera! – exclamou monsieur Maspero. – Que situação interessante, *n'est-ce pas*?

Eu o encarei, atordoada.

– O que está fazendo aqui, senhor?

– Eu o trouxe.

Farida, minha prima Amaranta e até tia Lorena estavam ladeadas por dois homens – que eu nunca tinha visto – armados com pistolas. Ambas estavam apontadas para minha mãe, que naquele momento se ocupava em secar a própria roupa, de cara fechada para meu marido.

– Eu joguei limonada nela – explicou Whit.

– Limonada? – repeti.

– Pensei que isso a irritaria mais – explicou Whit. – Se bem que você deveria agradecer por eu não estar carregando uma *xícara de chá fervendo*, Lourdes.

– Por que você estava com um copo de limonada? Por que minha família está aqui? E Farida? E monsieur Maspero? Estou muito confusa. – Massageei a testa. – Tenho a sensação de que perdi uma parte essencial dos acontecimentos.

– Whit me enviou um telegrama – disse Farida – me pedindo que informasse a monsieur Maspero que, se ele quisesse saber quem era o verdadeiro culpado pelo desaparecimento do tesouro de Cleópatra, era melhor que viesse para Alexandria. Portanto, evidentemente, fui até o escritório do departamento e, a esta altura, já revelei todas as fotos do leilão que presenciamos. – Ela remexeu na bolsa e puxou um envelope grosso. – Chegamos aqui o mais rápido que pudemos.

– E assim eu vim – disse monsieur Maspero, com um sorriso pesaroso. – Eu não sabia que escoltaria todas essas mulheres tão... – ele franziu o cenho – ... *charmant*.

Mordi o lábio para evitar uma risada. Ninguém em vida descreveria Amaranta como charmosa.

– Eu tinha que trazer as fotografias – disse Farida, na defensiva.

– E eu – acrescentou Amaranta com frieza – não sonharia em perder a chance de ver Lourdes ser presa.

Tia Lorena fitava a esposa do irmão com um olhar frio.

– Nem eu – concluiu ela.

Whit e eu trocamos um olhar. O dele parecia perguntar: *Você vai contar a ela sobre Cayo?* Ao que respondi, em silêncio: *Hoje, não.*

Ele assentiu, concordando. Ele me deu um sorriso lento e terno, enquanto a conversa subia de volume, minha tia gritando com minha mãe, e Amaranta e Farida falando animadamente com monsieur Maspero, que as fitava, atordoado. Ele provavelmente nunca tinha sido abordado de forma tão enérgica e tão severa por duas mulheres.

Uma voz se destacou na confusão.

– Isso é ridículo! – exclamou Mamá. – Vocês não têm provas.

Farida tirou as fotografias de dentro do envelope e as folheou até erguer, triunfante, uma delas, para que a víssemos. Todos nós nos amontoamos para ver melhor – exceto os dois homens que ainda mantinham as armas apontadas para minha mãe.

Era uma foto tirada em Philae, de Mamá sentada sozinha em uma mesa improvisada, completamente alheia a alguém atrás dela fotografando com uma câmera portátil. Na imagem, Mamá segurava um cartão quadrado.

Um convite para o Pórtico do Mercador.

Endereçado pessoalmente a ela.

WHIT

Os homens de Maspero arrastaram Lourdes até a carruagem. Inez olhava com determinação para o lado oposto, o maxilar contraído, mas seu lábio inferior tremia e entregava sua tristeza. Lourdes olhou para a filha, como se tentasse infligir um último golpe, mas me posicionei de modo a bloquear a visão que Lourdes tinha de minha esposa. Queria que o *meu* rosto fosse o último que ela visse antes de ser levada.

Estendi a mão para ajudá-la a subir.

– Tão galante – disse ela em tom de zombaria.

Mas ela apertou minha mão e, ao dar um passo, murmurou:

– Ponha a mão no bolso da frente de meu casaco.

Pisquei, mas fiz o que ela pediu. Meus dedos encontraram um pergaminho, enrolado com firmeza e preso por uma fita de cetim. Eu o peguei e o transferi imediatamente para meu próprio bolso.

– Esta é... – sussurrei, meu coração batendo alucinado. – Por que me deu isso?

– Vamos chamar de dote de Inez – respondeu ela. – Cuide bem dela.

Lourdes subiu na carruagem e se acomodou no assento estofado, os guardas seguindo-a e se acomodando no banco oposto. Ela os fulminou com o olhar antes de baixar os olhos para o próprio colo.

Monsieur Maspero bateu a porta, informando ao cocheiro:

– Vou em outra carruagem. – Em seguida, ele se voltou para mim, com as sobrancelhas ligeiramente erguidas. – O que ela te disse?

O rolo de pergaminho queimava em meu bolso.

– Bobagens.

Ele assentiu, se despediu do grupo e subiu em outra carruagem. Os cocheiros estalaram as rédeas, os cavalos relincharam e partiram. Fiquei olhando os veículos se afastarem, um som retumbante ecoando em meus ouvidos. Depois, senti a mão fria de alguém roçar a minha. Olhei para baixo, piscando, para o rosto de minha esposa voltado para mim.

– Acabou? – perguntou ela com a voz chorosa.

– Vai acabar – prometi, abraçando-a.

Beijei sua cabeça enquanto ela se aconchegava a mim.

Ela inclinou a cabeça e me fitou nos olhos. Os dela estavam avermelhados, as pálpebras inchadas.

– Podemos ter gatos?

– *Gatos?* No plural? – perguntei, horrorizado.

– Quem não gosta de gatos?

– Acontece que eu amo cachorros – falei.

Então, balancei a cabeça. Não sabia por que estava discutindo com ela. Eu lhe daria a maldita lua se ela pedisse.

– Inez, podemos ter quantos você quiser.

Ela baixou a cabeça, mas não antes de eu ver o sorriso em seus lábios.

– O que você quer fazer agora, querida?

Ela pensou um pouco.

– O que quisermos.

PARTE CINCO

DO FIM AO COMEÇO

CAPÍTULO VEINTIOCHO

DUAS SEMANAS DEPOIS

A luz suave das velas iluminava a mesa do jantar, que estava repleta de bandejas com carnes e vegetais assados, cozidos e grelhados com perfeição. Várias garrafas de vinho tinham sido abertas e servidas em taças de haste fina. Eu sentia a satisfação vibrar em cada canto de meu corpo. Sentadas em torno da mesa estavam as pessoas que eu mais amava no mundo, acomodadas em uma sala privativa do Shepheard's.

Whit estava à minha esquerda, com a mão em minha coxa, sob a toalha de mesa muito branca. Na outra extremidade da mesa estava Porter, ao lado da irmã mais nova, Arabella. Whit os tinha convidado para uma visita e, para surpresa dele, os dois chegaram mais cedo do que ele esperava *e* com várias malas a tiracolo. Aparentemente, estavam ali para uma visita prolongada, chegando até a alugar uma casa perto do hotel.

Arabella me conquistara desde o primeiro instante. Tinha me abraçado e me agradecido efusivamente por transformar Whit em um "gateiro". Em menos de cinco minutos de conversa, já estávamos falando sobre nossas obras de arte favoritas e ela me mostrou um caderno repleto de suas belíssimas aquarelas. Tinha um talento raro, essa minha mais nova irmãzinha.

Discretamente, pelo canto do olho, eu a observava dar golinhos de vinho da taça de Porter, seus cabelos ruivos brilhando como âmbar polido à luz das velas. Porter finalmente percebeu a travessura da irmã e lhe dirigiu um olhar severo. Reprimi uma gargalhada quando ela respondeu com um sorriso de covinhas. Mas então a atenção dela se voltou para o belo homem a sua direita, e um rubor profundo surgiu em suas bochechas. O amigo de

Whit, Leo, não percebeu, mas, curiosamente, ele evitava fitá-la nos olhos desde que se sentara, no início do jantar.

Tive a nítida impressão de que ele estava tentando ignorá-la deliberadamente.

Que *fascinante*. Eu me perguntava se...

– Nem pense nisso – murmurou Whit, seguindo meu olhar. – Ele é velho demais para ela.

– Não *tão* velho assim – sussurrei com uma piscadela.

Ele beliscou minha coxa, e eu joguei meu guardanapo em seu rosto. À minha frente, tio Ricardo e tia Lorena discutiam em espanhol sobre o gosto dele por charutos.

– Você está sempre envolto numa nuvem de fumaça – queixou-se ela. – Percebe que, para ter uma simples conversa com você... embora nenhuma conversa com você seja simples, *por que será*? ... eu preciso me resignar ao fato de que meu cabelo e minhas roupas ficarão impregnados com seu hábito deplorável?

Meu tio a encarou, zangado.

– *Señora*, uma possível solução é não falar comigo. Será que assim está simples o bastante para você?

Sorri para mim mesma, desviando a atenção para Abdullah. Farida estava enchendo o prato dele de comida.

– Chega – protestou ele debilmente. – Eu não aguento mais...

– A berinjela assada parece deliciosa – disse Farida com um sorriso largo. – Eu insisto.

– Bem, se você insiste... – resmungou Abdullah. – Eu gostaria de um pouco mais de pão...

– Que tal o tahine? – sugeriu ela, ainda sorrindo. – Primeiro os vegetais?

Abdullah suspirou, mas depois deu uma risadinha afetuosa. Farida pegou a câmera que estava a seu lado e tirou uma foto dele sorrindo. Amaranta se inclinou para ela e perguntou:

– Posso tirar a próxima?

Farida assentiu, entregando-lhe a câmera.

– Tire uma do que você vai comer.

– Da minha comida? – Amaranta franziu o nariz, olhando para o prato cheio. – Quem teria interesse em ver isso?

– Algumas pessoas teriam – respondeu Farida, rindo. – Ou talvez ninguém, mas é um ótimo tema para praticar. É um modelo que não vai criar pernas e sair andando da mesa.

As duas tinham se tornado boas amigas durante as visitas diárias à prisão para ver Abdullah e tio Ricardo. Amaranta segurou a câmera e tirou uma foto. Em seguida, olhou em minha direção, ajustou a câmera e me fotografou rapidamente.

– Eu não estava pronta – protestei.

– Eu sei – disse Amaranta com calma. – Com certeza será sua fotografia menos favorável.

Whit soltou uma risada abafada enquanto eu lançava um olhar mortal para minha prima do outro lado da mesa. Pensei em atirar meu copo nela, mas seria desperdício de um bom vinho. Suspirei e peguei o garfo, ansiosa para desfrutar daquela última refeição com todos antes de nos dispersarmos em diferentes direções.

– Sr. Whit! – exclamou Kareem.

Meu marido se virou para ele, sentado do seu outro lado.

– Sim?

– Abdullah me comprou três potes de mel – disse ele.

– Então ele te subornou – replicou Whit, rindo. – Por acaso ele disse que você nunca deve comer mel encontrado em tumbas?

Kareem assentiu sabiamente.

– Não devo consumir relíquias antigas.

– Um maravilhoso lema de vida para se ter – observou Whit, no mesmo tom sábio.

Kareem franziu a testa.

– O que é lema?

– É uma palavra de origem grega que significa... – começou Porter.

A porta se abriu, e eu abri a boca para pedir outra garrafa de vinho, mas não era nosso garçom. Monsieur Maspero entrou, conduzido por um garçom. Ao ver todos nós reunidos, ele ficou ruborizado. Eu não precisava observar cada um atentamente para saber que nenhum de nós parecia muito simpático ou receptivo.

– Ah – disse ele. – Perdão. Eu não sabia...

– O que deseja, senhor? – perguntei com frieza.

Eu nunca o perdoaria pelo que ele permitiu que acontecesse com meu tio e Abdullah.

Ele balançou a cabeça, as bochechas vermelhas.

– Perdoem a interrupção. Estou vendo que este é um evento... – ele parou, franzindo a testa, confuso, com o sorriso atrevido de Kareem – ... um evento familiar. Só vim informar o que aconteceu no caso Lourdes.

Um súbito silêncio nos envolveu. Cessaram-se os ruídos de talheres batendo nos pratos, as conversas tranquilas e os cliques da câmera de Farida. A mão de Whit apertou minha coxa.

Respirei fundo, os nervos se agitando em minha barriga, e disse ao garçom:

– Por favor, traga uma cadeira extra.

Monsieur Maspero ficou parado ao lado da mesa, constrangido, com as mãos enfiadas no fundo nos bolsos, enquanto a cadeira era trazida e colocada ao lado de Abdullah.

– Lourdes revelou a localização de Cleópatra e do tesouro sepultado com ela – começou monsieur Maspero.

Meus olhos se fixaram no rosto de Abdullah. A consternação estava gravada em cada ruga de sua testa.

– Ela fez um acordo com sir Evelyn e foi transferida da cadeia para a prisão domiciliar, onde permanecerá pelo resto da vida.

Whit ficou tenso, apertando com força o cabo da faca.

– E quanto tempo isso vai durar até que ela consiga escapar?

– Haverá muitos guardas – afirmou monsieur Maspero na defensiva.

– Como se ela não pudesse suborná-los – disse tio Ricardo com desdém. – Minha irmã é mestre na manipulação e é capaz de persuadir até uma árvore.

– Talvez um retorno à prisão seja o ideal – acrescentou Abdullah. – Ali não há tantas oportunidades para conversar com os guardas.

– Eu tentei – admitiu monsieur Maspero. – Mas sir Evelyn insistiu que a senhora tivesse algum conforto após ela revelar o que sabia. Mas não se preocupem... Farei tudo ao meu alcance para impossibilitar a fuga dela.

Ao meu lado, Whit fervilhava de raiva em silêncio. Depois da prisão de minha mãe, tivemos longas conversas sobre tudo que acontecera desde o dia em que nos conhecemos – e sobre segredos guardados por muito tempo, incluindo o trabalho dele para meu tio. Eu sabia que ele estava se lembrando da ocasião em que ouvira sir Evelyn contratar um espião para observar os movimentos de meu tio e de Abdullah. Até aquele momento, tínhamos restringido as possibilidades de quem ele teria usado.

Poderia ter sido meu pai, atuando sob o nome de Basil Sterling, ou talvez o Sr. Fincastle em parceria com minha mãe. Como sir Evelyn estava ajudando Mamá, com certeza ele tinha feito algum trato com ela e seu amante antes que fosse presa. É bem possível que eles mesmos tivessem se aproximado dele com a ideia de tomar o local de escavação de meu tio e de Abdullah. Ou talvez o plano fosse de sir Evelyn desde o início.

Nunca saberíamos com certeza. O que sabíamos é que sir Evelyn naquele momento tinha acesso a uma das maiores descobertas históricas do século. Um olhar para a expressão sombria de Whit me disse que ele chegara à mesma conclusão.

– O senhor deve saber que sir Evelyn pode ter trabalhado com Lourdes e seu amante o tempo todo – rosnou Whit. – O Sr. Fincastle precisaria de mão de obra para dominar o sítio de escavação!

– O sítio não reportado ao Serviço de Antiguidades? – retrucou monsieur Maspero. – Ora, ora. Acho que tudo acabou da melhor forma. Os artefatos estão onde deveriam estar, em mãos adequadas, e vocês têm sorte de Lourdes ter assumido total responsabilidade pelo roubo.

– O quê? – perguntou tio Ricardo.

Monsieur Maspero assentiu.

– Ela confessou que a falta de transparência sobre o local onde a equipe decidiu escavar foi ideia dela. Insistiu que eu liberasse você e seu associado. – Ele espalmou as mãos. – E assim eu fiz, e agora venho pedir desculpas por sua prisão.

Meu tio fechou a boca bruscamente.

– E quanto à maneira como eles foram tratados? – perguntou Farida com a voz dura.

– Oui, ah, um acidente infeliz – murmurou monsieur Maspero. – Farei o possível para investigar o assunto e conduzir uma apuração completa.

– Não há necessidade – disse Abdullah com voz suave. – Talvez uma licença para escavar onde quisermos na próxima temporada...

Os lábios de monsieur Maspero se crisparam.

– Talvez isso seja possível. – Em seguida, ele empurrou a cadeira para trás e se levantou. – Obrigado por me darem um momento de seu tempo durante o jantar. Por curiosidade, qual é a ocasião?

– É um jantar de despedida – respondeu tia Lorena. – Partimos para a Argentina amanhã de manhã.

– Ah, então *bon voyage* – disse monsieur Maspero, se virando para mim. – O Egito perderá uma joia e tanto, *mademoiselle*. Espero que retorne um dia...

– Ah, eu não vou embora – respondi animada.

Whit fez um círculo com o polegar em minha coxa.

– Vamos ficar no Egito para trabalhar com Ricardo e Abdullah – disse ele, me lançando um olhar afetuoso.

Apoiei a cabeça em seu ombro.

– Vou fazer uma visita ao senhor logo após nossa lua de mel para garantir a licença do próximo ano – falei. – Estamos de olho nas pirâmides.

Monsieur Maspero empalideceu, e eu ri na cara dele.

WHIT

A luz da manhã iluminou a superfície de minha mesa de trabalho. Diante de uma das muitas janelas de meu laboratório, o rio Nilo se estendia por quilômetros, faluchos e *dahabeeyahs* se balançando em suas águas. Ouvi a voz distante de Inez lá fora no jardim chamando nossos gatos rebeldes, Arquimedes e Memphis. Eles *odiavam* receber ordens.

Exatamente como minha esposa.

Eu me obriguei a prestar atenção à Crisopeia de Cleópatra enquanto fitava o ouroboros, a cobra que passava o tempo todo se consumindo e se regenerando. Ao lado do papiro, havia pilhas de livros de química e textos antigos de alquimistas que viveram antes de mim e tentaram alcançar o impossível.

Mas aquela era a magia da alquimia. A transformação de uma coisa em outra.

Cobre em prata.

Chumbo em ouro.

Mas, naquele momento, eu estava praticando os princípios básicos da alquimia em uma erva comum. Recitei os três elementos filosóficos para mim mesmo em voz baixa.

Enxofre (óleo). Mercúrio (líquido). Sal (álcali).

Também conhecidos pelo que representam: enxofre, a alma; mercúrio, o espírito; sal, o corpo.

Passei o manjericão que Inez tinha colhido em nossa horta mais cedo naquela manhã para um prato raso, limpando a área para completar os três passos principais. Primeiro, separar; depois, purificar e, por fim, combinar os elementos para criar uma substância nova e harmônica.

Se o processo fosse feito corretamente, eu poderia aplicá-lo ao chumbo e, em teoria, criar ouro.

Encarei o frasco onde eu tinha colocado um punhado de manjericão fresco picado com meia xícara de água para fazer uma pasta. Com cuidado, adicionei vapor, observando enquanto os gases escaldantes subiam para o condensador. Uma camada de óleo se formou na superfície da água, o princípio material do enxofre, também conhecido como a alma da planta.

Primeira separação concluída.

Agora a planta precisava fermentar, o que levaria várias longas horas. A risada de Inez entrou na sala pela janela aberta. Ela ainda estava no jardim, tentando encontrar os gatos danados. Sorri para mim mesmo enquanto deixava meu laboratório improvisado.

Eu sabia exatamente como queria passar o tempo.

Era meia-noite, e eu estava de volta ao laboratório. Tinha deixado Inez dormindo e saíra a contragosto de nossa cama, mas meu instinto me dizia que eu estava perto de entender a Crisopeia de Cleópatra. Como planejado, o manjericão tinha fermentado ou, como diria um alquimista de verdade, a planta tinha morrido. Ela não tinha mais força vital. Destilei a polpa aquosa até que se transformasse em álcool, revelando o espírito da planta.

As etapas de separação dos elementos essenciais estavam concluídas.

Agora era o último passo: a purificação. Peguei o manjericão, secando-o completamente com um pano para livrá-lo do excesso de umidade, antes de atear fogo nele e obter cinzas. Sorri para mim mesmo, com as mãos tremendo de empolgação. Aquilo era melhor do que uma garrafa de meu uísque favorito. Despejei com cuidado a cinza de volta no frasco de água, onde ela se dissolveu imediatamente após uma rápida agitação. A partir dali, filtrei o líquido, que evaporaria, se transformando em um sal branco cristalizado.

O corpo da planta.

Eu só precisava recombinar, ou ressuscitar, os elementos para terminar o processo. Mais tarde, transferiria o sal para um vidro de boticário e despejaria o enxofre ali, seguido do mercúrio.

Seria meu primeiro elixir.

Minha atenção se desviou para o chumbo em minha mesa de trabalho. Eu teria que seguir os mesmos princípios, os mesmos passos, para transformar o chumbo em ouro. Fui até a Crisopeia de Cleópatra, memorizando-a totalmente e, enquanto a luz da manhã se infiltrava no ambiente, comecei a nobre arte.

Meus olhos pousaram na pequena lasca de ouro no prato redondo, brilhando sob a luz do sol.

Eu realizara o impossível.

Isso significava que eu era um alquimista? Balancei a cabeça, me sentindo delirante, me perguntando como contaria a minha esposa que eu conseguiria recuperar a fortuna que eu tinha tirado dela. O manuscrito alquímico estava diante de mim, e eu o examinei pela última vez. Eu sabia de cor cada linha, cada desenho e cada símbolo gravados ali.

Naquele momento, eu tinha que descobrir o que fazer com aquilo. Eu nunca manteria algo tão precioso, tão *volátil*, em minha vida com Inez. A Crisopeia de Cleópatra merecia ser protegida, mantida em segurança, longe daqueles que poderiam usá-la para o mal.

Eu só conhecia uma pessoa que saberia o que fazer com o documento.

– Whit? – chamou Inez, abrindo a porta ao mesmo tempo que batia suavemente nela.

Ela carregava Memphis no colo, e ele olhava indignado para seu meio de transporte.

– Você está bem?

Ergui os olhos, piscando, desorientado.

– Estou bem?

Ela entrou no cômodo, espiando com curiosidade a mesa repleta de frascos e garrafas de vidro, meus livros favoritos de química e pilhas de papéis preenchidos com dezenas de anotações que eu tinha feito enquanto trabalhava. Ela havia prendido uma rosa branca no cabelo e a fragrância doce da flor flutuava em minha direção enquanto eu sorria para ela. Eu tinha plantado várias roseiras para ela em nosso jardim e, desde então, podia contar que encontraria flores nos lugares mais inesperados da casa. Escondidas nas páginas de meu livro favorito, inseridas em uma moldura de fotos ou colocadas primorosamente em nossos pratos. Memphis tentou golpear um béquer, mas Inez se virou a tempo, evitando o desastre.

– Não, não, meu querido – sussurrou ela. – Não devemos destruir os experimentos de lorde Somerset.

– *Lorde...*

– Você tem passado todo o seu tempo livre neste quarto há dois dias – interrompeu Inez. – Não pensei que fosse trabalhar tanto durante nossa lua de mel. – Ela franziu a testa, o nariz farejando delicadamente. – Que cheiro estranho. O que você andou fazendo?

Eu me levantei, oscilando um pouco e me sentindo estranhamente tonto. Eu tinha fabricado ouro. *Ouro.* Inez me olhou alarmada, mas eu sorri para ela enquanto a puxava para mim, beijando sua bochecha, sua têmpora, seu cabelo. As pétalas da rosa me fizeram cócegas gostosas no nariz.

– Vamos tomar o café da manhã, e eu te contarei tudo.

– É hora do jantar – corrigiu ela suavemente.

– Vamos jantar, então – falei.

Em seguida, eu me curvei para a frente, passando o braço sob os joelhos dela, e peguei minha esposa – e o gato danado – nos braços. Ela deu um gritinho quando a levei para fora do laboratório, e Memphis pulou de seu colo com um sibilo impaciente.

– Podemos convidar Abdullah para jantar conosco? Tenho algo que pertence a ele. Vamos celebrar.

– Claro, vou pedir para Kareem levar um bilhete para ele. – Inez arqueou as sobrancelhas. – O que vamos celebrar?

Eu me inclinei e a beijei uma, duas, três vezes, antes de sussurrar junto a seus lábios:

– O resto de nossa vida.

EPÍLOGO

GASTON MASPERO

Em seus últimos anos, tentou restringir a exportação ilegal de artefatos egípcios. Em um ato agora considerado infame, prendeu os irmãos Abd al-Russul, que foram detidos e torturados até confessarem a descoberta de várias múmias de faraós e seus parentes. Apesar disso, permaneceu popular e conseguiu descobrir a Esfinge, reconstruir o Templo de Karnak e administrar o Museu de Bulaque no Cairo. Maspero morreu aos 70 anos.

SIR EVELYN BARING

Conhecido mais tarde como lorde Cromer, ocupou o cargo de cônsul-geral do Egito até 1907. Suas opiniões inadequadas moldaram muitas das políticas do Egito, e sua posição praticamente garantiu que não houvesse obstáculos a nenhuma reforma que propusesse, incluindo sua crença na supervisão e ocupação prolongadas do Egito por parte da Grã-Bretanha. E, graças à Doutrina Granville, Baring e outros funcionários britânicos receberam o poder de contratar políticos egípcios que apoiassem os interesses e diretrizes britânicos.
Deixou o Egito aos 66 anos e morreu em 1917, aos 75.

SHEPHEARD'S

Em 1952, o hotel foi destruído no incêndio do Cairo,
em meio a conflitos e turbulências políticas em razão da
presença prolongada da Grã-Bretanha no Egito.

TIA LORENA & AMARANTA

*Para o horror de Ricardo, Lorena visitava o Egito com frequência,
muitas vezes levando consigo baús cheios de presentes
com os quais ele nunca soube o que fazer.*

Amaranta se casou com Ernesto. Eles tiveram seis filhos.

*A filha mais nova seguiu os passos de tia Inez e se tornou
egiptóloga (para o horror eterno de sua mãe).*

FARIDA

Abriu seu próprio estúdio de fotografia no Cairo, a poucos passos da confeitaria Groppi. Especializou-se em retratos.

ABDULLAH & RICARDO

Os dois permaneceram sócios até a velhice.
Juntos, descobriram os túmulos de Alexandre, o Grande, e Nefertiti.
Não que algum deles tenha um dia admitido isso.

ARABELLA

Graças à contribuição financeira de Whit e à proteção de Porter contra seus pais irresponsáveis e egoístas, desfrutou de certo grau de independência e autonomia na Inglaterra. Acabou fugindo para o Egito e vivendo sua própria aventura.

Mas essa é uma história para outra hora.

INEZ & WHIT

Moraram no Egito pelo resto da vida, criando seus gêmeos, Elvira e Porter, enquanto ajudavam Abdullah e Ricardo nas escavações.

Quando cresceu, Elvira se tornou uma das principais papirologistas de sua época.

Porter estudou fotografia, treinado por sua tia honorária, Farida.

ARQUIMEDES & MEMPHIS

Ambos viveram vidas longas e felizes e fizeram muitas descobertas no jardim.

No entanto, Memphis de fato destruiu vários béqueres de Whit.

NOTA DA AUTORA

A cidade de Alexandria tem uma história longa e complexa, e embora *Onde a biblioteca se esconde* seja uma fantasia histórica, eu quis incorporar o máximo possível de detalhes à narrativa. Alexandria realmente tem um sistema de canais e passagens subaquáticas conectados por cisternas antigas, que em determinado momento chegaram a somar centenas (Mahmoud el-Falaki contou setecentas em seu mapa detalhado da antiga cidade de Alexandria). Elas foram descritas como catedrais subterrâneas por causa dos tetos abobadados, dos detalhes em mármore e das colunas com capitéis intricadamente esculpidos. Depois que a Marinha britânica bombardeou Alexandria em 1882, os turistas se aventuraram no subterrâneo, levando lampiões, para explorar a cidade aquática de cisternas com suas ruas feitas de canais subterrâneos.

Falando em Mahmoud el-Falaki, muitos arqueólogos e escavadores contemporâneos devem seu conhecimento sobre a antiga Alexandria a seu trabalho pioneiro na criação de um mapa detalhado da cidade, que de outra forma teria sido perdido em razão da urbanização moderna. Ele foi de fato um homem renascentista, habilidoso em várias profissões: astronomia, engenharia, matemática e ciências. Sem contar que era pesquisador e cartógrafo, além de arqueólogo. Seu trabalho muitas vezes era desdenhado pelo mundo de língua inglesa, mas arqueólogos e historiadores modernos continuam usando seu mapa da antiga cidade de Alexandria para ter uma imagem concreta de como ela teria sido na Antiguidade.

Em 1885, Alexandria estava sendo reconstruída após o bombardeio da Marinha britânica, e seções da cidade, especialmente perto da costa, ainda estavam em ruínas. No entanto, existem dois cenários em que usei de licença artística: o farol de Alexandria e o Serapeu. O primeiro foi construído por um dos ancestrais de Cleópatra e era considerado uma das sete maravilhas do mundo antigo. Feito de calcário e granito, tinha cerca de 100 a 120 metros de altura, e no topo havia um imenso espelho que refletia a luz do sol durante o dia, enquanto uma chama ardia durante a noite. Infelizmente, vários terremotos destruíram o farol, e a base remanescente foi transformada em uma fortaleza na Idade Média.

O Serapeu era um enorme templo que abrigava o excesso do que era catalogado e armazenado na Grande Biblioteca de Alexandria, sendo considerado a biblioteca filha. Foi destruído por soldados romanos em 391, e atualmente resta apenas uma coluna de pé. No entanto, existe uma parte subterrânea, e foi nesse ponto que minha imaginação se expandiu. Não foi difícil conectar essa biblioteca no subsolo à cidade de canais subterrâneos que fluíam sob Alexandria.

Quanto à Grande Biblioteca de Alexandria, foi destruída em um incêndio quando os soldados de Júlio César atearam fogo a navios ancorados no porto na tentativa de bloquear o acesso do irmão de Cleópatra, Ptolomeu XIII, à costa. Estima-se que quarenta mil pergaminhos tenham sido perdidos na tragédia. Foi aqui que tirei proveito da ideia da biblioteca secreta sob o Serapeu, onde eruditos antigos teriam escondido pergaminhos preciosos para o caso de outro desastre ocorrer.

Cleópatra, a alquimista, foi uma mulher real que viveu possivelmente no século III ou IV. Ela é creditada como uma das quatro mulheres do mundo antigo que sabiam produzir a pedra filosofal e talvez tenha sido uma inventora de ferramentas científicas que ajudaram a forjar um caminho para a química moderna. Existe uma discussão sobre seu nome ser um pseudônimo, mas, no mundo de *Onde a biblioteca se esconde*, eu a imaginei como uma ancestral de Cleópatra VII e, de certa forma, sua mentora (apesar de ter nascido após Cleópatra VII).

Quanto à prisão do Cairo, realmente era um antigo hospital militar, mas só foi convertido em prisão em 1886.

AGRADECIMENTOS

Eu sonhava em escrever um livro ambientado no Egito desde que consigo me lembrar, desde que era uma garotinha lendo debaixo das cobertas quando meus pais achavam que eu estava dormindo. O livro que você tem em mãos é um trabalho de amor desde o início, e mal consigo acreditar que chegou a hora de agradecer a todos que me acompanharam nesta jornada épica.

Obrigada a Sarah Landis, minha agente maravilhosa, que celebrou todas as minhas conquistas e esteve ao meu lado o tempo todo. Um agradecimento de coração a Eileen Rothschild, editora, amiga e apoiadora, por me ligar e mandar mensagens sempre que havia boas notícias (e houve muitas; talvez tenhamos chorado a cada uma delas). Trabalhar com vocês nesta duologia foi um ponto alto na minha carreira. Um brinde aos próximos três.

Um enorme agradecimento à equipe da Wednesday Books, por tudo que vocês fazem – o que é visto e o que é invisível: Zoe Miller, Char Dreyer, Alexis Neuville, Brant Janeway, Kerri Resnick, Sara Goodman, Devan Norman, Eric Meyer, Cassie Gutman e Lena Shekhter. Esta duologia não teria sido possível sem todo o trabalho árduo, conhecimento e orientação de vocês. Mais uma vez, do fundo do meu coração, obrigada. Vocês todos são maravilhosos. À equipe de áudio, Ally Demeter, Maria Snelling, Isabella Narvaez, obrigada por darem vida a este livro.

Pela orientação e ajuda que recebi sobre tudo que é relacionado ao Egito: Adel Abuelhagog e o egiptólogo Nabil Reda, obrigada por responderem a todas as minhas intermináveis perguntas. Mais uma vez, um grande agradecimento ao egiptólogo Dr. Chris Naunton, que ofereceu uma enorme quantidade de informações e orientações sobre a antiga Alexandria.

A Rebecca Ross, minha irmã de alma e parceira de críticas, como sempre, obrigada por ler e discutir ideias comigo. Sua amizade é inestimável para mim. Obrigada um milhão de vezes a Renée Blankenship por ler este aqui na velocidade da luz. Você é uma leitora beta maravilhosa. Aos meus queridos amigos e à comunidade de escritores, eu estaria perdida sem o seu amor e apoio. Obrigada por lerem e por torcerem por mim. Vocês sabem quem são. Enviando a todos um grande abraço e minha eterna gratidão por sua amizade. <3 <3 <3

Tenho muita sorte por contar com o apoio maravilhoso da minha família e dos amigos. Eles me incentivam, celebram minhas conquistas e permanecem comigo nos altos e baixos e em todos os meus prazos.

Aos meus pais, que sempre souberam que eu cresceria e me tornaria uma contadora de histórias. Para Rodrigo, que nunca se esquece de me dizer quanto orgulho ele tem de mim.

A Andrew, Alistair e August, minha preciosa família. Vocês dão significado, alegria e esperança à minha vida. Vocês três são tudo para mim. Todo o meu amor, para sempre.

E a Jesus, você sempre será a força do meu coração.

CONHEÇA A SÉRIE SEGREDOS DO NILO

O que o rio sabe

Onde a biblioteca se esconde

Para saber mais sobre os títulos e autores da Editora Arqueiro,
visite o nosso site e siga as nossas redes sociais.
Além de informações sobre os próximos lançamentos,
você terá acesso a conteúdos exclusivos
e poderá participar de promoções e sorteios.

editoraarqueiro.com.br